Flashman I

Primera edición en este formato: enero de 2026
Título original: *Flash Man*

© George MacDonald Fraser, 1969
© de la traducción, María Antonia Menini, 2005
© de esta edición, Futurbox Project, S. L., 2026

Diseño de cubierta: Gino D'Achille, representado por Artist Partners
Mapa: © John Gilkes, 2015
Corrección: Raquel Bahamonde

Publicado por Ático de los Libros
C/ Roger de Flor, n.º 49, escalera B, entresuelo, oficina 10
08013, Barcelona
info@aticodeloslibros.com
www.aticodeloslibros.com

ISBN: 979-13-87592-45-5
THEMA: FV
Depósito Legal: B 23265-2025
Preimpresión: Taller de los Libros
Impresión y encuadernación: Liberdúplex
Impreso en España – Printed in Spain

GEORGE MACDONALD FRASER

FLASHMAN

SERIE FLASHMAN I
1839–42

TRADUCCIÓN DE
MARÍA ANTONIA MENINI

ÁTICO DE
LOS LIBROS

El texto que figura a continuación lo encontraron los herederos de George MacDonald Fraser en su estudio en el año 2013.

¿Cómo se me ocurrió la idea de *Flashman*?

«¿Cómo se le ocurrió la idea de *Flashman*?» y «¿Cuándo vamos a leer sus memorias de la guerra civil estadounidense?» son preguntas que he eludido tantas veces que ya he perdido la cuenta. A la segunda, mi respuesta invariable es: «Oh, algún día». Y si la persona es un estadounidense impaciente, añado a toda prisa que, para un viejo soldado británico como Flashman, la desavenencia entre los estados no es, ni de lejos, el acontecimiento más importante del siglo XIX, sino más bien un episodio menor en comparación con el Motín de los Cipayos o Crimea. Antes de que puedan indignarse, añado apresuradamente que su itinerario en la Guerra Civil ya está trazado; esta es la única forma de evitar que me digan cómo debería ser.

Respecto a la pregunta de cómo se me ocurrió la idea, simplemente respondo que no lo sé. ¿Quién lo sabe? Anthony Hope concibió *El prisionero de Zenda* mientras paseaba de Westminster al Temple, pero dudo que pudiera decir, después del mes que le llevó escribir el libro, qué desencadenó la idea. En mi caso, Flashman surgió galopando de entre las brumas de cuarenta años de vida y sueños, y aunque puedo enumerar los ingredientes que contribuyeron a su creación, solo el cielo sabe cómo y cuándo se combinaron.

Una cosa es segura: los libros que conforman *Los papeles de Flashman* nunca se habrían escrito si mi pariente Hugh Fraser, lord

5

Allander, me hubiera confirmado como editor del *Glasgow Herald* en 1966. Pero no lo hizo, el pequeño bandido astuto, y no diré que estuviera equivocado. No habría durado en el puesto, para el que me había formado en una escuela de periodismo donde los editores eran dioses, y en tres meses como jefe interino mi actitud hacia la gerencia, la oficina principal y los directores había sido la de un señor feudal hacia sus siervos. Incluso puse la entrada de Fraser a la Cámara de los Lores en una página interior, asegurándole que no correspondía al *Herald,* su propio periódico, alardear de su elevación, y que una foto de dos columnas de él era más que suficiente. ¿Cuán arrogante se puede ser?

Y, sin duda, tenía otras deficiencias editoriales. En cualquier caso, enfrentado a veinte años como editor adjunto (lo que significa hacer todo el trabajo sin asistir a las grandes cenas), le prometí a mi esposa que «escribiré para salir de esto». Tras pasar unas pocas semanas golpeando la máquina de escribir en la mesa de la cocina a altas horas de la madrugada, *Flashman* estaba medio terminado y, probablemente, habría quedado así, ya que me caí por una cascada, me rompí el brazo y perdí el interés, hasta que mi esposa pidió leer lo que había escrito. Su reacción me espoleó para terminarlo: un borrador, sin revisiones. Durante los dos años siguientes, rebotó de un editor a otro, británicos y estadounidenses.

No puedo culparlos: las supuestas memorias de un canalla irredimible, matón y cobarde resucitado de una historia escolar victoriana es un tema bastante excéntrico. Para 1968, estaba listo para tirar la toalla, pero gracias a la insistencia de mi esposa y al incomparable conocimiento del mundo editorial de George Greenfield, finalmente encontró un hogar en Herbert Jenkins. Según Christopher MacLehose, para entonces el manuscrito lucía como si hubiera dado la vuelta al mundo dos veces. Y casi lo había hecho.

Lo publicaron tal cual, con resultados que me dejaron perplejo. No fue un superventas al estilo de un gran éxito, pero los críticos se mostraron entusiastas, se vendieron derechos en el extranjero (comenzando por Finlandia) y, cuando se publicó en Estados Unidos, un tercio de unos cuarenta críticos lo acogieron como unas memorias históricas genuinas, para el regocijo descarado del *New York Ti-*

mes, que compiló maliciosamente sus reseñas. «El descubrimiento más importante desde los papeles de Boswell» es la frase que todavía me persigue, porque si bien fui lo suficientemente humano como para notar que las costillas se me separaban del orgullo, también me sentí, de algún modo, consternado.

Verán, aunque escribí una introducción sencilla que explicaba el «descubrimiento» de los «papeles» en una sala de subastas en Ashby-de-la-Zouch (eso debería haberlos advertido) y la condimenté con «notas editoriales», no hubo intención de engañar; por un lado, aunque hice todo lo posible por escribir, en primera persona, al estilo victoriano, nunca imaginé que engañaría a nadie. Ni Herbert Jenkins tampoco. Y cincuenta críticos británicos lo reconocieron como una invención. (El único que estaba medio dudoso era mi antiguo jefe de redacción del *Herald;* tras recibir una solicitud para reseñarlo de otro periódico, le preguntó al editor literario del *Herald:* «Este libro de Geordie no es verdad, ¿a que no?», y cuando le aseguraron que no lo era, exclamó: «¡El maldito embaucador!», lo que sigo considerando un gran cumplido).

Con la excepción de un periódico de izquierdas que lo consideró un ataque mordaz al imperialismo británico, la prensa y el público tomaron a *Flashman,* con toda razón, como una historia de aventuras disfrazada de memorias de un viejo bribón impenitente que, a pesar de su cobardía, depravación y engaño, logró salir de terribles pruebas y peligros como un héroe aclamado, con el único mérito de su humor y su desvergonzada honestidad como memorialista. Me sentí satisfecho, aunque un poco desconcertado, al saber que el gran editor estadounidense Alfred Knopf dijo del libro: «No he oído esta voz en cincuenta años», y que el comisionado de la Policía Metropolitana lo recomendaba a sus subordinados. Mi interés creció a medida que escribía más libros de Flashman y observaba las reacciones.

Era, como varios críticos coincidieron, un escritor de sátiras. Uno dijo que me estaba vengando contra el siglo XIX en nombre del XX. Otro, que estaba librando una guerra contra la hipocresía victoriana. Un crítico llegó a decir que claramente estaba influido por Conrad. Una reseña de página completa en un periódico alemán me dejó atónito cuando mi ojo se topó con la palabra «Proust» en el texto. No entiendo el alemán, así que, por lo que sé, la reseña podría decir que Proust era mejor escritor que yo o que usaba más puntos y comas. Pero ahí estaba, y te hace reflexionar. Hace algunos años, una respetada revista religiosa afirmó que *Los papeles de Flashman* merecían reconocimiento como la obra de un moralista sensible y hablaba de su servicio no solo a la literatura e historia, sino al estudio de la ética.

Mi reacción inmediata fue parafrasear a Poins: «¡Dios me envíe peor fortuna, pero nunca lo dije!», mientras me alegraba de que alguien más lo hubiera dicho. Después, reflexioné solemnemente que esto estaba muy lejos de las largas noches con té frío y cigarrillos, ideando cómo hacer que Flashman cayera en el apasionado abrazo de la emperatriz de China o escapara de las garras de un enano demente al borde de un pozo de serpientes. Pero ahora, más allá de señalar que por desgracia el antiimperialista de izquierdas estaba equivocado, que los victorianos eran meros aficionados en hipocresía comparados con nuestra generación santurrona, adoctrinada, autocensurada y aterrorizada, y que no había leído una palabra de Conrad antes de 1966 (y mi interés desde entonces se ha limitado a *Bajo la mirada de Occidente,* con la esperanza de convencer a Dick Lester de filmarla como solo él podría), no tengo comentarios que ofrecer sobre las opiniones acerca de mi trabajo.

Sé lo que estoy haciendo, al menos eso creo, y mi objetivo es entretener (primero a mí mismo) siendo fiel a la historia, permitiendo que Flashman hable sobre la naturaleza humana e inhumana, y que el diablo se lleve tanto a los románticos como a los revisionistas políticamente correctos. Pero mi trabajo es escribir, no explicar lo que he escrito, y estoy muy contento y agradecido de que otros encuentren en Flashy lo que quieran (incluso he recibido cartas psicoanalizando al bruto), y vuelvo a la pregunta con la que he empezado este artículo.

Un amor de toda la vida por las aventuras imperiales británicas, alimentado por historietas como *El lobo de Kabul* y *Logan Corazón de León* (¿dónde estarán ahora?), *Barrack-Room Ballads,* películas como *La carga de la brigada ligera* y *Las cuatro plumas,* y las historias valientes para niños que mi padre ganó en forma de premios escolares en la década de 1890; el descubrimiento, a través de Scott, Sabatini y Macaulay, de que la historia es un gran relato de aventuras; mi experiencia como soldado en Birmania, donde vi el crepúsculo del Raj en todo su esplendor; una formación periodística que me inculcó el deseo de encontrar la verdad detrás de la opinión general; ser un montañés de una familia que prefería contar historias a comer... Supongo que Flashman nació de todas estas cosas, y de leer *Los días escolares de Tom Brown* de niño, y de tener una mente algo rebelde.

Gracias a ese afán de ir a contracorriente (siempre esperé en secreto que Rathbone matara a Flynn, subvirtiendo la convención y volteando la historia: Basil se queda con Olivia, Claude Rains triunfa, ¡guau!), reconocí a Flashman a primera vista como la estrella del libro de Hughes. El sinvergüenza que vacilaba a los novatos y era un cobarde podía ser un villano, pero era claramente atractivo, porque tenía el aspecto, el porte y el estilo («alto y fuerte», «una actitud franca y despreocupada» y «considerables poderes para ser agradable», según su creador) que siempre logran conferir *glamour* a la villanía. Sospecho que Hughes lo sabía también, y se deshizo de él antes de que pudiera apoderarse del libro, el cual pierde todo su espíritu y entusiasmo una vez que Flashy hace su salida, deshonrado y borracho.

(Por cierto, era una persona real; me enteré de esto recientemente. Existe una carta de un contemporáneo de Hughes en Rugby que es precisa en este punto, aunque no lo identifica. A veces he especulado sobre un muchacho que estaba en Rugby en la época de Hughes y que más tarde se convirtió en un distinguido soldado y algo así como un rufián, pero como no tengo ni una pizca de evidencia para respaldar esta especulación, me la guardo para mí).

Qué fue de él después de Rugby me parecía una pregunta obvia, que con toda probabilidad se me ocurrió por primera vez cuando tenía unos nueve años, y luego pasaron otros treinta hasta dar con la respuesta. El Ejército, inevitablemente, y ya que Hughes me había dado un punto de partida al expulsarlo a finales de la década de 1830, cuando lord Cardigan estaba en pleno apogeo y la guerra afgana era inminente... fue justo así. Empecé sin idea de adónde me llevaría la trama, pero con la historia victoriana marcando el camino, y ese ha sido mi método desde entonces: elegir un incidente o campaña; bucear en todas las fuentes contemporáneas disponibles, cartas, diarios, historias, informes, testigos oculares, trivialidades (y en textos de ficción, como las primeras publicaciones de *Punch,* que son minas de detalles); encontrar los hitos para que Flashy los siga más o menos; impacientarme por escribir y lanzarlo con la investigación incompleta, indagando mientras avanzo y cambiando de rumbo según lo dicte la historia o lo sugiera la fantasía.

En suma, dejar que la historia haga el trabajo, con un ojo puesto en las pepitas inesperadas y coincidencias que surgen en el proceso de búsqueda: por ejemplo, que el gabinete estaba borracho cuando tomó su decisión final sobre Crimea; que Pinkerton, el detective, había sido agitador sindical en el mismo lugar donde Flashman estaba destinado en el primer libro; que *El hombre que pudo reinar* de Kipling tenía una base factual; o que Bismarck y Lola Montez estaban en Londres en la misma semana (de 1842, si mal no recuerdo, lo cual a menudo no hago: cada vez que Flashman ha salido como tema en el concurso *Mastermind,* siempre he obtenido menos puntos que los concursantes).

Visitar los escenarios ayuda; no me habría perdido por nada del mundo el Little Big Horn, los ríos selváticos de Borneo, el fuerte de Bent o la maravillosa y destartalada Ruta de Oro a Samarcanda. Buscar es la mitad de la diversión, y esa es una de las razones por las que rechazo todas las ofertas de ayuda con la investigación (principalmente de América). Pero la razón principal es que soy un solista: no doy pistas de antemano, ni siquiera a los editores, y no permito interferencias editoriales después. Quizá sea basura, pero es mi basura, y recomiendo encarecidamente a los autores resistir la intrusión en sus creaciones y confiar más en su propio juicio que en el de algún entusiasta entrometido con un diploma en puntuación creativa que se muere de ganas de entrar en acción.

Uno de los grandes placeres de escribir sobre mi viejo rufián ha sido recibir y responder cartas, y maravillarme ante la amabilidad de los lectores que se toman la molestia de decirme que han disfrutado de sus aventuras, o que los ha alegrado, o que los ha acercado a la historia. Sentarse en las escaleras a las cuatro de la mañana y hablar con un grupo de estudiantes que han llamado desde el Medio

Oeste estadounidense es tan gratificante como enterarse de que un profesor universitario está usando a Flashman como herramienta de enseñanza. Incluso quienes desean escribir los libros por ti, o se quejan de que es racista (claro que lo es; ¿por qué iba a ser diferente del resto de la humanidad?), o insisten en que no es un cobarde, sino simplemente modesto, y están enamorados de él, pero los compensan por los incondicionales que han nombrado *pubs* en su honor (en Montecarlo y en algún lugar de Sudáfrica, según me han dicho), o han formado sociedades en su honor. Están ahí fuera, créanme: los Gandamack Delopers de Oklahoma, los Mosstroopers de Rowbotham y la Real Sociedad del Alto Canadá, con camisetas apropiadas.

He descubierto que cuando creas —o, en mi caso, adoptas y desarrollas— un personaje ficticio y lo llevas a través de una serie de libros, ocurre algo extraño. En cierto modo, adquiere vida propia. No quiero decir que te controle; lejos de eso, tiende a desvincularse de ti. En cualquier caso, descubres que no solo estás escribiendo sobre él: te conviertes, de una manera extraña, en su responsable. No eres solo su cronista: también eres su representante, entrenador y agente de relaciones públicas. Es culpa del autor, mi propia culpa, por fingir que es real, por presentar sus aventuras como si fueran sus memorias, situándolo en contextos históricos, añadiendo notas al pie y apéndices, e invitando al lector a aceptarlo como un personaje histórico.

El resultado es que alrededor de la mitad de las cartas que recibo lo tratan como si fuera una persona por derecho propio. Por supuesto, quienes me escriben saben que no lo es. Bueno, la mayoría lo sabe: ocasionalmente, recibo cartas indignadas de personas que se quejan de no encontrarlo en la lista del ejército o en el Diccionario Nacional de Biografía. Pero casi todos saben que es ficticio, y cuando fingen que no lo es, solo están participando en el juego. Yo lo empecé, así que no puedo quejarme.

Cuando Hughes eliminó de forma abrupta y sin piedad a Flashman de *Los días escolares de Tom Brown* (en la página 170, si mal no recuerdo), me pareció un acto bastante insensible abandonarlo con todos sus pecados sobre él justo en la etapa de la adolescencia, cuando un joven necesita toda la ayuda y comprensión que pueda obtener. Así que lo adopté, no por motivos caritativos, sino porque me di cuenta de que había buen material en el chico, y que con el cuidado y la orientación adecuados se podía sacar algo de él.

Y tengo que decir que, con todas sus faltas (¿qué estoy diciendo?, *gracias* a sus faltas), el joven Flashy ha justificado la fe que deposité en él. A lo largo de los años, él y yo hemos pasado por varias campañas y aventuras diversas, y puedo afirmar sin duda que, por muy cobarde, bribón, adulador, mujeriego y embustero que sea, es un buen compañero con el que meterse en la jungla.

GEORGE MACDONALD FRASER

Para Kath

Nota aclaratoria

El voluminoso manuscrito conocido como *Los papeles de Flashman* fue descubierto durante la venta de unos enseres domésticos en Ashby, Leicestershire, en 1965. Posteriormente, el señor Paget Morrison de Durban, Sudáfrica, reclamó los diarios como pariente vivo más próximo de su autor.

Un dato de especial interés literario a propósito de los diarios es el hecho de que en ellos se identifica claramente a Flashman, el colegial pendenciero de *Los días escolares de Tom Brown,* de Thomas Hughes, con el célebre soldado victoriano del mismo nombre. Los diarios son, en realidad, las memorias personales de Harry Flashman desde el día de su expulsión de la Escuela de Rugby a finales de los años treinta del siglo pasado hasta los primeros años del siglo actual. Parece ser que los escribió entre 1900 y 1905, cuando debía de tener más de ochenta años. Cabe la posibilidad de que los dictara.

Los diarios, que, al parecer, permanecieron intactos durante cincuenta años en una caja de té hasta su descubrimiento en la casa de subastas de Ashby, estaban cuidadosamente protegidos por unas tapas de hule.

De la correspondencia encontrada en el primer paquete se deduce que su hallazgo inicial por parte de sus familiares en 1915, tras la muerte del gran soldado, provocó una gran consternación; al parecer, tomaron la decisión unánime de no publicar la autobiografía de su pariente —es fácil comprender el motivo— y lo más sorprendente es que no se destruyera el manuscrito.

Por suerte, se conservó, y lo que sigue es el contenido del primer paquete, relativo a las primeras aventuras de Flashman. No tengo ninguna razón para dudar de la absoluta autenticidad del relato; las referencias históricas de Flashman son casi invariablemente exactas; los lectores podrán juzgar si es digno de crédito o no en cuestiones de carácter más personal.

El señor Paget Morrison, conocedor de mi interés por este tema y otros relacionados con él, me pidió que editara los diarios. Sin embargo, aparte de la corrección de algunos pequeños errores ortográficos sin importancia, no había nada que editar. Flashman poseía un sentido narrativo superior al mío, por lo que yo me limité a añadir algunas notas históricas.

La cita de *Los días escolares de Tom Brown* estaba pegada a la primera página del primer paquete; está claro que se recortó de la edición original de 1856.

G. M. F.

Una hermosa tarde estival en la que se había estado deleitando con los placeres del ponche de ginebra en Brownsover y había rebasado sus límites habituales, Flashman empezó a desmadrarse. Se reunió con uno o dos amigos que venían de darse un baño y les ofreció una cerveza que ellos aceptaron porque hacía calor, se morían de sed y no tenían ni idea de la cantidad de copas que Flashman se había metido entre pecho y espalda. El resultado final fue que Flashman se emborrachó como una cuba. Entre los dos amigos trataron de ayudarlo a caminar, pero no pudieron; entonces alquilaron una narria y a dos hombres para que lo llevaran. Uno de los maestros los sorprendió y, como es natural, todos emprendieron la huida. La fuga despertó las sospechas del maestro, y el ángel de la guarda de los fámulos le inspiró la idea de examinar la carga y, una vez finalizado el examen, de subir él mismo la narria hasta la escuela. El director, que ya llevaba algún tiempo vigilando a Flashman, dispuso su expulsión a la mañana siguiente.

Los días escolares de Tom Brown, THOMAS HUGHES

KABUL Y EL PASO
DE KHYBER

KABUL

Río Kabul

Boothak   Jugdulluk   Fatehabad

Khoord   Tezeen   *Río Sourkab*
Kabul   Gandamack

• Mogala   **FUERTE
                DE LA
                COLINA**

AFGANISTÁN

• Ghuznee

↙ A Kandahar

Frontera
Caminos

0   10   20   30   40   50

Millas

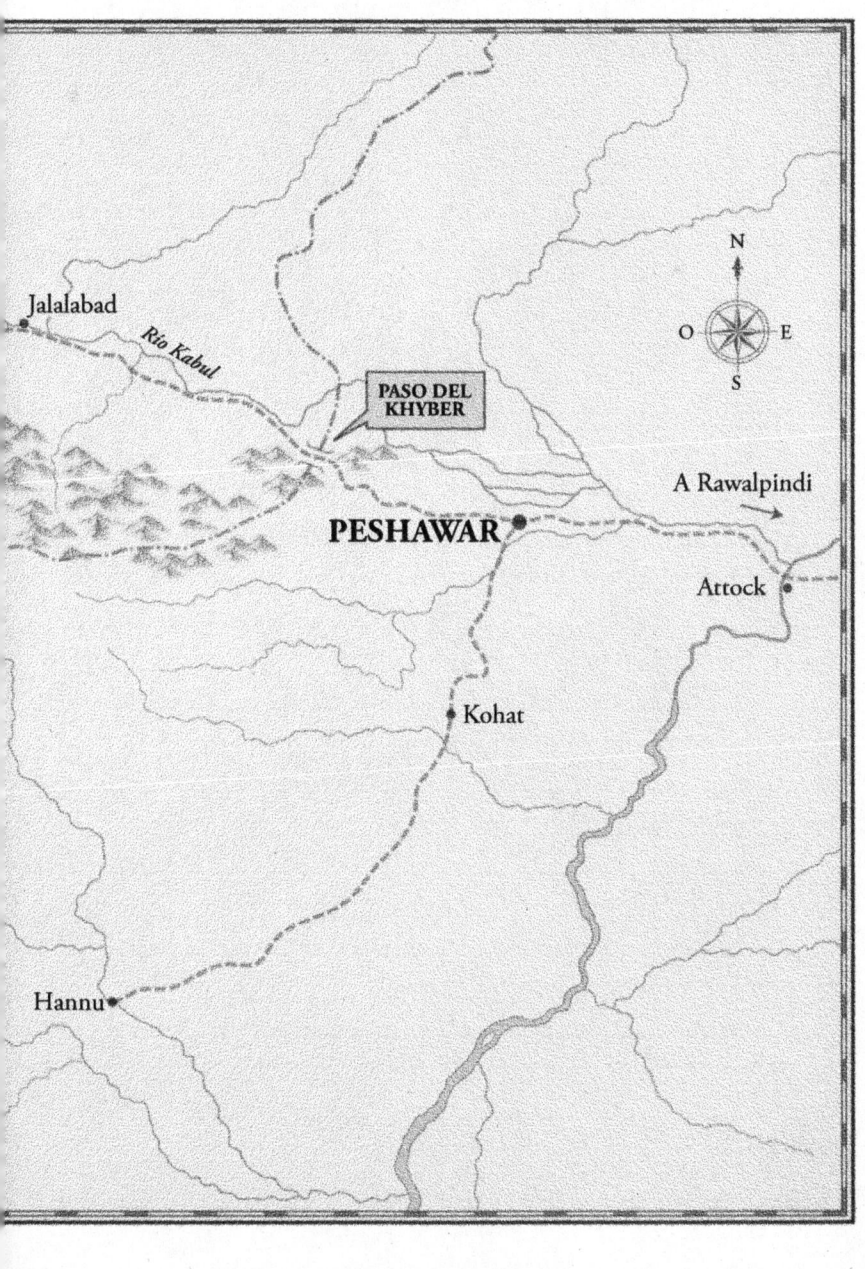

Hughes se equivocó en un detalle importante. Habrán ustedes leído en *Tom Brown* que me expulsaron de la Escuela de Rugby por embriaguez, lo cual es muy cierto, pero, al decir que ello sucedió como consecuencia de haber bebido deliberadamente cerveza tras haber tomado varias copas de ponche de ginebra, Hughes comete un error. Ya a los diecisiete años, yo me guardaba de mezclar las bebidas.

No lo digo para justificarme, sino en aras de la estricta verdad. Este relato será totalmente fiel; con ello rompo una inveterada costumbre de ochenta años. ¿Por qué no hacerlo? Cuando uno es viejo como yo y sabe muy bien lo que era y sigue siendo, todo le da igual. Porque yo no me avergüenzo, ¿saben ustedes? Nunca me avergoncé de mi conducta y cuento en mi haber con lo que la sociedad consideraría méritos más que suficientes: la dignidad de caballero, una Cruz Victoria, una alta graduación militar y una cierta popularidad. Por consiguiente, puedo contemplar el retrato del joven oficial de los húsares de Cardigan que cuelga encima de mi escritorio, alto, dominante y tirando a guapo tal como yo era por aquel entonces (el propio Hughes reconocía que yo era alto y fuerte y poseía una considerable dosis de encanto), y decir que es el retrato de un tunante, mentiroso, fullero, ladrón, cobarde y también pelotillero de marca mayor. Hughes decía más o menos todas esas cosas y su descripción era bastante imparcial, exceptuando algunos detalles sin importancia como los que he mencionado. Pero es que él tenía más interés en soltar un sermón que en aportar datos.

En cambio, a mí me interesan más los datos y, puesto que muchos de ellos me dejan en mal lugar, pueden ustedes tener la certeza de que son auténticos.

En cualquier caso, Hughes se equivocó al decir que yo sugerí la cerveza. Fue Speedcut quien la pidió, y yo la bebí (después de todos aquellos ponches de ginebra) antes de darme cuenta de lo que estaba haciendo. Eso me dejó fuera de combate; para entonces ya estaba francamente borracho —«bestialmente borracho» dice Hughes, y dice bien—, y cuando me sacaron de La Parra apenas podía ver y mucho menos caminar. Me metieron bien arropado en una silla de manos; entonces apareció un profesor, Speedcut estuvo a la altura de las circunstancias y salió disparado. Me dejaron tendido en el asiento y el profesor se acercó y me vio. Era el viejo Rufton, uno de los preceptores de la cuadrilla de Arnold.

—¡Válgame el cielo! —exclamó—. Es uno de nuestros chicos… ¡y está bebido!

Aún me parece verlo, mirándome con sus pálidos ojos de grosellero silvestre y sus blancas patillas. Trató de despertarme, pero fue como intentar resucitar un cadáver. Me quedé donde estaba, riéndome como un tonto. Al final, perdió los estribos, empezó a aporrear el techo de la litera con su bastón y gritó:

—¡Sáquenlo de aquí, asistentes! ¡Llévenlo a la escuela! ¡Tendrá que comparecer ante el director por esta falta!

Me llevaron en procesión. El viejo Thomas y los asistentes condujeron la litera hasta el hospital, que era lo más indicado, y me dejaron en una cama para que me serenara, mientras el viejo Rufton despotricaba a mis espaldas. No tardé mucho, se lo puedo asegurar (en cuanto mi mente se despejó lo justo), en reflexionar acerca de lo que iba a ser de mí. Ya saben ustedes cómo era Arnold si han leído a Hughes, y maldita la gracia que me hacía la mayoría de las veces. Lo menos que podía esperar de él era una azotaina en presencia de los demás alumnos.

La sola idea fue suficiente para llenarme de espanto, aunque el verdadero origen de mi temor era el propio Arnold.

Me dejaron en el hospital unas dos horas, y después se presentó el viejo Thomas para decirme que el director quería verme. Lo seguí hasta la planta baja y me dirigí con él hasta el edificio de la escuela mientras los fámulos atisbaban desde las esquinas y comentaban entre sí que, al final, el muy bruto de Flashy había caído. El viejo Thomas llamó a la puerta del director, y un vozarrón que a mí se me antojó un trueno infernal contestó:

—¡Adelante!

Se encontraba de pie delante de la chimenea, con las manos a la espalda sujetándose los faldones del frac y una cara semejante a la de un turco en un bautizo. Sus ojos parecían puntas de sable, tenía el rostro muy pálido y mostraba la expresión de desagrado que solía reservar para semejantes ocasiones. A pesar de los efectos residuales del alcohol, yo experimenté en aquel momento un temor como jamás he sentido en mi vida, y cualquiera que se haya enfrentado con una batería rusa en Balaclava y haya permanecido encadenado en una mazmorra afgana a la espera de los torturadores tal como yo he permanecido sabe lo que significa el temor. Aún se me erizan los pelos cuando pienso en él, y eso que lleva sesenta años muerto.

Pero entonces estaba muy vivo. Permaneció en silencio un ratito para ponerme nervioso. Y después:

—Flashman —dijo—, hay muchos momentos en la vida de un director de escuela en los que este debe tomar una decisión, para preguntarse después si ha obrado bien o no. Yo ya he tomado la decisión y, por una vez, no me cabe la menor duda de que obro bien. Llevo varios años observándolo con creciente preocupación. Ha sido usted una influencia nefasta en la escuela. Sé que es un muchacho pendenciero, sospecho desde hace mucho tiempo que es un mentiroso, y mucho me temía que fuera falso y mezquino. Pero, sinceramente, jamás hubiera imaginado que pudiera caer tan bajo como para ser un borrachín. He buscado en el pasado alguna señal de mejora en usted, algún destello de gracia, algún rayo de esperanza que me permitiera pensar que mi labor, en su caso, no había sido totalmente inútil. Pero no he hallado nada, y esta es la infamia final. ¿Tiene usted algo que decir?

Para entonces yo solo estaba en condiciones de lloriquear; farfullé no sé qué, señalando que lo lamentaba.

—Si pensara por un instante —dijo— que de veras lo lamenta y siente un sincero arrepentimiento, podría vacilar y no atreverme a dar el paso que estoy a punto de dar. Pero lo conozco demasiado bien, Flashman. Tiene usted que abandonar Rugby mañana mismo.

Si hubiera estado en mi sano juicio, supongo que la noticia no me habría parecido demasiado mala, pero la voz de trueno de Arnold me hizo perder la cabeza.

—Pero, señor —repliqué sin dejar de lloriquear—, ¡a mi madre se le partirá el corazón de pena!

Palideció como un fantasma y yo me eché hacia atrás, pensando que me iba a pegar.

—¡Miserable blasfemo! —rugió, adoptando una de sus habituales expresiones de predicador de púlpito—. Su madre lleva muchos años muerta, ¿y tiene usted la osadía de invocar su nombre, un nombre que debería ser sagrado para usted, en defensa de sus abominaciones? ¡Acaba de matar cualquier destello de compasión que yo pudiera sentir por usted!

—Mi padre…

—Su padre —dijo— ya sabrá qué hacer con usted. Me cuesta pensar que se le vaya a partir el corazón de pena —añadió, mirándome con desdén.

Sabía algo acerca de mi padre, ¿comprenden ustedes?, y probablemente pensaba que éramos tal para cual. Permaneció de pie un momento, con las manos juntas y tamborileando con los dedos, y después dijo, con un tono de voz distinto:

—Es usted una criatura despreciable, Flashman. He fracasado con usted. Pero, a pesar de todo, debo decirle que esto no es el final. No puede seguir aquí, pero es usted joven, Flashman, y todavía hay tiempo. Aunque sus pecados sean más rojos que la sangre, aún pueden volverse más blancos que la nieve. Ha caído muy bajo, pero podrá volver a levantarse…

No tengo muy buena memoria para los sermones, pero siguió un buen rato en este plan, tal como correspondía a su condición de viejo hipócrita mojigato. Pues yo creo que era tan hipócrita como casi todos los representantes de su generación. O eso, o era más tonto de lo que parecía, pues su compasión hacia mí era totalmente inútil. Pero él no se dio cuenta en ningún momento.

Sea como fuere, el caso es que me soltó una piadosa arenga sobre la forma en que me podría salvar a través del arrepentimiento, cosa, por cierto, que yo jamás he creído. Me he arrepentido muchas veces en mi vida y con razones más que sobradas, pero jamás he sido tan necio como para suponer que con ello se pudieran arreglar las cosas. Sin embargo, he aprendido a seguir la corriente cuando hace falta, y por eso dejé que rezara por mí y, cuando terminó, salí de su estudio mucho más contento de lo que estaba cuando había entrado en él. Me había salvado de los azotes, que era lo principal; el hecho de abandonar Rugby me importaba un pimiento. Nunca me había gustado demasiado aquel lugar y ni siquiera pensaba en la presunta ignominia de la expulsión. (Me llamaron hace algunos años para entregar unos premios; nada se dijo entonces a propósito de la expulsión, lo cual demuestra que son unos hipócritas tan redomados como en tiempos de Arnold. Hasta pronuncié un discurso acerca del valor, nada menos).

Abandoné la escuela a la mañana siguiente en la calesa, con mi baúl encima de la capota, y supongo que ellos se alegraron de que me largara. Los fámulos, con toda seguridad, porque se las había hecho pasar moradas en mis tiempos. ¿Y quién estaba en la puerta (para burlarse de mí, pensé al principio, pero resultó que era todo lo contrario) sino el descarado de Scud East? Hasta me tendió la mano.

—Lo siento, Flashman —dijo.

Le pregunté por qué tenía que sentirlo y lo mandé a la mierda por su desvergüenza.

—Siento que te hayan expulsado —me dijo.

—Eres un embustero —le contesté—. Y que se vaya también a la mierda tu sentimiento.

Me miró, giró sobre sus talones y se alejó. Ahora sé que estaba equivocado. Lo sintió de verdad, solo el cielo sabe por qué. No tenía motivos para apreciarme, y yo en su lugar hubiera arrojado el gorro al aire y lanzado vítores de alegría. Pero él era un blandengue; uno de aquellos valerosos bobalicones de Arnold, un viril tipejo rebosante de virtud, de esos que tanto les gustan a los directores de escuela. Sí, entonces el pobrecillo era un bobalicón y lo seguía siendo veinte años después, cuando murió en medio de la polvareda en Kanpur con una bayoneta cipaya clavada en la espalda. El bueno de Scud East; para eso le sirvió toda su valerosa bondad.

No me entretuve durante el viaje de vuelta a casa. Sabía que mi padre estaba en Londres y quería resolver cuanto antes la dolorosa cuestión de comunicarle mi expulsión de Rugby. Por consiguiente, dejé dicho que me enviaran el equipaje y alquilé un caballo como Dios manda en el George para trasladarme a la ciudad. Yo era uno de esos que aprenden a montar en cuanto empiezan a andar. De hecho, mi habilidad para la equitación y mi facilidad para los idiomas extranjeros han sido las únicas cosas de las que se podría decir que son dotes innatas y muy útiles, por cierto.

O sea que me dirigí a caballo a la ciudad, preguntándome cómo se tomaría mi padre la buena noticia. El jefe era un tipo un poco raro y ambos habíamos recelado siempre el uno del otro. Era nieto de un ricachón, ¿saben?, pues el viejo Jack Flashman había ganado una fortuna en América con los esclavos y el ron, y no me extrañaría nada que también se hubiera dedicado a la piratería, todo lo cual le permitió comprarse una casa en Leicestershire en la que hemos vivido desde entonces. Sin embargo, a pesar de su dinero, los Flashman nunca llegaron a refinarse, y es que «el pelo de la dehesa asomaba generación tras generación como una boñiga junto a un rosal», tal como decía Greville. En otras palabras, mientras que otras familias venidas a más procuraban por todos los medios hacerse pasar por gente fina, la nuestra no lo hacía porque le era imposible. Mi padre fue el primero en casarse bien, pues mi madre estaba emparentada con los Paget, los cuales, como todo el mundo sabe, están sentados a la derecha de Dios. Debido a ello, se pasaba la vida vigilándome para ver si se me subían los humos a la cabeza; antes de la muerte de mi madre, mi padre apenas me veía, pues estaba demasiado ocupado en los clubs o en la Cámara o bien cazando —a veces zorros, pero generalmente mujeres—; más tarde no tuvo más remedio que interesarse un poco por su heredero y, de este modo, empezamos a conocernos y a desconfiar el uno del otro.

Supongo que, a su manera, era un tipo honrado, un poco bruto y con un genio de mil demonios, pero bastante apreciado en su círculo, que era el de los terratenientes con suficiente dinero como para ser aceptados en el elegante barrio residencial del West End. Disfrutaba de cierta fama residual por el hecho de haber resistido varios asaltos con Cribb en su juventud, aunque yo creo que el campeón Tom estuvo muy suave con él a causa de su dinero. Ahora repartía su tiempo entre la ciudad y el campo y mantenía una casa muy lujosa, pero ya no estaba en la política, pues lo habían enviado al matadero de la Reforma.* Sin embargo, seguía muy ocupado con el *brandy*, las mesas de juego y la caza... de ambos tipos.

Yo estaba considerablemente nervioso cuando subí corriendo los peldaños y empecé a aporrear la puerta principal de la casa. Oswald, el mayordomo, lanzó un grito al ver quién era, pues el final del semestre aún quedaba muy lejos. Sus voces atrajeron a otros criados que sin duda olfatearon un escándalo.

—¿Está en casa mi padre? —pregunté, entregándole a Oswald mi chaqueta mientras me alisaba el corbatín.

—Por supuesto que sí, señorito Harry —contestó Oswald, deshaciéndose en sonrisas—. ¡Ahora mismo se encuentra en el salón! —Abrió la puerta de par en par y anunció—: ¡El señorito Harry ha llegado a casa, señor!

Mi padre estaba repantigado en un canapé, pero se levantó de un salto al verme. Sostenía una copa en la mano y tenía la cara arrebolada, pero, puesto que ambas cosas eran habituales en él, resultaba un poco difícil saber si estaba bebido o no. Me miró fijamente y después saludó al hijo pródigo con un:

—¿Qué demonios estás haciendo aquí?

En casi cualquier otra circunstancia, semejante bienvenida me hubiera desconcertado, pero no en aquel momento. En la estancia había una mujer que me distrajo de mi zozobra. Era alta y bien pa-

---

* Ley del año 1832 por la cual muchas circunscripciones electorales corruptas fueron privadas de sus derechos y privilegios. *(N de la T.)*

recida, tenía pinta de pelandusca, llevaba el cabello castaño recogido de cualquier manera y miraba con cara de aquí te espero. «Esta es la nueva», pensé, pues ya me había acostumbrado a su colección de señoras, las cuales cambiaban con tanta rapidez como los centinelas de St. James.

La mujer me miró con una perezosa sonrisa medio divertida que no solo me provocó un estremecimiento en la espalda, sino también una aguda conciencia de mi atuendo de colegial. Pero también me fortaleció de golpe, de tal forma que contesté sin la menor vacilación y con la mayor frialdad que pude:

—Me han expulsado.

—¿Expulsado? ¿Quieres decir que te han echado? ¿Y eso por qué, señor mío? —preguntó mi padre.

—Por embriaguez principalmente.

—¿Principalmente? ¡Pero qué barbaridad!

Se le había puesto la cara de color púrpura y su mirada pasaba de la mujer a mí como si buscara una aclaración. Por lo visto, a la mujer la situación se le antojaba muy graciosa, pero, al ver que el pobre hombre estaba a punto de estallar, me apresuré a explicarle lo ocurrido. Dije esencialmente la verdad, pero amplié más de la cuenta mi entrevista con Arnold. Cualquiera que me hubiera oído habría imaginado que ambos habíamos estado más o menos parejos. Al percatarme de que la mujer me miraba, me hice el indiferente, lo cual fue quizá un poco peligroso dado el estado de ánimo del jefe. Sin embargo, para mi sorpresa, mi padre lo encajó muy bien; nunca le había gustado Arnold, como es natural.

—¡Bueno, pues qué le vamos a hacer! —dijo llenándose otra vez la copa. No sonreía, pero se le había desarrugado la frente—. ¡Menudo sinvergüenza estás hecho! Bien empezamos. ¡Expulsado con ignominia, maldita sea tu estampa! ¿Te azotó? ¿No? Pues yo te hubiera arrancado la piel de la espalda a tiras… ¡y puede que lo haga, qué demonios! —Pero ahora ya estaba sonriendo, aunque con cierta amargura, todo hay que decirlo—. ¿Tú qué piensas de eso, Judy?

—Supongo que es un pariente tuyo, ¿verdad? —replicó ella, señalándome con su abanico. Tenía una profunda voz gutural y yo volví a estremecerme.

—¿Un pariente? ¡Pero bueno, si es mi hijo Harry, muchacha! Harry, esta es Judy... quiero decir, la señora Parsons.

Ella me miró sonriendo con la misma expresión divertida de antes, y entonces yo me llené de orgullo —recuerden que tenía diecisiete años— y la estudié con detenimiento mientras mi padre se volvía a llenar la copa y maldecía a Arnold, calificándolo de cura puritano iletrado. La mujer poseía lo que se llama una figura escultural, con anchos hombros y busto exuberante, lo cual era menos común entonces de lo que es ahora, y yo tuve la impresión de que le gustaba el aspecto de Harry Flashman.

—Bueno —dijo finalmente mi padre cuando hubo terminado de tronar contra la insensatez que suponía colocar a mojigatos hombres de letras al frente de las escuelas privadas—. ¿Y ahora qué vamos a hacer contigo, me lo quieres decir? ¿Qué piensas hacer, señor mío, ahora que has manchado el honor de tu casa con tus bestialidades, eh?

Yo lo había estado pensando por el camino, e inmediatamente contesté que me gustaba el ejército.

—¿El ejército? —rezongó—. ¿Quieres decir que tendré que comprarte un nombramiento para que puedas vivir como un rey y me arruines, supongo, con tus facturas del Club de la Guardia?

—De la Guardia no —contesté—. Yo había pensado en el Undécimo de la Brigada Ligera de Dragones.

Me miró fijamente al oír mis palabras.

—¿Pero es que ya has elegido el regimiento? ¡Desde luego, eres más frío que un témpano!

Yo sabía que el Undécimo estaba en Canterbury tras un prolongado período de servicio en la India y que, por esa razón, no era probable que lo destinaran a una plaza en el extranjero. Sabía ciertas cosas sobre los militares, pero todo aquello era demasiado rápido para el jefe; siguió hablando de los costes de las compras y de la vida en el ejército, y se refirió de nuevo a mi expulsión y a mi carácter en general antes de volver de nuevo al ejército. Me di cuenta de que el oporto lo estaba volviendo locuaz, por lo que me pareció prudente no insistir.

—Conque los Dragones, ¿eh? ¿Tú sabes lo que vale un nombramiento de corneta? Eso es un maldito disparate. En mi vida he oído nada igual. Menuda desfachatez, ¿no te parece, Judy?

La señorita Judy señaló que yo estaría muy guapo con un deslumbrante uniforme de dragón.

—Ah, ¿sí? —dijo mi padre, mirándola con una cara muy rara—. Sí, seguro que estaría muy guapo. Ya veremos —añadió, estudiándome con expresión malhumorada—. Entre tanto, te puedes ir a la cama. Hablaremos mañana. De momento, aún estás en desgracia.

Sin embargo, mientras me retiraba, le oí denostar de nuevo a Arnold y me fui a la cama muy contento e incluso aliviado. No cabía duda de que mi padre era un tipo muy raro; nunca podías adivinar cómo se tomaría las cosas.

Pero, a la mañana siguiente, cuando me reuní con él a la hora del desayuno, ya no se habló para nada del ejército. Soltando maldiciones contra Brougham —el cual, deduje, habría lanzado un violento ataque contra la reina en la Cámara—[*] y comentando no sé qué escándalo protagonizado por lady Flora Hastings[†] en el *Post,* estaba demasiado ocupado como para prestarme atención, por lo que se fue inmediatamente a su club. En cualquier caso, yo me alegré de dejar el asunto tal como estaba de momento; siempre he creído que hay que hacer las cosas de una en una, y la cosa que en aquel instante ocupaba mis pensamientos era la señorita Judy Parsons.

Permítanme decir que, aunque ha habido centenares de mujeres en mi vida, yo jamás he sido uno de esos que andan presumiendo de sus conquistas sin parar. He explorado y cabalgado más que la mayoría de los hombres, de eso no cabe la menor duda, y existen probablemente unos cuantos hombres y mujeres de mediana edad que podrían llevar el apellido Flashman si supieran quién es su padre. Pero, dejando eso aparte, a no ser que uno sea de los que se enamoran —cosa que yo jamás he hecho—, los revolcones se apro-

---

[*] El discurso de lord Brougham en mayo de 1839, «atacó a la reina [...] con despiadada severidad» (Greville) y dio lugar a una gran polémica.
[†] Lady Flora Hastings, dama de compañía de la duquesa de Kent, fue acusada de estar embarazada hasta que un examen médico demostró lo contrario. Como consecuencia de ello, se ganó una enorme simpatía popular mientras que la reina, que se había mostrado amargamente hostil a su persona, sufrió una grave merma en el aprecio de los ciudadanos.

vechan cuando hay ocasión, y cuantos más, mejor. Sin embargo, Judy guarda una estrecha relación con mi relato.

Yo no era inexperto con las mujeres; en casa siempre había habido criadas y alguna que otra moza del campo, pero Judy era una mujer de mundo y eso yo no lo había catado. Y no es que estuviera preocupado en este sentido, pues me tenía a mí mismo (y con razón) en bastante buen concepto. Era lo bastante alto y guapo como para satisfacer a cualquiera de ellas, pero, por el hecho de ser la amante de mi padre, cabía la posibilidad de que ella considerara excesivamente arriesgado retozar con el hijo. Resultó que no le tenía miedo ni al jefe ni a nadie.

Vivía en la casa, puesto que la joven reina acababa de subir al trono por aquel entonces y la gente seguía comportándose como en tiempos del príncipe regente y el rey Billy,* no como más tarde, cuando las amantes tuvieron que desaparecer de la vista. Subí a su habitación antes del mediodía para explorar el territorio y la encontré aún en la cama, leyendo los periódicos. Se alegró de verme y empezamos a conversar. Por la forma en que me miraba y se reía y dejaba que jugueteara con su mano, comprendí que solo sería cuestión de encontrar el momento. De no haber sido por una doncella que andaba de un lado para otro a lo largo de la estancia, me hubiera lanzado inmediatamente.

Sin embargo, como al parecer mi padre acudiría aquella noche al club y se quedaría allí hasta muy tarde jugando, tal como tenía por costumbre hacer, accedí a regresar horas después para jugar con ella al ecarté. Ambos sabíamos que no íbamos a jugar a las cartas precisamente. Como era de esperar, cuando regresé al anochecer, la encontré acicalándose sentada delante del espejo, envuelta en un camisón con el que yo me hubiera podido hacer un pañuelito. Me acerqué directamente a ella por la espalda, agarré con ambas manos sus generosos pechos, ahogué su jadeo con mi boca y la empujé a la cama. Estaba tan ansiosa como yo, y retozamos con un estilo muy curioso, primero el uno encima del otro y después al revés. Lo cual me recuerda algo que me quedó grabado en la memoria, tal como suele ocurrir en tales casos: cuando todo terminó, ella, espléndida-

---

* Guillermo IV, tío de la reina Victoria. *(N. de la T.)*

mente desnuda, se sentó a horcajadas encima de mí, se apartó el cabello de los ojos y, de repente, se echó a reír de buena gana, tal como se suele hacer cuando a uno le cuentan un chiste muy gracioso. En aquellos momentos pensé que se reía de placer y me sentí muy orgulloso de mi actuación, pero ahora estoy seguro de que se estaba burlando de mí. No olviden que yo tenía diecisiete años, y no cabe duda de que le debió de parecer muy gracioso que yo me sintiera tan satisfecho de mí mismo.

Más tarde jugamos a las cartas para guardar las formas y ella ganó, y después yo tuve que salir furtivamente porque mi padre regresó a casa temprano. Al día siguiente lo volví a intentar, pero, para mi asombro, esta vez ella me dio unas palmadas en las manos diciendo:

—No, no, muchachito; una vez para divertirnos sí, pero no dos. Aquí no puedo perder la compostura.

Se refería a mi padre y a la posibilidad de que los criados empezaran a chismorrear. Supongo.

Me molesté y me enfadé, pero ella volvió a burlarse de mí. Entonces perdí los estribos y traté de chantajearla, amenazando con hacer lo posible por que mi padre se enterara de lo de la víspera, pero ella se limitó a hacer una mueca de desprecio.

—No te atreverás —dijo—. Y, si te atreves, me dará igual.

—Conque sí, ¿eh? —repliqué—. ¿Y si él te echara de casa, so guarra?

—Pero bueno, qué agallas tiene mi niño. A primera vista, me pareció que eras tan bruto como tu padre, pero ahora veo que tienes, además, ciertos rasgos de canalla. Permíteme decirte que él es más hombre que tú… en la cama y fuera de ella.

—Pero fui lo bastante bueno para ti, perra —contesté.

—Una sola vez y basta —dijo ella, haciendo una reverencia burlona—. Lárgate y limítate a las criadas a partir de ahora.

Salí hecho una furia y cerré la puerta de golpe. Me pasé una hora dando vueltas por el parque mientras planeaba lo que iba a hacerle a Judy si alguna vez se me ofreciera la ocasión. Al cabo de un rato, mi cólera se esfumó y empujé a la señorita Judy a un rincón de mi mente, dejándola en reserva hasta el momento en que se me presentara la oportunidad de darle su merecido.

Curiosamente, la aventura redundó en mi beneficio. No sé si llegó a oídos de mi padre lo que ocurrió aquella primera noche o si él lo olfateó en el aire, pero sospecho que fue más bien lo segundo, pues mi padre era muy listo y tenía la misma capacidad que yo para barruntar las cosas. En cualquier caso, su actitud hacia mí cambió de repente; de los comentarios acerca de mi expulsión y de la naturalidad en el trato, pasó de golpe a unos modales aparentemente enfurruñados y a unas extrañas miradas que apartaba a toda prisa como si se sintiera cohibido.

Sea como fuere, a los cuatro días de mi regreso a casa, mi padre anunció de pronto que había estado pensando en mi sugerencia sobre el ejército y había decidido comprarme un par de insignias de oficial. Yo debería acudir a la Guardia Montada y visitar a mi tío Bindley, el hermano de mi madre, el cual lo arreglaría todo. Estaba claro que mi padre deseaba que me fuera cuanto antes de casa, por lo que aproveché la ocasión para resolver el asunto de la asignación y le pedí quinientas libras anuales para complementar mi paga. Ante mi asombro, aceptó sin rechistar. Maldije mi estampa por no haber pedido setecientas cincuenta libras, pero quinientas ya eran el doble de lo que yo esperaba y mucho más que suficiente, por lo que me di por satisfecho y me fui a la Guardia Montada rebosante de buen humor.

Mucho se ha dicho acerca de la compra de graduaciones —que los ricos e ineptos pasaban por encima de hombres mejor preparados gracias a su dinero y que los pobres y competentes se quedaban rezagados—, pero sé por experiencia que casi todo es mentira. Aunque se abolieran las compras de graduaciones, los ricos ascenderían en el ejército más rápidamente que los pobres y, además, por regla general, tanto los unos como los otros suelen ser unos ineptos. He servido en el ejército como diez hombres juntos, sin culpa por mi parte, y puedo asegurar que casi todos los oficiales son un desastre y que cuanto más suben en el escalafón, peores se vuelven, yo incluido. Dicen que fuimos unos ineptos en Crimea, cuando las compras de graduaciones estaban en pleno apogeo, pero el lío que han armado recientemente en Sudáfrica parece que fue del mismo calibre... y eso que no se compraron las graduaciones.

Sin embargo, yo entonces no tenía más ambición que la de convertirme en un humilde corneta y entregarme a la buena vida en un regimiento de primera, lo cual era uno de los motivos de que me hubiera decidido por el Undécimo de Dragones. Otro era su cercanía a la ciudad.

No le dije nada de esto a tío Bindley y me comporté con gran sagacidad, como si estuviera deseando distinguirme en el combate contra los marathas o los *sijes*. Él resopló, me miró desde lo alto de su nariz, que era larga y muy fina, y dijo que jamás había sospechado el menor ardor militar en mí.

—No obstante, parece que hoy en día basta con que te quede bien el uniforme y tener cierta inclinación a la locura —añadió—. Y sabes montar, según tengo entendido, ¿verdad?

—En cualquier cosa que tenga patas, tío —contesté yo.

—De todos modos, eso no tiene demasiada importancia. Lo que a mí me preocupa es que, según los informes, no sepas dominarte con el alcohol. Convendrás conmigo en que el hecho de que hayan tenido que sacarte a rastras de una taberna de Rugby dando tumbos no es una buena recomendación para un comedor de oficiales.

Me apresuré a decirle que los informes eran exagerados.

—Lo dudo —dijo—. Me interesa saber si guardaste silencio en estado de embriaguez o si, por el contrario, desbarraste. Un borracho parlanchín es intolerable; en cambio, uno que no abre la boca se puede aceptar en caso de necesidad. Por lo menos, si tiene dinero; hoy en día parece ser que el dinero disculpa prácticamente cualquier conducta en el ejército.

Era uno de sus comentarios sarcásticos preferidos; permítaseme decir que la familia de mi madre, aunque muy distinguida, no era demasiado rica. Pese a ello, lo sufrí todo con humildad.

—Sí —prosiguió—, no me cabe duda de que, con tu asignación, podrás matarte o bien arruinarte en muy breve tiempo. En eso no serás peor que la mitad de los subalternos del servicio, aunque tampoco mejor. Ah, pero, un momento, dijiste el Undécimo de la Brigada Ligera de Dragones, ¿verdad?

—Sí, tío.

—¿Y estás decidido a entrar en ese regimiento?

34

—Por supuesto —contesté un tanto extrañado.

—En tal caso, puedes divertirte un poco antes de seguir el camino de todo el mundo —dijo con una perspicaz sonrisa en los labios—. ¿Has oído hablar, por casualidad, del conde de Cardigan?

Contesté que no, lo cual demuestra lo poco que me habían interesado hasta entonces las cuestiones militares.

—Fantástico. Es el que está al mando del Undécimo, ¿sabes? Heredó el título hace apenas un año cuando estaba en la India con el regimiento. Un hombre extraordinario. Tengo entendido que no oculta su intención de convertir el Undécimo en el mejor regimiento del ejército.

—Parece justo el hombre indicado para mí —dije con vehemencia.

—En efecto, en efecto. Bueno, no podemos negarle el servicio de un subalterno tan entusiasta, ¿no crees? Está claro que el asunto de las insignias se tiene que resolver sin tardanza. Alabo tu elección, muchacho. Estoy seguro de que el servicio a las órdenes de lord Cardigan te resultará… mmm… no solo estimulante, sino también instructivo. Sí, pensándolo bien, la combinación entre Su Señoría y tú será satisfactoria para ambas partes.

Yo estaba demasiado ocupado haciéndole la pelotilla al viejo necio como para prestar demasiada atención a lo que me decía. De lo contrario, hubiera tenido que comprender que cualquier cosa que fuera de su gusto probablemente sería mala para mí. Se enorgullecía de estar por encima de mi familia, a cuyos miembros consideraba unos patanes, con cierta razón, y jamás había mostrado más que desprecio hacia mi persona. El hecho de ayudarme a conseguir el nombramiento ya era otra cosa, como es natural; se sentía obligado a cumplir con su deber con un pariente, aunque sin el menor entusiasmo. Aun así, yo tenía que mostrarme aduladoramente cortés con él y simular respeto.

Me dio resultado, pues conseguí ingresar en el Undécimo con sorprendente celeridad. Yo lo atribuí por entero a la influencia, pues entonces ignoraba que, a lo largo de los últimos meses, se había registrado una constante salida de oficiales del regimiento, expulsados, trasladados y destinados a otras plazas, y todo por culpa de lord Cardigan, de quien mi tío me había hablado. Si hubiera sido un poco mayor de lo que era y me hubiera movido en los círculos adecuados, habría tenido ocasión de oír hablar de él, pero, en las pocas semanas que transcurrieron antes del nombramiento, mi padre me envió a Leicestershire y el poco tiempo que estuve en la ciudad lo pasé solo o bien en compañía de los parientes que pudieron acogerme. Mi madre tenía unas hermanas que, a pesar de aborrecerme con toda su alma, se consideraban en la obligación de cuidar del pobre muchacho huérfano. O eso decían ellas por lo menos; pero, en realidad, temían que, si me dejaban solo, yo me juntara con malas compañías, y estaban en lo cierto.

Sin embargo, no tardé en obtener información acerca de lord Cardigan. Durante los últimos días que dediqué a comprar los uniformes, reunir toda la parafernalia que por aquel entonces necesitaba un oficial —muy superior a la de hoy en día—, elegir un par de caballos y disponer todo lo necesario para el cobro de la asignación, todavía me quedó tiempo y un lugar para la señorita Judy en mis pensamientos. Descubrí que mi revolcón con ella solo había servido para aumentar mi apetito; traté de saciarlo con una campesina de Leicestershire y una joven prostituta del Covent Garden, pero la una apestaba y la otra me aligeró los bolsillos, y ninguna de las dos me sirvió para sustituirla. Quería a Judy y, al mismo tiempo, la despreciaba, pero ella me evitaba desde nuestra disputa y, cuando nos tropezábamos en la casa, no me prestaba la menor atención.

Al final no pude resistirlo, y la víspera de mi partida acudí de nuevo a su dormitorio, tras haberme cerciorado de que el jefe no estaba en casa. La encontré leyendo y se me antojó tremendamente apetecible, envuelta en un salto de cama de color verde claro. Yo había bebido algo más de la cuenta, y la contemplación de sus blancos hombros y sus rojos labios me volvió a producir un hormigueo en la columna vertebral.

—¿Qué quieres? —me preguntó fríamente, pero yo ya lo esperaba y tenía el discurso preparado.

—He venido a pedirte perdón —contesté con cara de perro apaleado—. Me voy mañana y, antes de irme, quería disculparme por lo que te dije. Lo siento, Judy, te lo juro; me comporté como un canalla... y un bellaco y, bueno... quería reparar mi culpa. Eso es todo.

Posó el libro y se volvió en su asiento para mirarme con la misma frialdad de antes, pero sin decir nada. Restregué los pies por el suelo como un tímido colegial —me veía reflejado en el espejo que ella tenía a su espalda y podía calibrar la marcha de mi actuación— y repetí que lo sentía.

—Muy bien, pues —dijo ella al final—. Lo sientes. Te sobran razones.

Guardé silencio sin mirarla.

—Muy bien, pues —repitió tras una pausa—. Buenas noches.

—Por favor, Judy —dije, mirándola compungido—. Me lo pones muy difícil. Me comporté como un palurdo.

—Por supuesto.

—Fue porque estaba enfadado y dolido y no comprendía por qué… por qué no me permitías… —Dejé la frase sin terminar y después le solté de golpe que jamás había conocido a una mujer como ella y que solo había acudido allí para pedirle perdón, pues no podía soportar la idea de que me odiara, y un sinfín de cosas por el estilo…

Una sarta de bobadas, pensarán ustedes, pero es que todavía estaba aprendiendo. Entonces el espejo me dijo que lo estaba haciendo muy bien. Terminé echando los hombros hacia atrás y diciéndole con expresión solemne:

—Por eso he venido a verte otra vez…, para decírtelo. Y pedirte perdón.

Incliné ligeramente la cabeza y me volví hacia la puerta, pensando en cómo me detendría y volvería la mirada hacia atrás en caso de que ella no me llamara. Pero se tragó el anzuelo, pues, mientras yo acercaba la mano al tirador, me dijo:

—Harry.

Giré en redondo y la vi sonriendo con cierta tristeza. Después sonrió como Dios manda, sacudió la cabeza y dijo:

—Muy bien, Harry, si quieres mi perdón, aquí lo tienes si te sirve de algo.

—¡Judy! —exclamé, y volví sobre mis pasos con sonrisa de alma resucitada—. ¡Oh, Judy, cuánto te lo agradezco! —añadí, tendiéndole sincera y virilmente la mano.

Ella la tomó y la estrechó sin dejar de sonreír, pero su mirada conservaba todavía un ligero destello de crueldad. Me perdonaba con la misma majestuosa magnanimidad con que una tía hubiera podido perdonar a un díscolo sobrino. Ignoraba que el sobrino estaba tramando un incesto.

—Judy —dije sin soltar su mano—, ¿nos despedimos como buenos amigos?

—Si tú quieres —contestó, tratando de retirar la mano—. Adiós, Harry, y buena suerte.

Me acerqué un poco más, le besé la mano, y pareció que no le importaba. En mi ceguera, llegué a la conclusión de que había ganado la partida.

—Judy —repetí—, eres adorable. Te quiero, Judy. Si tú supieras, eres todo lo que yo deseo en una mujer. Oh, Judy, eres lo más bonito que he visto en mi vida, toda trasero, barriguita y busto, te quiero muchísimo. —La estreché contra mi pecho, pero ella se soltó y se apartó.

—¡No! —dijo con una voz más fría que el acero.

—Pero ¿por qué no, maldita sea? —grité.

—¡Vete! —contestó con la cara muy pálida y unos ojos como puñales—. ¡Buenas noches!

—Buenas noches un cuerno —dije—. Pensaba que me habías dicho que nos despediríamos como amigos. Eso no es muy amistoso, ¿no te parece?

Me miró con furia. Su busto estaba lo que las novelistas suelen llamar agitado, pero, si hubieran visto a Judy agitada en salto de cama, se habrían inventado otra manera de describir el furor femenino.

—He sido una estúpida al escucharte —añadió—. ¡Sal ahora mismo de esta habitación!

—Todo a su tiempo —contesté y, con un rápido movimiento, la rodeé por el talle.

Me golpeó, pero yo esquivé los golpes y ambos caímos juntos sobre la cama. Estrechaba la suavidad de su cuerpo y me volvía loco. La sujeté por la muñeca mientras ella me volvía a golpear como una tigresa; le cubrí la boca con la mía y me mordió el labio con todas sus fuerzas. Lancé un grito y me aparté acercándome la mano a la boca, y ella, furiosa y jadeante, tomó un plato de porcelana y me lo arrojó. Falló por completo, pero me sacó totalmente de mis casillas. Perdí el control de mí mismo por entero.

—¡Perra asquerosa! —le grité, y la abofeteé con todas mis fuerzas.

Se tambaleó, la volví a golpear y cayó sobre la cama y, desde allí, al suelo por el otro lado. Miré a mi alrededor, buscando algo con que pegarle, un látigo o un bastón, pues estaba tan fuera de mí que la hubiera cortado a trocitos de haber podido. Pero no tenía nada a mano y, cuando rodeé la cama para acercarme a ella, se me ocurrió pensar que la casa estaba llena de criados, por cuyo motivo sería mejor que aplazara la cuenta que tenía pendiente con la señorita Judy para otra ocasión.

La miré sudoroso y encolerizado mientras ella se levantaba sujetándose a una silla y se cubría el pómulo con la otra mano. Pero era una presa muy fácil.

—¡Cobarde! —fue lo único que pudo decir—. ¡Maldito cobarde!

—¡No es cobardía castigar a una puta insolente! —repliqué—. ¿Quieres un poco más?

Estaba llorando sin sollozar, pero con lágrimas en las mejillas. Medio tambaleándose, se acercó al asiento que había junto al espejo, se sentó y se miró. La maldije de nuevo, dedicándole los epítetos más escogidos que se me ocurrieron, pero ella siguió acariciándose suavemente la magullada y enrojecida mejilla con la mano sin prestarme atención. No dijo nada en absoluto.

—¡Bueno, pues vete a la mierda! —dije al final, y salí de la habitación con un portazo.

Temblaba de rabia, y el dolor del labio, que me sangraba profusamente, me hizo recordar que ella me había pagado los golpes por adelantado. Aunque, de todos modos, también había recibido algo a cambio; no sería fácil que olvidara a Harry Flashman.

Por aquel entonces, los dragones del Undécimo de la Brigada Ligera acababan de regresar de la India, donde habían prestado servicio desde antes de que yo naciera. Eran un regimiento de combate y —lo digo sin el menor orgullo por ser miembro de un regimiento, pues jamás lo tuve, sino como una simple constatación— probablemente las mejores tropas montadas de Inglaterra, cuando no del mundo, y, sin embargo, se había registrado una pérdida constante de oficiales desde su regreso a casa. Y la razón era James Brudenell, conde de Cardigan.

Todos ustedes habrán oído hablar de él sin duda. Los escándalos del regimiento, la Carga de la Brigada Ligera, la vanidad, la estupidez y la extravagancia de aquel hombre se han convertido en historia, y, como buena parte de la historia, contiene un considerable fundamento de verdad. Pero yo lo conocí probablemente como muy pocos oficiales lo conocieron, y me parecía un personaje divertido, temible, vengativo, encantador y decididamente peligroso. Era el mayor insensato que jamás haya habido en este mundo, aunque no se le puede culpar del fracaso de Balaclava; eso fue culpa de Raglan y Airey. Además, era el hombre más arrogante que jamás he conocido en mi vida, estaba más seguro de tener razón de lo que hubiera podido estar cualquier hombre —incluso cuando se equivocaba—, y todo el mundo era testigo de su testarudez. Ese era su rasgo más acusado, la clave de su carácter: él nunca se equivocaba.

Dicen que, por lo menos, era valiente. Pero no es verdad. Era simplemente estúpido, demasiado estúpido como para tener miedo. El temor es una emoción, y todas sus emociones se concentraban entre sus rodillas y su esternón; nunca alcanzaban a su razón, más bien escasa, por cierto.

Pese a todo, jamás se le hubiera podido calificar de mal soldado. Algunos fallos humanos son virtudes militares, como, por ejemplo, la estupidez, la arrogancia y la estrechez mental. Cardigan mezclaba las tres cosas con una extraordinaria afición por el detalle y la precisión; era un perfeccionista, y el *Manual de instrucción de caballería* era su Biblia. Podía realizar u obligar a realizar todo lo que encerraban las tapas de aquel libro con una maravillosa eficiencia, y ¡ay de aquel que fallara en su actuación! Hubiera podido ser un sargento de instrucción de primera; solo un hombre dotado de una mente capaz de llegar a semejantes grados de locura hubiera podido colocarse al mando de seis regimientos en el valle de Balaclava.

Sin embargo, yo le dedico cierto espacio porque desempeñó un papel significativo en la carrera de Harry Flashman y, puesto que mi propósito es mostrar de qué forma el Flashman de *Tom Brown* se convirtió en el glorioso Flashman al que se dedican diez centímetros en el *Quién es quién,* empeorando considerablemente su imagen en el transcurso de dicho proceso, debo decir que fue un buen amigo para mí. Jamás me comprendió, por supuesto, lo cual no es de extrañar. Tuve buen cuidado de no permitírselo.

Cuando lo conocí en Canterbury, ya había reflexionado largo y tendido acerca de la manera en que debería comportarme en el ejército. Estaba empeñado en pasarlo lo mejor posible y en entregarme a la mayor cantidad de perversas diversiones que pudiera —mis contemporáneos que alaban a Dios los domingos y que durante la semana frecuentan de tapadillo los burdeles infantiles lo calificarían mojigatamente de conducta depravada—, pero yo siempre he sabido cómo comportarme con mis superiores y resplandecer ante sus ojos, un rasgo de mi carácter que Hughes señaló debidamente, Dios lo bendiga. Mi determinación a ese respecto era muy firme y, puesto que lo poco que yo sabía de Cardigan me decía que este valoraba por encima de todo la elegancia y el boato, me tomé ciertas molestias a mi llegada a Canterbury.

Me dirigí al cuartel general del regimiento en un coche, enfundado en mi nuevo y resplandeciente uniforme, seguido de mis caballos y un carro lleno de pertrechos. Cardigan no me vio llegar, por desgracia, pero debió de enterarse de la noticia, pues, cuando me presentaron a él en el cuarto de su asistente, estaba de muy buen humor.

—Jo, jo —dijo, estrechándome la mano—. Es el señor *Fuashman*. ¿Cómo está usted, señor? Bienvenido al *uegimiento*. Un *cauaje* estupendo, Jones —añadió, dirigiéndose al oficial que tenía al lado—. Me encanta ver a un oficial elegante. Señor *Fuashman*, ¿cuánto mide usted?

—Metro ochenta, señor —contesté, lo cual era más o menos cierto.

—Jo, jo. ¿Y cuánto pesa, señor?

No lo sabía, pero calculaba que unos setenta y ocho kilos.

—Demasiado para un *duagón* de una *buigada ligeua* —dijo sacudiendo la cabeza—. Pero hay algunas compensaciones. Tiene una *figúa* adecuada, señor *Fuashman*, y un porte marcial. Cumpla atentamente con sus *debeues* y nos *llevauemos* muy bien. ¿Dónde ha cazado usted?

—En Leicestershire, milord —contesté.

—Un lugar *inmejouable* —dijo—. ¿*Veudad*, Jones? Muy bueno. Señor *Fuashman… espeuo veule* a menudo. Jo, jo.

Que yo recordara, jamás en mi vida nadie había sido tan amable conmigo, exceptuando los pelotilleros como Speedcut, que no contaban. Descubrí que Su Señoría me estaba empezando a gustar, sin darme cuenta de que lo estaba viendo bajo la luz más favorable. Cuando estaba de buen humor, era un hombre encantador y de aspecto sumamente agradable. Era más alto que yo, se mantenía enhiesto como una lanza y poseía una esbelta figura y unas manos ahusadas. Aunque tenía apenas cuarenta años, ya estaba calvo y ostentaba solo unos mechones de cabello por encima de las orejas y un bigote impresionante. Tenía una nariz aguileña y unos saltones ojos azules que no parpadeaban jamás y contemplaban el mundo con la serenidad propia de un aristócrata cuyo antepasado más lejano también era aristócrata desde la cuna. Es la mirada por la cual un advenedizo daría la mitad de su fortuna, esa mirada imperturbable del niño mimado por la fortuna que sabe con inamovible certeza que tiene razón y el mundo está ordenado justamente para su satisfacción y su placer. Es la mirada que provoca temblores en los subordinados y desata revoluciones. La vi entonces, y siempre fue la misma a lo largo de todo el tiempo que estuve con él, incluso durante el pase de lista al pie de los Altos de Causeway, cuando el siniestro silencio que siguió a los nombres fue mudo testigo de la pérdida de quinientos hombres bajo su mando.

—Yo no tuve la culpa —dijo entonces, y no se limitó a creerlo, sino que lo supo con toda certeza.

Tuve ocasión de verlo con otro estado de ánimo antes de que finalizara la jornada, pero, por suerte, yo no fui el objeto de su cólera, sino todo lo contrario.

El oficial de servicio, un amable y joven capitán llamado Reynolds,* cuyo rostro estaba tan colorado como un ladrillo rojo tras haber servido en la India, me acompañó en un recorrido por el campamento. Desde un punto de vista profesional, era un buen soldado, pero muy callado y sin la menor energía. Yo me mostré más bien despectivo y sin duda insolente en mi trato, pero él lo aceptó todo sin hacer el menor comentario y se limitó a explicarme qué era qué y a buscarme un criado antes de terminar el recorrido en las cuadras, donde se alojaban mi yegua —a la que, por cierto, había bautizado con el nombre de Judy— y mi caballo de batalla.

Los mozos habían enjaezado a Judy con sus mejores arneses de cuero —que eran lo mejorcito que había salido de las manos del más hábil talabartero de Londres— y, mientras Reynolds la admiraba, milord se acercó a caballo con un humor de mil demonios. Se detuvo a nuestro lado y señaló con una mano que temblaba de furia hacia unas tropas que acababan de entrar en el patio de los establos al mando de su sargento.

—¡Capitán *Ueynolds!* —bramó con la cara intensamente escarlata—. ¿Son esas sus *tuopas?*

Reynolds contestó que sí.

—¿Y se ha fijado usted en sus pieles de oveja? —rugió Cardigan. Se refería a las pieles de oveja de las sillas—. ¿Las ve usted, señor? ¿De qué color son, *quisieua* yo saber? ¿Me lo puede usted decir, señor?

* El capitán John Reynolds, blanco especial de los insultos de Cardigan, fue el centro del célebre caso de la Botella Negra, en el que se exigió su dimisión por haber pedido aparentemente una botella de cerveza amarga en el comedor de oficiales durante la noche reservada a los invitados.

—Blanco, milord.

—¿Blanco dice usted? ¿Es usted tonto o qué, señor? ¿Acaso es daltónico? No son blancas, sino *amauillas*... ¡por falta de atención, descuido y negligencia! Le digo yo que están sucias.

Reynolds guardó silencio y Cardigan siguió rugiendo.

—Eso *poduía* estar bien en la India, donde usted *apuendió* lo que *puobablemente* llama su deber. Pero aquí no lo tolero, *¿compuende* usted, señor?* —Recorrió el establo con los ojos hasta que los posó en Judy—. ¿De quién es este caballo? —preguntó.

Se lo dije, y él se volvió con expresión triunfal hacia Reynolds.

—Ya ve usted, señor, un oficial *uecién incoupouado* y ya les puede dar lecciones a usted y a sus demás *compañeuos* de la India. La piel de oveja del señor *Fuashman* es blanca, tal como *debeuían* ser las suyas..., y lo *seuían* si usted *supieua* lo que son la disciplina y el *ouden*. *Peuo* no lo sabe, señor, se lo digo yo.

—La piel de oveja del señor Flashman es nueva, señor —dijo Reynolds, lo cual era cierto—. Con el tiempo pierden color.

—¡No me venga *ahoua* con excusas! —replicó Cardigan—. ¡Jo, jo! Le digo, señor, que si usted *supieua* cuál es su deber, las pieles se *limpiauían* y, si *fueuan* demasiado viejas, se *uenovauían*. Pero usted no sabe nada de todo eso, *clauo*. Supongo que sus descuidados sistemas indios ya le *pauecen* suficiente. ¡Pues *peumítame deciule* que no lo son! Mañana estas pieles *tenduán* que estar limpias, ¿me oye, señor? ¡*Tenduán* que estar limpias, de lo *contuauio*, le *consideuaué uesponsable*, capitán *Ueynolds*!

Dicho lo cual, se alejó al galope con la cabeza muy alta, y yo oí su «jo, jo» mientras saludaba a alguien fuera del patio de los establos. Me alegré de haber sido objeto de una alabanza, y creo que se lo comenté a Reynolds. Este me miró de arriba abajo como si me viera por primera vez, y me dijo con aquel extraño acento galés que se adquiere tras una larga permanencia en la India:

—Sí, ya veo que lo hará usted muy bien, señor Flashman. Puede que lord Jo Jo no nos aprecie demasiado a los oficiales indios, pero le gustan los fulleros, y estoy seguro de que usted será un fullero estupendo.

Le pregunté qué quería decir.

—Un fullero —contestó— es un tipo que llama mucho la atención, ¿sabe usted?, y deja tarjetas en las mejores casas y es codiciado por las mamás y se pasea con aire lánguido por el parque y, por regla general, es un petimetre insoportable. A veces se toma incluso la molestia de dedicarse un poco a sus soldados, siempre y cuando ello no constituya un obstáculo para su vida social. Buenos días, señor Flashman.

Comprendí que Reynolds estaba celoso y, en mi arrogancia, me alegré de que así fuera. Lo que había dicho, sin embargo, era muy cierto: el regimiento estaba claramente dividido entre los oficiales indios —los que no se habían marchado desde su regreso a casa— y los fulleros, a los que yo me incorporé, como es natural. Me acogieron con simpatía, incluso los más aristocráticos, y yo supe ganarme su aprecio. Por aquel entonces yo no era tan rápido con la lengua como lo fui más tarde, pero enseguida me gané la fama de juerguista, buen jinete, excelente bebedor (pues al principio tuve mucho cuidado) y siempre dispuesto a cometer travesuras. Hacía muy bien la pelotilla de una forma disimulada que, sin embargo, era muy eficaz; hay una manera de dar coba que es mucho mejor que la adulación, y consiste en fanfarronear a lo grande y saber al milímetro hasta dónde se puede llegar. Además, tenía dinero y lo exhibía.

Los oficiales indios lo pasaban muy mal. Cardigan los odiaba. Reynolds y Forrest eran sus principales objetivos y se pasaba la vida acosándolos para que abandonaran el regimiento y cedieran el lugar a los caballeros, tal como él los llamaba. Nunca llegué a comprender del todo por qué motivo era tan duro con los que habían servido en la India; algunos decían que ello se debía a que su aspecto no era muy elegante y no estaban bien relacionados, lo cual era en cierto modo verdad. Era un maldito esnob, pero yo creo que la antipatía que le inspiraban los oficiales indios tenía una raíz más profunda. A fin de cuentas, estos eran unos auténticos soldados expertos en el servicio mientras que, en los veinte años que llevaba en el ejército,* Cardigan jamás había oído un disparo, exceptuando los del campo de tiro.

* Cardigan había servido efectivamente en la India, pues se trasladó allí para asumir el mando del Undécimo Regimiento en Kanpur en 1837, aunque solo permaneció unas cuantas semanas en el regimiento.

Cualquiera que fuera la causa, Cardigan les hacía la vida imposible, y durante mis primeros seis meses de servicio hubo varias dimisiones. Nosotros, los fulleros, tampoco lo pasábamos muy bien, pues Cardigan era un maniático de la disciplina y no todos los fulleros eran oficiales competentes. Yo observé hacia dónde soplaba el viento y estudié con más denuedo que en Rugby hasta que conseguí dominar la instrucción, cosa no demasiado difícil, y adaptarme a las normas de la vida en el campamento. Tenía un criado estupendo llamado Basset, un palurdo de cabeza cuadrada que sabía todo lo que un soldado tiene que saber y que era un genio limpiando botas. Yo le zurraba al principio, y él parecía agradecérmelo y se comportaba conmigo como un perro con su amo.

Por suerte, yo me lucía mucho en los desfiles y en los ejercicios, y eso era muy importante para Cardigan. Probablemente solo el brigada del regimiento y uno o dos sargentos de tropa me igualaban a caballo, una pericia por la que Su Señoría me había felicitado una o dos veces.

—¡Jo, jo! —decía—. *Fuashman* se sienta muy bien en la silla y estoy *segúo* de que *llegauá* a ayudante.

Yo estaba de acuerdo con él. Flashman se sentaba muy bien.

En el cuarto de oficiales las cosas no iban del todo mal, pues, aparte de las fiestas y el alto nivel de vida que Cardigan nos exigía llevar, se organizaban partidas de cartas con elevadas apuestas. Todos aquellos gastos desanimaban a los indios, lo cual era muy del agrado de Cardigan, que siempre se burlaba de ellos diciéndoles que si no podían estar a la altura de los caballeros, mejor sería que regresaran al campo o montaran un negocio «de venta de zapatos y *cachauos* y *caceuolas*», frase que decía entre grandes risotadas como si fuera la cosa más graciosa del mundo.

Curiosamente, o puede que no tan curiosamente, sus prejuicios indios se extendían a los componentes de la tropa, los cuales eran unos soldados duros y excelentes a mi modo de ver; Cardigan los tiranizaba y no pasaba semana sin que se celebrara un consejo de guerra por negligencia en el cumplimiento del deber o deserción o embriaguez. Este último delito era bastante habitual y no se consideraba demasiado grave, pero los dos restantes eran castigados con gran severidad. Las flagelaciones solían ser frecuentes en las arenas de la escuela de equitación, y todos teníamos que asistir a las mismas. Algunos oficiales de mayor antigüedad —los indios— protestaban por lo bajo y simulaban escandalizarse, pero yo sospechaba que por nada del mundo se las hubieran querido perder. Por mi parte, debo decir que me encantaban las flagelaciones y solía cruzar apuestas con mi amigo del alma Bryant acerca de si el hombre gritaría antes del décimo azote o si se desmayaría. En cualquier caso, se trataba de un deporte mucho más entretenido que la mayoría.

Bryant era una pequeña y curiosa criatura que se pegó a mí como una lapa al principio de mi carrera. Se trataba de un servil adulador con muy poco dinero y un don especial para complacer y estar siempre a mano cuando se le necesitaba para algo. Era más bien apuesto y tenía una figura aceptable, aunque no espléndida; sabía toda clase de chismes, conocía a todo el mundo y poseía cierto ingenio. Brillaba en las fiestas y los saraos que organizábamos para la sociedad de Canterbury, donde gozaba de muy buena fama. Siempre era el primero en enterarse de las noticias, y las contaba de una manera que a Cardigan le hacía mucha gracia, cosa esta no demasiado difícil. Yo lo toleraba porque me resultaba útil y lo usaba como un bufón de corte cuando me convenía, pues era un papel que le caía a la perfección. Tal como decía Forrest, si le pegabas a Bryant una patada en el trasero, este siempre rebotaba con gratitud.

Sentía un especial aborrecimiento contra los oficiales indios, lo cual contribuía también a granjearle las simpatías de Cardigan —éramos un grupito muy bien avenido, pueden creerme— y la enemistad de los indios. Casi todos ellos me despreciaban también a mí junto con los demás fulleros, pero nosotros los despreciábamos a ellos por distintas razones y, por consiguiente, en eso estábamos empatados.

Sin embargo, solo un oficial me inspiraba auténtico desagrado, lo cual fue profético, y creo que yo le inspiré a él los mismos sentimientos desde un principio. Se llamaba Bernier y era un tipo alto y fuerte con pinta de halcón, una narizota enorme, unos grandes bigotes negros y unos ojos oscuros muy juntos. Era el mejor espadachín y tirador del regimiento y, hasta mi aparición en escena, también el mejor jinete. Supongo que no me apreciaba por eso, si bien el verdadero odio que ambos nos profesábamos databa de la noche en que él hizo un comentario sobre las familias de palurdos enriquecidos y sin educación, y tuve la impresión de que me miraba directamente. Yo llevaba bastantes copas de más, de lo contrario hubiera mantenido la boca cerrada, pues su aspecto era el de eso que los estadounidenses llaman un «caballero asesino». Y la verdad es que se parecía mucho a un americano a quien conocí más adelante, el célebre James Hickok, que también era un tirador extraordinario. Pero, como estaba bastante achispado, repliqué que yo prefería ser un británico rico y aprender educación que ser un mestizo extranjero. Bryant se partió de risa, como siempre hacía con mis bromas, y dijo:

—¡Bravo, Flash! ¡Viva por siempre la vieja Inglaterra!

Todos estallaron en sonoras carcajadas, pues mi espontaneidad y mi habitual fanfarronería me habían convertido en una especie de encarnación del típico inglés. Bernier captó a medias el significado de mis palabras porque yo había hablado en voz baja para que solo me oyeran los que tenía más cerca, pero alguien se lo debió de contar más tarde, pues, a partir de entonces, me miró con frío desdén y jamás volvió a dirigirme la palabra. Le dolía su apellido extranjero; de hecho, era un judío francés a poco que uno escarbara en el pasado de su familia, y eso explicaba su susceptibilidad.

Sin embargo, mi verdadera enemistad con Bernier comenzó unos cuantos meses después de aquel incidente, y fue entonces cuando empecé a ganarme la fama que todavía conservo. Paso por alto muchos de los incidentes que ocurrieron aquel primer año —la disputa de Cardigan con el *Morning Post,* por ejemplo, que causó un gran revuelo en el regimiento y entre el público en general, pero en la cual yo no tuve la menor participación— y me limito al famoso duelo Bernier-Flashman, del que sin duda ustedes habrán oído hablar. Aún hoy lo recuerdo con orgullo y complacencia.

* Cardigan era uno de los blancos preferidos de los periódicos, y muy especialmente del *Morning Chronicle* (no del *Post,* tal como dice Flashman). La pelea a la que aquí se hace referencia es probablemente aquella en la que Cardigan, en respuesta a un ataque de la prensa, amenazó con agredir al editor. Para ulteriores detalles sobre este y otros incidentes y sobre la carrera militar de lord Cardigan, véase *The Reason Why,* de Cecil Woodham-Smith.

Había transcurrido casi un año exacto desde mi partida de Rugby, y estaba tomando el aire en el parque de Canterbury de camino hacia la casa de alguna mamá donde esperaban mi visita. Iba vestido de veintiún botones y me sentía bastante satisfecho de mí mismo cuando vi a un oficial paseando del brazo de una dama bajo los árboles. Era Bernier, y miré para ver a qué potranca estaba galanteando. Pero, en realidad, no era una potranca, sino una pequeña y pícara morena de nariz respingona y sonrisa descarada. La estudié e inmediatamente se me ocurrió una idea genial.

Yo había tenido dos o tres amantes en Canterbury, pero nada de particular. Casi todos los oficiales más jóvenes mantenían una querida en la ciudad o en Londres, pero yo jamás había montado semejante tinglado. Pensé que aquella debía de ser la yegua de Bernier en aquel momento, y me di cuenta de que, cuanto más la miraba, más me intrigaba. Parecía una de esas pequeñas y suaves criaturas muy expertas en la cama, y el hecho de que perteneciera a Bernier —el cual se consideraba irresistible con las mujeres— me inducía a pensar que los revolcones con ella debían de ser fabulosos.

No perdí el tiempo y enseguida hice indagaciones para averiguar su dirección, elegí un momento en que Bernier estaba de guardia y fui a visitar a la dama. Tenía una casa muy acogedora, amueblada con gusto, pero sin demasiado estilo: la bolsa de Bernier estaba más vacía que la mía, lo cual también era una ventaja. Seguí adelante con mi propósito.

Resultó que era francesa, lo cual significaba que podría ir más directamente al grano con ella que con cualquier muchacha inglesa. Le dije sin rodeos que me había encaprichado de ella y la invité a considerarme su amigo… un amigo íntimo. Insinué que tenía mucho dinero, pues, a fin de cuentas, no era más que una puta por muchos humos que se diera.

Al principio fingió escandalizarse y se hizo mucho de rogar, pero cuando yo hice ademán de marcharme, cambió de actitud. Dejando aparte mi dinero, creo que le gusté; empezó a juguetear con un abanico y me miró con sus grandes ojos almendrados, coqueteando con disimulo.

—¿Entonces tiene usted mala opinión de las chicas francesas? —me preguntó.

—En absoluto —contesté, echando mano de todo mi encanto—. Tengo una opinión muy elevada de usted, por ejemplo. ¿Cómo se llama?

—Josette —contestó alegremente.

—Pues muy bien, Josette, vamos a brindar por nuestra futura amistad. Invito yo —añadí, depositando mi bolsa sobre la mesa.

Josette abrió los ojos de par en par al ver el volumen de la bolsa.

Puede que me consideren ustedes un poco bruto. Y lo fui. Pero, de este modo, me ahorré tiempo y molestias, y quizá también dinero, el dinero que gastan los necios cortejando a las mujeres con regalos antes de que empiece la diversión. La chica tenía vino en la casa, y ambos brindamos el uno por el otro y nos pasamos unos cinco minutos largos conversando antes de que yo empezara a insinuarle que se quitara la ropa. Lo hizo con mucha gracia, haciendo pucheros y dirigiéndome miradas provocativas, pero, una vez desnuda, se convirtió de golpe en una hoguera de pasión abrasadora, y yo me impacienté tanto al verla que la hice mía sin levantarme tan siquiera de la silla. No sé si me pareció especialmente apetecible por el hecho de ser la amante de Bernier o a causa de sus trucos franceses, pero el caso es que adquirí la costumbre de visitarla sin tomar medidas de precaución, a pesar del respeto que me inspiraba Bernier.

Así es que cierta noche, una semana más tarde, mientras estábamos ardorosamente ocupados en nuestros quehaceres, oímos unas pisadas en la escalera, se abrió la puerta de par en par y apareció Bernier. Nos miró enfurecido un instante, mientras Josette emitía un estridente grito y se cubría con la sábana, y yo me levantaba a toda prisa y me ocultaba debajo de la cama vestido solo con la camisa, pues la presencia de Bernier me había llenado de espanto. Sin embargo, él no dijo nada. Transcurrió un momento, la puerta se cerró de golpe y yo salí de debajo de la cama para buscar mis pantalones. Quería interponer la mayor distancia posible entre Bernier y mi persona, por cuyo motivo empecé a vestirme apresuradamente.

Josette soltó una carcajada y yo le pregunté de qué demonios se reía.

—Qué gracioso —contestó, muerta de risa—. Tú… medio escondido debajo de la cama y Charles mirando enfurecido tu trasero —añadió sin dejar de reírse.

Le dije que se callara. Ella me obedeció y trató de convencerme de que regresara a la cama, señalando que seguramente Bernier ya se había ido. Después se incorporó en el lecho y empezó a brincar arriba y abajo sobre el colchón. Me debatí un instante entre el deseo y el temor, hasta que ella saltó de la cama y cerró la puerta con llave. Entonces decidí pasarlo bien mientras pudiera y me volví a desnudar. Sin embargo, confieso que la experiencia no fue enteramente satisfactoria, a pesar de la fogosidad de Josette. Supongo que la situación le debió de resultar estimulante.

Después no supe si regresar o no al cuarto de oficiales, pues estaba seguro de que Bernier me desafiaría a un duelo. Sin embargo, y ante mi gran asombro, cuando hice acopio de valor y entré en el comedor, Bernier no me prestó la menor atención. No lo comprendí, y cuando al día siguiente y al otro él siguió guardando silencio, me armé de valor e incluso le hice otra visita a Josette. Ella no lo había vuelto a ver, y entonces pensé que Bernier no tenía intención de tomar ninguna medida y llegué a la conclusión de que era un pobre desgraciado y se había resignado a cederme su amante; no por temor a mí, por supuesto, sino porque no podía soportar la idea de que una suripanta lo hubiera engañado. Pero lo cierto es que no podía desafiarme a un duelo sin revelar la razón y quedar en ridículo; y, conociendo mejor que yo las costumbres del regimiento, no se atrevía a provocar una disputa de honor a causa de una amante. Sin embargo, a duras penas podía contenerse.

Yo, que lo ignoraba, empecé a envalentonarme de nuevo y le revelé mi secreto a Bryant. El pelotilla se puso muy contento y los fulleros no tardaron en enterarse. La explosión era solo cuestión de tiempo, tal como yo hubiera tenido que comprender.

Una noche, después de cenar, nos pusimos a jugar a las cartas mientras Bernier y uno o dos de sus indios conversaban sentados alrededor de una mesa cercana. El juego era la veintiuna y, en dicho juego, yo solía gastar una broma con la reina de diamantes que, a mi juicio, era mi carta de la suerte. Forrest era la banca, y cuando me ganó mi mano de cinco cartas con un as y la reina de diamantes, Bryant, que era un imbécil de mucho cuidado, empezó a canturrear:

—¡Viva! ¡Se te ha quedado la reina, Flashy! ¡El bocado más escogido!

—¿Qué quieres decir? —preguntó Forrest, recogiendo las cartas y las apuestas.

—En el caso de Flashy, ocurre justo lo contrario —contestó Bryant—. Él se queda con las reinas de otros.

—Ya —dijo Forrest sonriendo—. Pero la reina de diamantes es una buena inglesa, ¿verdad, Flash? En cambio, tengo entendido que tú montas potrancas francesas.

Todos estallaron en carcajadas y empezaron a mirar a Bernier. Hubiera sido preferible que yo me callara, pero fui lo bastante insensato como para unirme al jolgorio.

—Una potranca francesa no tiene nada de malo siempre y cuando el jinete sea inglés —dije—. Un jinete francés tampoco está mal, por supuesto, pero no duran mucho en una carrera importante.

La broma era bastante inocente y, además, habíamos bebido mucho oporto, pero fue la gota que hizo derramar el vaso. Sin saber cómo, noté que empujaban mi silla y, de pronto, me encontré despatarrado en el suelo con Bernier de pie a mi lado, moviendo los labios y mirándome con el semblante lívido de cólera.

—Pero ¿qué demonios…? —dijo Forrest mientras yo me levantaba y los demás se ponían de pie de un salto. Me había medio incorporado cuando Bernier me golpeó, me hizo perder el equilibrio y volvió a derribarme al suelo.

—¡Por el amor de Dios, Bernier! —gritó Forrest—. ¿Pero es que te has vuelto loco?

Tuvieron que sujetarlo, de lo contrario creo que me hubiera hecho picadillo en el suelo. Al verlo impotente, solté una imprecación y me abalancé contra él mientras Bryant me agarraba diciendo:

—¡No, no, Flash! ¡Cálmate, Flashy!

Todos me rodearon.

Pero la verdad es que yo me moría de miedo, pues temía ser víctima de un asesinato. El mejor tirador del regimiento me había golpeado, pero a causa de una provocación. Tanto si estaba muerto de miedo como si no, yo siempre he sido muy rápido para pensar en situaciones de crisis, y allí la única salida era un duelo. A menos que yo asumiera la ofensa, lo cual hubiera significado el término de mi carrera en el Ejército y en la sociedad. Sin embargo, combatir con él era el camino más rápido hacia la tumba.

El dilema era terrible y, mientras los demás nos mantenían separados, comprendí que necesitaba tiempo para pensar, planificar y buscar un medio de salir del atolladero. Me los quité de encima y, sin decir una sola palabra, abandoné hecho una furia el comedor de oficiales como si no quisiera cometer una barbaridad.

Me pasé cinco minutos pensando intensamente y después regresé a grandes zancadas al comedor. El corazón me latía con violencia en el pecho, mi aspecto debía de ser impresionante y mis temblores se debieron de interpretar como un efecto de la cólera. Todas las conversaciones se interrumpieron en cuanto entré; sesenta años después, aún recuerdo el silencio y veo las elegantes figuras azules, el brillo de la plata sobre la mesa y a Bernier, solo y muy pálido, de pie junto a la chimenea. Me fui directamente hacia él. Ya tenía el discurso preparado.

—Capitán Bernier —le dije—, me ha golpeado usted con la mano. Ha sido una imprudencia, pues yo lo podría desintegrar en trocitos con la mía si quisiera. —Eso fue una patochada muy típica del británico Flashman, por supuesto—. Pero prefiero combatir como un caballero, aunque usted no lo haga. —Giré en redondo sobre los talones—. Teniente Forrest, ¿querrá usted ser mi padrino?

Forrest contestó de inmediato que sí y Bryant puso cara de ofendido. Esperaba que lo eligiera a él, pero yo le tenía reservado otro papel.

—¿Y quién será su padrino? —le pregunté fríamente a Bernier.

Eligió a Tracy, uno de los indios, y yo saludé con una inclinación de cabeza a Tracy y regresé a la mesa de juego como si nada hubiera ocurrido.

—El señor Forrest ordenará la presencia del destacamento —dije a los demás—. ¿Cortamos la baraja?

Todos me miraron asombrados.

—¡Por Dios, Flash, menuda sangre fría!

Me encogí de hombros, tomé las cartas y empezamos a jugar. Los demás estaban muy nerviosos, demasiado como para darse cuenta de que mis pensamientos no estaban en las cartas. Por suerte, la veintiuna exige muy poca concentración.

Al poco rato, Forrest, que había estado intercambiando unas palabras con Tracy, regresó para comunicarme que, con el permiso que sin duda concedería lord Cardigan, deberíamos reunirnos en la parte de atrás de la escuela de equitación a las seis de la mañana. Se dio por sentado que yo elegiría las pistolas, pues me correspondía hacerlo en mi calidad de parte ofendida.* Asentí con indiferencia y le dije a Bryant que se diera prisa en disponerlo todo. Jugamos unas cuantas manos y después anuncié que me iba a la cama, encendí un cigarro y me retiré dando jovialmente las buenas noches a los demás como si la idea de las pistolas al amanecer me causara tan poca desazón como el desayuno que iba a tomar por la mañana. Sin importar lo que ocurriera, aquella noche me había granjeado por lo menos el aprecio general.

Me detuve un instante bajo los árboles antes de dirigirme a mi cuarto y, al poco rato, tal como yo esperaba, Bryant se me acercó, presa de una gran inquietud y emoción. Empezó farfullando no sé qué de que yo era un demonio y Bernier era un bárbaro sin conciencia, pero yo lo corté en seco.

—Tommy —le dije—, tú no eres rico.

—¿Cómo? —replicó—. ¿Y eso qué…?

—Tommy —repetí—. ¿Te gustaría ganar diez mil libras?

—Qué barbaridad —exclamó él—. ¿A cambio de qué?

—De que cuides de que, en nuestra cita de mañana, Bernier tenga la pistola descargada —contesté sin andarme por las ramas, sabiendo muy bien cómo era aquel hombre.

Me miró con los ojos abiertos como platos y después volvió a farfullar.

—Pero por el amor de Dios, Flash, ¿es que te has vuelto loco? Descargada… ¿Por qué…?

—Sí o no —insistí yo—. Diez mil libras.

* Elección de las armas. En realidad, esta no correspondía necesariamente a la parte ofendida, sino que solía decidirse de mutuo acuerdo.

—¡Pero eso es un asesinato! —chilló—. ¡Nos ahorcarían por eso! Perderíamos el honor, ¿comprendes? Sería una vergüenza.

—¡No van a ahorcar a nadie! —le dije—, y haz el favor de bajar la voz, ¿me oyes? Bueno, tú eres un hombre muy listo, Tommy, y tienes mucha habilidad manual en las fiestas. Te he visto. Lo podrías hacer incluso dormido. ¿Por diez mil?

—Dios mío, Flash —dijo—, no me atrevo. —Y se puso a farfullar de nuevo, pero esta vez en susurros.

Lo dejé parlotear un ratito, sabiendo que se dejaría convencer. Era un pequeño bastardo codicioso, y la idea de las diez mil se le antojaba algo así como la cueva de Aladino. Le expliqué lo seguro y sencillo que sería; ya lo tenía todo pensado la primera vez que había abandonado el comedor de oficiales.

—Lo primero que tienes que hacer es ir a ver a Reynolds y pedirle prestadas las pistolas del duelo. Después se las llevas a Forrest y a Tracy y te ofreces a cargarlas. Tú siempre estás metido en todo lo que ocurre y ellos no lo pensarán dos veces y aceptarán de mil amores.

—¿Tú crees? —dijo—. Saben que tú y yo somos muy amigos, Flashy.

—Tú eres un oficial y un caballero —le recordé—. ¿Quién podría imaginar por un instante que fueras capaz de rebajarte a cometer semejante traición? No, no, Tommy, todo será muy fácil. Por la mañana, con el médico y los padrinos situados a tu lado, tú cargarás las pistolas con mucho cuidado. No me digas que no sabes esconder en la palma de la mano una bala de pistola.

—Por supuesto que sí, pero…

—Diez mil libras —repetí mientras él se humedecía los labios con la lengua.

—Jesús —dijo al final—. Diez mil. ¡Madre mía! ¿Me das tu palabra de honor, Flash?

—Palabra de honor —contesté, y me encendí otro cigarro.

—¡Lo haré! —dijo—. ¡Dios mío! ¡Eres un auténtico demonio, Flash! Pero no lo vas a matar, ¿verdad? Yo no quiero ser cómplice de un asesinato.

—El capitán Bernier estará tan a salvo de mí como yo de él —contesté—. Y ahora lárgate y ve a ver a Reynolds.

Se retiró de inmediato. Era una especie de ratoncito muy eficiente, lo reconozco. En cuanto asumía un compromiso, se entregaba a él en cuerpo y alma. Me fui a mi cuarto, me libré de Basset, que me estaba esperando, y me tendí en mi catre. Me noté la garganta seca y sentí que me temblaban las manos mientras pensaba en lo que había hecho. A pesar de mis bravucones aires de seguridad en presencia de Bryant, estaba muerto de miedo. ¿Y si algo fallaba y Bryant cometía un error? Me había parecido todo tan fácil en aquel momento de pánico fuera del comedor de oficiales… Es posible que el temor estimule la actividad mental, pero puede que las ideas no estén muy claras porque uno ve las cosas tal como quiere que sean y se lanza de cabeza sin más. Me imaginé a Bryant cometiendo un error o vigilado estrechamente por los hombres que se encontraban a su lado, y a Bernier de pie delante de mí, sosteniendo en su poderosa mano una pistola cargada y apuntándome al pecho con el cañón. Sentí que la bala me desgarraba por dentro y me vi desplomándome en el suelo con un grito de dolor y muriendo en el acto.

Casi estuve a punto de gritar de terror y permanecí tendido en la oscuridad de la habitación, sollozando de angustia; hubiera deseado levantarme y echar a correr, pero las piernas no me lo permitieron. Por consiguiente, me puse a rezar, cosa que no hacía, lo confieso, desde que tenía unos ocho años de edad, pero solo podía pensar en Arnold y en el infierno —lo cual era sin duda muy significativo dadas las circunstancias—, y al final no me quedó más remedio que recurrir al *brandy*, pero fue como beberme un vaso de agua.

Aquella noche no pude pegar ojo y me pasé todo el tiempo escuchando cómo el reloj daba los cuartos, hasta que amaneció y oí a Basset acercándose. Me quedaba el suficiente sentido común como para comprender que no hubiera sido oportuno que este me sorprendiera temblando y con los ojos enrojecidos, por lo que fingí estar dormido, me puse a roncar como un órgano y lo oí decir:

—¡Hay que ver! Duerme como un niño. ¡Es un auténtico gallo de pelea!

Otra voz, de otro criado, supongo, replicó:

—Todos son iguales, unos malditos inconscientes. No roncará mañana por la mañana cuando Bernier acabe con él. Su sueño será demasiado profundo como para eso.

«Tienes razón, muchacho, quienquiera que seas —pensé—, como salga de esta, no te extrañe que te lleve a los patios de la escuela de equitación. Veremos el temple que tienes cuando el sargento herrador te acaricie con el látigo. Ya veremos entonces los ronquidos que sueltas». Aquel acceso de cólera hizo que la confianza borrara repentinamente mi temor... Bryant se encargaría de todo... Cuando acudieron a recogerme, por lo menos estaba sereno, aunque no contento.

Siempre que tengo miedo, se me pone la cara colorada y no pálida como a la mayoría de la gente, por lo que el miedo puede confundirse en mi caso con la rabia, lo cual me ha sido muy útil en más de una ocasión. Dice Bryant que aquella mañana me dirigí a la escuela de equitación con la cara tan roja como las barbas de un pavo. Y que los hombres estaban seguros de que yo tenía la firme intención de matar a Bernier, aunque no creían que se me ofreciera la menor oportunidad de hacerlo. Por una vez guardaron silencio mientras cruzábamos el patio de la revista, justo en el momento en que el corneta tocaba a diana.

Como es natural, Cardigan había sido informado y algunos pensaban que, a lo mejor, este impediría el duelo. Pero, cuando se enteró de lo ocurrido, Cardigan se limitó a preguntar:

—¿Cuándo será el duelo?

Después volvió a dormirse, dando orden de que lo despertaran a las cinco. No era partidario de los duelos —a pesar de que él mismo había protagonizado algunos en célebres circunstancias—, pero pensaba que, en aquel caso, el honor del regimiento quedaría en entredicho si hiciéramos las paces.

Bernier y Tracy ya estaban allí con el médico, envueltos por la ligera bruma del amanecer. Nuestros pies se hundían en la tierra todavía húmeda a causa del rocío mientras Forrest y yo nos acercábamos a ellos, seguidos por Bryant con el estuche de las pistolas bajo el brazo y los demás. A cosa de unos cincuenta metros de distancia, un pequeño grupo de oficiales se había reunido bajo los árboles junto a la valla. Entre ellos, vi la calva cabeza de Cardigan destacando sobre su amplia capa militar. Estaba fumando un cigarro.

Bryant y el médico nos pidieron a Bernier y a mí que nos acercáramos, y Bryant nos preguntó si deseábamos resolver nuestra disputa. Ninguno de los dos dijo una sola palabra. Bernier estaba muy pálido y miraba fijamente por encima de mi hombro. En aquel momento estuve casi a punto de dar media vuelta y echar a correr. Temía que los intestinos se me aflojaran de un momento a otro y me temblaban las manos bajo la capa.

—Muy bien, pues —dijo Bryant, y se dirigió con el médico a una mesita que habían colocado para la ocasión. Sacó las pistolas y, por el rabillo del ojo, lo vi encender los pedernales, colocar las cargas y examinar la cámara. No me atreví a mirar con detenimiento y, además, en aquel momento se acercó Forrest y me acompañó hasta mi sitio. Cuando volví de nuevo la cabeza, el médico se había agachado para recoger un frasco de pólvora que había caído al suelo y Bryant estaba colocando un taco en una de las pistolas.

Ambos intercambiaron unas palabras y después Bryant se acercó a Bernier y le entregó una pistola; después se acercó a mí con la otra. No había nadie a mi espalda. Mientras yo sujetaba la culata con la mano, Bryant me guiñó rápidamente el ojo. El corazón me dio un vuelco en el pecho, y jamás podré describir el alivio que en aquel momento me recorrió todo el cuerpo y me cosquilleó todos los miembros. No iba a morir.

—Caballeros, ¿están ustedes decididos a seguir adelante con este duelo? —preguntó Bryant, mirándonos primero a uno y después al otro.

—Sí —contestó Bernier con voz firme y clara.

Yo asentí con la cabeza.

Bryant retrocedió para apartarse de la línea de fuego; los padrinos y el médico ocuparon posiciones a su lado, dejándonos a Bernier y a mí separados por una distancia de unos veinte pasos. Bernier se encontraba situado de lado con la pistola al costado, mirándome directamente a la cara como si estuviera eligiendo el blanco. A esa distancia hubiera podido alcanzar los puntos de un naipe.

—Las pistolas se disparan con una sola presión —dijo Bryant, levantando la voz—. Cuando yo baje el pañuelo, podrán ustedes apuntar y abrir fuego. Bajaré el pañuelo dentro de unos segundos a partir de ahora —añadió, levantando la mano en la que sostenía un pañuelo blanco.

Oí el clic de Bernier cuando amartilló su pistola. Sus ojos estaban clavados en los míos. «Te han vuelto a tomar el pelo, Bernier —pensé—; estás nervioso por nada». Bryant bajó el pañuelo.

El brazo derecho de Bernier se levantó como una señal de ferrocarril y, antes de amartillar mi arma, contemplé el cañón de su pistola. Al cabo de una décima de segundo, el cañón escupió humo y el estallido de la carga fue seguido por algo que me rozó la mejilla y me la arañó. Era el taco. Retrocedí y Bernier me miró enfurecido, como si se sorprendiera de que yo estuviera todavía de pie, supongo. Alguien gritó:

—¡Ha fallado el tiro, por todos los santos!

Otro pidió silencio en tono enojado.

Ahora me tocaba a mí. Por un momento, sentí deseos de abatir al cerdo que tenía delante. Pero, en tal caso, Bryant hubiera podido pagarlo muy caro y, además, era algo que no formaba parte de mis designios. Tenía en mi mano la ocasión de ganarme una fama que se extendería por todo el ejército en cuestión de una semana: la del valiente Flashy que le había robado la mujer a otro hombre y había sido agredido por este, pero había tenido la nobleza de no aprovecharse de él en un duelo.

Todos se habían quedado petrificados contemplando a Bernier mientras esperaban a que yo lo abatiera. Amartillé mi pistola y lo miré fijamente.

—¡Venga ya, maldita sea! —me gritó de repente con la cara muy pálida a causa de la cólera y el temor.

Lo miré un instante y después levanté la pistola a la altura de la cadera, pero con el cañón apuntando visiblemente hacia un lado. La sostuve casi con negligencia durante un momento, para que todo el mundo viera que disparaba con la deliberada intención de errar el tiro. Apreté el gatillo.

Lo que ocurrió con aquel disparo ya ha entrado a formar parte de la historia del regimiento. Yo quería disparar al suelo, pero resultó que el médico había dejado el maletín y el frasco de alcohol sobre la hierba en aquella dirección a cosa de unos treinta metros de distancia, y, por pura casualidad, el disparo arrancó limpiamente el cuello del frasco.

—¡Qué bárbaro, lo ha desviado! —rugió Forrest—. ¡Lo ha desviado!

Todos se acercaron corriendo mientras el médico soltaba maldiciones, protestando por la rotura de su frasco. Bryant me dio una palmada en la espalda y Forrest me estrechó la mano. Tracy miró a su alrededor con asombro. Pensaba, como todo el mundo, que yo le había perdonado la vida a Bernier y, al mismo tiempo, había ofrecido una prueba de mi sorprendente puntería. En cuanto a Bernier, me dirigió la mirada más asesina que jamás se haya visto en un hombre, pero yo me acerqué resueltamente a él con la mano tendida y él no tuvo más remedio que estrechármela. Estaba haciendo un esfuerzo sobrehumano por no golpearme el rostro con su pistola.

—Somos amigos, ¿verdad? —le pregunté.

Soltó un gruñido incoherente y, tras darse media vuelta, se retiró.

Cardigan, que estaba observando la escena desde lejos, no se había perdido detalle. Más tarde me llamaron mientras estaba desayunando jubilosamente con los fulleros, pues estos habían querido celebrar el acontecimiento a lo grande y estaban comentando admirados la forma en que yo me había enfrentado a mi adversario y después había desviado el tiro. Cardigan me mandó llamar a su despacho, donde se encontraban presentes su asistente, Jones y Bernier, cuyo rostro parecía un trueno a punto de estallar.

—¡Eso yo no lo puedo consentir! —estaba diciendo Cardigan— ¡Ah, *Fuashman,* pase! Jo, jo. Y *ahoua,* haga usted el favor de *estuechaule* la mano, capitán *Beunier,* y que yo oiga que el asunto ya está *uesuelto* y el honor ha quedado satisfecho.

—Por mí ya está resuelto —dije yo—, y lamento muchísimo lo ocurrido. Sin embargo, el golpe lo propinó el capitán Bernier, no yo. Pero aquí está de nuevo mi mano.

—¿Por qué desvió el tiro? —me preguntó Bernier con voz trémula—. Se ha burlado usted de mí. ¿Por qué no disparó como un hombre?

—Mi querido señor —contesté—, jamás se me hubiera ocurrido la idea de decirle a usted hacia dónde tenía que apuntar su disparo; no me diga ahora hacia dónde hubiera tenido yo que apuntar el mío.

Dicen que mi respuesta se incluyó en un diccionario de citas; el *Times* la reprodujo aquella misma semana, y cuentan que cuando el duque de Wellington tuvo noticia de ella, comentó:

—Muy buena. Y muy cierta también.

Por consiguiente, aquella mañana de trabajo le dio a Harry Flashman una fama que me permitió disfrutar de una celebridad más inmediata que si hubiera tomado por asalto una batería yo solito. Una fama extraordinaria, teniendo en cuenta sobre todo que me la había ganado en tiempo de paz. La historia corrió como la pólvora, la gente me señalaba incluso por la calle y hasta recibí una carta de un clérigo de Birmingham en la que este me decía que, por haberme mostrado misericordioso, alcanzaría sin duda la misericordia divina. Por su parte, el armero Parkin de Oxford Street me envió un par de pistolas con incrustaciones de plata y mis iniciales grabadas de mucho valor comercial, supongo. Hubo también una interpelación en la Cámara a propósito de la inmoral práctica de los duelos, a la cual Macaulay contestó que, puesto que uno de los participantes en un reciente acontecimiento había dado tan elevadas muestras de humanidad, el Gobierno, si bien deploraba semejantes actos, confiaba en que ello se convirtiera en un buen ejemplo. («Bravo, bravo» y enfervorizados vítores). Mi tío Bindley comentó, al parecer, que su sobrino valía más de lo que él pensaba, y hasta Basset empezó a presumir de ser el criado de semejante gloria.

El único que se mostró crítico conmigo fue mi padre, el cual me escribió en una de sus insólitas cartas:

«Otra vez no seas tan infernalmente insensato. No se bate uno en duelo para desviar el tiro, sino para matar al adversario».

Por consiguiente, tras haberme apoderado de Josette por derecho de conquista —debo decir que ella me miraba con un cierto respeto reverencial— y haberme ganado la fama de valiente y honrado tirador de primera, me sentí considerablemente satisfecho. El único estorbo era la cuestión de Bryant, pero conseguí resolverla sin dificultad.

En cuanto hubo terminado de hacerme la pelotilla el día del duelo, Bryant me pidió las diez mil. Sabía que yo tenía un montón de dinero, o que lo tenía mi padre por lo menos, pero yo era perfectamente consciente de que jamás le hubiera podido sacar diez mil libras al jefe. Así se lo dije a Bryant, y él se me quedó mirando con la boca abierta como si le hubiera propinado un puntapié en el estómago.

—Pero tú me prometiste diez mil libras —dijo en tono quejumbroso.

—Una promesa muy tonta a poco que uno lo piense, ¿no te parece? —contesté—. Diez mil libras nada menos... ¿Quién podría pagar semejante cantidad?

—¡Eres un cerdo embustero! —me gritó casi llorando de rabia—. ¡Juraste que me las pagarías!

—Tonto tú por haberme creído —contesté.

—¡Muy cierto! —gruñó—. ¡Pero ya lo veremos! Tú a mí no me tomas el pelo, Flashman, vaya...

—¿Qué vas a hacer? —le dije—. ¿Contárselo a todo el mundo? ¿Confesar que enviaste a un hombre a un duelo con una pistola descargada? La historia será muy interesante. Confesarás un delito grave... ¿Se te ha ocurrido pensarlo? Además, nadie te creería, pero te expulsarían del Ejército por conducta impropia.

De pronto, Bryant comprendió la situación y se dio cuenta de que no podía hacer nada. Se puso a patalear y a tirarse de los pelos. Después me suplicó, pero yo me burlé de él y entonces él juró que ya me daría mi merecido.

—¡Te arrepentirás de lo que has hecho! —gritó—. ¡Te lo juro por Dios!

—Hay menos probabilidades de que eso ocurra de que tú cobres las diez mil— le dije mientras él se retiraba hecho una furia.

Estaba muy tranquilo, pues lo que le había dicho era la pura verdad. No se atrevería a decir una sola palabra por su propia seguridad. En realidad, a poco que lo hubiera pensado, un soborno de diez mil libras le hubiera tenido que oler a chamusquina. Pero era un tipo muy codicioso, y yo he vivido lo bastante como para saber que no hay ninguna locura capaz de arredrar a un hombre cuando está en juego una cantidad de dinero o una mujer.

No obstante, si en aquella ocasión pude congratularme de la forma en que se resolvió el asunto y ahora lo recuerdo como uno

62

de los más importantes y provechosos incidentes de mi vida, muy pronto se me planteó un problema como consecuencia de aquellos hechos. La dificultad surgió unas cuantas semanas más tarde, y me obligó a abandonar el regimiento durante una temporada.

Ocurrió poco antes de que el regimiento tuviera el honor (tal como suele decirse) de ser elegido para escoltar hasta Londres a Alberto, el futuro esposo de la reina, a su llegada al país. Lo habían nombrado coronel del regimiento y, entre otras cosas, nos habían confeccionado un nuevo uniforme y nos habían cambiado el nombre por el de Undécimo de Húsares. Pero eso es secundario; lo más importante fue que el príncipe se interesó mucho por nosotros y, como la historia del duelo había provocado una gran conmoción y él era un chismoso alemán de marca mayor, averiguó el motivo.

La cosa estuvo a punto de destruirme para siempre. El hombre descubrió que su precioso regimiento albergaba oficiales que mantenían tratos con prostitutas francesas y que incluso se batían en duelo por ellas. El príncipe armó un escándalo y, como consecuencia de ello, Cardigan me mandó llamar y me dijo que, por mi propio bien, tendría que marcharme una temporada.

—Se nos ha pedido —dijo— que abandone usted el *uegimien-to*... Supongo que la intención oficial es la de que su *uetiuada* sea *peumanente, peuo* yo la voy a *inteupuetar* como *tuansitouia*. No tengo el menor deseo de *puescindir* de los *seuvicios* de un *puometedoɾ* oficial como usted, ni por Su Alteza *Ueal* ni por nadie, si he de *seule sinceuo. Poduía iuse* de *peumiso, clauo, peuo* yo *consideuo* más *opoutuno* que se *incoupoue* a un destacamento. Lo *destinaué* a *otua* unidad hasta que pase el *uevuelo, Fuashman.*

La idea no me gustaba demasiado y, cuando me anunció que el regimiento al que había decidido enviarme estaba en Escocia, a punto estuve de rebelarme. Pero comprendí que solo sería por unos meses, y me alegraba saber que Cardigan seguía estando de mi parte. Si el duelo lo hubiera protagonizado Reynolds, la cosa habría sido muy distinta, pero yo era uno de sus preferidos. Y hay que decir en honor del viejo lord Jo Jo que cuando alguien era su preferido, lo defendía a capa y espada con razón o sin ella. El muy estúpido.

He servido como soldado en demasiados países y he conocido a demasiadas personas como para caer en la insensatez de dictar sentencias sobre nadie. Les cuento a ustedes lo que he visto y ustedes sacarán sus propias conclusiones. No me gustaron ni Escocia ni los escoceses; el lugar me pareció muy húmedo y los habitantes más bien primitivos. Estaban adornados con todas las excelentes cualidades que más me atacan a los nervios: frugalidad, diligencia y sosa gazmoñería. Las mujeres, por su parte, son en general unas cosas amables y vocingleras que sin duda resultan útiles en la cama siempre y cuando los gustos de uno vayan por ese camino. (Un amigo mío que se acostaba con la hija de un clérigo escocés me describió sus encuentros con ella como una especie de combate con un sargento de dragones). Los hombres me parecieron serios, hostiles y codiciosos, y ellos, a su vez, me consideraban insolente, arrogante y apuesto.

Eso por regla general; pero había excepciones, como ustedes verán. Lo mejor que descubrí fueron el oporto y el clarete, para el cual los escoceses tienen un gusto exquisito, aunque nunca me aficioné al *whisky*.

La unidad a la que me habían destinado se encontraba en un lugar llamado Paisley, cerca de Glasgow, y cuando me enteré de lo que era, poco faltó para que desertara. Pero me dije que regresaría al Undécimo en cuestión de unos meses y que no tenía más remedio que tomarme la medicina aunque ello me obligara a permanecer algún tiempo lejos de una existencia como Dios manda. Mis malos presagios se cumplieron con creces, pero, por lo menos, la vida no resultó aburrida, que era lo que yo más me temía. Muy al contrario.

Por aquel entonces se registraba un gran malestar en todas las zonas industriales de Gran Bretaña, lo cual me importaba un bledo y, de hecho, jamás me había molestado en leer las noticias relacionadas con dicho asunto. Los trabajadores se encontraban en un estado de gran agitación y la gente comentaba los disturbios en las ciudades textiles, la rotura de telares por parte de los tejedores y la detención de los cartistas,* pero los más jóvenes pasábamos de todo eso. Cuando te has criado en el campo o vives en Londres, esas cosas no significan nada para ti, y lo único que yo sacaba en claro de todo aquello era que los pobres se habían soliviantado y querían trabajar menos a cambio de más dinero, y los propietarios de las fábricas no estaban dispuestos a ceder. Puede que hubiera algo más, pero lo dudo, y nunca nadie me ha convencido de que fuera algo más que una guerra entre ambas partes. Siempre lo ha sido y siempre lo será mientras un hombre tenga lo que otro no tiene, y al que Dios se la dé, San Pedro se la bendiga.

Al parecer, san Pedro había dado de lado a los trabajadores con la ayuda del Gobierno, y los soldados éramos la espada del Gobierno. Las tropas salían a la calle para aplastar a los agitadores, se les leía la Ley de Sedición y de vez en cuando se producían enfrentamientos entre ambas partes y se registraban algunas muertes. Ahora soy bastante neutral y tengo el dinero bien guardado en el banco, pero, por aquel entonces, las personas a quienes yo conocía maldecían con toda su alma a los trabajadores y decían que los deberían ahorcar, azotar y deportar a todos, y yo era partidario de que así se hiciera, tal como decía el duque. Ustedes no tienen ni idea hoy en día de lo fuertes que eran entonces los sentimientos. Los obreros textiles se consideraban un enemigo del mismo calibre que los franceses o los afganos. Había que aplastarlos dondequiera que se levantaran, y lo teníamos que hacer nosotros.

Como ustedes comprenderán, yo tenía unas ideas un poco confusas acerca de los motivos de todo aquello, pero, en algunas cosas, veía algo más que la mayoría de mis conciudadanos. Y lo que yo veía era que no estaba mal que los soldados británicos más escogidos combatieran contra los extranjeros, pero cosa muy distinta era que

* El señor Attwood, miembro del Parlamento, presentó en la Cámara de los Comunes la primera petición cartista de reforma política en julio de 1839. Aquel año hubo varios estallidos de violencia cartista; en noviembre, veinticuatro personas murieron en Newport.

lo hicieran contra su propio pueblo, pues buena parte de los soldados del Undécimo, por ejemplo, pertenecía a la clase trabajadora, y
a mí no me parecía bien que lucharan contra los suyos. Así lo dije,
pero se limitaron a contestarme que la disciplina lo resolvería todo.
«Bueno —pensé—, puede que sí y puede que no, pero el que se
encuentre atrapado entre una muchedumbre por un lado y una columna de chaquetas rojas por el otro no será el viejo Flashy».

La localidad de Paisley estaba muy tranquila cuando me enviaron allí, pero las autoridades contemplaban con recelo toda aquella
zona, considerada un foco de disturbios. Estaban adiestrando una
milicia por si acaso, y esa fue la tarea que me encomendaron a mí:
que un oficial de un regimiento escogido de caballería adiestrara
a una infantería irregular. Era lo que cabía esperar. Por suerte, los
hombres resultaron ser un buen material; muchos de los mayores
eran veteranos de las guerras napoleónicas, y el sargento había com-
batido con el 42.º Regimiento en Waterloo.

Me alojaron en la residencia de uno de los principales propietarios de fábricas de la zona, un ricachón de larga nariz y severa mirada
que vivía con cierto lujo en una casa de Renfrew y que, a su manera,
me hizo sentir a gusto cuando llegué.

—Nosotros no tenemos en gran estima a los militares, señor
—me dijo—, y podríamos pasarnos muy bien sin ustedes. Pero
puesto que nos encontramos en esta apurada situación gracias a la
debilidad del Gobierno y a toda esta maldita bobada de la Reforma,
tenemos que soportar la molestia de la presencia de los soldados a
nuestro alrededor. ¡Un escándalo! ¿Ha visto usted a esos desgraciados de mi fábrica, señor? ¡Si por mí fuera, ahora mismo enviaría a la
mitad de ellos a Australia! Y que los demás sintieran retortijones en
la tripa durante una o dos semanas… Entonces dejarían de maullar.

—No tema, señor —le contesté—. Nosotros lo protegeremos.

—¿Que no tema? —replicó—. Yo no tengo miedo de nada, señor. John Morrison no tiembla ante los gemidos de sus obreros, se lo
aseguro. En cuanto a protegerme, ya veremos —añadió, mirándome
con desdén.

Puesto que yo tendría que vivir con la familia —no hubiera podido negarse a facilitarme alojamiento dado el asunto que me había

llevado hasta allí—, el hombre salió conmigo de su estudio y me acompañó a través del oscuro vestíbulo de la mansión hasta la sala de estar de la familia. Toda la casa era tremendamente fría y oscura, y olía a moho y rectitud, pero cuando el señor Morrison abrió la puerta de la sala de estar y me hizo pasar, me olvidé de todo lo que me rodeaba.

—Señor Flashman —dijo—, le presento a la señora Morrison y a mis cuatro hijas. —Pronunció los nombres como si pasara lista—. Agnes, Mary, Elspeth y Grizel.

Di un taconazo e hice una estudiada reverencia. Iba de uniforme y la capa ribeteada de oro y los calzones color de rosa del Undécimo de Húsares ya eran famosos y me sentaban muy bien. Cuatro cabezas se inclinaron en respuesta y una quinta asintió: la de la señora Morrison, una alta mujer de nariz aguileña, en la cual se podía entrever toda la ajada belleza de un buitre. Hice un apresurado inventario de las hijas: Agnes, pechugona y misteriosamente agraciada... Sería aprovechable. Mary, pechugona y vulgar... No lo sería. Grizel, delgada y tímida y todavía colegiala... No. Elspeth no se parecía a ninguna de las demás. Era guapa, rubia, de ojos azules y mejillas sonrosadas, y fue la única que me sonrió con la sincera y simple sonrisa de los seres auténticamente estúpidos. Tomé nota de inmediato y dediqué toda mi atención a la señora Morrison.

La tarea no fue nada fácil, pueden creerme, pues era una avinagrada tirana que me miraba con la misma expresión con que miraba a todos los soldados, ingleses y hombres de menos de cincuenta años de edad: como unos seres frívolos, ateos, inútiles e indignos. En eso parece ser que el marido la apoyaba, y las hijas no me dijeron ni una sola palabra en toda la noche. Hubiera deseado mandarlas a todas al infierno (excepto a Elspeth), pero, en su lugar, decidí mostrarme amable, modesto e incluso humilde con la esposa, por lo que, cuando nos sentamos para la cena —servida, por cierto, con gran ceremonia—, la mujer ya se había ablandado hasta el extremo de dedicarme una o dos sonrisas avinagradas.

«Bueno, algo es algo», pensé y aumenté mi puntuación diciendo «amén» en voz alta cuando Morrison rezó en acción de gracias y preguntando, para remachar el clavo —era un sábado—, a qué hora se celebraba el servicio religioso a la mañana siguiente. Morrison tuvo el detalle de mostrarse cortés conmigo una o dos veces, pero, aun así, me alegré de poder refugiarme finalmente en mi habitación, cuyos tonos marrón oscuro la hacían semejante a una lóbrega tumba.

Puede que ustedes se pregunten por qué razón me tomé la molestia de congraciarme con aquellos puritanos pelmazos. La respuesta es que yo siempre he puesto especial empeño en ser amable con cualquier persona que alguna vez me pueda ser útil. Además, le había echado un poco el ojo a la señorita Elspeth y, sin la buena opinión de la madre, no hubiera podido abrigar la menor esperanza con respecto a ella.

Por consiguiente, participé en las oraciones de la familia, la acompañé a la iglesia, por la noche oí cantar a la señorita Agnes, ayudé a la señorita Grizel a hacer los deberes, fingí interesarme por la conversación de la señora Morrison —despreciativa, reprobatoria y exclusivamente limitada a sus amistades en Paisley—, dejé que la señorita Mary me instruyera en el tema de las flores de su jardín y escuché el monótono zumbido de los comentarios del viejo Morrison acerca de la situación del comercio y la incompetencia del Gobierno. Entre todos estos libertinos placeres de la vida de un soldado, conversé de vez en cuando con la señorita Elspeth y descubrí que era tonta de capirote. Aun así, la chica era innegablemente apetecible y, a pesar de toda la piedad y el temor al fuego del infierno que le habían inculcado, me pareció entrever una cierta impudicia en su mirada y en su labio inferior, por lo que, al cabo de una semana, ya había conseguido que se enamorara de mí con tanta vehemencia y pasión como cualquier otra chica. No fue nada difícil: los jóvenes y deslumbrantes oficiales de caballería de anchas espaldas no abundaban demasiado en Paisley, y yo había decidido echar mano de todo mi encanto.

Sin embargo, del dicho al hecho hay un trecho, tal como suele decirse, y mi dificultad estribaba en poder reunirme con la señorita Elspeth en el lugar y el momento adecuados. Durante el día yo estaba muy ocupado con la milicia, y por la tarde sus padres la seguían como una sombra. Más por simple afán de guardar las formas que por otra cosa, creo yo, pues para entonces ya parecían confiar plenamente en mí, pero la situación resultaba de lo más embarazosa y yo ya estaba empezando a experimentar una considerable desazón. Al final, fue su padre quien llevó el asunto a una provechosa conclusión, cambiando con ello toda mi vida y la de su hija. Y todo porque él, John Morrison, el que tanto presumía de intrepidez, resultó ser más tímido que un ratón.

Un lunes, a los nueve días de mi llegada, se produjo un gran tumulto en una de las fábricas; una máquina aplastó el brazo de un joven obrero y sus compañeros hicieron una protesta y organizaron una reunión en la calle delante de la entrada de la fábrica. Eso fue todo, pero un insensato magistrado perdió la cabeza y ordenó que se llamara a las tropas «para reprimir a los alborotadores». Envié a su mensajero a paseo, en primer lugar porque la reunión no parecía peligrosa —aunque hubo mucha agitación de puños y muchos gritos y amenazas, eso sí—, y, en segundo término, porque no tengo por costumbre causar sufrimiento.

Como era de esperar, la reunión se dispersó, pero no sin que antes el magistrado hubiera sembrado el pánico y la alarma ordenando que se cerraran las tiendas y los postigos de las ventanas y qué sé yo qué otras sandeces. Le dije a la cara que era un insensato, ordené a mi sargento que enviara a los milicianos a casa (pero que los tuviera preparados para una posible llamada) y me dirigí al trote a Renfrew.

Encontré a Morrison sumido en un estado de desesperación. Me miró desde la puerta principal de la casa con el rostro ceniciento y me preguntó:

—¿Van a venir, en nombre de Dios? ¿Por qué no se ha puesto usted al frente de sus tropas, señor? Nos van a asesinar por culpa de su negligencia.

Le dije con la cara muy seria que no había peligro y que, en caso contrario, sin duda debería haber estado en la fábrica para imponer el orden a los bribones. Se puso a gimotear; raras veces he visto a un hombre tan asustado, y lo digo yo, que soy un auténtico cobarde de nacimiento y hablo por ello con conocimiento de causa.

—¡Mi lugar está aquí —replicó en tono quejumbroso—, defendiendo mi casa y a mis niñas!

—Yo creía que hoy estaban en Glasgow —dije cuando entré en el vestíbulo.

—Mi pequeña Elspeth está aquí —dijo él, y soltó un gruñido—. Si entraran las turbas…

—Vamos, por Dios —exclamé sin poder disimular mi mal humor, pues el imbécil del magistrado ya me había sacado de mis casillas y solo me faltaba el pelmazo de Morrison—, las turbas ya no están. Se han ido a casa.

—¿Y se quedarán en casa? —preguntó lloriqueando—. ¡Me odian, señor Flashman, malditos sean todos! ¡Y si entraran aquí? ¿Qué sería de mí… y de mi pobrecita y pequeña Elspeth?

La pobrecita y pequeña Elspeth estaba sentada en el asiento de la repisa de la ventana, admirando su imagen reflejada en los cristales sin dar muestras de la menor inquietud. Al verla, se me ocurrió una idea extraordinaria.

—Si está usted preocupado por ella, ¿por qué no la envía también a Glasgow? —le pregunté con indiferencia.

—¿Está usted loco, señor? ¿Una joven sola por esos caminos?

Traté de tranquilizarlo: yo la escoltaría y la conduciría sana y salva junto a su mamá.

—¿Y me dejaría a mí aquí? —gimoteó.

Le sugerí que nos acompañara, pero no quiso. Más tarde pensé que, a lo mejor, guardaba su caja fuerte en la casa.

Se pasó un rato murmurando y tartamudeando, pero, al final, el temor por su hija —totalmente infundado por lo que se refería a las turbas— lo venció y ambos partimos en una calesa conducida por mí, mientras ella tarareaba alegremente ante la perspectiva de la excursión y su amante progenitor me gritaba instrucciones y me suplicaba con consternados gimoteos cuando comenzamos a alejarnos:

—¡Cuide de mi pobre corderita, señor Flashman!

—Tenga por seguro que así lo haré, señor —le contesté. Y lo hice.

Las riberas del Clyde eran por aquel entonces un lugar muy placentero en el que todavía no se habían construido las barriadas obreras que ahora las afean. Recuerdo que estaban cubiertas por una suave bruma vespertina y que el cálido sol estaba a punto de ponerse. Al cabo de unos dos kilómetros, sugerí a la señorita Elspeth que nos detuviéramos para dar un paseo entre los árboles que bordeaban la orilla. Ella lo deseaba ardientemente, por lo que dejamos a la jaca ramoneando y nos adentramos en un soto. Sugerí que nos sentáramos, y observé que la señorita Elspeth también lo deseaba ardientemente, algo que me hizo saber su preciosa y vacua sonrisa. Creo que le dije en susurros unas cuantas ocurrencias, jugueteé con su cabello y la besé. A continuación, me puse a trabajar en serio, y entonces el deseo de la señorita Elspeth ya no conoció límites. Quince días después aún me quedaban las profundas y enrojecidas huellas de sus garras en la espalda.

Cuando terminamos, ella se tendió medio adormilada sobre la hierba como una gatita satisfecha y, tras lanzar unos cuantos suspiros de placer, me preguntó:

—¿Es eso lo que quiere decir el cura cuando habla de la fornicación?

Sorprendido, le contesté que sí.

—Vaya —dijo—. ¿Por qué le tendrá tanta manía?

Pensé que ya era hora de reanudar el camino hacia Glasgow. Había conocido a muchas mujeres ignorantes y sabía que la señorita Elspeth debía de ocupar uno de los primeros lugares entre ellas, pero no había imaginado hasta aquel momento que no tuviera la más mínima idea acerca de las relaciones humanas más elementales. (Y, sin embargo, en mis tiempos había conocido a muchas mujeres casadas que no establecían la menor conexión entre los retozos con sus maridos en la cama y la concepción de los hijos). Simplemente no comprendía lo que había ocurrido entre nosotros. Le había gustado, por supuesto, pero no había pensado en ninguna otra cosa: ni en las consecuencias, ni en el sentido de culpa, ni en la necesidad de guardar secreto. En ella, la ignorancia y la estupidez formaban un perfecto escudo contra el mundo. Supongo que en eso consiste la inocencia.

Experimenté un sobresalto, puedo asegurarlo. Me la imaginé comentando alegremente: «Mamá, ¿a que no adivinas lo que hemos hecho esta tarde el señor Flashman y yo...?». No es que me preocupara demasiado, pues, en el fondo, me importaba un bledo la opinión de los Morrison, y si no eran capaces de cuidar de su hija, peor para ellos. Sin embargo, cuantos menos problemas hubiera, mejor; por su propio bien, confiaba en que la chica mantuviera la boca cerrada.

La acompañé de nuevo a la calesa, la ayudé a subir y pensé en lo guapa y tonta que era. Curiosamente, en aquel momento experimenté por ella una súbita oleada de afecto como jamás había sentido por ninguna otra mujer, a pesar de que muchas habían sido bastante más satisfactorias que ella. Fue algo que no tuvo nada que ver con nuestros retozos sobre la hierba. Mientras contemplaba el dorado cabello que le enmarcaba el rostro y su risueña expresión de felicidad, sentí un profundo deseo de conservarla a mi lado no solo en la cama, sino en todo lugar. Quería ver su cara, la forma en que se alisaba el cabello y la dulce serenidad de su mirada. «Oye, Flashy, ten cuidado, muchacho», recuerdo haber pensado. Sin embargo, me quedó dentro una extraña sensación de vacío y, de entre todos los recuerdos de mi vida, no hay ninguno más claro que el de aquella tibia tarde a orillas del Clyde en que Elspeth me sonrió bajo los árboles.

Casi tan claro como ese, aunque menos agradable, es el recuerdo que conservo de Morrison cuando, unos días más tarde, agitó el puño delante de mi rostro y me gritó, con las mejillas congestionadas por la furia:

—¡Maldito sinvergüenza! ¡Maldito demonio ladrón, lujurioso y violador! ¡Lo haré ahorcar por eso, pongo a Dios por testigo! ¡Con mi propia hija y en mi propia casa! ¡Señor Jesús! Ha entrado aquí furtivamente como una maldita víbora…

Se pasó un buen rato desbarrando hasta que, al final, pensé que le iba a dar un ataque. La señorita Elspeth había satisfecho casi todas mis expectativas, solo que no se lo había dicho a su mamá, sino a Agnes. El resultado fue el mismo, naturalmente, y se armó un gran revuelo en la casa. La única que estaba tranquila era Elspeth, lo cual no sirvió de nada, pues cuando yo negué las acusaciones del viejo Morrison y este arrastró a su hija delante de mí para mostrarme mi infamia, tal como él la llamaba, ella afirmó con la mayor naturalidad del mundo que sí, que la cosa había ocurrido junto a la orilla del río durante el camino hacia Glasgow. Me pregunté si sería un poco retrasada. Es una cuestión que jamás he podido dilucidar por completo. En vista de ello, ya no pude negarlo por más tiempo y opté por seguir otro camino. Maldije a Morrison y le pregunté qué otra cosa podía esperar si dejaba a su bella hija al alcance de un hombre. Le dije que en el ejército no éramos unos monjes, y él se puso a gritar como un energúmeno y me arrojó un tintero que, afortunadamente, no dio en el blanco. Para entonces, ya habían entrado en la estancia las demás componentes de la familia. Las hijas se habían desmayado —menos Elspeth— y la señora Morrison se estaba acercando a mí con una expresión tan asesina que di media vuelta y eché a correr como alma que lleva el diablo.

Levanté el campamento sin tiempo siquiera para recoger mis efectos personales —que, por cierto, no me los enviaron—, y llegué a la conclusión de que lo mejor sería establecer mi base en Glasgow. Lo más probable era que en Paisley se armara un revuelo, por lo que decidí ir a ver al comandante local y, de hombre a hombre, explicarle la conveniencia de encomendarme otras tareas que no me obligaran a regresar allí. La situación sería un poco embarazosa, pues el comandante era un maldito puritano presbiteriano. Al final, no fui a verlo y, en su lugar, recibí una visita.

Era un tipo de unos cincuenta años, de hombros envarados, modales un tanto bruscos, gallardía casi militar, rostro moreno y fríos ojos grises. Parecía un sujeto más bien inofensivo, pero en cuanto entró fue directamente al grano.

—¿El señor Flashman, supongo? —me preguntó—. Me llamo Abercrombie.

—Otro día será, buen hombre —repliqué—. Hoy no pienso comprar nada, por consiguiente, cierre la puerta al salir.

Ladeó la cabeza y me miró fijamente.

—Muy bien —dijo—. Eso me facilita las cosas. Pensé que era usted un blandengue, pero veo que es eso que se llama un fullero.

Le pregunté qué quería decir.

—Muy sencillo —me contestó, tomando tranquilamente asiento—. Tenemos una amistad común. La señora Morrison de Renfrew es mi hermana. Elspeth Morrison es mi sobrina.

Fue una noticia muy desagradable, pues el tipo no me gustaba ni un pelo. Se lo veía demasiado seguro de sí mismo. Lo miré sin pestañear y le dije que tenía una sobrina muy guapa.

—Me alegro de que así lo crea —contestó—. Lamentaría pensar que los húsares no saben distinguir.

Me miró en silencio y entonces yo empecé a pasear por la habitación.

—El caso es —añadió— que tenemos que tomar disposiciones para la boda. Estoy seguro de que no querrá usted perder el tiempo.

—¿Qué demonios quiere decir? —pregunté, soltando una carcajada—. No pensará que me voy a casar con ella, ¿verdad? Dios bendito, debe de estar usted loco.

—¿Y eso por qué? —preguntó.

—Porque no soy tan tonto como para eso —contesté. De repente, me molestó su insolencia y el tono de voz que estaba empleando conmigo—. Si todas las chicas que están dispuestas a darse un revolcón con el primero que encuentran consiguieran casarse, quedarían muy pocas solteronas, ¿no cree? ¿Y supone usted que voy a dejar que me empujen a una boda por semejante nimiedad?

—Se trata de la honra de mi sobrina.

—¡La honra de su sobrina! ¡La honra de la hija de un fabricante de tejidos! ¡Vamos, hombre, se le ve demasiado el plumero! Ha visto una estupenda oportunidad de cazar un buen partido, ¿eh? La oportunidad de casar a su sobrina con un caballero, ¿no es cierto? Han olfateado una fortuna, ¿verdad? Bueno, pues permítame decirle...

—En cuanto a la excelencia del marido —dijo él—, antes preferiría verla casada con un macaco. ¿Debo deducir que rechaza usted el honor de aceptar la mano de mi sobrina?

—¡Menudo descaro! Deduce usted muy bien. ¡Y ahora, largo de aquí!

—Muy bien —dijo con un extraño brillo en los ojos—. Era lo que esperaba —añadió, alisándose la chaqueta mientras se levantaba.

—¿Qué quiere usted decir, maldita sea su estampa?

Me miró sonriendo.

—Le enviaré a un amigo para que hable con usted. Él se encargará de todo. No soy partidario de los duelos personalmente, pero, en este caso, me encantará alojarle una bala en el cuerpo o hundirle la hoja de un arma blanca en el vientre. —Se encasquetó el sombrero en la cabeza—. Supongo que debe de hacer por lo menos cincuenta años que no se celebra un duelo en Glasgow. Causará una gran sensación.

Lo miré boquiabierto, pero me sobrepuse enseguida.

—Señor mío —le dije, mirándolo con desdén—, no pretenderá que me bata con usted, ¿verdad?

—Ah, ¿no?

—Los caballeros se baten con los caballeros —le expliqué con arrogancia—. No se baten con los tenderos.

—En eso se vuelve usted a equivocar —me dijo jovialmente—. Soy abogado.

—Pues entonces quédese con sus leyes. Tampoco nos batimos con los abogados.

—Siempre que pueden evitarlo, supongo. Pero va usted a tener dificultades para negarse a batirse con un compañero oficial, señor Flashman. Verá usted, aunque ahora solo tengo un puesto en la milicia, he pertenecido al 93.^{ero} de Infantería (¿habrá usted oído hablar de los Sutherlands, supongo?) y he tenido el honor de alcanzar el grado de capitán. E incluso he prestado servicio en el campo de batalla. —Me miró con una sonrisa casi benévola—. Si duda usted de la veracidad de mis palabras, puede hablar con mi antiguo jefe, el coronel Colin Campbell.* Buenos días, señor Flashman.

Ya había llegado a la puerta cuando yo recuperé el habla.

—¡Váyanse usted y él al carajo! ¡No pienso batirme con usted! Se volvió.

—En tal caso, tendré el gusto de azotarlo en la calle. Su propio jefe, milord Cardigan, si no me equivoco, disfrutará de una amena lectura cuando vea la noticia en el *Times*.

Comprendí inmediatamente que me tenía atrapado. Sería mi ruina profesional... nada menos que a manos de un maldito oficial de infantería y, encima, retirado. Permanecí de pie, dominado por la furia y el temor, y maldije el día en que había puesto los ojos en

* La utilización de la palabra «jefe» por parte del señor Abercrombie es inexplicable, pues sir Colin Campbell asumió el mando del 93.^{ero} mucho más tarde. Cabe, por supuesto, la posibilidad de que el señor Abercrombie sirviera con él en España.

su infernal sobrina mientras mi mente buscaba afanosamente una solución. Probé a utilizar otra táctica.

—Es posible que no se dé usted cuenta de con quién está hablando —le dije, y le pregunté si no había oído hablar del incidente con Bernier, suponiendo que era algo universalmente conocido, incluso en la primitiva región de Glasgow, algo que también le hice notar.

—Me parece recordar un párrafo —contestó—. Dios bendito, señor Flashman, ¿tengo que echarme a temblar? ¿Quiere que me ponga de rodillas? Bastará con que sostenga con firmeza la pistola, ¿verdad?

—¡Maldita sea —grité—, espere un momento!

Se quedó de pie, mirándome fijamente.

—Muy bien, ojalá reviente —le dije—. ¿Cuánto quiere?

—Pensé que llegaríamos a eso —dijo—. Los cobardes como usted suelen echar mano de la bolsa cuando están acorralados. Pierde usted el tiempo, señor Flashman. Le arrancaré la promesa de casarse con Elspeth... o la vida. Yo preferiría lo segundo. Pero tendrá que ser o lo uno o lo otro. Elija.

De ahí no lo pude sacar. Supliqué, juré y prometí toda suerte de reparaciones excepto una boda; estaba casi a punto de echarme a llorar, pero fue como intentar mover una roca. O casarme o morir; a eso se reducía todo, pues no me cabía la menor duda de que aquel hombre era un experto en el manejo de la pistola. No hubo nada que hacer: tuve que ceder y decir que me casaría con la chica.

—¿Está seguro de que no prefiere batirse en duelo? —me preguntó casi con tristeza—. Qué lástima. Me temo que los convencionalismos obligarán a Elspeth a cargar con un hombre despreciable, pero qué le vamos a hacer.

Después pasó a discutir los detalles de la boda. Ya lo tenía todo preparado.

Cuando finalmente conseguí librarme de él, me tomé un buen trago de *brandy* y las cosas no me parecieron tan negras. Por lo menos, no se me ocurría pensar en nadie con quien prefiriera casarme y acostarme, y cuando uno tiene dinero, una esposa no tiene por qué ser necesariamente un gran estorbo. Además, nos iríamos enseguida de Escocia y yo no tendría que aguantar a su condenada familia. Aun así, sería una molestia infernal. ¿Qué le diría a mi padre? No tenía ni la más remota idea de cómo se lo iba a tomar. No me desheredaría, pero probablemente se pondría hecho una furia.

No le escribí hasta que todo terminó. La ceremonia se celebró en la abadía de Paisley, cuyo interior era tan negro como mis pensamientos. La contemplación de los alargados y mojigatos rostros de los parientes de mi novia me revolvió el estómago. Los Morrison me habían vuelto a dirigir la palabra y se mostraban muy amables conmigo en público. La cosa se había presentado como un repentino flechazo entre un deslumbrante húsar y una hermosa provinciana y, por consiguiente, tenían que simular que yo era su yerno ideal. Pero el muy bruto de Abercrombie no se apartaba en ningún momento de mi lado, sin duda para cerciorarse de que yo cumpliera todas las expectativas, lo cual resultó bastante desagradable.

Cuando todo terminó y los invitados empezaron a emborracharse como cubas según la costumbre escocesa, Elspeth y yo nos fuimos en un carruaje, no sin antes despedirnos de sus padres. El viejo Morrison estaba completamente bebido y ofreció un espectáculo repugnante.

—¡Mi pequeña corderita! —gimoteó—. ¡Mi pobre y pequeña corderita!

Debo señalar que su corderita estaba encantada y tan poco emocionada como si acabara de comprarse un par de guantes en lugar de atrapar a un marido. Lo había aceptado todo sin un murmullo y, al parecer, no estaba ni contenta ni disgustada, lo cual me mosqueaba bastante.

Sea como fuere, su padre se pasó un buen rato lloriqueando, pero, cuando se volvió hacia mí, se limitó a emitir un gruñido gutural y le cedió el lugar a su mujer. Después, yo hice restallar la fusta y nos fuimos.

No recuerdo ni aunque me maten dónde pasamos la luna de miel —creo que en una casita alquilada de un lugar de la costa cuyo nombre he olvidado—, pero sí recuerdo que la cosa fue muy movida. Elspeth no tenía idea de nada, pero, al parecer, lo único que la sacaba de su habitual letargo era tener a un hombre a su lado en la cama. Era una compañera siempre dispuesta, a quien yo enseñé unos cuantos trucos de Josette. Se los aprendió con tanto entusiasmo que, cuando regresamos a Paisley, yo estaba completamente exhausto.

Allí me esperaba el mayor golpe de mi vida. Cuando abrí la carta y la leí, me quedé sin habla. Tuve que leerla una y otra vez para poder captar su sentido.

Lord Cardigan se ha enterado de la boda contraída
recientemente por el señor Flashman, oficial
de su regimiento, y la señorita Morrison de Glasgow.
En vista de dicha boda, Su Señoría considera
que el señor Flashman no deseará seguir sirviendo
en el Undécimo de Húsares (del príncipe
Alberto), sino que preferirá dimitir o trasladarse
a otro regimiento.

Eso era todo. Firmado «Jones», el pelotilla de Cardigan. No recuerdo lo que dije, pero fue lo suficiente como para que Elspeth se me acercara corriendo. Me rodeó la cintura con los brazos y me preguntó qué me pasaba.

—Me pasa un desastre infernal —le contesté—. Tengo que ir a Londres enseguida.

Al oírlo, lanzó un grito de entusiasmo y empezó a parlotear, comentando emocionada que podría visitar los lugares de interés, codearse con la sociedad, alquilar una casa en la ciudad, visitar a mi padre —pobres de nosotros— y qué sé yo qué otras idioteces. Yo estaba demasiado trastornado como para prestarle atención y, por su parte, ella ni siquiera se fijó en mí mientras permanecía sentado entre las cajas y los baúles que los criados habían llevado desde el coche a nuestro dormitorio. Recuerdo que, en determinado momento, le dije que era una tonta y le ordené que cerrara la boca, lo cual la indujo a guardar silencio un minuto; después volvió a la carga, diciendo que no sabía si contratar a una doncella francesa o a una inglesa.

Todo el viaje hacia el sur me lo pasé furioso e impaciente por hablar con Cardigan. Sabía lo que había ocurrido. El maldito imbécil se había enterado de la boda a través de la prensa y había llegado a la conclusión de que Elspeth no era «adecuada» para uno de sus oficiales. Puede que a ustedes les parezca ridículo, pero eso era lo que entonces ocurría en un regimiento como el Undécimo. Bien estaban las mujeres de la alta sociedad, pero cualquier cosa que oliera a comercio o a clase media era anatema para Su Encumbrada Señoría. Bueno, pues yo no iba a permitir que me mirara por encima del hombro, tal como él tendría ocasión de comprobar. Eso pensé en mi juvenil necedad.

Primero llevé a Elspeth a casa. Le había escrito a mi padre durante la luna de miel y él me había enviado una carta que decía: «¿Quién es esa desventurada jovenzuela, por el amor de Dios? ¿Sabe la pobrecilla qué es lo que tiene al lado?». Por consiguiente, todo iba bien en este sentido. Cuando llegamos allí, ¿a que no adivinan quién fue la primera persona con quien nos tropezamos en el vestíbulo? Pues nada menos que Judy, vestida de amazona. Me miró con una irónica sonrisa en los labios en cuanto vio a Elspeth —seguramente la muy bruja había adivinado lo que había detrás de la boda—, pero yo le devolví la pelota durante las presentaciones.

—Elspeth —dije—, esta es Judy, la puta de mi padre.

Se le puso la cara colorada como un tomate, y yo las dejé allí para que se fueran conociendo y fui en busca del jefe. No estaba en casa, como de costumbre, por lo que decidí ir derecho a ver a Cardigan a su casa. Cuando entregué mi tarjeta, se negó rotundamente a recibirme, pero yo, ni corto ni perezoso, aparté a un lado a su mayordomo y decidí subir de todos modos.

Hubiera tenido que ser una entrevista muy tormentosa y con palabras muy duras, pero no lo fue. El solo hecho de verlo enfundado en su bata de estar por casa con cara de haber pasado revista me calmó bastante los ánimos. Cuando me preguntó con sus acostumbrados fríos modales por qué razón había entrado en su casa sin permiso, yo le pregunté a mi vez por qué razón quería expulsarme del regimiento.

—A causa de su boda, *Fuashman* —me contestó—. *Tenduía* que haber *compuendido* las consecuencias de su acción. Es algo totalmente inaceptable, *¿compuende?* No me cabe duda de que la dama debe de ser una joven de altas *puendas,* pero no es… nadie. En vista de ello, su dimisión es de todo punto *necesauia.*

79

—Pero es muy respetable, milord —dije yo—. Le aseguro que pertenece a una excelente familia. Su padre...

—Es dueño de una *fábuica* —me interrumpió—. Jo, jo. Eso no se puede consentir. Mi *queuido* señor, ¿acaso no pensó usted en su posición? ¿No pensó en el *uegimiento?* ¿Qué *poduía* yo contestar si alguien me *pueguntaua* qué es la esposa del señor *Fuashman?* «Ah, pues su *padue* es un *fabuicante* de tejidos de *Guasgow,* ¿sabe usted?».

—¡Pero eso será mi ruina! —exclamé a punto de echarme a llorar ante el estúpido esnobismo de aquel hombre—. ¿Adónde iré? ¿Qué regimiento me querrá aceptar si me expulsan del Undécimo?

—Nadie lo expulsa, *Fuashman* —me dijo, esforzándose por ser amable—. Es usted quien dimite. Una cosa muy distinta. Jo, jo. Se *tuaslada* a *otuo* sitio. No hay ninguna dificultad. Lo *apuecio, Fuashman;* en *uealidad,* tenía depositadas *guandes espeuanzas* en usted, pero usted las ha *destuido* con su *locúa. Tenduía* que estar muy enojado. *Peuo* lo *ayudaué* en todo lo que haga falta. Tengo influencia en la *Guaudia* Montada, ¿sabe?

—¿Adónde iré? —pregunté tristemente.

—Lo he estado pensando y se lo voy a decir. No *estauía* bien que se *tuasladaua* usted a *otuo uegimiento* del país; *seuá* mejor que se *tuaslade* a *ultuamar, cueo.* A la India, sí...

—¿A la India? —pregunté, mirándolo horrorizado.

—Pues sí. Allí se puede hacer *caueua,* ¿sabe? *Bastauán* unos cuantos años de *seuvicio* allí *paua* que se olvide el asunto de su dimisión de mi *uegimiento.* Después *volveuá* a casa y lo *enviauán* a *otuo* mando.

Se mostraba tan seguro e imperturbable que no pude decir nada. Sabía lo que estaba pensando: a sus ojos no era mejor que los oficiales indios a los que él tanto despreciaba. A su manera, había sido amable conmigo; en la India podían hacer *caueua* los soldados que no podían conseguir otra cosa mejor... y que sobrevivían a las fiebres, el calor, las epidemias y la hostilidad de los nativos. En aquel momento me encontraba en mi punto más bajo; el pálido y altivo rostro y la suavidad de su voz parecieron desvanecerse ante mí; solo fui consciente de una súbita cólera y de la firme decisión de que adondequiera que fuera, no sería la India... aunque se empeñaran en ello mil Cardigans.

—O sea que no piensas ir, ¿eh? —me preguntó mi padre cuando se lo dije.

—Antes me muero —contesté.

—Te vas a morir si no vas —dijo él, riéndose de buena gana—. ¿Qué otra cosa crees que podrías hacer?

—Abandonar el Ejército.

—Eso ni hablar —me dijo él—. Te compré las insignias y por Dios que las vas a llevar.

—No me puedes obligar.

—Muy cierto. Pero desde el día en que las devuelvas no me sacarás ni un maldito penique. ¿De qué vivirás, me lo quieres decir? Y, encima, con una esposa que mantener. No, no, Harry, no puedes nadar y guardar la ropa.

—¿Quieres convencerme de que tengo que ir?

—Pues claro que irás. Mira, hijo mío y posible heredero mío, te voy a decir lo que ocurre. Tú eres un manirroto y un inútil... Puede que yo tenga en parte la culpa, pero eso es secundario. Mi padre también era un inútil, pero yo supe abrirme camino. Puede que tú también lo consigas, pero estoy seguro de que no aquí. Lo conseguirás pagando las consecuencias de tu locura..., y eso significa la India. ¿Me sigues?

—Pero ¿y Elspeth? —dije—. Sabes que no es un país adecuado para una mujer.

—Pues no te la lleves. En cualquier caso no durante el primer año, hasta que te hayas aclimatado un poco. La chica es bonita. No pongas esta cara de pena, señor mío; puedes pasarte una temporada sin ella. En la India hay montones de mujeres y puedes ser tan bruto con ellas como te dé la gana.

—¡Eso no es justo! —grité.

—¡No es justo! Pues tendrás que aprenderte la lección. Nada es justo, insensato jovenzuelo. Y no me vengas a decir que no quieres irte y dejarla. Aquí estará a salvo.

—¿Contigo y con Judy, supongo?

—Conmigo y con Judy —contestó mi padre en un suave susurro—. No estoy muy seguro de que la compañía de un bribón y una puta no sea mejor para ella que la tuya.

Así fue cómo me fui a la India y cómo se echaron los cimientos de una espléndida carrera militar. Me sentía terriblemente maltratado y, de haber tenido valor, le hubiera dicho a mi padre que se fuera al infierno. Pero él me tenía atrapado y lo sabía. Incluso dejando aparte la cuestión del dinero, no hubiera podido plantarle cara, como tampoco se la había podido plantar a Cardigan. En aquellos momentos los odiaba a los dos con toda mi alma. Más tarde, mi opinión acerca de Cardigan mejoró, pues a su arrogante, testaruda y esnobista manera, trató por todos los medios de ser honrado conmigo. En cambio, a mi padre jamás lo perdoné. Estaba jugando a comportarse como un cerdo, y lo sabía y le hacía gracia divertirse a mi costa. Sin embargo, lo que realmente me indispuso con él fue el hecho de que no creyera que Elspeth me importaba un rábano.

Puede que haya otros países mejores que la India para un soldado, pero yo no los he visto. Los novatos se quejan a veces del calor, las moscas, la suciedad, los nativos y las enfermedades; a las tres primeras cosas tiene uno que acostumbrarse, la quinta hay que evitarla —lo cual se puede hacer perfectamente con un mínimo de sentido común— y, en cuanto a los nativos, ¿en qué otro lugar se podrían encontrar unos esclavos tan dóciles y humildes como ellos? En cualquier caso, a mí me gustaban más que los escoceses; su lenguaje me era más fácil de comprender.

Y, aunque todo aquello se pudiera considerar un inconveniente, había también la otra cara de la moneda. En la India se respiraba poder, el poder del hombre blanco sobre el de piel oscura, y el poder es algo muy agradable. Por si fuera poco, se disfrutaba de tranquilidad y tiempo para practicar cualquier deporte y gozar de buenas compañías sin ninguna de las restricciones que existen en casa. Uno podía vivir como le diera la gana, ejercer autoridad sobre los negros y, si tenía dinero y estaba bien relacionado como yo, codearse con los representantes de la alta sociedad que pululaban en torno al gobernador general. Y tener a su disposición la mayor cantidad de mujeres que se pueda imaginar.

También se podía ganar dinero si uno tenía suerte en las campañas y sabía cómo buscarlo. Durante todos mis años de servicio, jamás gané ni la mitad del dinero que gané en la India con los saqueos, pero esa ya es otra historia.

Aunque yo no sabía nada de todo esto cuando anclamos en el Hooghly, cerca de Calcuta, y contemplé las rojas orillas del río, sudando la gota gorda bajo los ardientes rayos del sol. Aspirando un insoportable hedor, pensé que antes hubiera preferido estar en el infierno que en aquel lugar. Había sido una horrible travesía de cuatro meses a bordo de un abarrotado y caluroso barco de la Compañía de las Indias Orientales en el que no disfruté de la menor diversión, y ya me había hecho a la idea de que la India no iba a ser mejor.

Tenía que incorporarme a uno de los regimientos* de lanceros nativos de la Compañía del distrito de Benarés, pero no lo hice. La ineptitud del ejército me obligó a pasar varias semanas divirtiéndome en Calcuta, hasta que finalmente se recibieron las órdenes oportunas. Para entonces, ya me había ganado a mi manera cierta fama con el prepucio. Al principio, comía en el fuerte con los oficiales de artillería del servicio nativo, los cuales eran unos pobres desgraciados cuyo rancho le hubiera provocado arcadas a un cerdo. Era una comida tan repugnante que, cuando los cocineros negros terminaban de prepararla, yo no me hubiera atrevido a dársela ni siquiera a un chacal.

Así lo dije durante la primera comida, lo que motivó las airadas protestas de aquellos caballeros que me consideraban un neófito.

—No es lo bastante buena para los fulleros, ¿verdad? —me soltó uno—. Lamentamos no tener *foie gras* para Su Señoría, y pedimos disculpas por la ausencia de vajilla de plata.

—¿Siempre se come lo mismo? —pregunté—. ¿Qué es eso?

—¿Quiere usted decir qué es este plato, Excelencia? —preguntó el gracioso—. Pues eso se llama *curri*, ¿no lo sabía usted? Disimula el mal sabor de la carne podrida.

—Me sorprende que solo disimule eso —repliqué asqueado—. Ningún ser humano normal se puede tragar esta porquería.

—Pues nosotros nos la tragamos —dijo otro—. ¿Acaso no somos seres humanos?

* El servicio militar en los regimientos de la Compañía de las Indias Orientales estaba considerado socialmente inferior al servicio en el Ejército propiamente dicho, y Flashman debió de ser muy consciente de ello, lo cual explica probablemente la escasa importancia que le atribuye en sus comentarios. Por aquel entonces, la Compañía se surtía de oficiales de artillería, ingeniería e infantería en el centro de instrucción de Addiscombe; sin embargo, los oficiales de caballería podían ser nombrados directamente por los directores de la Compañía. Cardigan, que, al parecer, apreciaba a Flashman (su criterio para juzgar a los hombres, las veces en que se dignaba hacer uso de él, era deplorable) pudo influir en la decisión del consejo.

—Eso ustedes lo sabrán —contesté—. Sigan mi consejo y ahorquen al cocinero.

Dicho lo cual, me retiré a grandes zancadas mientras ellos murmuraban a mi espalda. Pronto descubrí que aquel rancho no solo no era peor que muchos otros que se servían en la India, sino que era incluso mejor que algunos. Los ranchos de los soldados eran tan indescriptibles que yo me pregunté con asombro cómo podían sobrevivir a una comida tan horrenda en un clima como aquel. La respuesta era, naturalmente, que muchos de ellos no podían.

Enseguida comprendí que lo mejor sería ingeniármelas por mi cuenta, así que llamé a Basset, a quien había llevado conmigo desde Inglaterra —el muy hijo de puta se puso a lloriquear por temor a perderme cuando dejé el Undécimo, solo Dios sabe por qué—, le di un puñado de dinero y le dije que buscara un cocinero, un mayordomo, un mozo y media docena de criados. Se podía contratar a toda aquella gente por una miseria. Después me fui al cuarto de la guardia, encontré a un nativo que hablaba medianamente bien el inglés y me fui a buscar una casa.*

Encontré una no muy lejos del fuerte, un lugar muy agradable con un jardincito de arbustos y una galería con persianas, y entonces mi negro fue en busca del propietario, un obeso bribón tocado con un turbante rojo. Regateamos rodeados por una multitud de negros que farfullaban una jerigonza incomprensible y, al final, le di la mitad de lo que me había pedido y me instalé en la casa con mi servidumbre.

En primer lugar, mandé llamar al cocinero y le dije a través de mi negro:

—Cocinarás y lo harás con higiene. Tendrás que lavarte las manos, ¿entendido?, y comprarás únicamente carne y verdura de la mejor calidad. Si no lo haces, te mandaré azotar hasta que no te quede ni una sola tira de piel sana en la espalda.

Se retiró parloteando, asintiendo con la cabeza, sonriendo y haciendo reverencias. Entonces yo lo agarré por el pescuezo, lo arrojé al

* La Compañía no era partidaria de mantener casas para los trasladados y visitantes; más bien se esperaba que estos buscaran alojamiento en los domicilios de los residentes británicos o se pagaran el hospedaje.

suelo y lo azoté con mi fusta de jinete hasta que rodó por la galería, gritando de dolor.

—Dile que lo azotaré mañana y noche si su comida no es apta para comer —le dije a mi negro—. Los demás pueden tomar nota.

Todos soltaron gruñidos de temor, pero me hicieron caso, especialmente el cocinero. Cada día aprovechaba para propinarle una tanda de azotes a alguno de ellos, por su bien y para mi diversión, y a esas precauciones atribuyo el hecho de que, a lo largo de todo mi servicio en la India, apenas cayera enfermo como no fuera a causa de la fiebre, cosa esta inevitable. Resultó que el cocinero era estupendo y, como Basset metía en cintura a los otros con la lengua y la bota, nos lo pasamos muy bien.

Mi negro, que se llamaba Timbu no sé qué, me fue muy útil al principio porque hablaba inglés, pero, al cabo de unas semanas, me deshice de él. Ya he dicho que tengo don de lenguas, pero solo me di cuenta de ello cuando llegué a la India. En la escuela había sido muy flojo en griego y latín, pues apenas les había dedicado la menor atención, pero un idioma que oyes hablar es muy distinto. Para mí cada idioma tiene un ritmo, y mi oído capta y retiene los sonidos; comprendo lo que está diciendo un hombre aunque no entienda las palabras, y mi lengua reproduce los nuevos acentos sin ninguna dificultad. Sea como fuere, tras pasarme quince días escuchando a Timbu y haciéndole preguntas, empecé a hablar el indostaní lo bastante bien como para que me entendiera, y lo despedí tras pagarle lo acordado. Entre otras cosas, porque había encontrado una profesora más interesante.

Se llamaba Fetnab, y se la compré (no oficialmente, claro, aunque en el fondo se redujo a lo mismo) a un mercader cuyo ganado eran mujeres para los oficiales y los civiles ingleses residentes en Calcuta. Me costó quinientas rupias, que eran aproximadamente unas cincuenta guineas, y fue una auténtica ganga. Calculo que debía de tener unos dieciséis años y su cara era bastante bonita; tenía un remache de oro en la aleta de la nariz y unos grandes y oblicuos ojos castaños. Como casi todas las bailarinas indias, tenía forma de reloj de arena, con una cintura que yo podía rodear con las dos manos, unos pechos tan redondos como melones y un trasero bamboleante.

Puede que fuera excesivamente gordita, pero se conocía las noventa y siete maneras de hacer el amor que, al parecer, tanto aprecian los indios, aunque yo les aseguro que son una soberana tontería, pues la septuagésimo cuarta posición resulta ser exactamente igual que la septuagésimo tercera, solo que con los dedos cruzados. Sin embargo, ella me las enseñó todas a su debido tiempo, pues se entregaba por entero a su trabajo y se pasaba horas y horas untándose con perfume todo el cuerpo y practicando ejercicios indios para mantenerse elástica con vistas a nuestras actividades nocturnas. Tras pasarme dos días con ella, empecé a olvidarme de Elspeth y hasta Josette palideció a su lado.

No obstante, también la utilizaba para otros menesteres. Entre tanda y tanda de ejercicios, nos dedicábamos a conversar, pues era una charlatana tremenda y me enseñó más refinamientos del hindi que los que me hubiera podido enseñar cualquier *munshi*. Doy un consejo por si a alguien le interesa: si desea usted aprender debidamente un idioma extranjero, estúdielo en la cama con una nativa; aprendí más sobre los clásicos en una hora de lucha con una chica griega que en cuatro años con Arnold.

Por consiguiente, así fue cómo pasé el tiempo en Calcuta: mis noches con Fetnab, mis veladas en algún comedor de oficiales o en casa de alguien, y mis días montando a caballo, haciendo prácticas de tiro, cazando o simplemente paseando por la ciudad. Me convertí en una figura bastante famosa entre los negros porque podía hablar con ellos en su propia lengua, a diferencia de la inmensa mayoría de oficiales de aquella época. Incluso los que llevaban muchos años sirviendo en la India, o no querían tomarse la molestia de intentar aprender el hindi, o lo consideraban impropio de su categoría.

Otra cosa que aprendí gracias al regimiento al que tenía que incorporarme fue el manejo de la lanza. El manejo de la espada se me había dado muy bien en los húsares, pero la lanza es otra cosa. Cualquier imbécil puede enristrarla y cabalgar en línea recta, pero, si uno quiere utilizarla con provecho, tiene que ser capaz de manejarla desde cualquier punto de sus dos metros y medio de longitud para poder recoger un naipe del suelo o traspasar un conejo en movimiento. Yo estaba firmemente decidido a destacar entre los hombres de la Compañía, y por eso contraté a un *rissaldar* nativo de la caballería bengalí para que me enseñara; entonces no pensaba en otra cosa que no fuera traspasar muñecos o pinchar jabalíes, y no me detenía demasiado en la idea de utilizar una lanza contra la caballería enemiga. Sin embargo, aquellas lecciones me salvaron la vida por lo menos una vez. Por consiguiente, fue un dinero muy bien gastado, y, de una manera muy curiosa, resolvieron también la cuestión de mi futuro inmediato.

Una mañana salí al *maidan* con mi *rissaldar*, un feo diablo alto y delgado llamado Muhammed Iqbal, procedente de la población pastuna que habitaba en la frontera. Era un jinete extraordinario, sabía manejar la lanza a la perfección y, bajo su guía, yo estaba aprendiendo con gran rapidez. Aquella mañana me estaba haciendo alancear unos ganchos, y yo atravesé tantos que, al final, me dijo sonriendo que me tendría que cobrar más por las clases.

Estábamos a punto de retirarnos al trote del *maidan*, que aquella mañana estaba vacío, exceptuando una litera escoltada por un par de oficiales, cosa que despertó un poco mi curiosidad, cuando Iqbal gritó de repente:

—¡Mire, *huzoor*, un blanco mucho mejor que los ganchos!

Me señaló un perro callejero que estaba husmeando en el suelo a unos cincuenta metros de distancia. Enristró la lanza y fue a por él, pero el perro se desvió como una flecha de su camino.

—¡Ánimo! —le grité yo, y me lancé en persecución del animal.

Iqbal me llevaba la delantera, y yo me encontraba tan solo a un par de cuerpos a su espalda cuando él arremetió de nuevo contra el perro, que corría por delante esquivándolo y aullando. Volvió a fallar, soltó una maldición, y entonces el perro se volvió de repente casi bajo los cascos de la montura y pegó un brinco para morderle el pie. Incliné la punta de mi lanza y, por pura suerte, ensarté el cuerpo del animal. Con un grito de triunfo, lo levanté en el aire todavía retorciéndose y aullando, y el cuerpo cayó a mi espalda.

—¡*Shabash!* —gritó Iqbal.

—¡Oiga! —oí que decía una voz mientras yo lanzaba exclamaciones de entusiasmo—. ¡Usted, señor! Acérquese un momento, por favor.

La voz procedía de la litera. Se descorrieron las cortinas y apareció un orondo caballero de aspecto impresionante vestido con levita. Tenía el rostro bronceado por el sol y una preciosa cabeza calva. Se había quitado el sombrero y me estaba haciendo insistentes señas con la mano. Me acerqué a él.

—Buenos días —me dijo cortésmente—. ¿Puedo preguntarle su nombre?

No habría sido necesaria la presencia de los dos lechuguinos que escoltaban la litera para comprender que se trataba de un oficial de alta graduación. Sin saber a qué venía todo aquello, me presenté.

—Bueno, pues lo felicito, señor Flashman —me dijo—. Es el mejor trabajo que he visto este año. Si dispusiéramos de un regimiento en el que todos supieran manejar la lanza tan bien como usted, no tendríamos la menor dificultad con los malditos sijes y los afganos, ¿verdad, Bennet?

—En efecto, señor —contestó uno de los distinguidos ayudantes, mirándome de soslayo—. Señor Flashman, me parece que lo conozco. ¿Últimamente no estaba usted en el Undécimo de Húsares en casa?

—¿Cómo? —dijo su jefe, y clavó en mí sus claros ojos grises—. Pues sí que es, sí; fíjense en sus pantalones de color cereza... —Yo llevaba todavía mis calzones de húsar, que ya no tenía derecho a utilizar, aunque lo hacía porque realzaban admirablemente mi figura—. Es él, Bennet. Es Flashman, maldita sea. Pues claro... ¡Flashman, el del famoso incidente del año pasado! ¡Usted es el que desvió el tiro! Cuánto me alegro. ¿Pero qué está usted haciendo aquí, señor, en nombre de Dios?

Se lo expliqué con sumo cuidado, procurando insinuar, sin decirlo abiertamente, que mi llegada a la India había sido una consecuencia directa de mi duelo con Bernier (cosa que, de todos modos, era casi cierta). Entonces mi interrogador soltó un silbido y una exclamación de entusiasmo. Por lo visto, mi presencia allí había sido una novedad capaz de despertar su interés. Después me hizo muchas preguntas de tipo personal, a las cuales yo contesté con bastante sinceridad; por mi parte, en el transcurso de las preguntas descubrí que se trataba del general Crawford y pertenecía a la plana mayor del gobernador general. Era, por tanto, un militar de considerable influencia e importancia.

—Por Dios que ha tenido usted mala suerte, Flashman —me dijo—. Conque lo han desterrado del regimiento de los arrogantes pantalones cereza, ¿eh? Me parece un solemne disparate, pero es que esos malditos coroneles de la milicia como Cardigan no tienen ni una pizca de sentido común. ¿Verdad, Bennet? Y va usted a prestar servicio en la Compañía, ¿verdad? En fin, la paga es buena, pero me parece una lástima. Se pasará usted el rato enseñando a los *sowars* lo que tienen que hacer durante los días de ejercicios de galope. Un trabajo muy polvoriento. Bueno, bueno, Flashman, le deseo mucho éxito. Que tenga un buen día, señor.

Y así habría terminado todo, de no ser por una curiosa casualidad. Mientras permanecía allí sentado con la lanza en posición de descanso y la punta de esta a cosa de un metro setenta por encima de mi cabeza, parte de la sangre del perro me goteó en la mano; pronuncié una exclamación de desagrado y, volviéndome hacia Iqbal, que estaba sentado en silencio a mi espalda, le dije:

—*¡Khabadar, rissaldar! ¡Larnce sarf karo, juldi!*

Lo cual significaba: «¡Cuidado, brigada! Tome esta lanza y límpiela enseguida». Y se la arrojé. Él la atrapó al vuelo y yo me volví para despedirme de Crawford. Este se había detenido a medio correr las cortinas.

—Oiga, Flashman —me dijo—. ¿Cuánto tiempo lleva en la India? ¿Me ha dicho que tres semanas? ¡Y ya habla esta jerga, maldita sea!

—Solo una o dos palabras, señor.

—No sea modesto, señor; he oído varias. Muchas más de las que yo he aprendido en treinta años. ¿Verdad, Bennet? Demasiadas «is» y «ums» para mí. Es algo extraordinario, joven. ¿Cómo lo ha conseguido?

Le expliqué mi facilidad para los idiomas, y él sacudió la calva cabeza como si nunca en su vida hubiera oído nada igual.

—Un lingüista nato y un lancero nato, no cabe duda. Qué combinación tan insólita... Demasiado bueno para la caballería de la Compañía... Sea como fuere, todos cabalgan como cerdos. Mire, joven Flashman, yo no estoy en condiciones de pensar a esta hora de la mañana. Venga a verme esta noche, ¿me oye? Estudiaremos el asunto con más detenimiento. ¿Verdad, Bennet?

Dicho lo cual se fue, y yo acudí a visitarlo aquella noche impecablemente vestido con mis pantalones «color cereza», tal como él los llamaba.

—¡Por Dios que Emily Eden no puede perderse el espectáculo! —exclamó al verme—. Jamás me lo perdonaría!

Para mi sorpresa, fue así como me anunció que tenía que acompañarlo al palacio del gobernador general, donde él iba a cenar. Por consiguiente, lo acompañé y tuve el privilegio de beber limonada en la gran galería de mármol de Sus Excelencias, entre un selecto grupo de invitados que parecían una pequeña corte y en la cual vi más calidad en treinta segundos que en las semanas que llevaba en Calcuta. Todo fue sumamente agradable, pero Crawford estuvo a punto de estropearlo al comentar con lord Auckland mi duelo con Bernier, cosa que ni a él ni a lady Emily, que era su hermana, les hizo la menor gracia —pensé que eran una pareja un poco aburrida— hasta que yo contesté con frialdad a Crawford y le dije que, de haber podido, lo hubiera evitado, ya que prácticamente me había visto obligado a hacerlo. Entonces Auckland asintió con la cabeza en señal de aprobación. Al enterarse de que había estudiado bajo la dirección de Arnold en Rugby, el viejo bastardo mostró amablemente su complacencia y lo mismo hizo lady Emily —gracias a Dios que llevaba los pantalones «color cereza»—; y cuando descubrió que solo tenía diecinueve años, la dama asintió tristemente con la cabeza y se refirió a los jóvenes y hermosos brotes del árbol del Imperio.

Me preguntó por mi familia y, al enterarse de que tenía una esposa en Inglaterra, comentó:

—Demasiado jóvenes para que los hayan separado. Qué duro es el servicio.

Su hermano observó secamente que nada impedía que un oficial llevara a su esposa consigo a la India, pero yo musité algo acerca de mi deseo de hacer méritos, una inspirada sarta de sandeces que fue muy del gusto de lady E. Su hermano señaló que un número sorprendentemente elevado de jóvenes oficiales se las arreglaba en cierto modo para sobrevivir a la ausencia de los consuelos de una esposa. Crawford soltó una risita por lo bajo, pero lady E. se me acercó y, dándoles la espalda, me preguntó si sabía ya dónde me iban a destinar.

Se lo dije y, pensando que si jugaba bien las cartas quizá podría conseguir un destino más cómodo gracias a sus gestiones —estaba pensando en concreto en el puesto de ayudante del gobernador general—, le manifesté que el servicio en la Compañía no despertaba en mí demasiado entusiasmo.

—No se le puede reprochar —dijo Crawford—. Este hombre es una auténtica pértiga a caballo. No se puede desperdiciar algo así, ¿verdad, Flashman? Por si fuera poco, habla el indostaní. Yo mismo lo he oído.

—¿De veras? —dijo Auckland—. Eso denota un celo extraordinario en el estudio, señor Flashman. Pero a lo mejor habría que darle las gracias al doctor Arnold por eso.

—¿Por qué tienes que quitarle el mérito al señor Flashman? —dijo lady E—. Creo que eso es algo insólito sobremanera y que se le debería buscar un puesto en el que pudiera emplear sus cualidades como corresponde. ¿No está usted de acuerdo, general?

—Soy exactamente de la misma opinión, señora —contestó Crawford—. Tenían que haberlo oído. «Oye, *rissaldar*, um-tidi-o-caro», dice, y el tipo va y lo entiende todo.

Ya pueden ustedes figurarse lo aturdido que yo estaba en aquellos momentos; por la mañana no era más que un pobre subalterno, y ahora allí estaba, recibiendo los cumplidos de un gobernador general, un general y la primera dama de la India…, por más que solo fuera una vieja estúpida. «Lo has conseguido, Flashy, vas a entrar en la plana mayor», me dije. Las palabras que Auckland pronunció a continuación parecieron confirmar mis esperanzas.

—Pues, en tal caso, ¿por qué no hacer algo por él? —le preguntó a Crawford—. Precisamente ayer el general Elphinstone comentó que necesitaba unos cuantos edecanes de primera.

Bueno, no es que fuera una maravilla, pero el puesto de edecán de un general era más que suficiente de momento.

—Por Dios que Vuestra Excelencia tiene razón —dijo Crawford—. ¿Qué le parece, Flashman? ¿Le gustaría ser ayudante de campo de un comandante? Es mejor que un trabajo de mala muerte en la Compañía, ¿verdad?

Como es natural, contesté que me sentiría muy honrado y, cuando ya estaba a punto de darle las gracias, él me interrumpió.

—Más me lo agradecerá cuando sepa adónde lo llevará el servicio a las órdenes de Elphinstone —me dijo sonriendo—. Por Dios que me gustaría tener su edad y gozar de la misma oportunidad. Se trata sobre todo de un ejército de la Compañía de las Indias Orientales, y muy bueno, por cierto, pero necesitaron varios años de servicio, tal como hubiera necesitado usted, para llegar adonde querían llegar.

Lo miré ansiosamente mientras lady E. sonreía y suspiraba al mismo tiempo.

—Pobre chico —dijo esta—. No debe usted burlarse de él.

—Bueno, de todos modos mañana se sabrá —añadió Crawford—. Como es natural, usted no conoce a Elphinstone, Flashman. Está al mando de la División de Benarés, o lo estará hasta las doce de esta noche. Después asumirá el mando del Ejército del Indo. ¿Qué le parece?

Me parecía muy bien, por lo que hice los comentarios entusiastas de rigor.

—Pues sí, es usted un joven muy afortunado —añadió Crawford, rebosante de satisfacción—. ¿Cuántos jóvenes oficiales darían su pierna derecha por la oportunidad de servir a sus órdenes? ¡Es un lugar muy apropiado para que un deslumbrante lancero pueda hacer méritos y distinguirse!

Experimenté una desagradable sensación en la columna vertebral, y le pregunté qué lugar era aquel.

—Pues Kabul, naturalmente —me contestó—. ¿Qué otro lugar sino Afganistán?

El viejo estúpido pensaba en serio que yo tenía que estar encantado con la noticia y, como es lógico, tuve que simular que lo estaba. Supongo que cualquier joven oficial de la India hubiera brincado de contento ante aquella oportunidad, por cuyo motivo yo hice lo posible por mostrarme entusiasta y agradecido, pero la verdad es que estaba tan furioso que de buena gana hubiera derribado al suelo de un puñetazo a aquel sonriente imbécil. Pensaba que todo me saldría a pedir de boca después de que me hubieran presentado súbitamente a los personajes más encumbrados del país, pero lo único que había conseguido era un puesto en el lugar más sofocante, duro y peligroso del mundo a juzgar por todos los relatos. Por aquel entonces, en Calcuta no se hablaba de otra cosa más que de Afganistán y de la expedición de Kabul, y buena parte de los comentarios giraban en torno a las atrocidades de los nativos y la desagradable situación del país. Si hubiera sido más juicioso, me habrían destinado a un tranquilo puesto en Benarés... Pero no, me había empeñado en agradar a lady Emily y ahora todos mis esfuerzos solo me servirían para que me cortaran la garganta.

Mientras pensaba vertiginosamente sin dejar de sonreír con entusiasmo, pregunté si el general Elphinstone no tendría sus propias preferencias en el momento de elegir a un edecán; quizá hubiera otros con más méritos que yo...

Crawford desechó mi comentario y lo tildó de tontería. Apostaba a que Elphinstone se mostraría encantado de contar con los servicios de un hombre que hablaba el idioma y, al mismo tiempo, manejaba la lanza como un cosaco. Lady Emily expresó su confianza en que el general encontrara un sitio para mí. Por consiguiente, no tenía escapatoria; tendría que aceptarlo y simular que me gustaba.

Aquella noche le propiné a Fetnab la mayor paliza de su regalada vida y estrellé un cacharro contra la cabeza del portero.

Ni siquiera me iban a dar tiempo para prepararme debidamente. El general Elphinstone (o Elphy Bey, como lo llamaban los guasones) me recibió al día siguiente, y resultó ser un anciano quisquilloso de moreno y arrugado rostro y grandes bigotes blancos. Estuvo muy amable conmigo, a su alelada manera, y era el más inverosímil comandante de ejército que imaginar se pudiera, pues estaba a punto de cumplir los sesenta años y, por si fuera poco, su salud no era demasiado buena.

—Es un gran honor para mí —dijo, refiriéndose a su nuevo mando—, pero hubiera preferido que recayera sobre unos hombros más jóvenes que los míos... Es más, lo considero necesario.

Sacudió la cabeza y miró tristemente a su alrededor, mientras yo pensaba: «Pues arreglado estoy si tengo que iniciar una campaña con este».

Sin embargo, me dio la bienvenida a su plana mayor, maldita fuera su estampa, y me dijo que mi llegada era de lo más oportuna; de inmediato me encomendó una misión. Puesto que los edecanes que tenía entonces estaban acostumbrados a servirlo, los conservaría por el momento a su lado para preparar el viaje; a mí me enviaría por adelantado a Kabul, lo cual significaba, pensé yo, que tendría que anunciar su llegada y encargarme de que todo estuviera arreglado y a punto. Por consiguiente, tuve que reunir mis efectivos, contratar camellos y mulos para el transporte, hacer acopio de provisiones para el viaje, gastarme una considerable cantidad de dinero y enfrentarme a toda suerte de molestias. Mis criados procuraron mantenerse apartados de mi camino durante aquellos días, pueden creerme, y Fetnab se pasó todo el tiempo lloriqueando y poniendo los ojos en blanco. Al final, le dije que se callara si no quería que la entregara a los afganos cuando llegáramos a Kabul. Ella se aterrorizó tanto al oír mis palabras que se calló de verdad.

No obstante, tras sufrir la primera decepción, comprendí que era absurdo lamentarse por algo que ya no tenía remedio y procuré ver el lado bueno de la situación. A fin de cuentas, iba a ser edecán de un general, lo cual podía serme muy útil en el futuro y me convertía en un personaje muy distinguido. De momento, por lo menos, Afganistán estaba tranquilo y el término del mando de Elphy Bey no podía estar muy lejos, dada su edad. Podría llevarme a Fetnab y a mis criados, incluido Basset, y, gracias a la influencia de Elphy Bey, pude incorporar también a mi grupo a Muhammed Iqbal. Como es natural, este hablaba el pastún, que es el idioma de los afganos, y podría darme lecciones por el camino. Además, me resultaba muy agradable tenerlo a mi lado y sería para mí un valioso compañero y guía.

Antes de iniciar el viaje, recabé toda la información que pude acerca de los asuntos de Afganistán. Estos se me antojaron bastante peligrosos, y había otras personas en Calcuta —no Auckland, que era un asno— que compartían aquella opinión. La razón de que se hubiera enviado una expedición a Kabul, situada en el mismísimo centro de uno de los peores países del mundo, era el miedo que le teníamos a Rusia. Afganistán era algo así como una valla amortiguadora entre la India y el territorio del Turquestán, en el que Rusia ejercía una considerable influencia. Los rusos se entremetían constantemente en los asuntos afganos, con la esperanza de poder expandirse hacia el sur y apoderarse a ser posible de la India. Por consiguiente, Afganistán tenía mucha importancia para nosotros y, gracias al presumido payaso escocés de Burnes, el Gobierno británico había invadido el país, por así decirlo, y había colocado en el trono de Kabul a nuestro soberano títere Shah Sujah en lugar del viejo Dost Mohammed, sospechoso de simpatías rusas.

A juzgar por todo lo que vi y oí, creo que si este tenía simpatías rusas, era porque nosotros lo habíamos empujado hacia los rusos con nuestra insensata política; en cualquier caso, la expedición de Kabul consiguió sentar a Sujah en el trono y el viejo Dost fue cortésmente encerrado en la India. De momento todo iba bien, pero Sujah no gustaba ni un pelo a los afganos, por lo que tuvimos que dejar tropas en Kabul para mantenerlo en el trono. Era el ejército cuyo mando estaba a punto de asumir Elphy Bey. Se trataba de un ejército bastante bueno, integrado en parte por tropas de la reina y, en parte, por tropas de la Compañía, con regimientos británicos y nativos, pero no podía desarrollar su labor con eficacia porque constantemente se veía obligado a imponer el orden entre las distintas tribus. Además de los partidarios de Dost, había centenares de caciques y tiranos que no perdían la menor ocasión para causar problemas en tiempos difíciles, y a todo ello había que sumar los habituales pasatiempos afganos de las contiendas entre los clanes, los robos y los asesinatos por pura diversión. Nuestro ejército impedía cualquier rebelión —por lo menos de momento—, pero tenía que patrullar constantemente, dotar los pequeños fuertes de efectivos militares y tratar de pacificar y comprar a los jefes de las bandas de ladrones, por lo que la gente se preguntaba cuánto tiempo se podría prolongar aquella situación. Los más sensatos decían que se avecinaba una explosión, por lo que, cuando iniciamos nuestro viaje desde Calcuta, mi primer pensamiento fue el de que, quienquiera que tuviera que estallar, no sería yo. Quiso la suerte que acabara precisamente en el lugar donde se encendió la hoguera.

Viajar, creo yo, es lo más aburrido que hay en la vida; por consiguiente, no los cansaré con el relato de nuestro viaje desde Calcuta a Kabul. Fue largo, sofocante y terriblemente tedioso; si Basset y yo no hubiéramos seguido el consejo de Muhammed Iqbal y no hubiéramos cambiado nuestros uniformes por prendas nativas, dudo que hubiéramos podido sobrevivir. En el desierto, en las llanuras llenas de matorrales, en las pedregosas colinas, en los bosques, en las pequeñas aldeas, en los campos y en las ciudades el calor era horrible e implacable; se te quemaba la piel, te ardían los ojos y notabas que el cuerpo se te convertía en una reseca bolsa de huesos. Sin embargo, con aquellas holgadas túnicas y aquellos pantalones parecidos a los de un pijama, uno se sentía más fresco. Quiero decir, que uno se freía sin achicharrarse.

Basset, Iqbal y yo íbamos a caballo, y los criados nos seguían a pie con la litera de Fetnab. Pero nuestro ritmo era tan lento que, al cabo de una semana, nos deshicimos de todos ellos menos del cocinero. Despedimos a los criados entre grandes lamentos y vendí a Fetnab a un comandante de artillería por cuyo campamento acertamos a pasar. Lo sentí mucho, pues ya se había convertido en algo así como una costumbre para mí, pero durante el viaje se puso muy pesada, y por la noche estaba demasiado exhausta y apática como para que yo pudiera solazarme con ella. No obstante, no recuerdo haber conocido en mi vida a otra moza con quien haya disfrutado más.

A partir de aquel momento viajamos más rápidamente, hacia el oeste y después hacia el noroeste, por las llanuras y los grandes ríos del Punjab, cruzando el territorio de los sijes y subiendo hacia Peshawar, que es donde termina la India. Ahora ya nada nos recordaba Calcuta, pues allí el calor era tan seco y feroz como los habitantes, unas criaturas de aspecto ajudiado tremendamente feas y escuálidas que iban siempre armadas y que, a juzgar por su aspecto, parecían dispuestas a cometer cualquier atrocidad. Sin embargo, el más feo y el que parecía más dispuesto a cometer maldades era el gobernador del lugar, un corpulento sujeto de barba gris y pinta de toro, vestido con una vieja y manchada chaqueta de uniforme, unos pantalones abombados y un quepis adornado con borlas doradas. Era nada menos que italiano, lucía unos tiesos mostachos encerados como los que hoy en día llevan los organilleros y hablaba inglés con un espantoso acento italoamericano. Se llamaba Avitabile,* y tanto los sijes como los afganos le tenían más miedo que al mismísimo demonio; había llegado a la India como soldado mercenario, estaba al mando del ejército de Shah Sujah y ahora cumplía la misión de mantener abiertos los pasos para nuestra gente de Kabul.

Lo hacía admirablemente bien, de la única forma que aquellos brutos entendían: por medio de la fuerza y la intimidación. Al entrar, vimos cinco afganos muertos colgando del arco de la puerta bajo los ardientes rayos del sol, lo cual nos resultó tranquilizador y desconcertante a la vez. La gente les prestaba muy poca atención, como si fueran unas moscas aplastadas, y el que menos se la prestaba era el propio Avitabile, justamente el que los había mandado ahorcar.

—Maldita sea, muchacho —me dijo—, ¿cómo cree usted que podría mantener la paz si no matara constantemente a estos bastardos? Estos son *ghilzai*, ¿sabe? *Ghilzai* buenos, ahora que yo me encargo de ellos. Los *ghilzai* malos están en las colinas que hay entre aquí y Kabul, vigilando los pasos, pensando y humedeciéndose los labios con la lengua. Pensar es lo único que hacen ahora a causa de Avitabile. Como es natural, les pagamos para que se estén quietos, pero ¿cree usted que eso sería suficiente para que obedecieran? No señor, el temor a Avitabile —dijo, señalándose el pecho con un grueso pulgar—… el temor es el que los obliga a obedecer. Sin embargo, si yo dejara de ahorcarlos de vez en cuando, dejarían de tenerme miedo, ¿comprende?

* Avitabile. La descripción que hace Flashman de este extraordinario soldado mercenario se ajusta a la verdad; el italiano tenía fama de severo y honrado administrador e intrépido soldado.

Aquella noche me invitó a cenar, y saboreamos un excelente estofado de pollo y fruta en una terraza que daba a los sucios tejados de Peshawar, hasta la cual llegaban todos los rumores y olores del bazar. Avitabile fue un estupendo anfitrión y se pasó toda la noche hablando de Nápoles, de mujeres y de bebida; me pareció que le había caído bien, y ambos cogimos una borrachera impresionante. Era uno de esos borrachos a los que les da por gritar y armar alboroto, y recuerdo que nos pasamos un buen rato cantando a pleno pulmón. Pero al amanecer, mientras regresábamos haciendo eses a nuestras camas, se detuvo delante de mi habitación, apoyó una mugrienta manaza en mi hombro, me miró con sus brillantes ojos grises y me dijo con voz muy suave y serena:

—Me parece, muchacho, que en el fondo es usted igual que yo: un *condottiero* y un bribón. Quizá con un poco más de honor y valentía. No sé. Pero, mire, ahora ustedes se dirigen más allá del Khyber, y un día no muy lejano los *ghilzai* y los demás dejarán de tener miedo. Para estar preparado, escoja un caballo rápido y a unos cuantos afganos de confianza (hay algunos, como los *kuzzibashis*) y, cuando llegue ese día, no espere a morir en el campo de batalla. —Lo dijo sin el menor sarcasmo—. Los héroes no cobran mejores salarios que los otros, muchacho. Que descanse.

Asintió con la cabeza y se alejó pesadamente pasillo abajo, con el dorado quepis todavía bien encasquetado. En mi estado de embriaguez, apenas presté atención a lo que me dijo, pero más tarde lo recordé.

A la mañana siguiente, nos dirigimos al norte hacia uno de los lugares más horribles del mundo: el gran paso del Khyber, donde el camino serpentea entre unos peñascos abrasados por el sol y las cumbres parecen aguardar al viajero para tenderle una emboscada. El camino estaba bastante transitado y nos cruzamos con un convoy de suministros que se dirigía a Kabul, pero la mayoría de las personas que vimos eran montañeses afganos, unos guerreros de elevada estatura que llevaban una especie de casquetes o turbantes y largas chaquetas. Iban armados con unos rifles tremendamente largos llamados *jezzais* y con las típicas navajas del Khyber (una especie de cuchillos de carnicero muy puntiagudos) metidas en el cinto. Muhammed Iqbal se alegraba mucho de regresar a su lugar de origen, y me obligó a chapurrear el pastún con las personas con quienes nos cruzamos; la gente, que en general fue bastante amable con nosotros, se llevaba una notable sorpresa al ver a un oficial inglés que hablaba su propio idioma, por más que yo lo hiciera con mucha dificultad. Sin embargo, a mí no me gustó su aspecto; se adivinaba la traición en sus ojos oscuros y me parecía un poco raro que aquellos hombres con pinta de Satanás lucieran ricitos y bucles por debajo de los turbantes.

Tras cruzar el Khyber, nos pasamos tres días recorriendo un camino cada vez más infernal. No comprendo cómo un ejército británico con sus miles de seguidores, carretas, carros y armas pudo superar aquellos pedregosos senderos. Pero, al final, llegamos a Kabul. La gran fortaleza de Bala Hissar dominaba la ciudad, y un poco más allá, hacia la derecha, se veían los nítidos perfiles del acantonamiento situado junto a la orilla del río; los hombres, enfundados en sus chaquetas rojas, semejaban muñecos de juguete desde lejos, y el sonido del clarín se propagaba débilmente sobre las aguas. Todo era muy hermoso bajo la luz de la tarde estival; los huertos y los jardines se extendían ante nuestros ojos y la mole del Bala Hissar ocultaba la miseria de la ciudad de Kabul. Sí, en aquellos momentos, todo era hermoso.

Cruzamos el puente sobre el río Kabul y, en cuanto me hube presentado, bañado y puesto el uniforme del regimiento, me enviaron ante el comandante a quien debía entregar los despachos de Elphy Bey. Se llamaba sir Willoughby Cotton* y el nombre le iba que ni pintado, pues era redondo, grueso y rubicundo. Cuando entré, un apuesto oficial de alto rango, enfundado en un uniforme descolorido, le estaba echando una bronca, e inmediatamente descubrí dos cosas: que en la guarnición de Kabul no existía el menor respeto por la intimidad ni el menor comedimiento, y que los oficiales de mayor graduación no tenían el menor reparo en discutir sus asuntos delante de los subordinados.

—… es el mayor insensato que hay a este lado del Indo —estaba diciendo el oficial cuando yo me presenté—. Le digo, Cotton, que este ejército es como un oso en una trampa. Si se produce un

* En inglés, literalmente traducido, «Algodón». *(N. de la T.)*

levantamiento, ¿dónde estará usted? Atrapado entre unas gentes que lo odian con toda su alma y a una semana de distancia de la guarnición amiga más cercana, mientras el muy imbécil de McNaghten le escribe cartas a ese Auckland de Calcuta que es todavía más imbécil que él, diciéndole que todo va bien. ¡Dios nos coja confesados! Y ahora, lo van a relevar a usted…

—A Dios gracias —dijo Cotton.

—… y nos enviarán a Elphy Bey, que estará enteramente dominado por McNaghten y que, de todos modos, no está en condiciones de mandar una escolta. ¡Y lo peor de todo es que McNaghten y los demás asnos políticos creen que estamos tan seguros como en la meseta de Salisbury!* Burnes es tan inútil como los otros; no piensa más que en las mujeres afganas, pero todos están seguros de que tiene razón. Eso es lo que más me fastidia. ¿Y usted quién demonios es?

Eso me lo dijo a mí. Incliné la cabeza y le entregué las cartas a Cotton, el cual pareció alegrarse de la interrupción.

—Me alegro de verlo, señor —dijo, depositando las cartas encima del escritorio—. Conque el heraldo de Elphy, ¿eh? Vaya, vaya. ¿Flashman ha dicho usted? Qué curioso. En Rugby yo tenía un compañero que se llamaba Flashman hace unos cuarenta años. ¿Acaso es pariente suyo?

—Mi padre, señor.

—¡No me diga! Vaya, cuánto me alegro. El hijo de Flashy —dijo, mientras su rubicundo rostro se iluminaba con una sonrisa—. Debe de hacer unos cuarenta años… Su padre está bien, supongo. Estupendo, estupendo. ¿Qué le apetece tomar, señor? ¿Una copita de vino? Ven aquí, chico —le dijo a un criado nativo—. Seguro que su padre le habrá hablado de mí. Menudo pillastre estaba yo hecho. Me expulsaron de la escuela, ¿sabe usted? Era una ocasión tan fabulosa que no la podía desaprovechar.

—A mí también me expulsaron de Rugby, señor —me apresuré a decir.

—¡Dios bendito! ¡No me diga! ¿Y por qué razón, señor?

—¡Por embriaguez, señor!

* Meseta del sur de Inglaterra cerca de Salisbury, donde se levanta el monumento megalítico de Stonehenge. (N. de la T.)

101

—¡No! ¡Qué barbaridad! ¿Cómo se puede expulsar a alguien por eso? Acabarán expulsando a los alumnos por violación. En mis tiempos no lo hubieran hecho. Yo fui expulsado por amotinamiento, señor... ¡Sí, amotinamiento! ¡Encabecé la revuelta de toda la escuela!* ¡Espléndido! Bueno, pues ¡a su salud, señor!

El oficial de la chaqueta descolorida, que nos había estado mirando con expresión avinagrada, comentó que la expulsión de una escuela le parecía muy bien, pero que lo que a él le preocupaba era la expulsión de Afganistán.

—Disculpe, señor —dijo Cotton, secándose los labios con un pañuelo—. ¡Qué descortesía por mi parte! Señor Flashman, le presento al general Nott. El general Nott acaba de regresar de Kandahar, donde ostenta el mando. Estábamos discutiendo la situación del ejército en Afganistán. No, no, Flashman, siéntese. Aquí no estamos en Calcuta. En el servicio activo, cuanto más aprende uno, mejor. Siga, por favor, Nott.

Por consiguiente, permanecí sentado, un poco perplejo y halagado mientras Nott reanudaba su parrafada, pues no es costumbre que los generales hablen en presencia de los subalternos. Me pareció que estaba ofendido por algún comunicado de McNaghten, es decir, sir William McNaghten, delegado en Kabul y primera autoridad civil británica en el país. Nott trataba de convencer a Cotton de que lo apoyara en su protesta, pero Cotton no estaba por la labor.

—Es una simple cuestión de táctica —dijo Nott—. El país, por más que McNaghten no lo crea, es hostil a nuestra presencia, y como tal lo tenemos que tratar. Podemos hacerlo de tres maneras: a través de la influencia que ejerce Sujah sobre sus maldispuestos súbditos, que es muy poca, por cierto; a través de la fuerza de nuestro ejército de aquí, el cual, con todos los respetos, no es tan poderoso como imagina McNaghten, pues una de las más fieras naciones guerreras del mundo lo supera en la proporción de cincuenta a uno; y, en tercer lugar, comprando con dinero la colaboración de los jefes más importantes. ¿Es así?

---

* Cotton fue el cabecilla de la gran rebelión que tuvo lugar en la Escuela de Rugby en 1797, en cuyo transcurso la puerta del director, el doctor Ingles, fue volada con pólvora.

—Habla usted como un libro —dijo Cotton—. Llénese la copa, señor Flashman.

—Si fracasa uno de estos tres instrumentos tácticos, Sujah, nuestra fuerza o nuestro dinero, estamos perdidos. Sí, ya sé que soy un «pájaro de mal agüero», tal como diría McNaghten; él cree que aquí estamos tan seguros como en la Guardia Montada. Pero se equivoca, se lo digo yo. Existimos porque nos lo toleran, pero eso terminará en cuanto él lleve a la práctica su propósito de cortar los subsidios a los jefes *ghilzai*.

—Nos ahorraría dinero —dijo Cotton—. Sea como fuere, no es más que una idea, según tengo entendido.

—Nos ahorraría dinero si usted no comprara una venda cuando se está desangrando —dijo Nott, provocando una carcajada por parte de Cotton—. Sí, ríase usted, sir Willoughby, pero se trata de un asunto muy importante. Dice usted que lo de cortar los subsidios no es más que una idea. Muy bien, pues puede que nunca se lleve a efecto. Pero si los *ghilzai* llegan a sospechar tan siquiera esta posibilidad, ¿cuánto tiempo cree usted que seguirán manteniendo los pasos abiertos? Ellos dominan el Khyber, que es nuestra línea vital de comunicación, no lo olvide, y dejan entrar y salir nuestros convoyes. Bastará con que piensen que sus subsidios corren peligro para que busquen otra fuente de ingresos. Lo cual quiere decir que tenderán emboscadas y saquearán los convoyes, y que usted se verá metido en un embrollo tremendo. Por eso creo que McNaghten no debería tan siquiera pensar en la posibilidad de cortar los subsidios, y tanto menos hablar de ella.

—¿Qué quiere usted que haga? —preguntó Cotton, frunciendo el ceño.

—Dígale que abandone la idea de inmediato. A mí no me hará caso. Y que envíe a alguien para hablar con los *ghilzai* y le lleve unos regalos a ese viejo de Mogala cuyo nombre no recuerdo… Sher Afzul, creo. Me han dicho que es el que manda sobre los restantes jefes *ghilzai*.

—Sabe usted mucho acerca de este país —dijo Cotton, sacudiendo la cabeza—. Teniendo en cuenta que este no es su territorio.

—Alguien tiene que saberlo —replicó Nott—. Treinta años al servicio de la Compañía le enseñan a uno unas cuantas cosas. Ojalá pudiera creer que McNaghten también las ha aprendido. Pero él sigue su camino tan contento, sin ver más allá de su nariz. Bueno, bueno, Cotton, usted será uno de los más afortunados. Se irá de aquí justo a tiempo.

Cotton protestó, señalando que Nott era efectivamente un «pájaro de mal agüero». Muy pronto descubrí que el término se aplicaba a todos los que se atrevían a criticar a McNaghten o a manifestar sus dudas acerca de la seguridad de las fuerzas británicas en Kabul. Ambos militares se pasaron un buen rato hablando. Cotton fue muy amable conmigo, y me pareció que estaba tratando por todos los medios de que yo me sintiera a gusto. Cenamos en su cuartel general con los miembros de su Estado Mayor, y allí conocí por primera vez a algunos de los hombres, muchos de ellos oficiales subalternos, cuyos nombres se harían famosos en cuestión de un año: «Sekundar» Burnes, con su vocecilla escocesa y su bigotito; George Broadfoot, otro escocés, sentado a mi lado; Vincent Eyre, «Gentleman Jim» Skinner, el coronel Oliver y otros. Todos ellos hablaban con una asombrosa libertad, criticando o defendiendo a sus superiores en presencia de los generales, censurando una táctica o elogiando otra, e intercambiando comentarios con Cotton y Nott. No se habló demasiado bien de McNaghten, y todos expresaron opiniones muy negativas acerca de la situación del ejército. Pensé que se asustaban muy fácilmente, y así se lo dije a Broadfoot.

—Cuando lleve uno o dos meses aquí, pensará lo mismo que los demás —me contestó con brusquedad—. El lugar es malo y la población también lo es; me sorprendería mucho que dentro de un año no estallara la guerra. ¿Ha oído usted hablar de Akbar Khan? ¿No? Es el hijo del antiguo rey Dost Mohammed que nosotros derrocamos para poner en su lugar a ese payaso de Sujah, y ahora está en las montañas yendo de un jefe a otro y buscando apoyos para el día en que levante el país contra nosotros. McNaghten no lo quiere aceptar, naturalmente, pero es un estúpido.

—¿Cree que no podremos defender Kabul? —pregunté—. Unas fuerzas de cinco mil hombres tendrían que ser suficientes contra unos salvajes indisciplinados.

—Esos salvajes son unos hombres extraordinarios —dijo—. Entre otras cosas, son unos tiradores mucho mejores que nosotros.

Y nuestra situación deja bastante que desear, pues el acantonamiento no dispone de unas fortificaciones como Dios manda (hasta los almacenes se encuentran fuera del perímetro) y el ejército está muy mal preparado a causa de la buena vida y la falta de disciplina. Además, tenemos con nosotros a nuestras familias, y eso no es nada bueno cuando empiezan a volar las balas... ¿Quién piensa en su deber cuando tiene que cuidar de la mujer y los hijos? Y Elphy Bey asumirá el mando cuando se vaya Cotton. —Sacudió la cabeza—. Usted lo conocerá sin duda mejor que yo, pero daría toda mi paga del año próximo para que no viniera y, en su lugar, nombraran a Nott. Por lo menos dormiría tranquilo por la noche.

Todo aquello me pareció muy descorazonador, pero en las semanas siguientes oí el mismo tipo de comentarios por todas partes; estaba claro que nadie confiaba en las autoridades políticas y militares, y los afganos parecían adivinarlo, pues se mostraban insolentes con nosotros y no nos tenían el menor respeto. En mi calidad de ayudante de Elphy Bey, que aún se encontraba de camino hacia el norte, yo disponía de tiempo para pasear por Kabul, un lugar inmenso, sucio y maloliente, lleno de tortuosas y angostas callejuelas. Pero nosotros raras veces íbamos por allí, pues la gente no nos dispensaba una acogida demasiado cortés y nos encontrábamos más a gusto en el acantonamiento, donde apenas se prestaba atención a la instrucción y más bien nos pasábamos el rato disputando carreras de caballos, paseando por los jardines y contando chismes en las galerías mientras nos tomábamos bebidas con hielo. Incluso se disputaban partidos de críquet, y yo mismo jugué algunos. Había sido un excelente lanzador en Rugby, y mis nuevos amigos me admiraban más por los palos que abatía que por el hecho de que ya estuviera empezando a hablar el pastún mejor que cualquiera de ellos, exceptuando a Burnes y a los políticos.

Durante uno de aquellos encuentros vi por primera vez al rey Shah Sujah, que estaba allí invitado por McNaghten. Era un corpulento individuo de barba castaña que presenció el partido solemnemente de pie y que, al preguntarle McNaghten si le gustaba, contestó:

—Múltiples e inescrutables son los caminos del Señor.

En cuanto a McNaghten, me fue antipático desde que lo vi. Tenía el rostro muy moreno y una nariz y una barbilla muy puntiagudas, y miraba con recelosa cara de asco a través de las gafas. Era tan presumido como un pavo real, y tenía por costumbre pasearse con su sombrero y su levita, mirando a su alrededor con expresión autoritaria y desdeñosa. Era evidente, tal como alguien había dicho, que solo veía lo que quería ver. Cualquier otro se hubiera dado cuenta de que su ejército estaba hecho un desastre, pero él ni se enteraba. Incluso pensaba que Sujah era apreciado por su pueblo y que nosotros éramos unos huéspedes bien recibidos en el país; si hubiera oído a los hombres del bazar llamándonos «cafres», puede que hubiera comprendido su equivocación. Pero era demasiado arrogante como para eso.

A pesar de todo, yo me lo pasaba bastante bien. Burnes, el agente político, empezó a interesarse un poco por mí al enterarse de que yo hablaba el pastún y, puesto que su mesa era espléndida y se trataba de un hombre muy influyente, decidí cultivar su amistad. Era un necio descomunal, naturalmente, pero sabía muchas cosas acerca de los afganos y, de vez en cuando, se disfrazaba con el atuendo de los nativos y se mezclaba con la gente del bazar para enterarse de los chismes que corrían y estar al tanto de todo. Tenía otro motivo, como es natural, y era la constante búsqueda de mujeres afganas. Yo lo acompañaba a menudo en tales correrías, y debo decir que resultaban de lo más satisfactorias.

Las mujeres afganas son bellas y bastante agraciadas, y tienen la ventaja de que sus hombres no les prestan demasiada atención. Los hombres afganos suelen ser unos pervertidos y les encantan los chicos; se hubieran ustedes muerto de asco si hubieran visto cómo se les caía la baba ante aquellos jovencitos pintarrajeados que parecían muchachas. Nuestras tropas se tronchaban de risa. Pero la consecuencia de todo ello era que las mujeres afganas siempre estaban hambrientas de machos y uno podía elegir la que quisiera. Eran unas criaturas altas y gráciles de largas narices y bocas orgullosas, muy activas en la cama y con unos cuerpos que tiraban más al músculo que a la grasa.

Como es natural, a los afganos todo eso les daba igual, pero, aun así, nos la tenían jurada.

Tal como ya he dicho, las primeras semanas fueron muy agradables y, cuando Kabul ya estaba empezando a gustarme a pesar del pesimismo general, tuve que abandonar mi placentera rutina gracias a mi amigo Burnes y a los temores del general Nott, el cual había regresado a Kandahar no sin antes haber hecho unas serias advertencias a sir Willoughby Cotton. Estas debieron de ser muy alarmantes, pues, cuando me mandó llamar a su despacho en el acantonamiento, Cotton, que estaba acompañado por Burnes, tenía el semblante muy serio.

—Flashman —me dijo—, sir Alexander me dice que se lleva usted de maravilla con los afganos.

Pensando en las mujeres, convine en que, efectivamente, era cierto.

—Bueno, pues ¿habla usted también su endiablado dialecto?

—Mi pastún es aceptable, señor.

—Eso significa que es usted mucho más previsor que la mayoría de nosotros. No debería hacerlo, pero, siguiendo la sugerencia de sir Alexander... —Aquí Burnes me dirigió una sonrisa que, a mi modo de ver, no presagiaba nada bueno—... y puesto que es usted el hijo de un antiguo amigo mío, voy a encomendarle una tarea. Una tarea que contribuirá a favorecer su ascenso si la cumple usted como es debido, ¿comprende? —Me miró fijamente un instante y después añadió, dirigiéndose a Burnes—: ¡Maldita sea, Sandy, es jovencísimo!

—No más de lo que yo era —replicó Burnes.

—Bueno, supongo que eso no importa. Vamos a ver, Flashman, habrá oído usted hablar de los *ghilzai,* ¿no? Controlan los pasos que nos separan de la India y son unos individuos tremendamente marrulleros. Estaba usted presente cuando Nott habló de los subsidios que recibían de nosotros y de la posibilidad de que los insensatos políticos los cortaran, discúlpeme la expresión, Sandy. Bueno, pues los van a cortar a su debido tiempo, pero, de momento, es de todo punto necesario que tranquilicemos a los afganos y les digamos que todo va bien, ¿comprende? Sir William McNaghten ha dado su autorización... De hecho, ha escrito unas cartas a Sher Afzul en Mogala, que es el amo del cotarro, por así decirlo.

Me pareció una descarada hipocresía por parte de McNaghten, pero, tal como muy pronto descubriría, semejante comportamiento era típico en nuestros tratos con los afganos.

—Va usted a ser nuestro correo, como hacen los hombres del señor Rowland Hill en Inglaterra. Llevará nuestros mensajes de buena voluntad a Sher Afzul, se los entregará, le dirá que todo marcha estupendamente bien, se mostrará amable con ese viejo demonio que, por cierto, está medio loco, y lo tranquilizará en caso de que todavía esté preocupado por los subsidios y cosas por el estilo.

—Todo estará en las cartas —terció Burnes—. Usted deberá limitarse a darle todas las seguridades que sean necesarias.

—¿Qué le parece, Flashman? —dijo Cotton—. Será una buena experiencia para usted. Una misión diplomática, ¿comprende?

—Y muy importante —añadió Burnes—. Porque, si pensaran que ocurre algo o empezaran a sospechar, nuestra situación aquí se podría agravar.

«Y la mía mucho más», pensé yo. La propuesta no me hacía la menor gracia. Lo único que sabía de los *ghilzai* era que tenían fama de ser unos brutos y unos asesinos, como todos los afganos del país, y la idea de visitar sus guaridas en la montaña sin la menor esperanza de que alguien acudiera en mi ayuda en caso de que surgieran problemas... Bueno, Kabul no es que fuera precisamente Hyde Park, pero por lo menos era un lugar seguro de momento. Y lo que las mujeres afganas hacían a los prisioneros era suficiente argumento como para que se me revolviera el estómago con solo pensarlo. Me habían contado unas historias tremendas.

Parte de mis reflexiones debieron reflejarse en mi rostro, pues Cotton me preguntó con la cara muy seria qué ocurría. ¿Acaso no quería ir?

—Por supuesto que sí, señor —contesté, mintiendo descaradamente—. Pero... bueno, es que todavía estoy un poco verde. Un oficial más experto...

—No se preocupe —dijo Burnes, sonriendo—. Se compenetra usted mejor con esa gente que algunos hombres que llevan veinte años de servicio aquí. —Me guiñó un ojo—. Lo he visto, Flashman, recuérdelo. ¡Ja, ja! Tiene usted eso que se llama «cara de tonto», sin ánimo de ofender. Significa que parece honrado. Además, el hecho de que hable usted un poco el pastún le permitirá ganarse su confianza.

—Pero, en mi calidad de ayudante del general Elphinstone, ¿no tendría que estar aquí…?

—Elphy aún tardará una semana en llegar —contestó secamente Cotton—. Maldita sea, hombre de Dios, esta es una oportunidad extraordinaria para usted. Cualquier joven en su lugar estaría deseando ir.

Comprendí que no le parecería nada bien que siguiera dando excusas, y dije que tenía mucho interés, por supuesto, y que solo quería asegurarme de que era el hombre adecuado. La cuestión quedó definitivamente resuelta, y entonces Burnes me acompañó junto a un gran mapa que había en la pared y me mostró dónde estaba Mogala… Huelga decir que estaba en el quinto infierno, a unos ochenta kilómetros de Kabul, en una inhóspita región montañosa al sur del paso de Jugdulluk. Me indicó el camino que debería seguir, asegurándome que me proporcionarían un buen guía, y me dio el paquete sellado que debería entregar al medio loco (y, sin duda, medio humano) Sher Afzul.

—Encárguese de que llegue a sus manos —me dijo—. Es un buen amigo nuestro de momento, pero no me fío de su sobrino Gul Shah. Ha sido demasiado amigo de Akbar Khan en otros tiempos. Si alguna vez surgen divisiones entre los *ghilzai,* será por culpa de Gul; por consiguiente, tenga cuidado con él. No es necesario que le recuerde que ha de tener asimismo cuidado con el viejo Sher Afzul… Es muy listo cuando está cuerdo, cosa que suele suceder casi siempre. Es señor de la vida y de la muerte en su parroquia, y en ella está usted incluido. No es probable que le cause ningún daño, pero procure ganarse su favor por si acaso.

Empecé a preguntarme si no habría alguna forma de que pudiera caer enfermo en las próximas dos horas. De ictericia, a ser posible, o de alguna dolencia infecciosa. Cotton remató el debate.

—Si surgiera alguna dificultad —me dijo—, deberá usted resolverla.

A este paternal consejo, él y Burnes añadieron unas cuantas consideraciones acerca de la forma en que debería comportarme en caso de que el jefe decidiera discutir conmigo la cuestión de los subsidios. Subrayaron especialmente la necesidad de que yo me mostrara tranquilizador a toda costa —debo decir que nadie se tomó la molestia de indicarme quién me iba a tranquilizar a mí—, tras lo cual me despidieron. Burnes dijo que tenían depositadas grandes esperanzas en mí, un sentimiento que yo difícilmente podía compartir.

Sin embargo, no hubo nada que hacer y, a la mañana siguiente, emprendí el camino hacia el este flanqueado por Iqbal y un guía afgano, y escoltado por cinco soldados del 16.º de Lanceros. La escolta era lo bastante minúscula como para que solo sirviera contra un salteador de caminos —cosa que nunca faltaba en Afganistán—, pero me dio un poco de ánimo, al cual se sumaron el fresco y vigorizante aire matinal y la idea de que probablemente todo iría bien y la misión supondría ascender otro escalón en la brillante carrera del teniente Flashman.

El sargento que estaba al mando de los lanceros se llamaba Hudson y ya había dado cumplidas muestras de su aptitud y determinación. Antes de emprender la marcha, me había sugerido que dejara el sable —nuestras espadas eran muy poco eficaces y le resbalaban a uno de la mano—* y tomara en su lugar una de las cimitarras persas que utilizaban algunos afganos. Eran fuertes, ligeras y tremendamente afiladas. Tanto en esta cuestión como en el asunto de las raciones de los hombres y el forraje de los caballos se había mostrado muy práctico y capacitado. Era uno de esos hombres de talla media, complexión robusta y modales reposados que saben exactamente lo que hacen, y yo me alegraba de contar con su ayuda y la de Iqbal.

Nuestro primer día de marcha nos llevó hasta Khoord-Kabul y, al segundo día, abandonamos el camino en Tezeen y nos desviamos al sudeste hacia las colinas. La marcha, que por terreno llano ya había sido muy dificultosa, se había convertido ahora en una terrible pesadilla, pues el territorio era una sucesión de rocas abrasadas por el sol y mellados picachos, con unos pedregosos desfiladeros cuyos guijarros sueltos hacían tropezar y resbalar a los mulos. Tras abandonar

---

* Mala calidad de las espadas del ejército. Los sables que por aquel entonces se suministraban a la caballería británica eran famosos por sus grasientas empuñaduras de latón que resbalaban en la mano.

Tezeen apenas vimos criaturas vivientes a lo largo de casi cuarenta kilómetros, y al caer la noche acampamos en un elevado paso, al amparo de un peñasco que hubiera podido ser la pared del infierno. Hacía un frío espantoso y el viento soplaba con fuerza a través del desfiladero; se oía a lo lejos el aullido de un lobo, y apenas teníamos leña para mantener encendida nuestra hoguera. Me tendí sobre la manta, maldiciendo el día en que me había emborrachado en Rugby y pensando que ojalá estuviera cómodamente acostado en una cálida cama con Elspeth, o Fetnab, o Josette.

Al día siguiente, mientras subíamos por una larga y pedregosa ladera, Iqbal murmuró unas palabras por lo bajo y me señaló algo con la mano. En lo alto de la rocosa cumbre distinguí una figura que desapareció casi inmediatamente.

—Un explorador *ghilzai* —me explicó Iqbal. A lo largo de una hora, vimos algo así como una docena.

Mientras cabalgábamos, los veíamos en las colinas de ambos lados y detrás de las rocas y los salientes. En los últimos kilómetros divisamos a varios jinetes que nos seguían a derecha e izquierda y a nuestra espalda. Al salir de un desfiladero, el guía me señaló una cumbre coronada por una gran fortaleza de color gris, con una torre redonda detrás de su muralla exterior y toda una serie de cabañas agrupadas junto a su puerta almenada. Era Mogala, la plaza fuerte del caudillo *ghilzai* Sher Afzul. Raras veces había yo contemplado un lugar que me resultara más desagradable a primera vista.

Nos adelantamos a medio galope, mientras los jinetes que nos habían estado siguiendo galopaban a ambos lados en dirección al fuerte, sin acercarse demasiado a nosotros. Montaban jacas afganas, iban armados con largos *jezzais* y lanzas, y tenían un aspecto terrible; algunos llevaban cotas de malla sobre las túnicas, y unos cuantos se cubrían la cabeza con cascos puntiagudos. Con sus exóticos atuendos y sus fieros rostros barbados, parecían guerreros de un cuento de hadas oriental... y, de hecho, lo eran.

Cerca de la entrada había una hilera formada por cuatro cruces de madera. Comprobé para mi horror que las cuatro cosas retorcidas y ennegrecidas clavadas en ellas eran cuerpos humanos. Estaba claro que Sher Afzul tenía sus propias ideas acerca de la disciplina. Uno o dos soldados murmuraron por lo bajo al ver las cruces, y varios miraron con inquietud a los jinetes que nos habían estado siguiendo como sombras y que ahora se habían alineado a ambos lados de la entrada. Por mi parte, yo me sentía dominado por una cierta inquietud, pero pensé: «Que se vayan al infierno estos negros del carajo, nosotros somos ingleses». Así que dije con voz recia y decidida:

—¡Adelante, muchachos, en posición de firmes!

Así cruzamos ruidosamente la siniestra entrada.

Calculo que Mogala debe de medir algo más de cuatrocientos metros de muralla a muralla, pero, en el interior de sus almenas, aparte de la gigantesca torre del homenaje, había cuarteles y establos para los guerreros de Sher Afzul, almacenes, depósitos de armas y la casa del propio *kan*. En realidad, más que una casa, era un pequeño palacio, pues se levantaba a la sombra de un ciprés en medio de un precioso jardín junto a la muralla exterior, y por dentro parecía un decorado de la versión de *Las mil y una noches* de Burton. Había tapices en las paredes, alfombras sobre los suelos embaldosados y biombos de madera labrada con enrevesados dibujos bajo los arcos. Se respiraba una atmósfera general de lujo; el jefe vivía muy bien, pero no quería correr ningún riesgo. Por todas partes se veían corpulentos centinelas armados hasta los dientes.

Sher Afzul resultó ser un hombre de unos sesenta años, con una barba teñida de un tono negro tan oscuro como el azabache y un feo rostro arrugado cuyo rasgo más destacado eran unos fieros y ardientes ojos que parecían traspasarle a uno de lado a lado. Me recibió con mucha cortesía en su sala de audiencias, sentado en un pequeño trono y rodeado por su corte, pero yo no dudé ni por un instante de las palabras de Burnes, en el sentido de que aquel hombre estaba medio loco. No paraba de mover las manos y, mientras hablaba, tenía la costumbre de sacudir violentamente la cabeza tocada con un turbante. Sin embargo, prestó mucha atención mientras uno de sus ministros leía en voz alta la carta de McNaghten y, al término de la lectura, pareció darse por satisfecho. Después, él y sus cortesanos lanzaron exclamaciones de complacencia al ver el regalo que Cotton le había enviado: un precioso par de pistolas de Manton en un estuche de terciopelo, con una bolsa de municiones a juego y un frasco de pólvora. Tuvimos que salir todos inmediatamente al jardín para que el *kan* las pudiera probar; era un pésimo tirador, pero, al cuarto intento, consiguió volarle la cabeza a un loro muy bonito que estaba posado con las patas encadenadas a un palo y que, a cada disparo, soltó un estridente chillido hasta que el tiro final acabó con él.

Hubo fuertes aplausos y Sher Afzul meneó la cabeza complacido.

—Un regalo espléndido —me dijo, mientras yo comprobaba satisfecho que mis conocimientos de pastún eran más que suficientes para entenderlo—. Sea usted bienvenido, Flashman *bahadur,*[*] porque estas armas son una verdadera maravilla. ¡Por Dios que son armas dignas de un soldado!

Le dije que lo celebraba, y se me ocurrió la feliz idea de regalarle de inmediato una de mis pistolas al hijo del *kan*, un apuesto y despierto mozalbete de unos dieciséis años llamado Ilderim. El chico empezó a soltar exclamaciones de alegría y los ojos le brillaron de emoción mientras estudiaba el arma. Había empezado con buen pie.

A continuación, uno de los cortesanos se adelantó y yo sentí que un estremecimiento me recorría la columna vertebral mientras lo miraba. Era un hombre alto —tanto como yo—, con unos hombros muy anchos y una fina cintura de atleta. Vestía una ajustada chaqueta negra, calzaba botas de caña alta y lucía alrededor de la cintura una faja de seda para llevar el sable. Se cubría la cabeza con un puntiagudo casco de acero, y tenía un rostro extremadamente hermoso, aunque con unas marcadas facciones orientales que a mí a título personal no me gustaban. Ustedes ya me entienden: nariz recta, labios muy carnosos y mejillas y mandíbulas suavemente femeninas. Lucía una barba bifurcada y tenía los ojos más fríos que jamás he visto en mi vida. Me pareció que era un aguafiestas, y no me equivoqué.

—Yo puedo matar loros con un tirachinas —dijo—. ¿Sirven las pistolas del *feringhee* para alguna otra cosa?

Sher Afzul le dirigió una mirada más o menos asesina por poner en duda la excelencia de sus nuevas armas, y depositando una de ellas en su mano, le dijo que la probara. Para mi asombro, el muy

[*] Título de respeto añadido habitualmente por los indostanos a los nombres de los oficiales europeos. *(N. de la T.)*

bruto dio media vuelta y le pegó un tiro a uno de los esclavos que estaban trabajando en el jardín, que murió en el acto.

Les aseguro que se me heló la sangre en las venas. Contemplé las sacudidas del cuerpo sobre la hierba, vi que el *kan* meneaba la cabeza y observé que el asesino le devolvía el arma encogiéndose de hombros. Había matado a un simple negro, y yo sabía que entre los afganos la vida se cotizaba muy barata; el hecho de matar a un ser humano tiene para ellos tan poca trascendencia como la tiene para nosotros disparar contra un faisán o pescar un pez. Pero resultaba un poco inquietante para un hombre con un temperamento como el mío saber que me encontraba en poder —pues, tanto si era un invitado como si no, yo estaba en su poder— de unos sinvergüenzas capaces de matar con semejante crueldad y sin el menor motivo. Me inquietaba más aquella idea que el asesinato propiamente dicho.

El joven Ilderim se dio cuenta y reprendió al tipo de la chaqueta negra…, ¡no por la muerte del esclavo, que conste, sino por su descortesía para con un huésped!

—No se muerde la moneda de un honorable huésped, Gul Shah —le dijo, queriendo indicar con ello que a caballo regalado no había que mirarle el dentado. De momento, yo estaba tan asombrado por lo que acababa de ver que no le presté demasiada atención, pero mientras el *kan* me acompañaba de nuevo al interior del palacio sin dejar de hablar atropelladamente, según su costumbre, recordé que el tal Gul Shah era el tipo contra el cual me había advertido Burnes…, el amigo del gran rebelde Akbar Khan. Lo vigilé mientras conversaba con Sher Afzul, y me pareció que él también me vigilaba a mí.

Sher Afzul se expresaba con bastante cordura, sobre todo cuando hablaba de temas cinegéticos y de otro tipo de derramamientos de sangre más significativos, pero uno no podía por menos que reparar en el salvaje brillo de sus ojos y en el malévolo carácter que pugnaba constantemente por aflorar a la superficie. Estaba acostumbrado a comportarse como un tirano, y solo se mostraba amable con el joven Ilderim, a quien adoraba. De vez en cuando soltaba un gruñido en dirección a Gul, pero este lo miraba a los ojos sin pestañear.

Aquella noche, sentados entre almohadones, cenamos en el salón de audiencias del *kan*, introduciendo directamente los dedos en los cuencos de estofado, arroz y fruta, y bebiendo un agradable licor afgano que, por cierto, no tenía demasiado cuerpo. Éramos unos doce, incluido Gul Shah. Al terminar la cena, y tras haber soltado el eructo de rigor, Sher Afzul ordenó que comenzara la diversión, la cual consistió en un excelente prestidigitador, unos cuantos jovenzuelos escuálidos con flautas y tam-tams nativos y tres o cuatro bailarinas. Yo había simulado divertirme con el prestidigitador y los músicos, pero en cuanto salieron las bailarinas, una de ellas me llamó particularmente la atención y me pareció digna de algo más que de una mirada de cortesía. Era una criatura alta y hermosa de largas piernas, frío rostro enfurruñado y una preciosa melena teñida de color rojo fuego y recogida en una cola de caballo que le caía sobre la espalda. Era prácticamente lo único que la cubría; por lo demás, llevaba unos pantalones de raso ajustados alrededor de las caderas y un peto de latón que se quitó a instancias de Sher Afzul.

Este le hizo señas de que se acercara y bailara delante de él, y entonces la contemplación de las torsiones y los estremecimientos de aquel dorado cuerpo semidesnudo me hizo olvidar por un instante dónde estaba. Cuando terminó de bailar, mientras los tam-tams seguían sonando y el sudor brillaba sobre su rostro pintado, yo me la debía de estar comiendo con los ojos. Saludó con un *salaam* a Sher Afzul, y este la asió de repente por el brazo y la atrajo hacia sí. Observé entonces que Gul Shah se inclinaba hacia delante en su almohadón.

Sher Afzul también lo observó, pues miró a derecha e izquierda con una pícara sonrisa en los labios y, con la mano libre, empezó a acariciar el cuerpo de la chica. Esta aceptó las caricias con rostro imperturbable, mientras Gul contemplaba la escena sin apenas disimular su furia. Sher Afzul soltó una carcajada y me preguntó:

—¿Le gusta, Flashman *bahadur*? ¿Es la clase de gatita que usted se complace en acariciar? ¡Pues aquí tiene, es suya!

La empujó con tal fuerza hacia mí que cayó de cabeza sobre mis rodillas. Mientras yo la recibía, Gul Shah se levantó de repente y, con un rugido, acercó la mano a la empuñadura de su sable.

—¡No es para un perro europeo! —gritó.

—¿Por qué no, maldita sea? —contestó Sher Afzul—. ¿Y eso quién lo ha dicho?

Gul Shah le explicó quién lo había dicho, y entonces se produjo un pequeño intercambio de palabras que terminó cuando Sher Afzul ordenó a Gul que abandonara el salón. Me pareció que la muchacha lo miraba con decepción mientras él se retiraba de la estancia a grandes zancadas. Sher Afzul pidió disculpas por la molestia y me dijo que no me preocupara por Gul Shah, un desvergonzado bastardo siempre ávido de mujeres. ¿Me gustaba la chica? Se llamaba Narriman y, en caso de que no me complaciera, yo no debería vacilar en azotarla sin la menor compasión.

Comprendí que todo aquello estaba deliberadamente dirigido contra Gul Shah, el cual con toda seguridad codiciaba a la chica, y Sher Afzul había aprovechado la ocasión para atormentarlo. Se me planteaba un dilema: no quería enemistarme con Gul Shah, pero no podía permitirme el lujo de rechazar, por así decirlo, la hospitalidad de Sher Afzul. Además, la hospitalidad me resultaba muy cálida y apetecible, y me estaba produciendo una considerable excitación, desnuda sobre mis rodillas y jadeando todavía a causa del esfuerzo de la danza.

Por consiguiente, acepté de inmediato y esperé con impaciencia mientras Sher Afzul hablaba interminablemente acerca de sus caballos, sus perros y sus halcones. Al final, todo acabó y Narriman me siguió a la estancia privada que me habían asignado. Era una tibia y hermosa noche, los perfumes del jardín penetraban a través de la ventana, y yo ya estaba soñando con los placeres que se avecinaban. La chica fue una auténtica decepción, pues se quedó allí tendida sin hacer nada, mirando al techo como si yo no estuviera presente. Al principio traté de convencerla con halagos, después la amenacé y, por último, siguiendo el consejo de Sher Afzul, la coloqué sobre mis rodillas y le propiné una buena tanda de azotes con la fusta de montar. Entonces se revolvió repentinamente contra mí como una pantera, se puso a gruñir, me clavó las uñas y poco faltó para que me arañara los ojos. Me enfurecí tanto que le zurré con todas mis fuerzas, pero ella, desnuda como estaba, luchó con arrojo y, solo tras haber recibido varios latigazos especialmente dolorosos, trató de escapar corriendo. La agarré cuando ya había alcanzado la puerta y, tras un tremendo forcejeo, conseguí violarla... la única vez en mi vida en que me he visto obligado a hacerlo, por cierto. La cosa tiene también su aliciente, qué duda cabe, pero no me gustaría tener que hacerlo con carácter habitual. Prefiero que las mujeres se sometan voluntariamente.

Después la saqué de mi habitación —no tenía el menor deseo de que me clavara la uña del pulgar en un ojo durante la noche— y los guardias se la llevaron. En todo el rato no había dicho ni una sola palabra.

Al verme la cara arañada a la mañana siguiente, Sher Afzul me pidió que le facilitara detalles y, cuando yo se los conté, él y sus serviles aduladores se partieron de risa. Aunque Gul Shah no estaba presente, comprendí que no faltaría quien se apresurara a contarle la historia.

No me importaba demasiado, pero en eso me equivoqué. Gul era un simple sobrino de Sher Afzul y un malnacido, pero ejercía poder sobre los *ghilzai* por su habilidad como luchador y estaba deseando derribar al viejo Sher Afzul y robarle el trono. En caso de que lo consiguiera, las perspectivas de la guarnición de Kabul no serían muy buenas, pues los *ghilzai* mantenían constantemente el equilibrio con nosotros y Gul hubiera inclinado sin duda el platillo de la balanza en nuestra contra. Odiaba a los británicos, y nada más ocupar el puesto de Afzul, hubiera cerrado los pasos, aunque con ello perdiera los muchos *lahks* que se pagaban desde la India para mantenerlos abiertos. Sin embargo, Afzul, a pesar de que ya estaba un poco viejo, era demasiado listo y poderoso como para que alguien lo derrocara en aquellos momentos, e Ilderim, aunque solo fuera un muchacho, gozaba del aprecio general y estaba considerado su indiscutible sucesor. Ambos mantenían buenas relaciones y podían imponer su dominio sobre los restantes jefes *ghilzai*.

Gran parte de esta información la obtuve durante los dos días siguientes, en los que yo y los hombres de mi grupo fuimos huéspedes de honor en Mogala y yo mantuve los ojos y los oídos muy abiertos. Los *ghilzai*, desde Afzul hasta los más humildes aldeanos cuyas chozas se apretujaban en la parte exterior de la muralla, se mostraron extremadamente hospitalarios con nosotros. Tengo que reconocerlo en honor de los afganos: son unos sujetos traicioneros e incluso malvados cuando quieren, pero si consigues ganarte su amistad, se convierten en unos tipos estupendos. Sin embargo, tienes que saber descubrir justo en qué segundo van a dejar de ser tus amigos. Raras veces se producen señales de advertencia.

Recordando aquel período de mi vida, puedo decir que probablemente me llevé mejor con los afganos que la mayoría de los británicos. Supongo que Thomas Hughes hubiera dicho que, en muchos rasgos de mi carácter, yo me parecía a ellos, y yo no lo habría negado. Sea como fuere, el caso es que me lo pasé muy bien durante aquellos dos primeros días: disputamos carreras de caballos y otras competiciones de equitación, y yo me hice muy famoso mostrándoles cómo se podía refrenar el nerviosismo de una jaca persa. Practicamos también la cetrería, a la que tan aficionado era Sher Afzul; por las noches se celebraron fastuosos banquetes, y Sher Afzul me ofreció entre risas otra bailarina y consejos acerca de la mejor manera de manejarla, aunque esta vez los consejos fueron innecesarios.

Sin embargo, a pesar de lo bien que lo estábamos pasando, en Afganistán uno no puede olvidar jamás que camina constantemente sobre el filo de una navaja y que aquellos individuos son unos salvajes crueles y sanguinarios. El segundo día se ejecutó en el patio a cuatro hombres por robo a mano armada en presencia de una enfervorizada multitud, y un quinto individuo, un pequeño cacique, fue cegado por el médico de Sher Afzul. Se trata de un castigo muy corriente entre los afganos: si un hombre es demasiado importante como para ser ejecutado como un delincuente común, se le quita la vista para que no pueda causar más daño. Fue algo tan espantoso que uno de mis hombres se enzarzó en una pelea con un *ghilzai* y le dijo que todos eran unos asquerosos extranjeros, cosa que ellos no entendieron. «Un hombre ciego es un hombre muerto», decían ellos, y yo tuve que presentar mis disculpas a Sher Afzul y ordenar al sargento Hudson que impusiera al soldado un ejercicio de castigo.

A todo esto, ya casi me había olvidado de Gul Shah y del enojoso asunto de Narriman, lo cual fue un descuido imperdonable por mi parte. Recibí el recordatorio al llegar la mañana del tercer día, cuando menos lo esperaba.

Sher Afzul había dicho que teníamos que salir a la caza de jabalíes, por lo que nos pasamos una hora larga entre los matorrales de las hondonadas del valle de Mogala, donde tanto abundaban dichos animales. Éramos unos veinte, incluyendo a Hudson, Muhammed Iqbal y yo mismo, y Sher Afzul dirigía las operaciones. Fue todo muy emocionante, aunque agotador, pues el terreno era muy accidentado y teníamos que separarnos muchas veces. Muhammed Iqbal y yo efectuamos una salida que nos llevó muy lejos del grupo principal, hasta un angosto desfiladero en el que terminaba el bosque y en el que nos esperaban cuatro jinetes con las lanzas en ristre, los cuales, sin hacer el menor ruido, cargaron directamente contra nosotros. Comprendí que eran hombres de Gul y que su intención era matarme... y de paso poner en un compromiso a Sher Afzul con los británicos.

Iqbal, que era un tipo muy aficionado a las peleas, soltó un grito de júbilo.

—¡Vamos, *huzoor!* —chilló, y se lanzó al ataque. Yo no lo dudé ni un instante; si él quería probar suerte, era asunto suyo. Di media vuelta con mi jaca y regresé al bosque como alma que lleva el diablo, volviendo de vez en cuando la cabeza para ver si alguien me seguía.

No sé si él se dio cuenta de que lo dejaba solo, aunque le hubiera dado igual. Iba armado con una lanza lo mismo que yo, pero llevaba, además, una espada y una pistola al cinto, por lo cual se deshizo a toda prisa de la lanza hundiéndola en el pecho del *ghilzai* que iba en cabeza, para inmediatamente atacar con el sable a los tres que lo seguían. A uno de ellos lo derribó, pero los dos restantes pasaron casi rozándole por ambos flancos, ya que era a mí a quien querían dar alcance.

Espoleé mi montura mientras ellos me perseguían al galope e Iqbal daba media vuelta para perseguirlos a ellos, diciéndome a voz en grito que diera la vuelta y les hiciera frente, el muy insensato. Sin embargo, mi único deseo era alejarme de aquellas infernales puntas de lanza y de los barbudos rostros de lobo de quienes las blandían. Galopé desesperadamente... hasta que la jaca tropezó y salí disparado hacia delante por encima de la cabeza del animal, yendo a caer sobre un montón de rocas casi sin resuello.

Los arbustos me salvaron, pues los *ghilzai* no pudieron llegar fácilmente hasta el lugar donde yo me encontraba. Tuvieron que rodear el montículo, y mientras tanto yo me levanté como pude y me oculté detrás del tronco de un árbol. Una de las jacas se encabritó y estuvo a punto de hacer perder el equilibrio a la otra; el jinete soltó un grito y tuvo que arrojar la lanza para evitar salir despedido. Entonces Iqbal se le echó encima, aullando su grito de guerra. El *ghilzai,* que se había agarrado a las crines de su montura para no caer, me miró enfurecido y soltó una maldición. De repente, su siniestro rostro quedó literalmente partido por la mitad, pues el sable de Iqbal bajó silbando sobre su cabeza y atravesó el casco y el cráneo como si fueran de masilla. El otro jinete, que estaba tratando de rodear el tronco del árbol para llegar hasta mí, dio media vuelta en el momento en que Iqbal retiró su espada de la cabeza del otro, y las monturas de ambos chocaron entre sí.

Por un terrible y angustioso instante ambos quedaron trabados, mientras Iqbal intentaba hundir la punta de su espada en el costado del *ghilzai, y este,* blandiendo una daga, trataba de clavarla en el cuerpo de Iqbal. Oí el sordo rumor de los golpes y la voz de Iqbal, que gritaba:

—¡*Huzoor!*, ¡*huzoor*!

Después, las jacas se separaron y los hombres cayeron al suelo.

Desde detrás del árbol vi de repente que mi lanza se encontraba a cosa de un metro de distancia, en el lugar donde yo la había soltado en el momento de caer. No sé por qué razón no seguí mi instinto de supervivencia y no eché a correr, dejando que ellos dos se las arreglaran solos en su lucha. Probablemente pasó por mi mente la idea de una posible ignominia. Sea como fuere, el caso es que salí corriendo de detrás del árbol, recogí mi lanza y, mientras el *ghilzai* luchaba encima de Iqbal y levantaba su ensangrentada daga para clavársela, le hundí la punta de la lanza directamente en la espalda. El *ghilzai* gritó, soltó la daga, cayó sobre el polvoriento suelo y murió, agitando las piernas y retorciéndose de dolor.

Iqbal trató de incorporarse, pero ya estaba perdido. Tenía el rostro ceniciento y en la pechera de su camisa se veía una gran mancha carmesí. Me miró enfurecido mientras yo me acercaba corriendo, y consiguió incorporarse sobre un codo.

—*Soor kabaj* —me dijo, con un entrecortado jadeo—. ¡*Ya, huzoor*! ¡*Soor kabaj*!

Después soltó un gruñido y cayó hacia atrás, pero, mientras yo me arrodillaba y me inclinaba hacia él, abrió los ojos un instante, emitió un leve gemido e intentó escupirme a la cara. Así murió, llamándome «hijo de cerdo» en hindi, el peor insulto para los musulmanes. Comprendí su punto de vista, como es natural.

Por consiguiente, allí estaba yo, y allí estaban también cinco muertos... Por lo menos cuatro estaban muertos, y el segundo que había atacado a Iqbal se encontraba tendido un poco más arriba en el desfiladero, gimiendo de dolor con la cabeza partida. Yo estaba muy trastornado a causa de la caída y de la refriega, pero se me ocurrió pensar que cuanto antes exhalara ese tipo el último aliento, mejor. Por consiguiente, me acerqué corriendo al herido con mi lanza, apunté con mano ligeramente insegura y se la hundí en la garganta. Justo después de extraerla, estaba contemplando la carnicería cuando oí un grito y el rumor de los cascos de un caballo, y vi al sargento Hudson emerger del bosque al galope.

Lo captó todo de un solo vistazo: los cadáveres, el terreno cubierto de sangre y al gallardo Flashy de pie en el centro, único superviviente de aquel desastre. Sin embargo, en su calidad de experto soldado, quiso comprobar en primer lugar que no me hubiera ocurrido nada; después examinó los cuerpos para asegurarse de que nadie se estuviera haciendo el muerto, soltó un triste silbido al ver a Iqbal y me preguntó sin inmutarse:

—¿Manda usted algo, señor?

Mientras recuperaba el resuello y el sentido, me pregunté qué iba a hacer a continuación. Estaba seguro de que aquello era obra de Gul, pero ¿qué haría Sher Afzul al respecto? Puede que, ante la posibilidad de perder la confianza de los británicos como consecuencia de aquellos hechos, decidiera no dejar testigos y cortarnos la garganta a todos. La idea no resultaba demasiado reconfortante que digamos, pero antes de que yo tuviera tiempo de digerirla, oí un gran estruendo acompañado de unos estentóreos gritos en el bosque y, de repente, apareció el resto de la partida de caza, con Afzul al frente.

Quizá el temor me agudizó el ingenio, como suele ocurrir en tales ocasiones. Sea como fuere, comprendí en un santiamén que lo mejor que podía hacer era actuar con la mayor audacia posible. Por tanto, casi inmediatamente después de que ellos lanzaran sus gritos de asombro y sus invocaciones al nombre de Dios, y desmontaran a toda prisa de sus jacas, avancé hacia el lugar desde donde Afzul contemplaba la escena montado en su caballo y sacudí la ensangrentada punta de mi lanza bajo su nariz.

—¡Esta es la hospitalidad *ghilzai!* —rugí—. ¡Fíjese en eso! ¡Mi criado asesinado y yo salvado de puro milagro! ¿Es este el honor de los *ghilzai?*

Me miró enfurecido con su cara de loco, haciendo unos visajes tan horribles que, por un instante, pensé que estábamos perdidos. Después se cubrió el rostro con las manos y empezó a proferir lamentos a propósito de la vergüenza y el deshonor de haber tratado de semejante manera a los huéspedes que habían comido su sal. Su desmesurada reacción de loco, que, por cierto, me pareció una buena señal, se prolongó con otros lamentos del mismo cariz mientras se mesaba la barba, desmontaba y empezaba a aporrear el suelo con las manos. Sus cortesanos lo rodearon de inmediato, haciendo invocaciones a Alá, menos el joven Ilderim, el cual se limitó a contemplar la matanza y decir:

—¡Esto es obra de Gul Shah, padre!

Las palabras del joven hicieron que el viejo Afzul se levantara de un salto y cambiara repentinamente de actitud. Se puso a gritar que le arrancaría a Gul los ojos y las entrañas, y lo colgaría de unos garfios para que muriera poquito a poco, y otras lindezas por el estilo. Yo me volví de espaldas y monté en la jaca que Hudson había traído, y entonces Afzul se me acercó corriendo, me agarró la bota y juró, echando espumarajos por la boca, que aquel ultraje contra mi persona y su honor sería vengado de la forma más espantosa que imaginar cupiera.

—Mi persona es cosa mía —dije yo, muy en mi papel de oficial británico— y su honor es cosa suya. Acepto sus disculpas.

Siguió desvariando como si no me hubiera oído, y después me suplicó que le dijera qué podía hacer para enderezar el entuerto. Estaba curiosamente preocupado por su honor —y sin duda por los subsidios—, y juró que cualquier cosa que yo le pidiera me sería otorgada, con tal de que los perdonara a él y a los suyos.

—¡Mi vida! ¡La vida de mi hijo! ¡Tributos, tesoros, Flashman *bahadur!* ¡Rehenes! ¡Me presentaré ante McNaghten *huzoor* y me humillaré ante él! ¡Pagaré lo que sea!

Se pasó un rato farfullando palabras incoherentes hasta que, al final, yo lo corté diciendo que no teníamos por costumbre aceptar tales cosas como pago de las deudas de honor. Sin embargo, comprendí la conveniencia de mostrarme razonable mientras él persistiera en su actitud, por lo que, al final, le dije que la muerte de mi criado era una cuestión sin importancia, y que mejor sería que la apartáramos de nuestros pensamientos.

—¡Pero recibirá usted pruebas de mi honor! —me replicó él—. ¡Sí, usted verá cómo pagan sus deudas los *ghilzai!* ¡En el nombre de Dios! ¡Mi hijo, mi hijo Ilderim, se lo entregaré como rehén! ¡Llévelo a la presencia de McNaghten *huzoor* como señal de la fidelidad de su padre! ¡No me abochorne en mi vejez, Flashman *huzoor!*

La cuestión de los rehenes era una práctica habitual entre los afganos, y yo pensé que en aquel momento me podría ser muy útil. Teniendo a Ilderim bajo mi custodia, no era probable que aquel viejo loco y medio histérico cometiera alguna maldad contra mí en cuanto le diera otro arrebato de locura. Al joven Ilderim parecía gustarle la idea; probablemente soñaba con la emoción de visitar Kabul, ver el gran ejército de la reina e incluso incorporarse a él en calidad de protegido mío.

Por consiguiente, tomé de inmediato la palabra a Sher Afzul y juré que el deshonor sería borrado y que Ilderim cabalgaría a mi lado hasta que yo lo liberara. Al oír mis palabras, el viejo *kan* se puso sentimental, extrajo su navaja del Khyber e hizo jurar a Ilderim sobre ella que me obedecería. El muchacho así lo hizo, y entonces todo el mundo manifestó en voz alta su complacencia. Sher Afzul se acercó a los cadáveres de los *ghilzai,* empezó a propinarles puntapiés y suplicó a Dios que los maldijera. Tras lo cual regresamos a Mogala, donde yo contesté negativamente a las insistentes súplicas del viejo *kan* de que me quedara un poco más en prueba de mi amistad. Tenía órdenes, le dije, y estaba obligado a regresar a Kabul. No estaría bien, añadí, que me entretuviera teniendo bajo mi custodia a un rehén tan importante como el hijo del *kan* de Mogala.

El viejo se tomó mis palabras muy en serio, juró que su hijo viajaría como un príncipe (lo cual era un poco exagerado) y ofreció una escolta de doce jinetes *ghilzai* para él y para mí. Hubo más juramentos y Sher Afzul terminó de muy buen humor, señalando que era un honor para los *ghilzai* servir a un guerrero tan espléndido como Flashman *huzoor,* el cual había derrotado en solitario a cuatro enemigos (el pobre Iqbal ya había sido debidamente olvidado) y siempre sería estimado por los *ghilzai* por su gran valentía y magnanimidad. Como prueba de ello, me enviaría las orejas, la nariz, los ojos y otros órganos esenciales de Gul Shah en cuanto pudiera echarle las manos encima.

Abandonamos Mogala con una escolta personal de guerreros afganos y la fama que yo me había ganado con mi trabajo de aquella mañana. Los doce *ghilzai* e Ilderim fueron lo mejor que encontré en Afganistán. El título de Lanza Ensangrentada que me otorgó Sher Afzul tampoco me vino del todo mal. Por cierto, como consecuencia de todo aquello, Sher Afzul tuvo más empeño que nunca en mantener su alianza con los británicos, lo cual significó que mi misión fue todo un éxito. Por tanto, me sentía considerablemente satisfecho de mí mismo cuando emprendimos el viaje de regreso a Kabul.

Pero no podía olvidar que también me había creado un poderoso enemigo en la persona de Gul Shah. A su debido tiempo descubriría todo el alcance de aquella amarga hostilidad.

Cualquier conmoción que el asunto de Mogala hubiera podido causar en Kabul cuando regresamos y contamos nuestra historia quedó eclipsada por la llegada aquel mismo día del nuevo comandante del ejército, el general Elphinstone, mi jefe y protector. En un principio, me ofendí un poco, pues pensaba que lo había hecho todo muy bien y me molestaba que mi escaramuza con los *ghilzai* y la toma de rehenes no hubiera merecido más que un enarcamiento de cejas y un «ah, ¿sí?».

Sin embargo, con la distancia que el paso del tiempo otorga, puedo decir que, sin querer, Kabul y el Ejército hicieron bien en atribuir mayor importancia a la llegada de Elphy, pues esta abrió un nuevo capítulo de la historia y fue el preludio de unos acontecimientos que dieron la vuelta al mundo. Con la inestimable ayuda de McNaghten, Elphy estaba a punto de alcanzar la cima de su carrera, y llegaría a ser el artífice del más vergonzoso y ridículo desastre de toda la historia militar británica.

Thomas Hughes consideraría sin duda muy significativo el hecho de que, en semejante desastre, yo me ganara fama, honor y distinción, todo ello indignamente adquirido. Pero ustedes, que han seguido mis andanzas hasta ahora, no se sorprenderán en absoluto.

Permítanme señalar que, cuando hablo de desastres, sé muy bien lo que me digo. He servido en Balaclava, Kanpur y Little Big Horn. Recuerden a los mayores insensatos de nacimiento que hayan vestido un uniforme en el siglo XIX —Cardigan, Sale, Custer, Raglan, Lucan—, porque yo los he conocido a todos. Piensen en todas las desgracias imaginables que se pueden producir como consecuencia de la combinación de locura, cobardía y simple mala suerte, y yo les podría facilitar una información exhaustiva. Por consiguiente, puedo afirmar sin temor a equivocarme que, por la magnitud de su indecisión y estupidez, por su alto grado de incompetencia para el mando y su ignorancia combinada con la ausencia de criterio —en resumen, por su talento innato para las catástrofes—, Elphy Bey se lleva la palma. Hay otros que también podrían incluirse en dicha categoría, pero Elphy los eclipsa a todos en su calidad de mayor idiota militar de nuestra época y de cualquier otra.

Solo él hubiera podido permitir el estallido de la primera guerra afgana y dejar que esta se convirtiera en una derrota de tan devastadoras consecuencias, y conste que no fue nada fácil: empezó con un buen ejército, una posición segura, unos excelentes oficiales, un enemigo desorganizado y reiteradas oportunidades de salvar la situación. Pero Elphy, con el toque que suele adornar a los verdaderos genios, superó todos esos obstáculos con infalible precisión y tuvo la habilidad de convertir el orden en un caos total. Con un poco de suerte, jamás volveremos a tropezarnos con alguien que se le pueda comparar.

Sin embargo, no les cuento todo esto como prefacio de la historia de aquella guerra, sino a modo de explicación, pues, para poder juzgar debidamente mi carrera y comprender de qué manera el juerguista expulsado de Rugby se convirtió en un héroe, tienen ustedes que saber cuál era la situación en aquel extraordinario año de 1841. La historia de la guerra y de sus comienzos constituye el fondo del cuadro, pero el deslumbrante Harry Flashman es la figura que aparece en primer plano.

Elphy llegó por tanto a Kabul, y fue acogido con grandes festejos y con las calles abarrotadas de gente. Sujah lo recibió en el Bala Hissar, el ejército del acantonamiento situado a unos tres kilómetros de la ciudad desfiló ante él, las damas de la guarnición lo llenaron de agasajos, McNaghten lanzó un suspiro de alivio ante la inminente partida de Willoughby Cotton y todo el mundo se mostró satisfecho de tener un comandante tan bondadoso y popular. Solo Burnes pareció no compartir la alegría general, y así lo hizo notar el primer día en que me presenté en su despacho.

—Creo que es justo que nos alegremos —me dijo, acariciándose en actitud vanidosa el bigotito negro—. Pero ¿sabe qué?, la llegada de Elphy no cambiará nada. Sujah no está firmemente asentado en el trono y las defensas del acantonamiento no serán mejores por el simple hecho de que Elphy nos ilumine con la serenidad de su semblante. Bueno, supongo que todo irá bien, pero hubiera sido mucho mejor que Calcuta nos enviara a un hombre más fuerte y decidido.

Hubiera tenido que molestarme un poco el tono condescendiente que Burnes había utilizado para referirse a mi jefe, pero, cuando más tarde vi a Elphy Bey, no me cupo la menor duda de que Burnes tenía razón. En las semanas transcurridas desde que me había despedido de él en Calcuta —y entonces ya no gozaba de demasiada buena salud—, su estado físico se había deteriorado considerablemente. Estaba pálido y demacrado, evitaba caminar siempre que podía, le temblaba la mano cuando estrechó la mía y su aspecto era el de un saco de huesos resecos. Sin embargo, se alegró mucho de verme.

—Se ha distinguido usted entre los *ghilzai*, Flashman —me dijo—. Sir Alexander Burnes me comenta que se ha llevado usted unos rehenes muy importantes; me parece una excelente noticia, sobre todo para nuestro amigo el representante diplomático —añadió, volviéndose hacia McNaghten, el cual estaba sentado tomando una taza de té, que sostenía en la mano con ademanes de solterona.

McNaghten tensó los músculos.

—Creo que los *ghilzai* no tienen por qué preocuparnos demasiado —dijo—. Son unos bandidos extraordinarios, por supuesto, pero unos simples bandidos. Hubiera preferido tener rehenes a cambio de la buena conducta de Akbar Khan.

—¿Le parece que enviemos al señor Flashman para que nos traiga unos cuantos? —preguntó Elphy, mirándome con una sonrisa para darme a entender que no me tomara a mal el desprecio de McNaghten—. Por lo visto, tiene un don especial.

Después quiso saber varios detalles de mi misión, añadió que tendría mucho gusto en conocer a Ilderim Khan y se comportó conmigo con exquisita cortesía.

Sin embargo, yo tuve que hacer un gran esfuerzo para recordar que aquel frágil caballero con tanta capacidad para la charla intrascendente era nada menos que el comandante de nuestro ejército.

Me pareció un hombre demasiado débil e indeciso, incluso en los comentarios que estaba haciendo en aquel momento, y que buscaba demasiado la opinión de McNaghten como para que sus dotes de jefe militar pudieran inspirar confianza.

—¿Qué cree usted que haría en caso de que surgiera algún problema con los afganos? —me preguntó Burnes más tarde—. En fin, esperemos que no tengamos que averiguarlo.

En las semanas sucesivas, mientras prestaba asiduamente servicio a Elphy, descubrí que yo también compartía aquella esperanza. No solo por el hecho de que Elphy fuera demasiado débil y anciano como para ser un enérgico dirigente militar, sino también porque había estado sometido a los dictados de McNaghten desde el principio y, puesto que McNaghten se había empeñado en creer que todo marchaba bien, Elphy no tenía más remedio que creer lo mismo. Además, ninguno de los dos se llevaba bien con Shelton, el pelmazo y antipático segundo comandante en jefe de Elphy, y semejantes desavenencias en la cumbre no podían por menos que generar desconfianza e inquietud en los escalones inferiores.

Por si eso no fuera suficiente, la situación del ejército dejaba mucho que desear. El acantonamiento no era un lugar adecuado para una guarnición, pues carecía de defensas eficaces; los principales almacenes se encontraban en la parte exterior de las murallas, y algunos de los más altos oficiales —el propio Burnes, por ejemplo— estaban acuartelados a más de tres kilómetros de distancia, en la ciudad de Kabul, pero siempre que alguien protestaba ante McNaghten —y eran muchos los que lo hacían, sobre todo hombres enérgicos como Broadfoot—, este le decía que era un «pájaro de mal agüero» y añadía secamente que, de todos modos, no era probable que el ejército se viera obligado a combatir. Cuando este tipo de comentarios se filtra al exterior, se pierde la confianza y los soldados se vuelven perezosos. Lo cual es peligroso en cualquier lugar, pero sobre todo en un país extranjero en el que el comportamiento de los nativos es imprevisible.

Como es natural, Elphy, que dejaba pasar los días en el acantonamiento, y McNaghten, profundamente enfrascado en su correspondencia con Calcuta, no veían nada que les permitiera suponer que la pacífica situación era, en realidad, una situación más bien intranquila. Y tampoco lo veían los miembros del ejército en general, los cuales despreciaban en su ignorancia a los afganos y desde un principio habían considerado la expedición a Kabul algo así como una fiesta. Pero algunos sí lo veíamos.

A las pocas semanas de la llegada de Elphy, Burnes consiguió que me separaran del cuerpo de oficiales administrativos del Estado Mayor, pues quería utilizar mis conocimientos de pastún y mi interés por el país.

—Vaya por Dios —se quejó Elphy—, sir Alexander siempre se entremete en todo. Hasta se lleva a mis ayudantes, como si yo pudiera prescindir de ellos así, por las buenas. Hay muchas cosas que hacer, y yo no estoy en condiciones de encargarme de todo.

Sin embargo, yo no lamenté marcharme; estar al lado de Elphy era algo así como ser un asistente en una sala de hospital.

Burnes estaba empeñado en que yo saliera y viera el país, mejorara mis conocimientos del idioma e hiciera amistad con la mayor cantidad de afganos influyentes posible. Para ello, me encomendó pequeñas tareas como la de Mogala —en realidad, se trataba de entregar mensajes, pero la experiencia resultaba muy instructiva—, y yo tuve que trasladarme a otras ciudades y a las aldeas de los alrededores de Kabul. Conocí a los *durrani*, los *kohistani*, los *barazkai* y otros muchos, y empecé a «cogerle el tranquillo al lugar», tal como decía Burnes.

—La labor de los soldados está muy bien —me decía—, pero los hombres que hacen o deshacen el ejército en un país extranjero somos nosotros, los políticos. Nosotros nos reunimos con los hombres que cuentan, mantenemos tratos con ellos y olfateamos la situación; somos los ojos, los oídos... y también las lenguas. Sin nosotros, los militares están ciegos, sordos y mudos.

Por consiguiente, aunque los pelmazos como Shelton despreciaran a los «jóvenes cachorros que andan por las colinas, perdiendo el tiempo con los negros», yo seguí los consejos de Burnes y procuré olfatear la situación. Muchas veces me llevaba a Ilderim e incluso a sus *ghilzai*, y gracias a ellos aprendí muchas cosas sobre las costumbres en las colinas y los hábitos de los personajes más significativos. Averigüé con qué tribus nos convenía mantener tratos y por qué razón, por qué los *kohistani* estaban más favorablemente dispuestos hacia nosotros que los *abizai*, qué familias estaban enemistadas entre sí, cuáles eran las relaciones entre los persas y los rusos, dónde se podían conseguir los mejores caballos, o cómo se cultivaba y cosechaba el mijo. Es decir, toda la información trivial que constituye la calderilla de la vida de un país. No quisiera dar a entender que me convertí en un experto en pocas semanas y que conseguí «conocer» Afganistán, pero descubrí algo por aquí y algo por allá, y empecé a comprender que los que solo estudiaban el país desde el acantonamiento de Kabul lo conocían tan poco como lo que ustedes podrían averiguar acerca de una casa desconocida si permanecieran constantemente encerrados en una sola de sus habitaciones.

Sin embargo, para cualquiera que tuviera ojos para mirar más allá de Kabul, los signos estaban muy claros. En las colinas crecía el descontento entre las salvajes tribus que rechazaban a Shah Sujah como rey y odiaban las bayonetas británicas que protegían su aislamiento en la fortaleza de Bala Hissar. Corrían insistentes rumores de que Akbar Khan, hijo del viejo Dost Muhammed que fue derrocado por Sujah, había descendido finalmente del macizo del Hindu Kush y estaba buscando el apoyo de los jefes tribales; se decía que era el preferido de los clanes guerreros, y que muy pronto se abatiría sobre Kabul con sus hordas, expulsaría a Sujah del trono y, o bien empujaría a los *feringhees* de nuevo a la India, o bien los asesinaría a todos en su acantonamiento.

Si uno era McNaghten, resultaba muy fácil burlarse de semejantes rumores desde la seguridad de un cómodo despacho en Kabul; sin embargo, la situación era muy distinta vista desde los peñascos del otro lado de Jugdulluk, o desde abajo, hacia Ghuznee, donde se convocaban consejos, se enviaban mensajeros a caballo, los santones arengaban a los hombres y se encendían almenaras a lo largo de los desfiladeros. Las sonrisas disimuladas, las promesas tranquilizadoras, la contemplación de unos arrogantes *ghilzai* armados hasta los dientes y la creciente atmósfera de inquietud eran cosas que solían erizarme los pelos de la nuca.

No quisiera que me interpretaran mal. Aquel trabajo no me gustaba. Cabalgar con mis *ghilzai* y con el joven Ilderim era muy agradable, porque tenían unos ojos y unos oídos infalibles y, habiendo comido la sal de la reina, estaban dispuestos a servirla incluso contra su propio pueblo en caso necesario. Pero, aun así, mis actividades eran muy peligrosas. Aunque me vistiera como los nativos, en algunos lugares la gente me dirigía miradas siniestras y amenazas veladas, y yo la oía burlarse de los británicos y aclamar el nombre de Akbar. En mi calidad de amigo de los *ghilzai* y de personaje ligeramente famoso —Ilderim no perdía ninguna ocasión para presentarme como Lanza Ensangrentada— la gente me toleraba, pero yo sabía que la tolerancia podía desaparecer en cualquier momento. Al principio vivía en un constante estado de temor, pero, al cabo de algún tiempo, me volví un poco fatalista, seguramente a causa de mi trato con unas personas que creen que el destino de un hombre está marcado a fuego en su frente.

Las nubes se empezaban a acumular en las montañas, mientras el ejército británico jugaba al críquet en Kabul y Elphinstone y McNaghten intercambiaban cartas comentando lo tranquilo que estaba todo. El verano pasaba muy despacio, los centinelas dormitaban en medio del sofocante calor del acantonamiento, Burnes bostezaba y escuchaba con aire ausente mis informes, cenaba opíparamente conmigo y me llevaba de putas al bazar... cuando un día claro McNaghten recibió una carta de Calcuta en la que se manifestaban quejas sobre el coste del mantenimiento de nuestro ejército en Kabul. Inmediatamente empezó a buscar la forma de ahorrar.

Fue una lástima que, justo en aquellos momentos, McNaghten estuviera esperando su ascenso y traslado al cargo de gobernador de Bombay. Creo que el hecho de saber que se tenía que ir lo indujo a mostrarse negligente. Sea como fuere, mientras buscaba el medio de reducir gastos, recordó la idea que tanto había consternado al general Nott y decidió recortar los subsidios de los *ghilzai*.

Yo acababa de regresar a Kabul tras visitar la guarnición de Kandahar cuando me enteré de que los jefes *ghilzai* habían sido convocados para comunicarles que, en lugar de las ocho mil rupias al año que percibían a cambio de mantener los pasos abiertos, iban a recibir cinco mil. El bello y juvenil rostro de Ilderim se entristeció al enterarse de la noticia.

—Habrá dificultades, Flashman *huzoor* —me dijo—. Más le hubiera valido ofrecer carne de cerdo a un *ghazi* que escatimar el dinero a los *ghilzai.*

Tenía razón, por supuesto. Conocía mejor que nadie a su pueblo. Los jefes *ghilzai* sonrieron afablemente cuando McNaghten les comunicó su decisión, le desearon buenas tardes, abandonaron Kabul tan tranquilos a lomos de sus cabalgaduras... y, tres días después, el convoy de municiones de Peshawar quedó hecho pedacitos en el paso de Khoord-Kabul cortesía de unas fuerzas de rugientes *ghilzai y ghazi* que saquearon la caravana, mataron a los conductores y se apoderaron de un par de toneladas de pólvora y municiones.

McNaghten se irritó sobremanera, pero no se preocupó demasiado. Bombay lo estaba llamando, y él no quería alarmar a los de Calcuta por una simple escaramuza sin importancia, tal como decía él.

—Hay que propinar una buena paliza a los *ghilzai* por haber armado este alboroto —dijo, y enseguida se le ocurrió otra brillante idea: reduciría gastos devolviendo un par de batallones a la India, que por el camino podrían dar de paso una buena zurra a los *ghilzai.* De esta manera, se matarían dos pájaros de un tiro. Lo malo fue que sus dos batallones tuvieron que luchar prácticamente centímetro a centímetro hasta llegar a Gandamack, mientras los *ghilzai* disparaban a mansalva desde las rocas y se abatían a toda velocidad sobre ellos en repentinas cargas de caballería. Todo ello ya era grave de por sí, pero lo peor fue que nuestras tropas combatieron rematadamente mal. Incluso bajo el mando del general Sale —el alto y apuesto Bob el Luchador, quien solía invitar a sus hombres a abrir fuego contra él cuando sintieran deseos de amotinarse—, la tarea de dejar expeditos los pasos fue un proceso muy lento y dificultoso.

Yo fui parcialmente testigo de ella, pues Burnes me envió en dos ocasiones con mensajes de McNaghten a Sale, exhortándolo a seguir adelante.

La primera vez fue una experiencia terrible. Me puse en camino pensando que aquello iba a ser algo así como un paseo, cosa que efectivamente fue hasta el último kilómetro que me faltaba para llegar a la retaguardia de Sale, constituida por el campamento de George Broadfoot más allá de Jugdulluk. Todo había permanecido muy tranquilo hasta entonces. Yo iba pensando que los informes que Sale enviaba a Kabul eran una exageración cuando, de un *nullah*[*] que había a mi lado, surgió una partida montada de *ghazi* aullando como lobos y blandiendo sus cuchillos.

Espoleé mi montura, agaché la cabeza y me alejé por el camino como si me estuvieran persiguiendo todos los demonios del infierno…, lo cual era en cierto modo verdad. Entré en el campamento de Broadfoot dando tumbos, medio muerto de terror. Pero, por suerte, este pensó que todo era consecuencia del agotamiento. George tuvo el mal gusto de considerarlo muy gracioso. Era uno de esos zoquetes que jamás pierden la calma, y tenía por costumbre pasear como si tal cosa bajo el fuego de los francotiradores mientras se limpiaba las gafas, a pesar de constarle que su chaqueta roja y su barba más roja aún lo convertían en un blanco ambulante.

Al parecer, pensaba que todo el mundo era tan despreocupado como él, pues aquella misma noche me envió a Kabul con otra nota, en la cual le decía claramente a Burnes que no había ninguna esperanza de mantener los pasos abiertos mediante el uso de la fuerza; tendrían que negociar con los *ghilzai*. Se lo recalqué con especial vehemencia a Burnes, pues, a pesar de que en mi camino de vuelta a Kabul no había sufrido el menor percance, era evidente que los *ghilzai* no estaban para bromas, y en todos los acantonamientos por los que había pasado se habían recibido informes acerca de las tribus que se estaban congregando en las colinas más allá de los desfiladeros.

Burnes me miró con una cara muy rara mientras yo le facilitaba el informe; debió de pensar que estaba asustado y probablemente exageraba. Sea como fuere, no protestó cuando McNaghten dijo que Broadfoot era un burro y Sale un inepto, y que mejor sería que espabilaran si querían dejar abierto el camino de Jalalabad —localidad situada a unos dos tercios de la distancia entre Kabul y Peshawar— antes de que llegara el invierno. Por consiguiente, la brigada de Sale tuvo que seguir luchando y Burnes (que estaba muy ocupado con la idea de conseguir el puesto de representante diplomático cuando McNaghten ocupara el cargo de gobernador en Bombay) escribió que el país estaba «muy tranquilo en general». Pues bien, pagó muy cara su insensatez.

* En uso anglo-indio, hondonada o arroyuelo. *(N. de la T.)*

Una o dos semanas más tarde —ya estábamos a mediados de octubre—, Burnes me despachó de nuevo con una carta para Sale. Apenas se habían hecho progresos en la cuestión de dejar expeditos los pasos, los *ghilzai* estaban más alborotados que nunca, disparaban sin tregua contra nuestras tropas y corrían insistentes rumores de que algo muy grave se estaba cociendo en la ciudad de Kabul. Burnes tuvo el suficiente sentido común como para mostrarse un tanto preocupado, pero McNaghten seguía tan apaciblemente ciego como de costumbre y Elphy Bey se limitaba a mirar de uno a otro, mostrándose de acuerdo con cualquier cosa que ellos dijeran. Sin embargo, Burnes no estaba aún demasiado alarmado, y se limitaba a reprender a Sale por no haber conseguido meter en cintura a los *ghilzai*.

Esta vez salí con una buena escolta de *ghilzai* al mando del joven Ilderim, pensando que, aunque técnicamente tuvieran que luchar contra los suyos, no era probable que en la práctica se enzarzaran en ningún tiroteo con ellos. Sin embargo, jamás tuve ocasión de comprobar la exactitud de mis suposiciones, pues, mientras nos dirigíamos hacia el este atravesando los distintos pasos, comprendí que la situación era mucho más grave de lo que pensaban en Kabul y llegué a la conclusión de que, en cualquier caso, no haría el menor intento de llegar hasta Sale. Todo el país más allá de Jugdulluk se había levantado y las colinas estaban llenas de afganos hostiles que, o bien se habían puesto en camino para ayudar a los suyos a derrotar a las fuerzas de Sale, o bien se estaban preparando para algo mucho más importante. En efecto, corrían rumores entre los aldeanos de que estaba a punto de estallar una gran yihad o guerra santa, en cuyo transcurso todos los *feringhees* serían aniquilados. La guerra comenzaría de un momento a otro, decían. Sale se había quedado irremediablemente aislado; no había ninguna posibilidad de que llegaran refuerzos desde Jalalabad, y tampoco desde Kabul. Bastante ocupada estaría Kabul cuidando de sí misma.

Todo eso lo oí temblando de miedo junto a una hoguera de campamento en el camino de Soorkab. Ilderim sacudió la cabeza en medio de las sombras y me dijo:

—Es peligroso que siga adelante, Flashman *huzoor;* debe regresar a Kabul. Deme la carta para Sale; a pesar de que he comido la sal de la reina, mi pueblo me dejará pasar.

Era algo tan sensato que le entregué la carta sin discusión y aquella misma noche emprendí el camino de vuelta a Kabul, acompañado de cuatro de los rehenes *ghilzai*. En aquellos momentos, mi único deseo era interponer la mayor cantidad de kilómetros posible entre mi persona y las hostiles tribus afganas, pero, de haber sabido lo que me esperaba en Kabul, hubiera seguido adelante hasta reunirme con Sale.

Nos pasamos todo el día siguiente cabalgando sin descanso y, cuando llegamos a Kabul al anochecer, me pareció que la ciudad estaba más tranquila que nunca. La mole del Bala Hissar se levantaba por encima de las desiertas calles; las pocas personas que se veían formaban pequeños grupos junto a las puertas de las casas o en las esquinas de las calles, y en todas partes se respiraba una extraña atmósfera de destrucción. No se veía ningún soldado británico en la ciudad propiamente dicha, y yo lancé un suspiro de alivio cuando llegué a la residencia donde vivía Burnes en el centro de la ciudad y oí que la verja del patio se cerraba ruidosamente a mi espalda. Los hombres armados de la guardia personal de Burnes se encontraban en el patio, mientras que otros permanecían apostados junto a los muros de la residencia. La luz de las antorchas arrancaba destellos de las hebillas de los cinturones y las bayonetas, y todo el lugar daba la impresión de estar preparándose para resistir un asedio.

Sin embargo, Burnes estaba leyendo tranquilamente en su estudio cuando me presenté. Al ver mi visible alteración y mi aspecto —iba vestido con ropa afgana y bastante sucio tras haberme pasado varios días sobre la silla de montar—, se levantó de un salto.

—¿Qué demonios está haciendo usted aquí? —me preguntó.

Se lo dije, añadiendo que lo más probable era que muy pronto apareciera un ejército afgano para confirmar mi historia.

—Mi mensaje a Sale —dijo en tono cortante—. ¿Dónde está? ¿Acaso no lo ha entregado?

Le expliqué lo que me había dicho Ilderim y, por una vez, el pequeño lechuguino olvidó su calma tan cuidadosamente cultivada.

—¡Maldita sea! —gritó—. ¿Se lo ha dado a un *ghilzai* para que lo entregue?

—Un *ghilzai* amigo —le aseguré—. Recuerde que es un rehén.

135

—¿Pero está usted loco? —dijo, mientras el bigotito le temblaba de furia—. ¿Es que no sabe que no se puede confiar en un afgano, tanto si es un rehén como si no?

—Ilderim es el hijo de un *kan* y un caballero a su manera —repliqué—. En cualquier caso, tenía que ser eso o nada. A mí no me hubieran permitido pasar.

—¿Y por qué no? Usted habla el pastún y viste ropa nativa… Bien sabe Dios que es usted lo bastante listo como para pasar. Su deber era cuidar de que Sale recibiera el mensaje en mano… y traerme la respuesta. Por Dios, Flashman, menuda faena, si no se puede uno fiar ni siquiera de un oficial británico…

—Mire usted, Secundar —dije yo, pero él se abalanzó inmediatamente contra mí como un gallo de pelea y me cortó.

—Sir Alexander, si no le importa —dijo con frialdad, como si yo jamás lo hubiera visto con los pantalones bajados persiguiendo a una moza afgana. Me miró de soslayo y dio uno o dos pasos alrededor de la mesa—. Creo que ya lo entiendo —añadió—. Últimamente tenía ciertas dudas sobre usted, Flashman… No sabía si era completamente de fiar o no… Bueno, eso tendrá que decidirlo un consejo de guerra…

—¿Un consejo de guerra? Pero ¿qué demonios dice usted?

—Por incumplimiento deliberado de órdenes —dijo él—. Puede que se formulen también otras acusaciones. En cualquier caso, considérese usted bajo arresto y confinado en esta casa. De todos modos, aquí estamos todos confinados… Los afganos no permiten el paso de nadie entre esta residencia y el acantonamiento.

—Pero bueno, ¿y no le parece a usted que eso demuestra precisamente lo que yo le estoy diciendo? —repliqué—. Se ha producido una insurrección hacia el este del país, hombre de Dios, y ahora aquí, en Kabul…

—No ha habido ningún levantamiento en Kabul —dijo, muy seguro de sí mismo—. Solo unos pequeños disturbios sin importancia que pienso resolver mañana por la mañana. —Permaneció allí de pie el muy estúpido, con su traje de lino cuidadosamente planchado y una flor en el ojal, hablando como si fuera un director de escuela prometiendo reprender a unos fámulos indisciplinados—. Puede que le interese saber, a usted que pone pies en polvorosa en cuanto oye el más mínimo rumor, que esta noche he sido dos veces objeto de amenazas directas contra mi vida. Dicen que mañana por la mañana no estaré vivo. Pues bueno, eso ya lo veremos.

—Vaya si lo verá —dije yo—. Y en cuanto a eso que dice usted de que yo pongo pies en polvorosa en cuanto oigo rumores, más le valdría hacer lo mismo. Puede que el mismísimo Akbar Khan le haga una visita.

Me miró con una sonrisa muy poco risueña.

—Está en Kabul. Incluso he recibido un mensaje suyo y confío en que no quiera causarnos el menor daño. Hay algunos disidentes, por supuesto, y a lo mejor no tendremos más remedio que darles una pequeña lección. Sin embargo, sé que podré hacerlo sin la menor dificultad.

No se podía luchar con su complacencia, pero insistí y le supliqué que no cumpliera su amenaza de someterme a un consejo de guerra. Cualquier hombre medianamente sensato hubiera comprendido mi situación. En cambio, él rechazó mis protestas y terminó ordenándome que me retirara a mi habitación. Salí presa de un insólito arrebato de furia contra el insensato aire de suficiencia de aquel hombre, deseando con toda mi alma que su orgullo le hiciera dar un traspiés. Siempre tan inteligente y tan seguro... Ese era Burnes. Hubiera dado cualquier cosa por verlo alguna vez desorientado y sin saber qué hacer.

Pero tendría ocasión de verlo gratis. Sucedió de repente, justo antes de la hora del desayuno, cuando yo me estaba frotando los ojos tras una noche de insomnio que había transcurrido muy despacio mientras en Kabul reinaba un profundo silencio. La mañana era gris y los gallos estaban cantando. De repente, oí un murmullo lejano que enseguida se convirtió en un retumbo sordo y corrí a la ventana. La ciudad parecía tranquila y una ligera bruma cubría los tejados de las casas; los guardias aún estaban vigilando el muro que rodeaba el recinto de la residencia y, a lo lejos, el ruido cada vez más cercano parecía el del griterío de una multitud, mezclado con el de muchos pies corriendo. Se oyó una orden en el patio, seguida de unas pisadas apresuradas en la escalera y la voz de Burnes llamando a su hermano, el joven Charlie, que vivía en la residencia con él. Descolgué a toda prisa mi bata de la percha y bajé, colocándome el *puggaree* por el camino. Al llegar al patio, oí el estallido de un disparo de mosquete y un grito desgarrador procedente del otro lado del muro; una descarga de golpes empezó a aporrear la puerta y, por encima del muro, vi la vanguardia de una horda desenfrenada avanzando por los espacios que separaban las casas más cercanas. Con sus barbados rostros y sus relucientes cuchillos, se acercaban al muro y caían hacia atrás gritando y soltando maldiciones mientras los guardias los golpeaban con las culatas de sus mosquetes. Por un instante pensé que volverían a acercarse y saltarían irremediablemente el muro, pero se quedaron abajo gritando, empujando y agitando los puños y las armas mientras los guardias que rodeaban el muro miraban nerviosos hacia atrás esperando órdenes, con los pulgares apoyados en los cerrojos de sus mosquetes.

Burnes apareció en la puerta principal de la residencia y permaneció de pie a la vista de todo el mundo en lo alto de los peldaños. Estaba tan tranquilo y reposado como un terrateniente que hubiera salido para aspirar la primera bocanada de aire matinal. Al verlo, el populacho arreció sus gritos e intentó acercarse de nuevo al muro, profiriendo amenazas e insultos mientras él recorría la escena con la vista de derecha a izquierda, sacudiendo la cabeza con una sonrisa en los labios.

—Que no se abra fuego, *havildar* —le dijo al comandante de la guardia—. Todo se calmará en cuestión de un momento.

—¡Muerte a Sekundar! —gritó el populacho—. ¡Muerte al cerdo *feringhee!*

Jim Broadfoot, el hermano menor de George, y el pequeño Charlie Burnes habían salido a la puerta y se encontraban de pie al lado de Sekundar temblando de miedo, pero Burnes seguía sin perder el aplomo. De pronto, este levantó la mano y la muchedumbre congregada al otro lado del muro se calló. Entonces sonrió, se acarició el bigotito con su habitual gesto confiado y empezó a hablarles en pastún. Su voz sonaba muy tranquila y probablemente solo llegaban hasta ellos unos débiles ecos, pero, aun así, lo escucharon durante un rato mientras les decía con frialdad que se fueran a casa y se dejaran de tonterías, recordándoles que él siempre había sido su amigo y jamás les había causado el menor daño.

La cosa hubiera podido dar resultado, pues Burnes tenía mucha labia, pero, como era un presumido, la situación se le fue un poco de las manos y empezó a hablarles en un condescendiente tono de superioridad. Al principio, solo hubo murmullos, pero enseguida se levantó un clamor más salvaje que el del principio. De repente, un afgano se pegó una carrerilla, se lanzó contra el muro y derribó al centinela; el guardia que estaba más cerca lo empujó hacia atrás con su bayoneta, alguien de entre la muchedumbre efectuó un disparo con su *jezzail* y, en medio de un rugido infernal, la multitud se arrojó contra el muro y empezó a escalarlo.

El *havildar* gritó una orden, se oyó el entrecortado matraqueo de una andanada de disparos y el patio se llenó de afganos encolerizados que blandían cuchillos mientras los guardias retrocedían, clavaban bayonetas y eran derribados al suelo. Ya no hubo forma de contenerlos. Vi que Broadfoot agarraba a Burnes y lo empujaba al interior de la casa. Poco después yo también entré y le cerré la puerta lateral en las narices a un *ghazi* que gritaba como un loco, seguido de una docena de vociferantes compañeros.

Gracias a Dios, la puerta, como todas las de la residencia, era muy sólida; de lo contrario, nos hubieran matado a todos en cinco minutos. Unos golpes la astillaron por el exterior mientras yo la cerraba por dentro. Cuando ya me encontraba en el pasillo, dirigiéndome a toda prisa al vestíbulo principal, sobre el trasfondo de los gritos y los disparos del patio oí el fragor de incontables puños y mangos de arma blanca contra los cristales y las persianas. Era como estar en el interior de una caja aporreada por unos demonios enloquecidos. De repente, elevándose por encima del infernal estruendo, se oyó el estallido de una andanada de disparos desde el patio, uno detrás de otro; mientras cesaba momentáneamente el griterío, se oyó la voz del *havildar* instando al resto de la guardia a entrar en la casa. «Para lo que nos va a servir...», pensé yo. Nos tenían rodeados y solo sería cuestión de decidir entre cortarnos la garganta enseguida o bien más tarde.

Burnes y los demás se encontraban en el vestíbulo. Como de costumbre, Sekundar estaba presumiendo de poseer entereza en medio de la adversidad.

—«Despertarás a Duncan con tus golpes» —dijo citando el verso de *Macbeth* mientras ladeaba la cabeza en dirección al fragor de la multitud—. ¿Cuántos guardias tenemos aquí dentro, Jim?

Broadfoot contestó que aproximadamente una docena.

—Espléndido —dijo Burnes—. O sea que, vamos a ver, doce, los criados y nosotros tres... ¡Ah, aquí está Flashman! Buenos días, Flash, ¿ha dormido bien? Disculpe este ruidoso despertar... Unos veinticinco diría yo; veinte hombres armados en cualquier caso.

—Muy pocos —dijo Broadfoot, estudiando sus pistolas—. Los negros no tardarán en entrar... No podemos cubrir todas las puertas y las ventanas, Sekundar.

Una bala de mosquete atravesó una persiana y arrancó una nube de yeso de la pared del otro lado. Todos se agacharon, excepto Burnes.

—¡No diga disparates! —replicó Burnes—. No podemos cubrirlas desde aquí abajo, naturalmente, pero ni falta que hace. Ahora, Jim, suba con todos los guardias y ordene que disparen desde los balcones. Eso obligará a los chiflados de aquí abajo a apartarse de los muros de la casa. Calculo que no deben contar con muchas armas y, por consiguiente, se puede apuntar bien contra ellos sin demasiado peligro de que lo alcancen a uno. ¡Arriba, muchacho, y tenga mucho cuidado!

Broadfoot se retiró corriendo y, poco después, los *jawans*, vestidos con sus chaquetas rojas, empezaron a subir los peldaños mientras Burnes les gritaba «¡shabash!» para darles ánimos, se ajustaba el talabarte alrededor de la cintura y se guardaba la pistola en el cinto. Parecía que se lo estuviera pasando muy bien, el muy estúpido. Me dio una palmada en el hombro y me preguntó si no hubiera preferido seguir cabalgando hasta reunirme con Sale, pero no dijo ni una sola palabra acerca del acierto de las advertencias que yo le había hecho la víspera. Yo se las recordé y añadí que, si me hubiera hecho caso, ahora no habríamos corrido peligro de que nos cortaran la garganta. Soltó una carcajada y se alisó el ojal.

—No sea tan pesimista, Flashy —me dijo—. Yo podría defender esta casa con dos hombres y un rufián. —Se oyó el sincopado rumor de unos disparos sobre nuestras cabezas—. ¿Lo ve? Jim ya les está empezando a poner las peras al cuarto. ¡Vamos a divertirnos un poco, Charlie!

Él y su hermano subieron corriendo por la escalera y me dejaron solo en el vestíbulo.

—¿Y qué hay de mi maldito consejo de guerra? —le pregunté, pero ni siquiera me oyó.

Bueno, pues su plan dio resultado al principio. Los hombres de Broadfoot consiguieron apartar a aquellos bribones de los muros disparando desde las ventanas y balcones del piso de arriba, y cuando yo subí, había unos veinte cadáveres de *ghazi* en el patio. Los rebeldes habían efectuado algunos disparos y uno de los *jawans* resultó herido en un muslo, pero buena parte del populacho se había retirado a la calle y ahora se limitaba a gritar maldiciones desde el otro lado del muro.

—¡Excelente! ¡*Bahut achha!* —dijo Burnes, dando caladas a un puro de extremos recortados mientras miraba a través de una de las ventanas—. Como ves, Charlie, ya se han retirado, y ahora Elphy se estará preguntando allá abajo en el acantonamiento a qué viene todo este alboroto y enviará a alguien a ver qué ocurre.

—¿Entonces no enviará tropas? —preguntó el pequeño Charlie.

—Por supuesto que sí. Probablemente un batallón… Eso es lo que yo enviaría. Pero tratándose de Elphy, igual nos envía una brigada, ¿verdad, Jim?

Broadfoot, agachado junto a otra ventana, miró a lo largo del cañón de su pistola, disparó, soltó una maldición y dijo:

—Con tal de que envíe a alguien.

—No se preocupe —le dijo Burnes—. Venga, Flashy, tome un cigarro. Después podrá probar su puntería contra esos individuos del otro lado del muro. Calculo que Elphy se pondrá en marcha dentro de un par de horas y que saldremos de aquí dentro de unas tres. ¡Buen disparo, Jim! ¡A eso llamo yo tener estilo!

Burnes se equivocó, naturalmente. Elphy no envió tropas; es más, por lo que he podido saber, no hizo nada en absoluto. Aunque solo hubiéramos recibido un pelotón durante aquella primera hora, creo que la muchedumbre se habría dispersado; en su lugar, los rebeldes cobraron valor, volvieron a encaramarse al muro y se desplazaron a la parte de atrás, donde los establos les podían servir de protección. Nosotros seguíamos disparando desde las ventanas. Yo mismo me cargué a tres hombres, entre ellos un sujeto tremendamente grueso. Al verlo, Burnes me dijo:

—Elija a los delgados, Flashy. Ese no hubiera podido pasar por la puerta de todos modos.

Sin embargo, al cabo de dos horas se le empezaron a pasar las ganas de bromear e incluso hizo otro intento de dirigir la palabra a los atacantes desde el balcón, pero estos lo obligaron a retirarse al interior con uno o dos disparos y un lanzamiento masivo de armas arrojadizas.

Entretanto, unos cuantos *ghazi* habían prendido fuego a los establos y el humo estaba empezando a penetrar en la casa. Burnes soltó un reniego y todos los demás aguzamos la vista al mirar por encima de los tejados de las casas hacia el acantonamiento, pero no se veía la menor señal de ayuda. El miedo me estaba empezando a pulsar de nuevo en la garganta, los aullidos de la muchedumbre eran cada vez más fuertes, algunos jawans a duras penas podían disimular su temor y hasta Burnes miraba a su alrededor frunciendo el ceño.

—Maldito sea Elphy Bey —dijo—. Por lo visto, quiere dejarlo todo para el último momento. Y me parece que alguien les está facilitando mosquetes a esos brutos. Presten atención.

Era cierto. Se oían tiros tanto desde el exterior como desde el interior de la casa. Estaban disparando contra los muros y arrancando astillas de las persianas. De pronto, otro *jawan* lanzó un grito de dolor y entró tambaleándose en la estancia con el hombro destrozado y toda la pechera de la camisa ensangrentada.

—Vaya —dijo Burnes—, la cosa se empieza a animar. Se pasean por aquí como Pedro por su casa, ¿verdad, Charlie?

Charlie le dirigió una leve sonrisa espectral; estaba muerto de miedo, pero procuraba disimularlo.

—¿Cuántos cartuchos le quedan, Flashy? —me preguntó Burnes.

Solo me quedaban seis, y Charlie no tenía ninguno; entre los diez *jawans* sumaban apenas cuarenta.

—¿Y a usted, Jim? —preguntó Burnes, levantando la voz para que Broadfoot pudiera oírlo desde la ventana del otro extremo.

Broadfoot contestó algo que yo no entendí; después se levantó muy despacio y se volvió hacia nosotros, mirándose la pechera de la camisa. Vi en ella un punto rojo que, de repente, se convirtió en una enorme mancha roja mientras él se tambaleaba hacia atrás y caía de cabeza por encima del alféizar de la ventana. Se oyó el rumor de un terrible choque cuando su cuerpo se estrelló contra el suelo del patio. La multitud arreció sus gritos y los disparos parecieron multiplicarse; mientras, desde la parte de atrás, donde el humo de los establos incendiados seguía elevándose en el aire y penetrando en la casa, nos llegaba el pausado y rítmico rumor de un ariete golpeando la puerta posterior de la casa.

Burnes efectuó un disparo desde su ventana y se apartó. Se agachó a mi lado, volteó la pistola para sujetarla por la culata, soltó uno o dos silbidos entre dientes y dijo:

—Charlie, Flashy, creo que ya es hora de irnos.

—¿Adónde demonios quiere que vayamos? —le pregunté.

—Fuera de aquí —me contestó—. Charlie, ve a mi habitación. En el armario encontrarás unas prendas nativas. Tráelas. Date prisa. —En cuanto Charlie se retiró, me dijo—: No nos quedan muchas posibilidades, pero creo que es lo único que tenemos. Lo intentaremos por la puerta de atrás; allí el humo es muy denso, ¿sabe?, y, en medio de la confusión, puede que consigamos pasar inadvertidos. Ah, buen chico, Charlie, y ahora mándame al *havildar*.

Mientras él y Charlie se ponían las túnicas y los *puggarees*, Burnes intercambió unas palabras con el *havildar*, el cual se mostró de acuerdo en que lo más probable era que la multitud se concentrara más bien en saquear la casa y no les causara el menor daño ni a él ni a sus hombres, no siendo *feringhees* como nosotros.

—Pero a usted, *sahib*, seguro que lo matan —dijo—. Aproveche para salir mientras pueda y que Dios lo acompañe.

—Qué Él os guarde a ti y a tus hombres —contestó Burnes, estrechándole la mano—. *Shabash* y *salaam*, *havildar*. ¿Todo preparado, Flash? Vamos, Charlie.

Bajamos por la escalera, Burnes en cabeza y yo cerrando la marcha; cruzamos el vestíbulo y avanzamos por el pasillo que conducía a la cocina. A través de la puerta de atrás, fuera de nuestro campo visual y hacia la derecha, se escuchaba un crujido de madera; eché un rápido vistazo a través de una mirilla y vi que el jardín estaba lleno de *ghazi*.

—Justo a tiempo —dijo Burnes cuando alcanzamos la puerta de la cocina. Yo sabía que esta se abría a un pequeño patio vallado donde se guardaban los cubos de la basura. Si conseguíamos salir sin que nos vieran abandonar la casa, tendríamos muchas posibilidades de escapar.

Burnes descorrió silenciosamente el pestillo y abrió un resquicio.

—¡Que la suerte nos acompañe! —dijo—. ¡Vamos, *juldi!*

Nos deslizamos al exterior detrás de él; el pequeño patio estaba vacío. Lo delimitaban dos altos tabiques construidos a ambos lados de la puerta y no se veía a nadie a través de la abertura del otro extremo. El humo se estaba condensando en unas grandes nubes oscuras mientras la multitud armaba un estruendo infernal a ambos lados del patio.

—¡Ciérrela bien, Flashy! —me gritó Burnes, y yo cerré la puerta a nuestra espalda—. Eso es…, ¡y ahora trate de derribarla! —Se acercó a la puerta cerrada y empezó a aporrearla con los puños—. ¡Abre, cerdo asqueroso! —rugió—. ¡Ha llegado vuestra hora, cerdos *feringhees!* ¡Por aquí, hermanos! ¡Muerte al bastardo Sekundar!

Al comprender su intención, su hermano y yo nos pusimos a aporrear la puerta como él e inmediatamente unos cuantos *ghazi* rodearon el otro extremo del patio para ver qué ocurría. Y lo único que vieron, como es natural, fue a tres creyentes tratando de echar abajo una puerta. Al instante, se incorporaron a la tarea y, al poco rato, nos retiramos sin el menor disimulo, como si quisiéramos ir en busca de otra entrada mientras Burnes seguía soltando maldiciones sin parar.

Los afganos ocupaban todo el jardín y habían rodeado los establos incendiados; me dio la impresión de que casi todos ellos se limitaban a correr enloquecidos de un lado para otro profiriendo gritos y agitando sus cuchillos y sus lanzas sin saber muy bien por qué. De repente, se oyó un aullido impresionante seguido de un terrible estruendo mientras la puerta de atrás se venía finalmente abajo y todos corrían en aquella dirección. Experimenté una extraña sensación de angustia mientras corría entre la confusa multitud de nuestros enemigos, temiendo que el pequeño Charlie, que no estaba acostumbrado a la ropa nativa y no era tan moreno como Burnes y yo, hiciera algo que llamara la atención. Pero él se había echado la capucha sobre el rostro, y así pudimos cruzar la entrada sin ninguna dificultad y mezclarnos con los mirones que se habían congregado en la calle y que estaban contemplando la residencia entre gritos y carcajadas, a la espera, sin duda, de ver cómo arrojaban los cuerpos de los odiados *feringhees* a través de las ventanas del piso de arriba.

—¡Que los perros profanen la tumba del muy cerdo de Burnes! —rugió Sekundar, y lanzó un escupitajo en dirección a la residencia mientras los presentes acogían con vítores sus palabras—. De momento, todo va bien —añadió, dirigiéndose a mí—: ¿Qué le parece si ahora nos damos un paseo hasta el acantonamiento y le decimos unas cuantas palabritas a Elphy? ¿Preparado, Charlie? Pues entonces, adelante y procura contonearte como un auténtico *badmash*. Toma ejemplo de Flashy; ¿no te parece el basi-bozuk más feo que jamás hayas visto en tu vida?

Dicho lo cual, Burnes encabezó audazmente la marcha y salió a la calle, apartando a un lado a los que se interponían en su camino como si fuera un bravucón yusufzai cualquiera. Quise decirle que tuviera cuidado, pues temía que llamara demasiado la atención, ya que los habitantes de Kabul estaban muy familiarizados con su rostro. Pero todos le abrieron paso soltando alguna que otra maldición por lo bajo y conseguimos llegar al final de la calle sin que nadie nos reconociera. «Ahora —pensé yo— estaremos en casa en un santiamén». Había mucha gente por todas partes, pero no era tan ruidosa como la que rodeaba la residencia, y cada paso que dábamos nos acercaba un poco más al punto en el que, en el peor de los casos, podríamos pegar una carrerilla hacia el acantonamiento. Fue entonces cuando Burnes, en un estúpido exceso de confianza, lo estropeó todo.

Cuando ya habíamos llegado al final de la calle, el muy necio se detuvo para gritar otra maldición contra los *feringhees* a modo de bravata final. Ya me lo imaginaba presumiendo más tarde delante de las esposas de los hombres de la guarnición con su relato sobre cómo había engañado a los afganos con sus insultos contra sí mismo. Pero se pasó. Tras haberse llamado a sí mismo nieto de setenta perros bastardos, le murmuró algo en voz baja a Charlie y celebró su propia broma, riéndose entre dientes.

Lo malo es que un afgano no se ríe como un inglés. Se ríe con unos grititos estridentes, mientras que Burnes soltó una risotada. Observé que una cabeza se volvía para mirarnos, y entonces agarré a Burnes por un brazo y a Charlie por otro, pero, mientras apuraba el paso con ellos calle abajo, un corpulento *ghazi* me apartó a un lado y, asiendo a Burnes por los hombros, lo estudió detenidamente.

—¡*Jao, hubshi!* —le gritó Burnes con desprecio, y le propinó un golpe en la mano, pero el hombre no apartó los ojos de su rostro. De pronto, gritó:

—¡*Mashallah!* ¡Es Sekundar Burnes, hermanos!

Se produjo un instante de silencio, seguido de un rugido ensordecedor.

El gigantesco *ghazi* extrajo su navaja del Khyber, pero Burnes lo inmovilizó y le rompió el brazo con una llave para evitar que se la clavara. Para entonces, media docena de hombres se estaba acercando a nosotros. Uno de ellos se me echó encima y yo le propiné un puñetazo tan fuerte que perdí el equilibrio y caí al suelo; me incorporé y, en el momento en que trataba de desenvainar la espada, vi a Burnes quitándose de encima al *ghazi* herido mientras le gritaba a su hermano:

—¡Corre, Charlie, corre!

Había una angosta callejuela a través de la cual Charlie, que estaba más cerca, hubiera podido escapar, pero este vaciló un instante con el rostro más pálido que la cera mientras Burnes pegaba un brinco, interponiéndose entre él y los afganos. Sekundar ya había extraído su navaja del Khyber; esquivó un golpe del hombre que encabezaba el grupo de atacantes, forcejeó con él y volvió a gritar:

—¡Huye, Charlie! ¡Lárgate, hombre de Dios!

Mientras Charlie permanecía de pie, inmóvil como una estatua, Burnes le gritó en tono desesperado:

—¡Corre, niño, por favor! ¡Corre, por lo que más quieras!

Fueron las últimas palabras que pronunció. Una navaja del Khyber se hundió en su hombro y se tambaleó hacia atrás mientras la sangre se escapaba a borbotones de la herida; inmediatamente después, la muchedumbre se le echó encima y lo empezó a golpear y atacar con sus cuchillos. Debió de recibir media docena de heridas mortales antes de desplomarse en el suelo. Charlie lanzó un grito de terror y corrió hacia él; lo cosieron a navajazos antes de que diera tres pasos.

Yo lo vi todo porque ocurrió en cuestión de segundos; después estuve muy ocupado; salté por encima del hombre al que había derribado al suelo y corrí hacia la callejuela, pero un *ghazi* llegó primero, lanzando gritos y tratando de clavarme el cuchillo. Al final, conseguí desenvainar la espada y paré el golpe, pero el camino estaba bloqueado y la gente me perseguía, soltando aullidos. Me volví dando violentos tajos a derecha e izquierda, y entonces mis perseguidores retrocedieron momentáneamente; apoyé la espalda contra el muro más próximo mientras ellos se abalanzaban de nuevo sobre mí y sus navajas brillaban ante mis ojos. Empecé a soltar reveses contra los temibles rostros y oí sus gritos y maldiciones. De pronto, sentí un fuerte golpe en el estómago y me desplomé en el suelo delante del amasijo de cuerpos de mis agresores; un pie me golpeó la cadera y, mientras yo pensaba: «Dulcísimo Jesús mío, esto es la muerte», recordé fugazmente la vez en que me pisotearon en una refriega durante un partido en la escuela. Algo me golpeó la cabeza y me preparé para recibir el horrible mordisco del afilado acero. Después, ya no recuerdo nada más.*

* El relato que ofrece Flashman de la muerte de Burnes aclara una cuestión que siempre había desconcertado a los historiadores. Algunas versiones anteriores dan a entender que los hermanos Burnes abandonaron la residencia disfrazados, en compañía de un misterioso tercer personaje al que se ha identificado como Kashmiri Musselman. Se ha dicho que este tercer hombre fue el que, en realidad, los denunció a los *ghazi*. Sin embargo, Flashman difícilmente los hubiera podido traicionar sin grave riesgo para su propia persona, por cuyo motivo es probable que su relato se ajuste a la verdad.

Cuando recuperé el conocimiento, estaba tendido sobre un suelo de madera, con la mejilla apoyada en las tablas. Tenía la sensación de que la cabeza se me abría y cerraba a causa del dolor y, cuando traté de levantarla, descubrí que mi propia sangre reseca me había pegado la cara al suelo, por lo que no pude reprimir un grito cuando finalmente conseguí despegarla.

Lo primero que vi fue un par de botas de excelente cuero amarillo a unos dos metros de distancia sobre las tablas del suelo; por encima de ellas vi unos holgados calzones parecidos a los de un pijama, los faldones de una chaqueta negra, una faja verde, dos manos ahusadas con los pulgares introducidos en ella y, rematándolo todo, un rostro moreno y sonriente con unos pálidos ojos grises bajo un casco metálico coronado por una afilada aguja. Conocía aquel rostro por mi visita a Mogala y, en medio de mi confusión, pensé: «Mal asunto». Era mi viejo enemigo Gul Shah.

Se acercó y me propinó un puntapié en las costillas. Traté de hablar, pero las primeras palabras que me salieron en un áspero murmullo fueron:

—Estoy vivo.

—De momento —dijo Gul Shah. Se agachó a mi lado y me miró con una sonrisa lobuna en los labios—. Dígame, Flashman, ¿qué se nota cuando uno se muere?

—¿Qué quiere decir? —conseguí graznar.

Señaló hacia atrás con el pulgar.

—En la calle de ahí fuera. Usted estaba en el suelo con varios cuchillos a punto de hundirse en su garganta, y solo mi oportuna intervención lo salvó de correr el mismo destino que Sekundar Burnes. Lo cortaron en trocitos, por cierto. Ochenta y cinco trocitos para ser más exacto. Los contaron, ¿sabe? Pero usted, Flashman, debió de saber en aquel momento lo que siente uno cuando se muere. Dígamelo, tengo mucha curiosidad.

Comprendí que semejantes preguntas no podían presagiar nada bueno. La siniestra mirada de aquel bruto hizo que se me pusiera la carne de gallina. Pero llegué a la conclusión de que sería mejor contestar.

—Fue algo espantoso —expliqué.

Gul Shah se rio con la cabeza hacia atrás y se balanceó sobre los tacones mientras otros se reían con él. Calculé que en la estancia debía de haber una media docena de hombres, casi todos *ghazi*. Se congregaron a mi alrededor para mirarme con desprecio, y me pareció que su aspecto era todavía más temible que el de Gul Shah.

Cuando terminó de reírse, este se inclinó hacia mí.

—Pues aún puede ser más horrible —me dijo, y me escupió a la cara. Apestaba a ajo.

Traté de incorporarme, le pregunté por qué razón me había salvado y entonces él se levantó y volvió a propinarme un puntapié.

—¿Por qué? —replicó en tono burlón.

No acertaba a comprenderlo y tampoco lo deseaba. Pero decidí comportarme como si todo tuviera que ser para bien.

—Le agradezco con toda el alma su oportuna ayuda, señor —le dije—. Será usted debidamente recompensado..., todos ustedes lo serán..., y...

—Por supuesto que lo seremos —dijo Gul Shah—. Levantadlo.

Me levantaron sin miramientos y me retorcieron los brazos a la espalda. Les dije que, si me llevaban al acantonamiento, serían recompensados generosamente, pero ellos se partieron de risa al oír mis palabras.

—Cualquier recompensa de los británicos será de sangre —dijo Gul Shah—. La suya en primer lugar.

—¿Y por qué, maldita sea? —pregunté a gritos.

—¿Por qué cree usted que impedí que los *ghazi* lo descuartizaran? ¿Para salvar su preciosa piel, quizá? ¿Para entregarlo como un ofrecimiento de paz a su pueblo? —Acercó el rostro al mío—. ¿Ha olvidado usted acaso a una bailarina llamada Narriman, maldito hijo de cerdo? Una puta sin importancia para la gente como usted, a la que uno puede violar cuando le apetezca y después olvidar. Son todos iguales, ustedes los cerdos *feringhees*. Creen que pueden apoderarse de nuestras mujeres, de nuestro país y de nuestro honor, y pisotearlos a su antojo. Nosotros no importamos, ¿verdad? Y, una vez cometidas sus fechorías, cuando ya han violado a nuestras mujeres y nos han robado nuestros tesoros, se pueden ustedes reír y encogerse de hombros como si tal cosa, ¡malditos perros bastardos!

Estaba tan furioso que echaba espumarajos por la boca.

—No quería causarle ningún daño —dije yo.

Me abofeteó el rostro y se me quedó mirando entre jadeos. Hizo un esfuerzo y consiguió dominarse.

—Ella no está aquí —dijo al final—, de lo contrario, lo dejaría a usted en sus manos y ella le causaría unos sufrimientos eternos antes de darle muerte. Pero nosotros intentaremos hacer lo posible para no ser menos.

—Mire —le dije yo—, le pido perdón por cualquier cosa que haya hecho. Ignoraba su interés por aquella chica, se lo juro. Le daré todas las compensaciones que sean necesarias y en la forma que usted quiera. Soy un hombre rico, muy rico.

Le ofrecí cualquier cosa que él me pidiera a modo de rescate y compensación por la chica, y me pareció que se calmó momentáneamente.

—Siga —me dijo al ver que hacía una pausa—. Es bueno saberlo.

Lo hubiera hecho, pero la cruel y despectiva mueca de su rostro me hizo comprender que se estaba burlando de mí. Guardé silencio.

—Bueno, pues estamos como al principio —dijo—. Puede creerme, Flashman, quisiera hacerlo morir cientos de veces, pero el tiempo apremia. Hay otras gargantas aparte de la suya, y nosotros somos impacientes por naturaleza. De todos modos, procuraremos que su tránsito sea lo más memorable posible, y así usted tendrá la ocasión de volver a explicarme qué siente uno cuando se muere. Vamos.

Me sacaron a rastras de la estancia y me empujaron por un pasadizo mientras yo pedía socorro a gritos y le dedicaba a Gul Shah los peores insultos que acudieron a mi mente. Pero él caminaba delante de mí sin hacerme ni caso. Al final abrió una puerta, me hicieron cruzar el umbral y descubrí que me encontraba en un cuarto de techo bajo, abovedado y de unos dieciocho metros de largo. Esperaba que hubiera potros de tortura, empulgueras y otros horrores parecidos, pero la estancia estaba completamente vacía. El único detalle curioso consistía en que, por el centro, estaba dividida en dos por un profundo sumidero de unos tres metros de anchura y casi dos de profundidad. Estaba seco, y los orificios de las paredes de ambos lados se habían tapado con grava. Era un trabajo reciente cuya finalidad yo no acertaba a comprender.

Gul Shah se volvió a mirarme.

—¿Es usted fuerte, Flashman?

—¡Maldita sea su estampa! —le grité—. ¡Lo pagará muy caro, negro asqueroso!

—¿Es usted fuerte? —repitió—. Responda si no quiere que le mande cortar la lengua.

Uno de los bellacos me agarró la mandíbula con su vellosa mano y me acercó la navaja a la boca. Fue un argumento de lo más convincente.

—Bastante fuerte, miserable.

—Lo dudo. —Gul Shah me miró sonriendo—. Aquí hemos ejecutado hace poco a dos sinvergüenzas, y ninguno de ellos era un enclenque. Pero ya veremos. —Dirigiéndose a uno de los suyos, le dijo—: Que venga Mansur. Tendría que explicarle en qué consiste la nueva diversión que me he inventado —añadió, mirándome con expresión burlona—. Está inspirada en primer lugar en la insólita forma de esta estancia, con esta zanja tan grande que tiene en el centro, y, en segundo lugar, en un estúpido juego al que suelen jugar los soldados británicos. Estoy seguro de que usted habrá jugado a él, lo cual será un aliciente más para usted y para nosotros. Ah, Mansur, ven aquí.

Mientras Gul hablaba, entró en la estancia una figura grotesca. Por un instante, no pude creer que fuera un hombre, pues apenas levantaba un metro veinte del suelo. Era algo espantoso, literalmente tan ancho como largo, con unos enormes y nudosos brazos y un tórax

151

como el de un simio. El tronco descansaba sobre unas piernas muy gruesas, no se le veía el cuello y su cara amarillenta era tan plana como un plato, con una fea narizota en el centro, una boca que parecía una simple rendija y un par de ojillos negros como botones. Su cuerpo estaba cubierto por un espeso vello negro, pero la cabeza era tan lisa como un huevo. Llevaba un taparrabo sucio y, mientras se acercaba a Gul Shah, la luz de la antorcha que iluminaba aquel cuarto sin ventanas le confirió el aspecto de un monstruoso nibelungo, avanzando penosamente por las oscuras madrigueras de las entrañas de la tierra.

—Un retaco precioso, ¿verdad? —dijo Gul Shah, contemplando al repugnante enano—. Su alma debe de ser tan hermosa como él, Flashman. Lo cual está muy bien, pues él será su verdugo.

Dio una orden, y el enano, tras mirarme de reojo y hacer con su boca repugnante una torcida mueca torva que yo interpreté como una sonrisa, saltó repentinamente al interior del sumidero y, dando un tremendo brinco, saltó al otro lado, se agarró al borde y dio una voltereta cual si fuera un acróbata. Después se volvió hacia nosotros con los brazos extendidos. Parecía un asqueroso gigante amarillo en miniatura.

Los hombres que me sujetaban me colocaron los brazos delante y me ataron fuertemente las muñecas con una cuerda robusta. A continuación, uno de ellos tomó el rollo de cuerda y lo llevó al otro lado de la zanja, donde estaba el enano; este emitió un sonido burbujeante, ofreció ansioso las muñecas y ellos se las ataron tal como habían hecho con las mías. Nos encontrábamos uno a cada lado del sumidero, atados a los dos extremos de una misma cuerda cuya parte floja descansaba en el interior de la zanja.

Nadie dio la menor explicación y, en la infernal incertidumbre de lo que estaba a punto de ocurrir, mi temple se vino abajo. Traté de echar a correr, pero ellos me sujetaron entre risas mientras el enano Mansur hacía cabriolas al borde de la zanja y chasqueaba los dedos de entusiasmo al ver mi terror.

—¡Soltadme, hijos de la gran puta! —rugí.

Gul Shah esbozó una sonrisa y empezó a batir palmas.

—Mal empezamos —dijo, sonriendo con desprecio—. Contemple esta sustancia. *Yah*, Asaf.

Uno de sus bribones se acercó al borde de la zanja con una bolsa de cuero atada al cuello. Tras desatarla con mucho cuidado, la sostuvo por la parte de abajo y la invirtió de repente sobre la zanja. Para mi horror, media docena de formas viscosas y plateadas que despedían un brillo siniestro bajo la luz de la antorcha cayeron culebreando al interior del sumidero, tocaron con suavidad su fondo y serpentearon con asombrosa velocidad hacia las paredes. Pero, como no pudieron subir, siguieron arrastrándose por el suelo de su extraña prisión en medio de un silencio mortal. Se adivinaba su irritada furia mientras reptaban delante de nosotros.

—Su mordedura es mortal —dijo Gul Shah—. ¿Empieza a comprenderlo, Flashman? Es lo que ustedes llaman el juego de la cuerda… Usted contra Mansur. Uno de ustedes tendrá que conseguir arrastrar al otro al interior del sumidero, y entonces… El veneno tarda solo unos minutos en matar. Puede creerme, las serpientes serán más benévolas con usted de lo que hubiera sido Narriman.

—¡Socorro! —grité, a pesar de que bien sabía Dios que no esperaba ninguna ayuda.

Sin embargo, la contemplación de aquellas cosas tan repulsivas, el solo hecho de pensar en su viscoso tacto y en el pinchazo de sus afilados dientes… Creí volverme loco. Me enfurecí y supliqué, pero el cerdo afgano batía palmas y se tronchaba de risa mientras el enano Mansur brincaba de impaciencia. Al final, Gul Shah se apartó, le dio una orden y, volviéndose hacia mí, me dijo:

—Tire con todas sus fuerzas, Flashman. Y presente mis *salaams* a Shaitan.

Yo me había apartado todo lo posible del borde de la zanja y me encontraba de pie, medio paralizado por el miedo, cuando el enano dio un tirón impaciente a la cuerda con las muñecas. La sacudida me ayudó a recuperar el sentido; tal como ya he dicho antes, el terror es un poderoso estimulante. Apoyé con firmeza los tacones de mis botas en el áspero suelo de madera y me preparé para resistir con todas mis fuerzas.

El enano sonrió y se alejó a toda prisa hasta que la cuerda se tensó entre nosotros. Adiviné cuál sería su primer movimiento, por lo que ya estaba preparado cuando se produjo el repentino tirón.

A punto estuvo de levantarme los pies del suelo, pero yo me volví, pasándome la cuerda por el hombro y tirando a mi vez con la misma fuerza. La cuerda se tensó como la de un arco y volvió a aflojarse; el enano me miró con desprecio y emitió una especie de silbido entrecortado. Después contrajo los poderosos músculos de sus hombros e, inclinándose hacia atrás, empezó a tirar.

Qué fuerza tenía, Señor. Resistí hasta que me crujieron los hombros y me temblaron los brazos, pero, poco a poco, centímetro a centímetro, mis tacones empezaron a resbalar por la áspera superficie del suelo hacia el borde de la zanja. Los *ghazi* daban ánimos al enano y gritaban de alegría mientras Gul Shah se acercaba al borde para observar cómo me deslizaba inexorablemente hacia el límite. Sentí que uno de mis talones resbalaba en el espacio; la cabeza me estallaba a causa del esfuerzo y me silbaban los oídos. De repente, el insoportable dolor de mis muñecas se calmó y me quedé tendido en el suelo junto al borde mientras el enano brincaba y se reía al otro lado y la cuerda se aflojaba entre nosotros.

Los *ghazi* se lo estaban pasando en grande e instaban al enano a que diera un tirón final y me arrojara al sumidero, pero él sacudió la cabeza, retrocedió una vez más y dio un pequeño tirón a la cuerda. Miré hacia abajo; parecía que las serpientes supieran lo que iba a ocurrir, pues se habían concentrado en una sibilante y ondulante masa justo bajo el lugar donde yo me encontraba. Retrocedí sudando de temor y de rabia, y tiré utilizando todo el peso de mi cuerpo para tratar de hacerle perder el equilibrio, pero, a pesar de la violencia del tirón, fue como si el enano estuviera atado a un árbol.

Estaba jugando conmigo; no cabía duda de que era más fuerte que yo, puesto que me había arrastrado dos veces hasta el borde del sumidero y me había vuelto a soltar. Gul Shah aplaudió y los *ghazi* lanzaron vítores de júbilo; después, Gul dio una orden al enano y comprendí horrorizado que estaban a punto de acabar conmigo. En mi desesperación, me alejé rodando desde el borde y me levanté; tenía las muñecas destrozadas y ensangrentadas, y las articulaciones de los hombros me ardían a causa del esfuerzo. Cuando el enano volvió a dar otro tirón, me tambaleé hacia delante y, al hacerlo, a punto estuve de arrastrarlo, pues el muy bruto esperaba una resistencia mucho mayor y poco faltó para que perdiera el equilibrio. Tiré con fuerza, pero él se recuperó a tiempo y me miró con rabia, soltando un silbido mientras golpeaba el suelo con los pies para asentarlos en él con firmeza.

Cuando finalmente estuvo preparado, empezó a tirar de nuevo de la cuerda, pero no con todas sus fuerzas, pues solo me arrastraba un par de centímetros cada vez. Supongo que lo hacía como una especie de repugnante toque final; luché como un pez atrapado en un anzuelo, pero no había forma de resistir aquel terrible y continuado tirón. Me encontraba a unos tres metros del borde cuando él me dio la espalda, como suelen hacer en tales contiendas los miembros de uno de los equipos cuando ven que los del otro ya se han dado por vencidos. Entonces comprendí que, si quería aprovechar la última y desesperada ocasión que me quedaba, tendría que hacerlo en aquel momento en que aún se me ofrecía un poco de espacio para maniobrar. Recordé que había estado casi a punto de hacerle perder el equilibrio con un aflojamiento accidental. ¿Y si pudiera hacer lo mismo de una forma deliberada? Haciendo acopio de las últimas fuerzas que me quedaban, planté firmemente los tacones en el suelo y di un tremendo tirón; el enano se volvió a mirarme por encima del hombro mientras su repulsivo rostro se contraía en una mueca de sorpresa. Después sonrió y volvió a tirar echando el cuerpo hacia atrás. Mis pies empezaron a resbalar.

—Va usted a reunirse con Dios, Flashman —me dijo Gul Shah en tono burlón.

Busqué una posición donde apoyar el pie, la encontré a menos de dos metros del borde y salté hacia delante. El salto me llevó al borde del sumidero; entonces Mansur cayó de bruces al suelo y la cuerda se aflojó. Sin embargo, el enano, temblando de rabia, se levantó de inmediato como el muñeco de una caja sorpresa; plantó los pies en el suelo, dio un fuerte tirón que a punto estuvo de dislocarme los huesos del hombro y caí boca abajo. Siguió tirando y me arrastró por el suelo, acercándome cada vez más al borde, mientras los *ghazi* rugían y yo gritaba horrorizado.

—¡No! ¡No! —chillé—. ¡Mande que se detenga! ¡Espere! Cualquier cosa... ¡haré cualquier cosa! ¡Dígale que se detenga!

Mis manos rebasaron el borde y las siguieron los codos inmediatamente después. De repente, no sentí nada debajo de la cara y, a través de las copiosas lágrimas que brotaban de mis ojos, vi el fondo del sumidero con los repugnantes gusanos serpenteando con un movimiento incesante. Los hombros y el tórax estaban suspendidos ya; en cuestión de un instante caería. Traté de girar y levantar la cabeza para implorar la compasión del enano; lo vi de pie junto al otro lado del borde, esbozando una sonrisa perversa mientras enrollaba la cuerda alrededor de la mano y el codo derechos, tal como hace una lavandera con una cuerda de tender la ropa. Miró a Gul Shah, dispuesto a dar el tirón final que me arrojaría al interior del sumidero. De repente, sobre el trasfondo de mis entrecortadas palabras de súplica, oí el ruido de una puerta que se abría de par en par a mi espalda, mientras los presentes murmuraban entre sí y una sonora voz pronunciaba unas palabras en pastún.

El enano se quedó paralizado y miró hacia la puerta situada a mi espalda. No supe lo que vio, ni falta que me hacía saberlo; aunque estaba medio muerto de terror y agotamiento, me di cuenta de que algo había distraído su atención, que la cuerda estaba momentáneamente floja y que se encontraba al borde de la zanja. Era mi última oportunidad.

Solo podía hacer palanca con el tronco y las piernas desde el suelo; los brazos los tenía extendidos hacia delante. De repente, los retiré con una sacudida brusca mientras unos sollozos se escapaban de mi garganta. No fue un tirón demasiado fuerte, pero bastó para pillar a Mansur totalmente desprevenido, pues los redondos ojos de su cara de gárgola estaban fijos en la puerta. El enano comprendió demasiado tarde que se había distraído demasiado pronto. El tirón, a pesar de su escasa fuerza, le hizo perder el equilibrio y una de sus piernas resbaló hacia el borde; lanzó un grito y trató de echarse hacia atrás, pero su grotesco cuerpo aterrizó justo sobre el borde y permaneció por un instante colgando como un balancín. Después, con un horrible y estridente chillido, cayó al interior del sumidero.

Se levantó de un salto, listo para pegar un brinco hacia el borde, pero, por la misericordia de Dios, había caído casi encima de una de aquellas infernales criaturas y, mientras se incorporaba, la serpiente le mordió una pierna. Lanzó un grito y agitó la pierna para sacársela de encima, pero el tiempo que perdió en hacerlo dio ocasión a que una segunda serpiente le mordiera una mano. Se revolvió presa de la desesperación en medio de un terrible estruendo y empezó a tambalearse con, al menos, dos bichos pegados a la piel. Corrió en círculos con sus cortas extremidades y cayó de bruces al suelo. Una y otra vez las serpientes lo mordieron; hizo un débil intento de levantarse, pero enseguida se desplomó en el suelo y su cuerpo deforme empezó a experimentar una serie de sacudidas.

Yo estaba tan agotado por la angustia y el esfuerzo que permanecí tendido donde estaba, respirando afanosamente sin poderme levantar. Gul Shah se acercó al borde del sumidero, soltó una sarta de maldiciones contra el enano muerto, se volvió y, señalándome con el dedo, gritó:

—¡Arrojad a este bastardo ahí dentro junto con él!

Me agarraron y me llevaron al borde de la zanja, pues yo no estaba en condiciones de oponer la menor resistencia. Sin embargo, recuerdo que protesté, diciendo que no era justo y que yo había ganado y merecía que me soltaran. Me mantuvieron suspendido sobre el sumidero, esperando la palabra final de mi enemigo. Cerré los ojos para no ver los crueles rostros de aquellos hombres ni los reptiles de abajo. De pronto, alguien tiró de mí y las manos se apartaron de mi cuerpo. Sin saber qué ocurría, volví lentamente la cabeza. Todos habían enmudecido, Gul Shah junto con los demás.

Había un hombre en la puerta. Era de estatura más baja que la media, tenía tórax y espalda de luchador, y una cabeza pequeña y bien formada que movía de un lado a otro como si quisiera asimilar la escena. Lucía una sencilla chaqueta de color gris con un cinturón de malla metálica y llevaba la cabeza descubierta. Estaba claro que era un afgano, con la misma apostura que tan repulsiva resultaba en Gul Shah, pero con unas facciones más marcadas y redondeadas. Emanaba de él un cierto aire de serena autoridad, aunque sin la arrogancia propia de las gentes de su raza.

Se acercó, saludó con una inclinación de cabeza a Gul Shah y me miró con interés comedido. Observé con asombro que sus ojos de típico corte oriental eran de un intenso color azul. Este detalle, junto con el cabello negro ligeramente ondulado, le conferían un aspecto europeo, muy en consonancia con su recia y vigorosa figura. Se aproximó al borde del sumidero, chasqueó la lengua con tristeza al ver al enano muerto y preguntó con indiferencia:

—¿Qué es lo que ha pasado aquí?

Su tono de voz era tan suave que parecía un vicario en un salón. Al ver que Gul Shah guardaba silencio, yo me apresuré a contestar:

—¡Estos cerdos pretendían asesinarme!

Me miró con una sonrisa radiante en los labios.

—Pero no lo han conseguido —dijo—. Lo felicito. Se ve a las claras que ha corrido usted un grave peligro, pero se ha salvado por su habilidad y valentía. Una hazaña extraordinaria, ¡y qué historia para contarles a sus nietos!

Todo aquello me parecía demasiado. Dos veces, y en cuestión de pocas horas, había estado a punto de sufrir una muerte violenta. Estaba destrozado, muerto de cansancio y manchado con mi propia sangre, y de pronto me encontraba conversando como si tal cosa con un chiflado. Estuve a punto de echarme a llorar y musité para mis adentros:

—Oh, Jesús.

El fornido sujeto enarcó una ceja.

—¿El profeta cristiano? Pero bueno, entonces, ¿quién es usted?

—¡Soy un oficial británico! —contesté—. ¡He sido capturado y torturado por estos desalmados, y me hubieran matado con sus serpientes infernales! Quienquiera que usted sea, tiene que…

—¡Por los cien nombres de Dios! —exclamó, interrumpiéndome—. ¿Un oficial *feringhee?* Es evidente que ha estado a punto de producirse un gravísimo incidente. ¿Por qué no les ha dicho usted quién era?

Lo miré boquiabierto de asombro y la cabeza me empezó a dar vueltas. Uno de los dos tenía que estar loco.

—Lo sabían —grazné—. Gul Shah lo sabía.

—Imposible —dijo el desconocido, sacudiendo la cabeza—. No puede ser. Mi amigo Gul Shah sería incapaz de cometer semejante barbaridad; tiene que tratarse de un lamentable error.

—Mire —le dije extendiendo las manos hacia él—, tiene usted que creerme. Soy el teniente Flashman del Estado Mayor de lord

Elphinstone, y este hombre ha intentado matarme..., y no es la primera vez. ¡Pregúntele cómo he llegado hasta aquí! ¡Pregúnteselo a este embustero y traidor bastardo!

—No intente jamás halagar a Gul Shah —dijo jovialmente el hombre—. Se creerá todo lo que le diga. No, por desgracia, ha sido un error, pero no irreparable. Gracias a Dios... y a mi oportuna llegada, por supuesto. —Volvió a sonreír—. Pero no tiene usted que echarle la culpa a Gul Shah ni a su gente; no sabían quién era usted.

Mientras pronunciaba estas palabras, dejó de ser un bromista medio chiflado; su voz era tan suave como al principio, pero se advertía en ella una inequívoca dureza. De pronto, las cosas volvieron a ser reales y yo comprendí que el sonriente sujeto que tenía delante poseía la fuerza que los hombres como Gul Shah jamás podrían poseer; una fuerza peligrosa. Y me di cuenta con inmenso alivio de que con él estaba a salvo. Gul Shah también lo debió de intuir, pues se adelantó y dijo que yo era su prisionero y que, tanto si era un oficial *feringhee* como si no, él me arreglaría las cuentas.

—No, es mi huésped —le replicó el hombre en tono de reproche—. Ha tenido un percance al venir aquí y necesita descanso y cuidados para sus heridas. Te has vuelto a equivocar, Gul Shah. Ahora le vamos a desatar las muñecas, y yo lo agasajaré tal como corresponde a un huésped de su categoría.

Inmediatamente me cortaron las ataduras y dos de los *ghazi* —los mismos bárbaros pestilentes que unos momentos atrás habían estado a punto de arrojarme a las serpientes— me apartaron de aquel lugar infernal. Sentí que Gul Shah me clavaba los ojos en la espalda, pero no le oí decir ni una sola palabra; la única explicación que se me ocurría era que aquella debía de ser la casa del desconocido y, de acuerdo con las severas normas de la hospitalidad musulmana, su palabra era la ley. Pero en el estado de agotamiento en el que me encontraba, no estaba en condiciones de pensar con claridad, por lo que me limité a seguir con pasos vacilantes a mi benefactor.

Me llevaron a un apartamento muy bien amueblado y, bajo la supervisión de mi anfitrión, me limpiaron la cabeza, me lavaron la sangre de las muñecas destrozadas, me aplicaron vendajes con ungüentos y, por último, me ofrecieron un fuerte té a la menta y un plato de pan con fruta. A pesar de que me dolía terriblemente la cabeza, estaba muerto de hambre, pues no había comido nada en todo el día. Mientras yo comía, el hombre siguió hablando.

—No se preocupe por Gul Shah —me dijo, jugueteando con su barbita, sentado delante de mí—. Es un salvaje, ¿qué *ghilzai* no lo es? Pero, ahora que lo pienso, su nombre me recuerda el incidente que tuvo lugar en Mogala hace algún tiempo. Lanza Ensangrentada, ¿verdad? —Volvió a dirigirme una sonrisa radiante—. Supongo que le debió de dar algún motivo para que le guardara rencor…

—Había una mujer —expliqué—. No sabía que fuera suya.

Lo cual no era cierto, pero daba igual.

—Siempre suele haber una mujer —dijo—. Pero supongo que debió de haber algo más. La muerte de un oficial británico en Mogala hubiera sido conveniente para Gul desde un punto de vista político… Sí, sí, ya comprendo lo que debió de ocurrir. Pero eso pertenece al pasado. —Hizo una pausa y me miró con expresión pensativa—. Lo mismo que ese desafortunado incidente que hoy ha tenido lugar en el sótano. Es mejor que sea así, créame. No solo para usted personalmente, sino también para todos los británicos que están aquí.

—¿Y qué me dice de Sekundar Burnes y de su hermano? —repliqué—. Sus amables palabras no les devolverán la vida.

—Una terrible tragedia —dijo, coincidiendo conmigo—. Yo admiraba mucho a Sekundar. Esperemos que los rufianes que lo han asesinado sean detenidos y debidamente juzgados.

—¿Rufianes? —dije—. Pero, por el amor de Dios, si eran unos guerreros de Akbar Khan, no una banda de ladrones. Ignoro quién es usted y qué influencia puede ejercer, pero no está muy al día sobre los hechos que ocurren. El asesinato de Burnes y el saqueo de su residencia han sido el comienzo de la guerra. Si los británicos aún no han salido de su acantonamiento de Kabul, no tardarán en hacerlo, ¡le apuesto a usted lo que quiera!

—Creo que exagera usted —dijo en un suave susurro—. Eso que dice de los guerreros de Akbar Khan, por ejemplo…

—Mire —le dije—, no intente convencerme. Anoche regresé del este; las tribus ocupan los pasos desde aquí hasta Jugdulluk e incluso más allá; hay millares de hombres. Están tratando de acabar con las fuerzas de Sale. Estarán aquí en cuanto Akbar Khan decida tomar Kabul, cortarle la garganta a Shah Sujah y apoderarse de su trono. Y Dios se apiade de la guarnición británica y de los partidarios del Gobierno británico que le prestan ayuda, tal como usted me la ha prestado a mí. Intenté hacérselo comprender a Burnes, pero él se rio y no me hizo caso. Y ahora, ya ve usted lo que ha ocurrido. —Me detuve porque se me había quedado la garganta seca de tanto hablar. Tomé un sorbo de té y añadí—: Créame si quiere, o no me crea.

Mi anfitrión permaneció en silencio un momento y después comentó que mi relato era muy alarmante, pero que seguramente yo estaba equivocado.

—Si la situación fuera la que usted dice, los británicos ya se habrían puesto en marcha a esta hora… para abandonar Kabul o encerrarse en el fuerte de Bala Hissar, donde estarían a salvo. Al fin y al cabo, no son tontos.

—Está claro que usted no conoce a Elphy Bey —dije—. Y tampoco a ese necio de McNaghten. No quieren creerlo, ¿comprende? Quieren creer que todo va bien. Creen que Akbar Khan aún está escondido en el Hindu Kush; se niegan a creer que las tribus se están concentrando a su alrededor, dispuestas a expulsar a los británicos de Afganistán.

—Es muy posible que sea tal como usted dice. —Mi anfitrión lanzó un suspiro—. Esos errores son muy frecuentes. O puede que ellos tengan razón y que el peligro no sea realmente tan grande como usted cree. —Se levantó—. Pero soy un anfitrión muy desconsiderado. La herida le está causando muchas molestias y necesita descansar, Flashman *huzoor*. No quiero molestarlo más. Aquí podrá disfrutar de un poco de paz, y mañana seguiremos hablando, entre otras cosas, acerca de la mejor manera de devolverlo sano y salvo junto a los suyos. —Me dirigió una sonrisa mientras en sus ojos azules se encendía un extraño fulgor—. No queremos que otros fanáticos como Gul Shah sigan cometiendo «errores». Y ahora quede usted con Dios.

Traté de levantarme, pero estaba tan débil y cansado que él insistió en que volviera a sentarme. Le manifesté mi profunda gratitud por toda su amabilidad y le dije que hubiera deseado recompensárselo, pero él se rio y dio media vuelta para retirarse. Musité otras palabras de agradecimiento y, de pronto, se me ocurrió pensar que seguía sin saber quién era y con qué poder me había salvado de Gul Shah. Se lo pregunté y él se detuvo junto a los cortinajes de la puerta.

—En cuanto a eso —me contestó—, soy el dueño de esta casa. Mis amigos íntimos me llaman Bakbook porque suelo hablar mucho. Otros me llaman con distintos nombres. —Inclinó la cabeza—. Usted puede llamarme por mi nombre propio, que es Akbar Khan. Buenas noches, Flashman *huzoor,* y que descanse. Hay criados a los que puede llamar si los necesita.

Dicho lo cual, desapareció, y yo me quedé contemplando la puerta boquiabierto de asombro, sintiéndome el tonto más grande del mundo.

En realidad, Akbar Khan no regresó al día siguiente ni al cabo de una semana, lo cual me permitió disponer de mucho tiempo para reflexionar y hacer conjeturas. Estaba altamente custodiado en la habitación, pero me encontraba muy a gusto. Me daban muy bien de comer y me permitían hacer un poco de ejercicio en una pequeña galería cerrada, vigilado por dos miembros armados de la tribu de los *baruzki*. Pero nadie respondía a mis preguntas y exigencias de liberación. Ni siquiera pude averiguar qué estaba ocurriendo en Kabul o qué hacían nuestras tropas… o qué estaba tramando Akbar Khan. O, lo más importante de todo, por qué razón este me mantenía prisionero.

Al llegar el octavo día, Akbar Khan regresó muy contento y satisfecho. Tras haber despedido a los guardias y haberse interesado por mis heridas, que ya estaban bastante mejor, me preguntó si había estado bien atendido y después me dijo que, en caso de que yo deseara saber algo, él haría todo lo posible por satisfacer mi curiosidad.

Inmediatamente le comuniqué mis deseos mientras él me escuchaba, acariciándose la barbita negra con una sonrisa en los labios. Al final, me cortó levantando la mano.

—Basta, basta, Flashman *huzoor*. Veo que está usted muy sediento; tenemos que saciar su sed poquito a poco. Ahora siéntese, tome un poco de té y preste atención.

Me senté mientras él paseaba por la estancia con su corpulenta figura envuelta en una túnica de color verde y unos holgados pantalones remetidos en unas botas de montar de caña baja. Observé que era un hombre muy presumido; la túnica estaba adornada con encajes dorados y la camisa que llevaba debajo tenía unos ribetes de plata. Sin embargo, lo que más me impresionó fue la evidente fuerza latente que emanaba de él; era algo que se advertía incluso en su porte, en su ancho tórax, como si estuviera siempre a punto de respirar hondo, y en sus largas y poderosas manos.

—En primer lugar —dijo—, lo retengo a usted aquí porque lo necesito. El cómo lo verá usted más tarde... Hoy no. En segundo lugar, en Kabul todo está muy tranquilo. Los británicos permanecen en su acantonamiento y los afganos disparan contra ellos de vez en cuando y meten mucho ruido. El rey de Afganistán, Shah Sujah —Curvó los labios en una mueca burlona—, está sentado con sus mujeres en el Bala Hissar sin mover ni un dedo y recurre a los británicos para que lo ayuden a luchar contra su levantisco pueblo. Las bandas imperan en Kabul, y cada una de ellas está a las órdenes de un cabecilla que piensa que él solito ha conseguido asustar a los británicos. Saquean un poco, violan a algunas mujeres y cometen algunos asesinatos, contra su propio pueblo, no lo olvide, y, de momento, están contentos. Esta es la situación, bastante satisfactoria, por cierto. Ah, bueno, y después están las tribus de las colinas que se han enterado de la muerte de Sekundar Burnes y de los rumores que corren sobre la presencia en Kabul de Akbar Khan, el hijo del verdadero rey Dost Muhammed, y se están concentrando para bajar a la capital. Aspiran el olor de la guerra y de los pillajes. Ahora, Flashman *huzoor*, ya tiene usted la respuesta a sus preguntas.

Pero lo cierto era que, al responder a media docena de preguntas, había dejado sin respuesta otras cien. Sin embargo, yo necesitaba respuesta a una sola por encima de todas las demás.

—Dice usted que los británicos permanecen en su acantonamiento —repliqué—. Pero ¿qué me dice del asesinato de Burnes? ¿Acaso no han hecho nada al respecto?

—Pues no, nada en absoluto —me contestó—. Son imprudentes, pues su pasividad se considera cobardía. Usted y yo sabemos que no son unos cobardes, pero las bandas de Kabul no lo saben, y me temo que eso las anime a cometer mayores desmanes de los que han cometido hasta ahora. Pero ya veremos. Eso me lleva a hablarle del propósito de mi visita de hoy..., aparte de mi deseo de interesarme por su salud. —Volvió a esbozar aquella sonrisa suya aparentemente burlona que, a pesar de todo, no acababa de desagradarme—. Como usted comprenderá, si satisfago su curiosidad respondiendo a ciertas preguntas es porque yo también tengo preguntas para las que quisiera una respuesta.

—Ya puede empezar —dije con cierto recelo.

—Usted dijo en nuestro primer encuentro o, por lo menos, dio a entender que Elfistan *sahib* y McLoten *sahib* eran... ¿cómo diría?... unos hombres no demasiado inteligentes. ¿Es esa una opinión ponderada?

—Elphinstone *sahib* y McNaghten *sahib* —contesté— son un maldito par de estúpidos de nacimiento, tal como le diría cualquiera con quien usted hablara en el bazar.

—La gente del bazar no tiene la ventaja de prestar servicio en el Estado Mayor de Elfistan *sahib* —replicó secamente Akbar—. Por eso doy tanta importancia a su respuesta. Dígame, ¿son dignos de fiar?

«Menuda preguntita viniendo de un afgano», pensé, y, por un instante, estuve a punto de contestar que eran unos oficiales británicos, ¿qué se había creído? Sin embargo, hablarle de esta manera a Akbar Khan hubiera sido una pérdida de tiempo.

—Sí, son dignos de fiar —contesté.

—¿Uno más que otro? ¿A quién de ellos confiaría usted su caballo, su mujer? Tengo entendido que no tiene hijos.

No tuve que pensarlo demasiado.

—Estoy seguro de que Elphy Bey haría cuanto estuviera en su mano, como un caballero que es —contesté—. Pero probablemente lo que estaría en su mano sería muy poco.

—Gracias, Flashman —me dijo—, es todo lo que necesito saber. Y ahora, lamento tener que interrumpir nuestra interesante charla, pero tengo muchos asuntos que resolver. Volveré y seguiremos hablando.

—Espere un momento —le dije, pues quería saber cuánto tiempo pensaba retenerme y muchas cosas más, pero él me acalló cortésmente con un gesto de la mano y se retiró. Y allí me quedé dos semanas, maldita fuera su estampa, sin más compañía que la de los silenciosos *baruzki*.

No me cabía la menor duda de que lo que me había dicho acerca de la situación en Kabul era verdad, pero no acertaba a comprenderlo. Me parecía absurdo. Un destacado oficial británico había sido asesinado y no se había hecho nada para vengar su muerte. Sin embargo, resultó que eso era justamente lo que había ocurrido. Al enterarse de que el populacho había saqueado la residencia y de que habían cortado en pedazos a Sekundar, el viejo Elphy y McNaghten se habían enojado muchísimo, pero no habían hecho prácticamente nada. Se habían escrito el uno al otro varias notas, preguntándose sobre la conveniencia de efectuar una marcha sobre la ciudad o dirigirse al fuerte de Bala Hissar o disponer el regreso de Sale —que aún estaba atrapado en Gandamack por los *ghilzai*— a Kabul. Pero, al final, no hicieron nada y las bandas siguieron campando por sus respetos en Kabul y haciendo lo que les daba la gana, tal como había dicho Akbar Khan, mientras los nuestros permanecían prácticamente bajo asedio en el acantonamiento.

Elphy hubiera podido aplastar a las bandas con medidas enérgicas, pero no lo hizo. Se limitó a retorcerse las manos y a irse a la cama mientras McNaghten le escribía, haciéndole pequeñas sugerencias sobre las provisiones del acantonamiento con vistas al invierno. Entre tanto, los habitantes de Kabul, que al principio se habían muerto de miedo al darse cuenta de la monstruosidad que habían cometido al asesinar a Burnes, se envalentonaron y empezaron a atacar nuestras avanzadas en las proximidades del acantonamiento y a disparar contra nuestros cuarteles por la noche.

Se hizo un intento, uno solo, de aplastarlos, pero el muy idiota y antipático del brigadier Shelton lo estropeó todo. Se dirigió con un destacamento a Beymaroo, y los habitantes de Kabul —que no eran más que un maldito hato de tenderos y mozos de cuadra, no unos auténticos guerreros afganos— los rechazaron a él y a sus tropas, y los obligaron a regresar al acantonamiento. Después ya no hubo nada que hacer; la moral de los hombres del acantonamiento quedó por los suelos, y los afganos del campo, que habían estado esperando a ver qué ocurría, decidieron que la situación les era favorable y se desplazaron a la ciudad, donde empezaron a provocar tumultos. Todo parecía indicar que, si las bandas y las tribus decidieran poner en serio manos a la obra, podrían abatirse sobre el acantonamiento cuando les diera la gana. Todo eso lo averigüé más tarde, claro. Colin Mackenzie, que fue testigo directo de todo lo que ocurrió, comentó que resultaba patético ver cómo el viejo Elphy vacilaba y cambiaba de idea, y McNaghten seguía negándose a creer en la inminencia del desastre. Lo que había empezado como una simple revuelta callejera propiciada por la violencia de las bandas se estaba transformando rápidamente en un levantamiento general, y lo único que se echaba en falta en el bando de los afganos era un dirigente capaz de asumir el mando de la situación. Por supuesto, Elphy, McNaghten y los demás ignoraban que semejante líder existía y que estaba observando los acontecimientos desde una casa de Kabul, donde de vez en cuando me hacía preguntas a la espera de que se presentara una ocasión más favorable. Tras una pausa de quince días, Akbar Khan, tan cortés y considerado como siempre, me hizo una nueva visita, me habló de esto y de aquello e hizo varias conjeturas sobre distintas cuestiones, como, por ejemplo, el plan de acción británico en la India y el ritmo de la marcha de las tropas británicas bajo condiciones meteorológicas adversas. Venía a verme aparentemente para chismorrear, pero me sonsacaba todo lo que podía y yo me dejaba sonsacar. No hubiera podido hacer otra cosa.

Akbar adquirió la costumbre de visitarme a diario hasta que, al final, yo me cansé de pedir mi liberación y de que obviara mis preguntas con habilidad. Pero la situación no tenía remedio. Lo único que podía hacer era tener paciencia y esperar a ver qué planes había forjado para mí aquel amable e inteligente caballero. De los que había forjado para sí mismo ya me estaba haciendo una idea bastante clara, y los acontecimientos me dieron la razón.

Al final, cuando ya había transcurrido más de un mes del asesinato de Burnes, Akbar me visitó y me anunció mi liberación. Fue tal mi alegría que a punto estuve de darle un beso de gratitud, pues ya estaba harto de aquel encierro en el que ni siquiera había podido contar con la compañía de una *bint* afgana que me sirviera de distracción. Pero Akbar me miró con la cara muy seria y me dijo que me sentara mientras él me hablaba «en nombre de los caudillos de los creyentes». Lo acompañaban tres hombres, y yo me pregunté si se refería a ellos.

A uno de los tres, su primo Sultan Jan, un tipo muy raro de mirada siniestra y barba bifurcada, ya lo había traído otras veces. Los otros se llamaban Muhammed Din, un apuesto anciano de barba plateada, y Khan Hamet, un tuerto con cara de ladrón de caballos. Los tres permanecieron sentados mientras Akbar hablaba.

—En primer lugar, mi querido amigo Flashman —me dijo Akbar, mirándome con simpatía—, debo decirle que ha sido usted retenido aquí no solo por su propio bien, sino también por el de los suyos. La situación en la que ahora se encuentran ustedes es mala. Ignoro por qué razón, pero Elfistan *sahib* se ha comportado como una débil anciana. Ha permitido que las bandas hicieran de las suyas por todas partes, no ha vengado las muertes de sus servidores y ha condenado a sus hombres al peor destino que puede haber, el de la humillación, al mantenerlos encerrados en los acantonamientos mientras la chusma afgana se burlaba de ellos. Y ahora sus tropas están desmoralizadas y ya no les queda el menor espíritu de combate. —Hizo una pausa para elegir cuidadosamente las palabras y después añadió—: Han perdido su poder, y nosotros, los afganos, queremos librarnos de ellos. Hay quienes dicen que deberíamos matarlos a todos sin piedad... Huelga decir que yo no estoy de acuerdo —puntualizó con una sonrisa en los labios—. En primer lugar, porque no sería una tarea tan fácil como parece...

—Nunca es fácil —terció el anciano Muhammed Din—. Esos mismos *feringhees* tomaron el fuerte de Ghuznee; yo los vi, bien lo sabe Dios.

—... y, en segundo, ¿cuál sería el resultado? —prosiguió Akbar—. La Reina Blanca siempre venga a sus hijos. No, tiene que haber una retirada pacífica de la India; eso es lo que yo preferiría. No soy enemigo de los británicos, pero llevan demasiado tiempo en mi país.

—Uno de ellos lleva un mes de más —dije yo, y él se rio de buena gana.

—Usted, Flashman, es un *feringhee* que puede quedarse aquí todo el tiempo que desee —me replicó—. Pero los demás se tienen que ir.

—Vinieron para sentar en el trono a Sujah —dije yo—. No van a dejarlo ahora en la estacada.

—Ya han dado su conformidad —dijo Akbar en un amable susurro—. Yo mismo he negociado los términos de la retirada con McLoten *sahib*.

—¿Ha visto usted a McNaghten?

—En efecto. Los británicos han acordado conmigo y con los jefes de las tribus su marcha de Peshawar en cuanto hayan reunido provisiones para el viaje y levantado el campamento. Se ha acordado que Sujah permanezca en el trono y que ellos dispongan de salvoconductos para atravesar los pasos.

O sea que nos íbamos de Kabul; no me importaba demasiado, pero me preguntaba qué explicaciones darían Elphy y McNaghten a los de Calcuta. Su ignominiosa retirada tras ser expulsados del país por los negros no sería muy bien recibida. Como es natural, el comentario acerca de la permanencia de Sujah en el trono me había llamado especialmente la atención; en cuanto nosotros nos retiráramos, lo cegarían sin armar revuelo, lo encerrarían en una fortaleza y se olvidarían de él. Y el hombre que ocuparía su lugar estaba sentado delante de mí, observando cómo me tomaba yo la noticia.

—Bueno, pues qué le vamos a hacer —dije al final—, pero ¿qué tengo yo que ver con todo eso? Quiero decir, me largaré de aquí con los demás, ¿no?

Akbar se inclinó hacia delante.

—Quizá le he descrito la situación de una forma un tanto simplista. Hay problemas. Por ejemplo, McLoten no solo ha firmado un tratado de retirada conmigo, sino también con los *ghilzai*, los *durrani*, los *kuzzilbashi* y otros… todos como iguales. Ahora bien, cuando los británicos se vayan, todas esas facciones se quedarán, ¿y quién será el jefe?

—Shah Sujah según usted.

—Solo podrá gobernar si cuenta con el apoyo de la mayoría de las tribus. Tal como están las cosas, eso será muy difícil, pues las tribus se miran unas a otras con recelo. McLoten no es tan tonto como usted piensa, pues se ha esforzado por todos los medios en dividirnos.

—¿Y usted no puede unir a las tribus? Es el hijo de Dost Muhammed, ¿no es cierto? Y en todos los pasos que crucé hace un mes no oí hablar más que de Akbar Khan y de lo extraordinario que era.

Akbar soltó una carcajada y batió palmas.

—¡Cuánto me alegro! Es verdad que tengo seguidores…

—Todo Afganistán está contigo —graznó Sultan Jan—. En cuanto a Sujah…

—Están conmigo los que están —dijo Akbar, cortándolo en seco—. Pero eso no basta para que yo pueda apoyar a Sujah tal como él necesita.

Se produjo un instante de embarazoso silencio antes de que Akbar añadiera:

—Los durrani no me aprecian y son muy poderosos. Convendría que se les cortaran las alas… a ellos y a unos cuantos más. Pero eso no se podrá hacer cuando se hayan ido los británicos. En cambio, con la ayuda de los británicos se podrá hacer a tiempo.

«Ya, ahora lo comprendo todo», pensé.

—Propongo lo siguiente —añadió Akbar, mirándome directamente a los ojos—. McLoten tiene que incumplir su tratado con los durrani; tiene que ayudarme a echarlos. A cambio, le permitiré permanecer ocho meses más en Kabul, pues, con la desaparición de los durrani y sus aliados, tendré el poder en mis manos. Durante este tiempo, me convertiré en visir de Sujah, su mano derecha. Para entonces, el país estará tan apaciguado que el chirrido de un ratón en Kandahar se podrá oír en Kabul, y los británicos se podrán retirar con honor. ¿No le parece un trato justo? La alternativa es una retirada a toda prisa cuya seguridad nadie podría garantizar, pues nadie tiene poder para pararles los pies a las tribus más salvajes, y Afganistán quedaría en manos de las facciones enfrentadas entre sí.

A lo largo de mi desvergonzada existencia he observado que, cuando un tunante esboza los pormenores de una traición, se esfuerza más en convencerse a sí mismo que en ganarse la simpatía de sus oyentes. Akbar quería malograr los planes de sus enemigos afganos, eso era todo, lo cual es perfectamente comprensible, pero seguía empeñado en parecer un caballero…, sobre todo a sus propios ojos.

—¿Querrá usted transmitir en secreto mi propuesta a McLoten *sahib*, Flashman? —me preguntó.

Si me hubiera pedido que transmitiera su propuesta de matrimonio a la reina Victoria, habría contestado afirmativamente, por lo que me apresuré a responder que sí.

—Puede añadir que, como parte del trato, espero una retribución de veinte *lahks* de rupias —añadió— y cuatro mil vitalicias. Creo que a McLoten *sahib* le parecerá razonable, pues con ello yo preservaré probablemente su carrera política.

«Y la propia también», pensé. Nada menos que visir de Sujah. En cuanto se eliminara el obstáculo de los durrani, adiós Sujah y viva el rey Akbar. Y no es que a mí me importara. A fin de cuentas, yo podría decir que había mantenido relaciones de amistad con un rey..., aunque solo fuera un rey de Afganistán.

—Ahora —prosiguió Akbar—, tiene usted que transmitirle personalmente mis propuestas a McLoten *sahib* en presencia de Muhammed Din y Khan Hamet, que lo acompañarán en su misión. Si le parece que no me fío de usted, mi querido amigo —añadió con una sonrisa—, permítame decirle que no me fío de nadie. Y el comentario no es de tipo personal.

—El hijo prudente —graznó Khan Hamet— no se fía ni de su madre.

Seguramente sabía muy bien cómo se las gastaba su familia.

Señalé que, a lo mejor, McNaghten lo consideraría una traición a los demás jefes y pensaría que su papel en el plan era una indignidad. Akbar asintió con la cabeza y dijo:

—Recuerde que he hablado con McLoten *sahib*. Es un político.

Debió de pensar que la respuesta era suficiente, por lo que decidí dejarlo correr. Después Akbar añadió:

—Deberá decirle a McLoten que, si está conforme, tal como creo que lo estará, tendrá que reunirse conmigo pasado mañana en el fuerte de Mohammed, más allá de los muros del acantonamiento. Deberá tener a mano un poderoso contingente de fuerzas en el interior del acantonamiento, preparado para salir en cuanto reciba la orden y apoderarse de los durrani y de sus aliados, que estarán conmigo. A partir de ese momento, tomaremos las decisiones que mejor convengan a nuestros intereses. ¿Entendido?

—Dígale a McLoten *sahib* —terció Sultan Jan con una desagradable sonrisa en los labios— que, si quiere, le entregaremos la cabeza de Amenoolah Khan, el que lideró el asalto contra la residencia de

Sekundar Burnes. Y que, en toda esta cuestión, nosotros, los *baruzki,* contamos con la amistad de los *ghilzai.*

El hecho de que tanto los *ghilzai* como los *baruzki* estuvieran confabulados, pensé, significaba que Akbar pisaba terreno seguro. McNaghten opinaría lo mismo. Sin embargo, mientras contemplaba aquellas cuatro caras, el amable rostro de Akbar y los de sus tres infames acompañantes, me pareció que aquel asunto apestaba más que un camello muerto. Todos juntos me inspiraban menos confianza que las serpientes de Gul Shah.

No obstante, los miré con la cara muy seria, y aquella misma tarde la guardia de la entrada del acantonamiento se llevó una sorpresa al ver aparecer al teniente Flashman, envuelto en la cota de malla de un guerrero *baruzki,* en compañía de Muhammed Din y de Khan Hamet,[*] cabalgando con gran pompa desde la ciudad de Kabul. Me habían dado por muerto un mes atrás y pensaban que me habían cortado en pedazos como a Burnes, pero allí estaba yo, vivito y coleando. La noticia corrió como la pólvora y, cuando llegamos a las puertas, nos esperaba una gran multitud, encabezada por Colin Mackenzie.[†]

—¿De dónde demonios viene usted? —me preguntó este, con sus claros ojos azules abiertos como platos.

Me incliné hacia él para que nadie más pudiera oír mis palabras y le dije:

—Akbar Khan.

Me miró con extrañeza, como si estuviera loco o quisiera gastarle una broma, y me ordenó de inmediato:

—Venga enseguida a ver al legado.

Después nos abrió paso entre la gente que se había reunido para recibirnos. Entre murmullos, gritos y preguntas, Mackenzie nos acompañó directamente a los aposentos del legado y a la presencia de McNaghten.

* Los verdaderos nombres de estos dos afganos siguen siendo un misterio. Otras versiones los llaman Muhammed Sadeq y Surwar Khan, pero lady Sale parece dar a entender que uno de ellos era Sultan Jan.

† El teniente general Colin Mackenzie nos ha dejado uno de los más vivos relatos de la primera guerra afgana en *Storms and Sunshine of a Soldier's Life* (1884).

—¿El asunto no puede esperar, Mackenzie? —preguntó este en tono irritado—. Me disponía a cenar.

Una docena de palabras de Mackenzie fueron suficientes para que el legado cambiara de actitud. Este me miró a través de los cristales de sus gafas, apoyadas como siempre en la punta de la nariz.

—¿Y esos quiénes son? —inquirió, señalando a mis acompañantes.

—Una vez me aconsejó usted que le trajera rehenes de Akbar, sir William —contesté—. Bueno, pues aquí los tiene para lo que guste mandar.

No le hizo gracia, pero chasqueó los dedos para indicarme que lo acompañara y cenara con él. Como es natural, los dos afganos jamás se hubieran sentado a comer a la mesa de un infiel, por cuyo motivo se quedaron esperando en el despacho de McNaghten, donde les sirvieron la comida. Muhammed Din me recordó que el mensaje de Akbar solo debería ser transmitido en su presencia, por lo que le dije a McNaghten que, aunque tenía la sensación de llevar encima una carga de explosivos, todo debería esperar hasta después de la cena.

No obstante, durante la cena, le ofrecí un informe sobre el asesinato de Burnes y mis aventuras con Gul Shah; se lo conté todo con la mayor naturalidad del mundo y como quien no quiere la cosa, pero él no paró de exclamar «¡Dios bendito!» a lo largo de todo mi relato. Cuando le conté el suplicio de la cuerda, las gafas se le cayeron en el plato de curri. Mackenzie me estaba observando detenidamente sin dejar de atusarse el rubio bigote. Cuando terminé y McNaghten me estaba manifestando su asombro con palabras entrecortadas por la emoción, Mackenzie se limitó a decir:

—Buen trabajo, Flash.

Viniendo de él, el comentario se podía considerar un encendido elogio, pues era el hombre más frío e inflexible que jamás hubiera visto en mi vida, y estaba considerado el más valiente de la guarnición de Kabul, con la excepción tal vez de George Broadfoot. Si él contara mi historia —y yo estaba seguro de que lo haría—, las acciones de Flash alcanzarían alturas insospechadas y todo redundaría en mi beneficio.

Mientras nos tomábamos una copa de oporto, McNaghten trató de sonsacarme algo acerca de Akbar, pero le dije que teníamos que esperar a que los dos afganos se reunieran con nosotros; y no es que me importara demasiado, pero McNaghten había adoptado conmigo una actitud de profundo desdén, y para mí eso siempre era una excusa más que suficiente para fastidiarlo. Me replicó en tono sarcástico que, por lo visto, me había vuelto muy nativo y que no era necesario que me comportara con tanta corrección, pero Mackenzie lo cortó diciendo que yo tenía razón, lo cual molestó sobremanera a Su Excelencia. El legado replicó en un susurro que le parecía muy bien que unos mequetrefes militares pudieran desafiar abiertamente a unos importantes funcionarios y que, cuanto antes resolviéramos el asunto, mejor.

Por consiguiente, pasamos a su estudio y, poco después, entraron Muhammed y Hamet, ofrecieron un saludo cortés al arrogante legado británico y recibieron como respuesta una fría inclinación de cabeza. Fue entonces cuando transmití la propuesta de Akbar.

Todavía me parece verlos: McNaghten reclinado contra el respaldo de su asiento de mimbre con las piernas cruzadas y los dedos de ambas manos entrelazados, mirando hacia el techo; los dos silenciosos afganos con los ojos clavados en él; y el alto y rubio Mackenzie apoyado contra la pared, fumando un cigarro de extremos recortados sin apartar los ojos de los afganos. Nadie dijo una sola palabra y todos permanecieron inmóviles como estatuas mientras yo hablaba. Me pregunté si McNaghten comprendía lo que le estaba diciendo, pues no movió ni un solo músculo en ningún momento.

Cuando terminé, McNaghten esperó un minuto largo, se quitó muy despacio las gafas, las limpió y dijo en tono pausado:

—Muy interesante. Tenemos que estudiar detenidamente lo que ha dicho sirdar* Akbar. Su mensaje es de la máxima trascendencia e importancia. Pero, como es natural, no se le puede dar una respuesta precipitada. Ahora me limitaré a decir una cosa: el legado de la reina no puede tomar en consideración la sugerencia de derramamiento de sangre que se incluye en el ofrecimiento de la cabeza de Amenoolah Khan. Eso me parece repugnante. —Volviéndose

* Jefe militar en la India. *(N. de la T.)*

174

hacia los dos afganos, les dijo—: Estarán ustedes cansados, señores, por consiguiente, no quiero entretenerlos más. Mañana seguiremos hablando.

Eran solo las primeras horas del anochecer y estaba claro que hablaba con ironía, pero los dos afganos parecieron comprender el lenguaje diplomático; inclinaron la cabeza con la cara muy seria y se retiraron. En cuanto vio cerrarse la puerta a su espalda, McNaghten se levantó de un salto.

—¡Nos hemos salvado por los pelos! —exclamó—. ¡Divide y vencerás! Mackenzie, yo llevaba mucho tiempo soñando con algo así. —Su pálido y arrugado rostro se iluminó con una sonrisa—. ¡Lo sabía, sabía que estas gentes no eran capaces de mantenerse fieles entre sí y, como ve, no estaba equivocado!

Mackenzie estudió su cigarro.

—¿Quiere decir que aceptará?

—¿Que si aceptaré? Por supuesto que sí. Es una oportunidad caída del cielo. Ocho meses nada menos. Pueden ocurrir muchas cosas en todo ese tiempo; puede que nunca tengamos que abandonar Afganistán, pero, en caso de que nos veamos obligados a hacerlo, será con honor. —Se frotó las manos de contento y depositó los papeles encima de su escritorio—. Eso animará incluso a nuestro amigo Elphinstone, ¿no le parece, Mackenzie?

—Esto no me gusta —dijo Mackenzie—. Creo que es un complot.

McNaghten se detuvo y lo miró fijamente.

—¿Un complot? —replicó, y soltó una breve carcajada—. ¡Vaya por Dios, un complot! Eso lo arreglo yo en un santiamén… ¡Déjeme a mí y no se preocupe!

—No me gusta ni un pelo —repitió Mackenzie.

—¿Y por qué no, si se puede saber? Dígame por qué. ¿No le parece lógico? Akbar tiene que ser el amo del cotarro y, por consiguiente, es natural que sus enemigos durrani tengan que desaparecer. Por supuesto que se aprovechará de nosotros, pero saldremos beneficiados.

—El plan tiene un agujero —dijo Mac—. Él jamás será visir de Sujah. En eso por lo menos miente.

—¿Y qué? Le digo a usted, Mackenzie, que a nosotros nos da igual quién gobierne en Kabul, tanto si lo hace él como si lo hace Sujah, pues sus luchas nos serán muy útiles. Que se peleen entre ellos todo lo que quieran.

—No podemos fiarnos de Akbar —dijo Mac, pero McNaghten rechazó sus objeciones.

—Usted no conoce una de las primeras reglas de la política; la de que un hombre siempre busca su propio interés. Sé muy bien que Akbar pretende alcanzar un poder indiscutible sobre los suyos, pero ¿quién se lo puede reprochar? Y le diré más, a mi juicio, está usted equivocado con respecto a Akbar Khan; en las reuniones que he mantenido con él siempre me ha causado mejor impresión que todos los demás afganos que he conocido. Lo considero un hombre de mundo.

—Probablemente los durrani dirán lo mismo —señalé yo.

Las frías gafas se volvieron hacia mí en agradecimiento por mis palabras. Sin embargo, Mackenzie se apresuró a intervenir y me preguntó cuál era mi opinión.

—Yo tampoco me fío de Akbar —contesté—. Y eso que me gusta como persona, pero no es honrado.

—Probablemente Flashman lo conoce mejor que nosotros —dijo Mackenzie, y entonces McNaghten estalló.

—¡Pero bueno, capitán Mackenzie! Creo que puedo fiarme de mis propias opiniones, ¿sabe usted? Aunque no coincidan con las de un diplomático tan ilustre y distinguido como el señor Flashman aquí presente. —Soltó un bufido y se sentó en el sillón de su escritorio—. Me interesaría mucho saber qué gana exactamente Akbar Khan traicionándonos. ¿Qué otro objetivo puede tener su propuesta sino el que parece a primera vista? ¿Me lo puede usted decir?

Mac apagó la colilla de su cigarro.

—Si se lo pudiera decir, señor, si pudiera ver con claridad la trampa que encierra todo eso, sería el hombre más feliz del mundo. En los tratos con los afganos, lo que más me preocupa es lo que no veo y no comprendo.

—¡Eso es una filosofía de chiflados! —exclamó McNahgten, y no quiso oír ni una sola palabra más.

Estaba claro que le encantaba el plan de Akbar y estaba tan decidido a aceptarlo que, a la mañana siguiente, mandó llamar a Muhammed y Hamet y puso su aceptación por escrito para que estos se la entregaran a Akbar Khan. Me pareció una estupidez descomunal, pues sería la demostración palpable de su participación en algo que, en realidad, era una traición. Uno o dos de sus asesores trataron de convencerlo de que, por lo menos, no pusiera nada por escrito, pero no hubo manera.

—Lo malo es que este hombre está desesperado —me dijo Mackenzie—. La propuesta de Akbar ha llegado justo en el momento adecuado, cuando McNaghten ya creía que no le quedaba el menor rayo de esperanza y tendría que abandonar Kabul con el rabo entre las piernas. Necesita creer que el ofrecimiento de Akbar es sincero. Bueno, mi joven Flash, no sé usted, pero mañana, cuando vayamos a ver a Akbar, yo me llevaré mis armas.

Yo estaba más nervioso que un flan, y el aspecto de Elphy Bey no contribuyó precisamente a animarme cuando McNaghten me acompañó aquella tarde a verlo. El viejo estaba tumbado en un canapé en la galería mientras una de las damas de la guarnición —no recuerdo cuál de ellas— le leía las Sagradas Escrituras. Se mostró encantado de verme y elogió mis hazañas, pero se lo veía tan viejo y cansado con su gorro y su camisa de noche que pensé: «Dios mío, ¿qué posibilidades podemos tener con un comandante como este?».

McNaghten estuvo muy brusco con él, pues, al enterarse del plan de Akbar, el viejo lo había mirado con semblante preocupado y le había preguntado si no temía que se produjera una traición.

—En absoluto —contestó McNaghten—. Quiero que prepare usted con la mayor rapidez y discreción posibles dos regimientos y dos cañones para la toma del fuerte de Mohammed Khan, donde mañana por la mañana nos reuniremos con sirdar Akbar. El resto déjelo de mi cuenta.

Elphy no parecía muy convencido.

—Todo eso es muy vago —dijo sin poder disimular su inquietud—. Me temo que no son muy de fiar, ¿comprende? No cabe duda de que es una confabulación muy extraña.

—¡Vaya por Dios! —exclamó McNaghten—. Si eso es lo que piensa, salgamos a combatir contra ellos. Estoy seguro de que los derrotaremos.

—No puedo, mi querido sir William —dijo el viejo Elphy. Su trémula voz me pareció insoportablemente patética—. Las tropas no están en condiciones, ¿comprende?

—En tal caso, tenemos que aceptar las propuestas del sirdar.

Al ver que Elphy seguía receloso, McNaghten estuvo a punto de perder la paciencia. Al final no se pudo contener.

—¡Sé de eso mucho más que usted! —dijo, y dio media vuelta para abandonar la galería, hecho una furia.

Elphy estaba muy disgustado y lamentaba la situación y la falta de acuerdo.

—Supongo que él tiene razón y sabe más que yo. Por lo menos, eso espero. Pero tenga mucho cuidado, Flashman; conviene que todos ustedes lo tengan.

Entre él y McNaghten habían conseguido desmoralizarme, pero la noche me levantó un poco el ánimo, pues fui a la casa de lady Sale, donde se estaba celebrando una fiesta de la guarnición a la que también asistían las esposas de los oficiales, y allí descubrí que me había convertido en algo así como un león. Mackenzie había contado mi historia y todas ellas revoloteaban a mi alrededor. Hasta lady Sale, que era una vieja y avinagrada bruja con una lengua tan afilada como un cuchillo de trinchar carne, se mostró amable conmigo.

—El capitán Mackenzie nos ha ofrecido un extraordinario relato de sus aventuras —me dijo—. Debe de estar usted muy cansado; venga a sentarse a mi lado.

Procuré quitar importancia a mis aventuras, pero me obligaron a callarme.

—Tenemos muy pocas cosas de las que presumir —dijo lady Sale— y, por consiguiente, conviene que saquemos el máximo partido de lo que tenemos. Usted, por lo menos, ha actuado con valentía y sentido común, lo cual es mucho más de lo que puede decirse de ciertos ancianos que hay por aquí.

Se refería, como es lógico, al pobre Elphy, a quien ella y las restantes damas no tardaron en arrancar la piel a tiras. Las señoras tampoco tenían demasiada buena opinión de McNaghten, y me sorprendí de la crueldad de sus comentarios. Solo más tarde me di cuenta de que, en el fondo, no eran más que unas mujeres asustadas, y con razón.

Sin embargo, todo el mundo parecía complacerse en denostar a Elphy y al legado, por lo cual la fiesta resultó de lo más divertida. Me retiré hacia la medianoche. Estaba nevando y brillaba la luna. Cuando entré en mi cuarto, me di cuenta de que estaba pensando en la Navidad en Inglaterra, en el viaje a casa en coche desde Rugby cuando terminaba el semestre, en el ponche de *brandy* caliente que me tomaba en el recibidor y en la chimenea encendida del comedor, junto a la cual mi padre y sus amigos conversaban, se reían y se calentaban la espalda. Pensé que ojalá estuviera allí con mi joven esposa. Al recordarla, sentí que se me encogían las entrañas. Qué barbaridad, llevaba varias semanas sin acostarme con una mujer y en los acantonamientos no tenía la menor esperanza de encontrar ninguna. Eso era algo que pensaba resolver a la mañana siguiente, en cuanto terminara el asunto que nos llevábamos entre manos con Akbar y la situación se normalizara. Puede que mi cambio de actitud fuera una reacción a los quejumbrosos comentarios de aquellas mujeres, pero el caso es que, cuando me fui a la cama, pensé que probablemente McNaghten tenía razón y nuestro acuerdo con Akbar sería para bien.

Me levanté antes del amanecer y me puse mis ropas afganas; era más fácil ocultar un par de pistolas debajo de ellas que en un uniforme. Me ajusté el talabarte y me dirigí con mi montura a la puerta, donde McNaghten y Mackenzie ya estaban esperando con un reducido contingente de tropas nativas. McNaghten, montado en un mulo con su levita y su chistera, estaba maldiciendo a un corneta de la Brigada de Caballería de Bombay; al parecer, la escolta no estaba preparada y el brigadier Shelton aún no había reunido las tropas que tenían que someter a los durrani.

—Puede decirle al brigadier que él nunca tiene las cosas preparadas ni hace nada como es debido —estaba diciendo McNaghten—. Tiene que estar todo listo; estamos rodeados de militares incompetentes, pero eso se va a acabar. Acudiré a la cita y Shelton deberá tener las tropas a punto para el avance antes de media hora. ¡He dicho deberá! ¿Está claro?

El corneta se retiró a toda prisa mientras McNaghten se sonaba la nariz y le juraba a Mackenzie que ya no quería esperar más. Mac le rogó que esperara por lo menos a que se viera alguna señal de que Shelton se había puesto en movimiento, pero McNaghten replicó:

—Probablemente aún está en la cama. Pero he enviado un recado a Le Geyt; él se encargará de resolverlo todo. Ah, aquí están Trevor y Lawrence. Bueno, caballeros, ya hemos perdido demasiado el tiempo. ¡Adelante!

No me gustaba nada lo que estaba ocurriendo. Los planes eran que Akbar y los jefes, incluidos los durrani, se reunieran en las inmediaciones del fuerte de Mohammed, el cual se encontraba a menos de cuatrocientos metros de las puertas del acantonamiento. En cuanto McNaghten y Akbar hubieran intercambiado los saludos de rigor, Shelton tendría que salir rápidamente del acantonamiento y rodear a los durrani para que estos quedaran atrapados entre nuestras tropas y los hombres de los demás jefes. Pero Shelton no estaba preparado y nosotros ni siquiera teníamos escolta, por lo que mucho me temía que nosotros cinco y los soldados nativos —en total una media docena de hombres— lo pasaríamos un poco mal antes de que Shelton apareciera en escena.

El joven Lawrence también se lo temía, pues le preguntó a McNaghten mientras cruzaba la puerta al trote si no sería mejor esperar; McNaghten levantó bruscamente la cabeza y contestó que podríamos limitarnos a conversar con Akbar hasta que saliera Shelton y llevara a cabo la tarea que le había sido encomendada.

—¿Y si hubiera una traición? —preguntó Lawrence—. Sería mejor que las tropas estuvieran preparadas para intervenir en cuanto recibieran la orden.

—¡Ya no puedo esperar más! —contestó McNaghten, temblando no sé si de frío, temor o emoción. Después le oí decirle a Lawrence en voz baja que ya sabía que podía haber una traición, pero ¿qué podía hacer? Tendría que confiar en que Akbar cumpliera su palabra. En cualquier caso, él prefería poner en peligro su propia vida antes que sufrir la deshonra de ser expulsado de Kabul como un cobarde.

—El éxito salvará nuestro honor y nos compensará de todo lo demás.

Cruzamos los prados nevados en dirección al canal. Era una mañana clara y fría; la gris y silenciosa ciudad de Kabul se extendía ante nuestros ojos; a nuestra izquierda, el grasiento río Kabul serpenteaba entre sus bajas orillas y, al otro lado, la gran fortaleza de Bala Hissar parecía un perro guardián que vigilaba los blancos campos nevados. Cabalgábamos en silencio, y solo se oía el crujido de la nieve bajo los cascos de los caballos; por encima de los hombros de los cuatro jinetes que cabalgaban delante de mí se elevaban las blancas nubes del vapor de sus alientos. Todo estaba tranquilo y en silencio.

Llegamos al puente del canal, al otro lado del cual se encontraba la ladera que bajaba del fuerte de Mohammed junto al río. La pendiente estaba punteada de afganos; en el centro, donde se había extendido una alfombra azul de Bujará, un grupo de jefes rodeaba a Akbar. Sus seguidores aguardaban a cierta distancia, pero calculé que debía de haber unos cincuenta hombres —de las tribus de los *baruzki*, los *ghilzai*, los durrani y también varios *ghazi*.* El espectáculo era impresionante. «Estamos locos si nos metemos aquí dentro —pensé—; aunque Shelton avance a toda velocidad, nos podrían cortar a todos la garganta antes de que él se encuentre a medio camino». Volví la cabeza hacia el acantonamiento, pero no se veía ni rastro de los soldados de Shelton. Sin embargo, que conste que de momento eso no importaba. Cuando llegamos al pie de la ladera, yo estaba temblando, aunque no de frío.

Akbar, protegido por una coraza de acero como si fuera un soldado y con el puntiagudo casco rodeado por un turbante de color verde, bajó a recibirnos a lomos de un caballo de batalla negro.

* Flashman, como muchos otros escritores europeos, utiliza la palabra *ghazi* como si se refiriera a una tribu, a sabiendas sin duda de que ello no era así. En árabe, la palabra *ghazi* significa literalmente 'conquistador', pero 'héroe' o 'paladín' también son traducciones adecuadas. Los europeos suelen traducirla como 'fanático' y a este respecto es interesante señalar el paralelismo existente entre los *ghazi* musulmanes y el ideal medieval cristiano de la caballería. La secta de los *ghazi* estaba entregada a la difusión militante del islam.

Con una sonrisa radiante en los labios, levantó la voz para saludar a McNaghten; a su espalda, Sultan Jan y los demás jefes inclinaron respetuosamente la cabeza e hicieron reverencias con un semblante tan risueño como el de Papá Noel.

—Todo esto me huele a chamusquina —murmuró Mackenzie.

Los jefes se estaban acercando directamente a nosotros, pero observé que los demás afganos situados en las pendientes de ambos lados se iban aproximando poco a poco. Me tragué el temor, pues no teníamos más remedio que seguir adelante. Akbar y McNaghten ya se habían reunido y se estaban estrechando las manos sin desmontar de sus cabalgaduras.

Uno de los soldados nativos, que conducía una pequeña y encantadora yegua blanca, se adelantó con ella y entonces McNaghten se la ofreció a Akbar, el cual la recibió con visibles muestras de complacencia. Al verlo tan contento traté de tranquilizarme, pensando que todo iría bien. La intriga ya estaba en marcha; McNaghten sabía lo que hacía, y yo no tenía realmente nada que temer. De todos modos, los afganos ya nos tenían rodeados, aunque su actitud seguía pareciendo amistosa. A juzgar por la forma en que mantenía ladeada la cabeza y por la frialdad de su mirada, solo Mackenzie parecía estar preparado para acercar la mano a la culata de su pistola al menor signo de movimiento en falso.

—Vaya, vaya —dijo Akbar—. ¿Le parece que desmontemos?

Así lo hicimos. Akbar acompañó a McNaghten a la alfombra. Lawrence los siguió con semblante preocupado; debió de decir algo, pues Akbar se rio y dijo, levantando la voz:

—Lawrence *sahib* no tiene por qué estar nervioso. Aquí somos todos amigos.

De pronto, el anciano Muhammed Din se situó a mi lado, inclinó la cabeza y me dirigió un saludo. Observé que otros se habían acercado a Trevor y a Mackenzie y habían iniciado una conversación cordial con ellos. Todo aquello era tan amistoso que yo hubiera podido jurar que allí había gato encerrado, pero, al parecer, McNaghten ya había recuperado la confianza y estaba charlando animadamente con Akbar. Algo me impulsó a no permanecer inmóvil donde estaba, sino a seguir adelante; me acerqué a McNaghten para oír su conversación con Akbar mientras el cerco de afganos se iba aproximando a la alfombra.

—Como puede ver, llevo las pistolas que usted me regaló y que recibí de manos de Lawrence *sahib* —estaba diciendo Akbar—. Ah, aquí está Flashman. Acérquese, amigo mío, y deje que lo vea. McLoten *sahib*, permítame decirle que Flashman es mi huésped preferido.

—Cuando usted me lo envía, príncipe —contestó McNaghten—, es mi mensajero preferido.

—Ah, sí —dijo Akbar, esbozando una sonrisa radiante—, es el príncipe de los mensajeros. —Después, volviendo la cabeza para mirar a McNaghten a los ojos, añadió—: Tengo entendido que el mensaje que él transmitió halló el favor ante los ojos de Vuestra Excelencia, ¿no es cierto?

De repente, cesó el murmullo de voces que nos rodeaba, como si todo el mundo estuviera observando a McNaghten. Este así pareció intuirlo, pero, a pesar de todo, asintió con la cabeza a modo de respuesta.

—¿Entonces estamos de acuerdo? —preguntó Akbar.

—Estamos de acuerdo —contestó McNaghten, y entonces Akbar lo miró un segundo a la cara y, de repente, se inclinó hacia delante, le rodeó el cuerpo con los brazos y lo inmovilizó, sujetándole los costados con las manos.

—¡Apresadlos! —gritó.

Entonces yo vi cómo Lawrence, que se encontraba inmediatamente detrás de McNaghten, era retenido por dos afganos que se le habían situado uno a cada lado. Oí el grito de asombro de Mackenzie y lo vi adelantarse hacia McNaghten, pero un baruzki se cruzó en su camino, empuñando una pistola. Trevor corrió hacia Akbar, pero los afganos le cerraron el paso antes de que pudiera recorrer un metro.

Me enorgullezco al recordar aquel momento; mientras los demás se adelantaban instintivamente en un intento de ayudar a McNaghten, yo fui el único que se quedó donde estaba. Aquel no era un lugar adecuado para Flashman, y yo solo veía una salida. Recuerden que me estaba dirigiendo hacia Akbar y McNaghten. En cuanto observé el movimiento del sirdar, pegué un salto hacia delante, pero no para abalanzarme sobre él, sino para pasar por su lado, tan cerca de su cuerpo que mi manga le rozó la espalda. Un poco más allá, justo al borde de la alfombra, se encontraba la pequeña yegua blanca que McNaghten le había ofrecido como regalo; un mozo permanecía de pie junto a su cabeza, pero mi movimiento fue demasiado rápido para él.

Monté de un salto y la pequeña criatura se encabritó a causa de la sorpresa, con lo que derribó al mozo al suelo y obligó a los demás a apartarse de sus veloces cascos delanteros. Corveteó momentáneamente antes de que yo pudiera controlarla, sujetándole las crines con una mano; solo tuve tiempo de echar un vistazo rápido a mi alrededor en busca de una ruta de huida, pero fue suficiente para que viera el camino.

Los afganos se aproximaban desde todas las direcciones hacia el grupo de la alfombra; todos habían extraído sus navajas y los *ghazi* gritaban a pleno pulmón de asombro. Me pareció que delante de mí, al pie de la ladera, eran menos numerosos; clavé las espuelas en los costados de la yegua y el animal saltó súbitamente hacia delante, empujando a un lado a un bellaco que había intentado sujetarle la cabeza. El impacto la obligó a desviarse con brusquedad y, antes de que yo pudiera refrenarla, se lanzó hacia el confuso grupo que estaba forcejeando en el centro de la alfombra.

Era una de esas fogosas purasangres todo nervio y velocidad; por consiguiente, lo único que pude hacer fue apretar las rodillas contra sus costados y resistir. Solo dispuse de una décima de segundo para analizar la escena antes de que el animal se lanzara directamente sobre ella. Dos afganos sujetaban por los brazos a McNaghten, sin las gafas, con la chistera a punto de caérsele de la cabeza y la boca abierta en una mueca de horror, y lo empujaban pendiente abajo. Vi que arrojaban a Mackenzie como si fuera un travesero sobre los costados de un caballo en cuya silla se sentaba un corpulento *baruzki*, y que Lawrence, luchando a brazo partido como un loco, era objeto del mismo trato. A Trevor no lo vi, pero me pareció oírlo; mientras mi pequeña yegua se lanzaba contra el grupo como un rayo, oí un horrible grito entrecortado y un alarido exultante de voces *ghazi*. Solo tuve tiempo para aferrarme a la yegua; sin embargo, observé en medio de mi terror que Akbar, blandiendo un sable, empujaba hacia atrás a un *ghazi* que estaba tratando de acercarse a Lawrence con una navaja. Mackenzie lanzó un grito mientras otro *ghazi* hacía ademán de atacarlo con una lanza, pero Akbar, con pasmosa frialdad, apartó a un lado la lanza con su espada y soltó una sonora carcajada.

—Son ustedes los señores de mi país, ¿verdad? —gritó—. Usted me protegerá, ¿no es cierto, Mackenzie *sahib*?

De repente, mi yegua pegó un brinco, pasó por su lado y los dejó atrás; dispuse de unos metros para dominarla, dar media vuelta y lanzarme al galope pendiente abajo.

—¡Atrapadlo! —gritó Akbar—. ¡Apresadlo vivo!

Varias manos asieron la cabeza de la yegua y también mis piernas, pero, gracias a Dios, el animal ya había tomado impulso. Justo al pie de la pendiente, al otro lado del puente del canal, había un tramo recto que bordeaba al río, más allá del cual se encontraba el acantonamiento. Una vez alcanzara el puente con aquella yegua, no habría ningún jinete afgano capaz de darme alcance. Jadeando a causa del temor, me agarré a las crines del animal y lo espoleé con fuerza. Debí de tardar más tiempo de lo que yo imaginaba en apoderarme de la montura, abrirme paso entre ellos y emprender la huida, pues de repente me di cuenta de que McNaghten y los dos afganos que lo llevaban preso se encontraban a unos veinte metros más abajo, casi en mi camino. Al ver que yo estaba a punto de arrollarlos, uno de ellos pegó un salto hacia atrás y se sacó la pistola del cinto. No había forma de evitarlo, por lo que extraje como pude la espada con una mano y la así con la otra. Sin embargo, en lugar de disparar contra mí, el afgano apuntó con su arma a McNaghten.

—¡Por Dios bendito! —exclamó McNaghten mientras se escuchaba un disparo y él se tambaleaba hacia atrás, cubriéndose el rostro con las manos.

Hundí la espada hasta la empuñadura en el hombre que le había disparado; entonces, la yegua se encabritó, varios hombres nos rodearon e hirieron con sus lanzas a McNaghten, y este se desplomó en el suelo mientras otros se acercaban a mí, avanzando con dificultad sobre la nieve. Solté un aullido de terror y empecé a dar tajos a ciegas, y en todas direcciones; el sable silbaba en el aire y estuve a punto de perder el equilibrio, pero la yegua me enderezó, di otro tajo y esta vez alcancé algo que crujió y se apartó. El aire se llenó de gritos y amenazas; me incliné furiosamente hacia delante y conseguí cortar una mano que me estaba agarrando la pierna izquierda; algo crujió junto a mi muslo, y la yegua soltó un relincho y saltó de nuevo hacia delante.

La yegua pegó otro brinco, di un nuevo tajo a ciegas con la espalda y conseguimos alejarnos del grupo de guerreros que nos perseguía por la pendiente, soltando maldiciones. Agaché la cabeza, hundí las espuelas en el flanco del animal y salimos disparados como el vencedor de un derbi en los últimos doscientos metros.

Mientras galopaba cuesta abajo y cruzaba el puente, vi delante de mí una pequeña partida de jinetes trotando muy despacio hacia nosotros. En cabeza cabalgaba Le Geyt: era la escolta que hubiera tenido que acompañar a McNaghten, pero de Shelton y sus tropas no se veía ni rastro. Bueno, a lo mejor llegarían a tiempo para recoger su cadáver en caso de que los *ghazi* dejaran algo; me incorporé sobre las espuelas, volví la cabeza para asegurarme de que mis perseguidores aún estaban muy lejos y llamé a gritos a los jinetes de la escolta.

Pero con ello solo conseguí que los muy cobardes dieran media vuelta para regresar a toda velocidad al acantonamiento. Le Geyt hizo un ligero intento de reunir a los hombres, pero no lo obedecieron. La verdad es que, a pesar de que yo también soy un cobarde, aquello me pareció completamente ridículo; poco les hubiera costado fingir que hacían algo y salvar así las apariencias. Aplicándome el cuento a mí mismo, di media vuelta con la yegua y vi que los afganos más próximos se encontraban a unos cien metros de distancia y habían desistido de perseguirme. A su espalda, un numeroso grupo de hombres se había congregado alrededor del lugar donde McNaghten había caído; mientras yo miraba, se pusieron a gritar y a bailar, y vi que alguien levantaba una lanza con algo de color gris ensartado en su punta. Por un instante pensé: «Bueno, ahora Burnes conseguirá su puesto». Inmediatamente recordé que Burnes había muerto. Por mucho que se diga, la política es un negocio muy peligroso.

Distinguí a Akbar con su reluciente peto de acero en medio de una multitud enfervorizada, pero no veía por ninguna parte ni a

Mackenzie ni a Lawrence. «Dios mío, yo soy el único superviviente», pensé. Mientras Le Geyt me salía al encuentro al galope, me adelanté hacia él y, obedeciendo a un repentino impulso, levanté la espada por encima de mi cabeza. Estaba completamente ensangrentada después de la refriega.

—¡Akbar Khan! —rugí mientras los rostros de los hombres de la ladera se volvían para mirar hacia abajo, donde me encontraba—. ¡Akbar Khan, perro perjuro y traidor!

Le Geyt murmuró algo a mi lado, pero no le presté atención.

—¡Baja, infiel malnacido! —grité—. ¡Baja y lucha como un hombre!

Confiaba en que no lo hiciera aunque pudiera oírme, cosa bastante improbable. Pero algunos afganos que estaban más cerca sí me oyeron e hicieron ademán de bajar.

—¡Aléjese, señor, se lo suplico! —gritó Le Geyt—. ¡Mire que están avanzando!

Aún se encontraban a una distancia segura.

—¡Perro asqueroso! —rugí—. ¿No te da vergüenza llamarte sirdar? Te atreves a asesinar a ancianos desarmados, pero ¿tendrás el valor de luchar contra Lanza Ensangrentada? —grité, blandiendo una vez más mi sable.

—¡Por el amor de Dios! —dijo Le Geyt—. ¡No puede usted enfrentarse en solitario a todos ellos!

—¿Acaso no es eso lo que he estado haciendo? Por Dios que pienso...

Me agarró por el brazo y me señaló algo con el dedo. Los *ghazi* estaban avanzando y unos grupos dispersos se disponían a cruzar el puente. No vi ninguna pistola entre ellos, pero estaban acortando distancias de forma peligrosa.

—Me envías tus chacales, ¿verdad? —troné—. ¡Es contigo con quien yo quiero luchar, bastardo afgano! ¡Bueno, pues si no quieres, no quieres, pero ya habrá ocasión otro día!

Dicho lo cual, di media vuelta y alcanzamos la entrada del acantonamiento antes de que los *ghazi* pudieran cargar contra nosotros. Shelton se estaba ajustando el talabarte mientras daba órdenes a sus hombres. Al verme, preguntó:

—¡Dios mío, Flashman! ¿Qué ocurre? ¿Dónde está el legado?

—Muerto —contesté yo—. Cortado en pedazos, y lo mismo le ha ocurrido a Mackenzie, supongo.

Se me quedó mirando boquiabierto de asombro.

—Pero... ¿quién... qué... cómo?

—Akbar Khan los ha cortado en pedazos, señor —contesté fríamente—. Lo esperábamos a usted con el regimiento —añadí—, pero no ha venido.

Estábamos rodeados por un nutrido grupo de oficiales, funcionarios e incluso algunos soldados que habían roto filas.

—¿Que no hemos venido? —replicó Shelton—. Por Dios bendito, señor, ahora mismo iba a salir. ¡Esta es la hora que nos había indicado el general!

Me quedé de una pieza.

—Pues lo decidió demasiado tarde —dije yo—. Demasiado tarde, por desgracia.

A nuestro alrededor se levantó un clamor de voces.

—¡Una matanza!

—¡Todos muertos menos Flashman!

—¡Dios mío, fijaos en la cara que tiene!

—¡El legado ha sido asesinado!

Le Geyt se abrió paso entre todos ellos y dejamos a Shelton ordenando a gritos a sus hombres que no rompieran filas hasta que él averiguara qué demonios era aquello. Se acercó a mí preguntándome qué había ocurrido y, cuando se lo dije, empezó a maldecir a Akbar, llamándolo villano y traidor.

—Tenemos que ir a ver inmediatamente al general —dijo—. ¿Cómo demonios ha conseguido usted escapar con vida, Flashman?

—¡Bien lo puede usted preguntar, señor! —contestó Le Geyt, adelantándose a mi respuesta—. ¡Fíjese en eso! —añadió, señalando mi silla de montar.

Recordé haber sentido un golpe cerca de la pierna durante la escaramuza. Bajé los ojos y vi una navaja del Khyber con la punta clavada en mi silla de montar. Me la debía de haber arrojado uno de los *ghazi;* unos cinco centímetros más a la derecha o la izquierda y me hubiera dejado inválido a lomos de la yegua. El solo hecho de pensar en lo que hubiera podido ocurrir borró de golpe toda la bravuconería de que había estado haciendo gala hasta aquel momento. De repente, me sentí débil y cansado.

Le Geyt me afianzó en la silla y, cuando llegamos a la puerta de Elphy, me ayudaron a desmontar y los hombres se arremolinaron a mi alrededor. Eché los hombros hacia atrás y, mientras Shelton y yo subíamos los peldaños, oí que Le Geyt explicaba:

—Se ha abierto paso entre todos ellos, ¡y aún habría tenido el valor de regresar si yo no se lo hubiera impedido! ¡Quería enfrentarse él solo a Akbar, lo juro por Dios!

Aquellas palabras me levantaron un poco el ánimo mientras pensaba para mis adentros: «Cría fama y échate a dormir». A continuación, Shelton apartó a un lado a todo el mundo, entró conmigo en el despacho de Elphy y empezó a contar su historia o, mejor dicho, la mía.

Elphy lo escuchó como si no pudiera dar crédito a lo que estaba viendo y oyendo. Nos miraba consternado, y en su cetrino rostro los labios se movían sin articular ni una sola palabra. «Santo cielo, ¿ese es el comandante que tenemos?», volví a preguntarme. Curiosamente, no era la expresión desvalida de sus ojos ni el encorvamiento de sus hombros, ni siquiera su evidente mal estado de salud lo que más me descorazonaba, sino la contemplación de sus escuálidos tobillos, de sus pies y de las zapatillas de estar por casa que asomaban por debajo de la bata. Resultaba un espectáculo totalmente ridículo tratándose de alguien que era nada menos que el general de un ejército.

Cuando terminamos, se limitó a clavarnos la vista y preguntó:

—Dios mío, ¿qué vamos a hacer ahora? ¡Oh, sir William, sir William, qué fatalidad!

Al cabo de un momento, sacó fuerzas de flaqueza y dijo que tendríamos que celebrar un consejo para establecer lo que se tenía que hacer. Después me miró y dijo:

—Flashman, gracias a Dios que por lo menos usted se ha salvado. Es como Randolph Murray, el único portador de malas noticias. Dígale a mi asistente que mande llamar a los oficiales de alta graduación, por favor, y vaya a que los médicos le echen un vistazo.

Debió de pensar que me habían lastimado, y me dije entonces y me sigo diciendo ahora que era un enfermo de alma y de cuerpo.

Parecía un poco «ido», tal como hubieran dicho los parientes de mi mujer.

Nos dio buena prueba de ello en las horas siguientes. Como es natural, en el acantonamiento se armó un gran revuelo y corrieron toda suerte de rumores. Uno de ellos decía, tanto si ustedes lo creen como si no, que McNaghten no había muerto en absoluto, sino que había ido a Kabul para proseguir las negociaciones con Akbar. Pues bien, a pesar de haber oído mi relato, eso fue lo que Elphy acabó creyendo. El viejo estúpido se empeñó en creer lo que hubiera querido creer, en lugar de dar crédito a lo que le decía el sentido común. Sin embargo, sus ensoñaciones no duraron mucho tiempo. Akbar dejó en libertad a Mackenzie y a Lawrence por la tarde, y ambos confirmaron mis datos. Los habían mantenido encerrados en el fuerte de Mohammed y habían visto las extremidades cortadas de McNaghten que los *ghazi* estaban exhibiendo como un trofeo. Más tarde, los asesinos colgaron lo que quedaba de él y de Trevor en los ganchos de los tenderetes de los carniceros en el bazar de Kabul.

Evocando ahora aquellos acontecimientos, creo que Akbar hubiera preferido respetar la vida de McNaghten en lugar de matarlo. Las discusiones a este respecto aún no han terminado, pero creo que Akbar atrajo deliberadamente a McNaghten hacia aquel complot contra los durrani para ponerlo a prueba; al ver que McNaghten aceptaba, comprendió que no se podía fiar de él. Jamás había tenido intención de ejercer el poder en Afganistán estando asociado a nosotros; lo quería todo para él, y la mala fe de McNaghten le ofreció el pretexto que buscaba. Sin embargo, hubiera preferido mantener a McNaghten como rehén en lugar de matarlo.

En primer lugar, la muerte del legado le hubiera podido costar la pérdida de todas sus esperanzas y de su vida. Un comandante más decidido que Elphy —de hecho, cualquier otro que no fuera él— hubiera marchado desde el acantonamiento para vengarse y expulsar a los asesinos de Kabul. Y lo hubiéramos podido hacer sin dificultad; las tropas de las que Elphy decía no fiarse estaban furiosas por el asesinato de McNaghten y ansiaban luchar, pero Elphy no quiso. Vaciló como de costumbre, y nosotros nos pasamos todo el día holgazaneando en el acantonamiento mientras los afganos estaban muertos de miedo y temían que los atacáramos de un momento a otro. Eso lo averigüé más tarde; Mackenzie pensaba que si hubiéramos actuado, los afganos habrían huido despavoridos.

Sea como fuere, esta es la historia de lo que ocurrió. Por aquel entonces yo solo sabía lo que veía y oía, y no me gustaba ni un pelo. Pensé que, tras haber dado muerte al legado, los afganos decidirían ir a por los demás y, puesto que Elphy se limitaba a gimotear y retorcerse las manos, temí que nada pudiera detenerlos. Quizá se debió a mi fuga por los pelos de aquella mañana, pero el caso es que me pasé el resto del día profundamente abatido. Recordaba aquellas navajas del Khyber y me imaginaba a los *ghazi* profiriendo gritos mientras nos cortaban en pedazos. Llegué a preguntarme si no sería mejor tomar un caballo muy veloz y abandonar Kabul a la mayor rapidez posible, pero aquella perspectiva era tan peligrosa como la de quedarme.

Sin embargo, en los días sucesivos la situación ya no me pareció tan dramática. Akbar envió a unos cuantos jefes para expresar su condolencia por la muerte de McNaghten y reanudar las negociaciones… como si nada hubiera ocurrido. Y Elphy, que hubiera estado dispuesto a agarrarse a un clavo ardiendo, accedió a hablar con él. No veía qué otra cosa hubiera podido hacer, dijo. El resumen de todo aquello fue que los afganos nos dijeron que teníamos que abandonar Kabul de inmediato y dejar no solo nuestras armas, ¡sino también a ciertos oficiales casados y a sus esposas como rehenes!

En estos momentos parece increíble, pero lo cierto es que Elphy aceptó y ofreció una retribución en efectivo a cualquier oficial casado que accediera a convertirse en rehén de Akbar junto con su familia. Cuando los oficiales se enteraron, se armó un alboroto tremendo; muchos dijeron que preferían pegarles un tiro a sus mujeres antes que dejarlas a la merced de los *ghazi*. Hubo ciertos intentos por convencer a Elphy de que, por una vez, pasase a la acción y marchase y ocupase el Bala Hissar, donde hubiéramos podido desafiar a los afganos con las armas, pero él no acabó de decidirse y, al final, no se hizo nada.

Al día siguiente de la muerte de McNaghten se celebró un consejo de oficiales presidido por Elphy, el cual se encontraba en muy malas condiciones físicas y, por si fuera poco, aquella mañana había sufrido un accidente. Dada la situación de emergencia, había decidido ir armado y mandó que le llevaran sus pistolas. Mientras su criado cargaba una de ellas, esta se le cayó al suelo, se disparó, atravesó el asiento de Elphy y lo hirió levemente en el trasero sin mayores consecuencias.

Shelton, que no soportaba a Elphy, trató de armar el mayor escándalo posible.

—Los afganos asesinan a nuestra gente, intentan llevarse a nuestras mujeres y nos ordenan que abandonemos el país, ¿y qué hace nuestro comandante? Se pega un tiro en el trasero…, sin duda en un intento de saltarse la tapa de los sesos. No creo que haya errado demasiado el tiro.

Mackenzie, que tampoco apreciaba demasiado a Elphy, pero aborrecía todavía más a Shelton, le aconsejó que procurara echarle una mano al viejo en lugar de burlarse de él. Shelton le replicó:

—¡Más bien me burlaré de él, Mackenzie! ¡Me encanta burlarme de él!

Dicho lo cual, para poner en práctica lo que pensaba, se llevó sus mantas al consejo y se pasó todo el rato tendido encima de ellas, fumando un cigarro y resoplando ruidosamente cada vez que Elphy decía algo especialmente estúpido; a lo largo de la reunión, resopló varias veces.

Tomé parte en el consejo, supongo que debido al papel que había desempeñado en las negociaciones, y, basándome en los disparates que allí se dijeron, puedo afirmar que fue algo comparable a las restantes locuras que han jalonado mi carrera militar… Recuerden que también estuve con Raglan en Crimea. Ya desde un principio estuvo muy claro que Elphy quería hacer todo lo que los afganos le dijeran, y quería convencerse de que no había ningún otro camino posible.

—Con la muerte del pobre sir William, nos hemos quedado todos desconcertados —repetía una y otra vez, mirando tristemente a su alrededor en busca de alguien que estuviera de acuerdo con él—. A mi juicio, nuestra permanencia en Afganistán no sirve para nada.

Hubo algunos que no se mostraron de acuerdo, pero no muchos. Pottinger, un sujeto muy listo que había sucedido a Burnes en el cargo a falta de otra cosa mejor, era partidario de marchar sobre el Bala Hissar; le parecía una locura, dijo, que tratáramos de retirarnos a la India a través de los pasos en pleno invierno, con un ejército cuyo avance estaría entorpecido por centenares de mujeres, niños y criados. En cualquier caso, no se fiaba de los salvoconductos de Akbar. Advirtió a Elphy de que, aunque quisiera, el sirdar no podría impedir que los *ghazi* nos cerraran los pasos.

Aquellas reflexiones me parecieron muy sensatas; yo era partidario de marchar sobre el Bala Hissar, siempre y cuando la marcha la encabezara otro y Flashy ocupara su puesto al lado de Elphy Bey, con todo el resto del ejército a nuestro alrededor. Pero todos se opusieron a las propuestas de Pottinger, no porque estuvieran de acuerdo con Elphy, sino porque no les hacía ninguna gracia la idea de quedarse todo el invierno en Kabul bajo su mando. Querían librarse de él, y solo podrían conseguir su propósito regresando con el ejército a la India.

—Solo Dios sabe lo que es capaz de hacer si nos quedamos aquí —murmuró alguien por lo bajo—. Probablemente, nombrar oficial político a Akbar.

—Una marcha rápida a través de los pasos —dijo otro—. Preferirán dejarnos pasar antes que correr el riesgo de provocar un conflicto.

Se pasaron un buen rato discutiendo hasta que al final se cansaron y se dieron por vencidos. Elphy miró sombríamente a su alrededor en medio del silencio, pero no tomó ninguna decisión. Al cabo de un rato, Shelton se levantó, apagó el cigarro y preguntó con brusquedad:

—Bueno pues, ¿debo entender que nos vamos? Como usted comprenderá, necesitamos contar con instrucciones muy claras. ¿Desea que dé la orden de que el ejército se retire a la India a la mayor brevedad posible, señor?

Elphy permaneció sentado con expresión de profundo abatimiento, con las trémulas manos apoyadas sobre las rodillas.

—Puede que sea para bien —dijo al final—. Ojalá pudiéramos evitarlo y no tuvieran ustedes un comandante incapacitado por enfermedad. ¿Será usted tan amable, brigadier Shelton, de dar la orden que estime más oportuna?

Por consiguiente, sin tener una idea definida acerca de lo que nos esperaba ni de cómo deberíamos retirarnos, con un ejército desmoralizado, unos oficiales divididos y un comandante que nos anunciaba a cada hora que no estaba en condiciones de asumir el mando, se tomó la decisión. Tendríamos que abandonar Kabul.

Tardaron aproximadamente una semana en ultimar el acuerdo con los afganos y más todavía en reunir al ejército y a todos sus acompañantes y medio prepararlos por lo menos para el camino. En mi calidad de ayudante de Elphy, yo estaba extremadamente ocupado transmitiendo órdenes y contraórdenes, escuchando los balidos del comandante y los comentarios burlones de Shelton. Había algo sobre lo cual no tenía la menor duda: Flashy regresaría de la manera que fuera a la India aunque los demás no lo hicieran. Tenía mis propias ideas sobre cómo lo podría hacer, y estas no consistían en limitarme a correr los riesgos a que se veía expuesto el resto de la expedición. La tarea de conseguir que el ejército arrancara sus raíces, proporcionarle avituallamiento y equiparlo para el viaje fue una complicación tan tremenda que, al final, pensé que la mayoría de sus integrantes jamás vería Jalalabad, situada al otro lado de los pasos, donde Sale estaba resistiendo y podríamos considerarnos a salvo.

Por consiguiente, fui en busca del sargento Hudson, que había estado conmigo en Mogala y era tan digno de confianza como estúpido. Le dije que quería formar un destacamento especial de lanceros escogidos bajo mi mando. No aspiraba a que fueran mis *ghilzai* dada la situación que en aquellos momentos estaba viviendo el país, pues dudaba mucho que estuvieran dispuestos a dejarse degollar por mí. Los doce serían la mejor escolta con la que yo podría soñar, y cuando el ejército se viniera abajo, nos separaríamos y nos dirigiríamos a Jalalabad por nuestra cuenta. Todo eso no se lo dije a Hudson, claro, pero le expliqué que el destacamento y yo actuaríamos como un cuerpo especial de mensajeros durante la marcha, puesto que constantemente se transmitirían órdenes arriba y abajo de la columna. A Elphy le dije lo mismo, añadiendo que también podríamos servir como cuerpo montado de reconocimiento y correveidiles generales. Me miró con cara de vaca cansada.

—Será un trabajo muy peligroso, Flashman —me dijo—. Temo que el viaje sea muy azaroso, y eso lo obligará a llevar la carga más pesada.

—No se preocupe, señor —repliqué virilmente—. Conseguiremos salir adelante y, en cualquier caso, ninguno de esos afganos podría medirse conmigo.

—Oh, muchacho —exclamó el viejo hijo de puta, poniendo los ojos en blanco—, ¡muchacho mío! ¡Tan joven y tan valiente! ¡Oh, Inglaterra —exclamó, mirando a través de la ventana—, cuán grande es tu deuda con tus renuevos más tiernos! Que así sea, Flashman, y que Dios lo bendiga.

Necesitaba más seguridades que esa y, por consiguiente, ordené a Hudson que llenara nuestras alforjas con el doble de provisiones de las que necesitaríamos; estaba claro que los suministros escasearían y creía en la conveniencia de abastecernos debidamente. Aparte de la preciosa yegua blanca que le había birlado a Akbar, tomé otra jaca afgana para mi uso particular; si una montura me fallaba, tendría la otra.

Esos eran los elementos esenciales para el viaje, pero yo también pensaba en algunos lujos. Obligado a permanecer confinado en el acantonamiento, llevaba siglos sin acostarme con una mujer y ya me estaba empezando a poner nervioso. Para agravar la situación, durante la semana de Navidad había llegado un mensajero de la India con muchas cartas; una de ellas era de Elspeth. Reconocí la escritura y el corazón me dio un vuelco en el pecho; cuando la abrí, me llevé un sobresalto, pues empezaba con las palabras «A mi queridísimo Héctor», y pensé: «Me está engañando con otro y me ha enviado la carta equivocada por error». Pero en la segunda línea había una referencia a Aquiles y otra a Áyax, y entonces comprendí que se estaba dirigiendo a mí utilizando los términos que ella consideraba más apropiados para un paladín marcial. Qué podía saber ella. Por aquel entonces era costumbre que las mujeres más románticas vieran a sus esposos y prometidos soldados como héroes griegos y no como los payasos putañeros y borrachos que eran casi todos. Sin embargo, lo más probable era que los héroes griegos no fueran mucho mejores; por consiguiente, no iban demasiado desencaminadas.

La carta era muy tópica, supongo, y me informaba de que tanto ella como mi padre estaban bien y de que ella estaba «desolada sin su verdadero amor» y «contaba las horas que faltaban para mi triunfal regreso de la boca del cañón» y cosas por el estilo. Sabrá Dios cómo creen las chicas que se ganan la vida los soldados. Pero me hablaba mucho de sus deseos de estrecharme en sus brazos y acunar mi cabeza sobre su pecho y demás (Elspeth siempre había sido muy directa, mucho más que la mayoría de las inglesas de su época); el hecho de pensar en su pecho y en los fogosos galopes a los que nos habíamos entregado juntos hizo que me subiera la temperatura. Con los ojos cerrados, imaginé su blanco cuerpo y el de Fetnab y el de Josette, y mientras soñaba con ellos, llegué rápidamente a un punto en el que incluso lady Sale hubiera tenido que echar a correr de haberla tenido al alcance de mi mano.

Sin embargo, yo había puesto los ojos en una presa más joven, representada por la excelente figura de la señora Parker, la risueña y menuda esposa de un capitán de la Quinta Brigada Ligera de Caballería. Su marido era un sujeto muy serio que le llevaba unos veinte años de edad y estaba tan locamente enamorado de ella como solo lo puede estar un hombre de mediana edad que se haya casado con una mujer más joven. Betty Parker era una dama bonita, pero un poco regordeta y con dientes de conejo, a la que yo apenas hubiera prestado la menor atención de haber tenido a mano a alguna mujer afgana. Pero, con la ciudad de Kabul fuera de nuestro alcance, tal cosa estaba excluida por completo, de ahí que me pusiera rápidamente a trabajar durante la semana después de Navidad.

Vi que me había echado el ojo, lo cual no era de extrañar en una mujer casada con Parker, y aproveché una de las veladas de lady Sale —por aquel entonces la muy bruja mantenía su casa abierta para demostrar que, aunque los demás estuvieran desmoralizados, ella rebosaba de entusiasmo— para jugar a las cartas con Betty y con otras señoras, y rozarle las rodillas con las mías bajo la mesa. No pareció que le importara en absoluto, por lo que más tarde decidí tantear un poco más el terreno. Esperé hasta que la encontré sola y le pellizqué el busto cuando menos lo esperaba. Experimentó un sobresalto y emitió un jadeo, pero, como no se desmayó, pensé que la cosa iba bien y que aún iría mejor.

Lo malo era Parker. No había la menor esperanza de que se pudiera hacer algo mientras estuviéramos en Kabul, y lo más probable era que, durante la marcha, permaneciera tan cerca de su esposa como una gallina de sus polluelos. Pero la suerte me sonrió, tal como siempre ocurre cuando uno aguza el ingenio, aunque me hizo sufrir lo suyo, y solo cuando faltaban dos días para nuestra partida conseguí eliminar el inoportuno obstáculo del marido. Fue durante una de aquellas interminables discusiones en el despacho de Elphy, en las que se hablaba de todo lo humano y lo divino, pero jamás se hacía nada de provecho. Entre la decisión de permitir que nuestros hombres se envolvieran las piernas con trapos tal como hacían los afganos para evitar la congelación, y las instrucciones de la comida que se debería llevar para alimentar a sus perros raposeros, Elphy Bey recordó de pronto que tendría que enviar las últimas instrucciones acerca de nuestra partida al general Nott en Kandahar. Sería mejor, dijo, que el general Nott estuviera completamente informado de nuestros movimientos, y Mackenzie, más cerca de perder la paciencia de lo que yo jamás lo hubiera visto, convino en que en efecto lo más apropiado era que una mitad del ejército británico en Afganistán supiera lo que estaba haciendo la otra.

—Excelente —dijo Elphy, muy complacido, aunque no por mucho tiempo—. ¿A quién podríamos enviar a Kandahar con los despachos? —se preguntó nuevamente con semblante preocupado.

—Lo puede hacer cualquiera que galope bien —contestó Mac.

—No, no —dijo Elphy—, tiene que ser un hombre en quien tengamos depositada toda nuestra confianza. Se necesita un oficial experto —añadió, y empezó a divagar acerca de la madurez y el sentido común mientras Mac tamborileaba con las yemas de los dedos sobre su cinturón.

Vi inmediatamente una oportunidad. Por regla general, yo jamás expresaba mi opinión, en primer lugar porque era más joven y, en segundo, porque me importaba un bledo, pero ahora pregunté si podía decir una cosa.

—El capitán Parker es un oficial muy serio, si se me permite decirlo —señalé—. Y es tan buen jinete como yo, señor.

—No lo sabía —dijo Mac—. Pero, si usted afirma que es un buen jinete, lo debe ser. Que lo haga Parker entonces —le indicó a Elphy.

Elphy dudó un poco.

—Está casado, Mackenzie. Su mujer se vería privada de su presencia durante nuestro viaje a la India, el cual me temo que va a ser muy arduo. —El viejo estúpido siempre era demasiado considerado—. Su esposa estará muy preocupada por su seguridad...

—El camino a Kandahar es tan seguro como cualquier otro —replicó Mac—. Y, además, él procurará darse prisa tanto a la ida como a la vuelta. Cuantas menos parejas enamoradas tengamos en esta marcha, mejor.

Mac era soltero, naturalmente; uno de esos hombres de hierro que están casados con el servicio y se pasan la luna de miel con un manual de instrucciones de infantería en la mano y una toalla húmeda anudada alrededor de la cabeza; si pensaba que el hecho de encomendar aquella misión a Parker reduciría el número de parejas enamoradas, se equivocaba de medio a medio; yo pensaba más bien que lo aumentaría.

Elphy dio su conformidad sacudiendo la cabeza y murmurando por lo bajo. Y redondeé más tarde el trabajo de la mañana diciéndole a Mac al salir que lamentaba haber mencionado a Parker, pues había olvidado que estaba casado.

—¿Usted también? —dijo Mac—. ¿Le ha contagiado Elphy su enfermedad de preocuparse por las cosas que no tienen importancia y olvidarse de las que sí la tienen? Permítame decirle, Flash, que nos vamos a pasar tanto tiempo sacudiendo la cabeza por tonterías como lo de Parker, los perros de Elphy y la valiosa cómoda de lady McNaghten, que tendremos mucha suerte si al final conseguimos llegar a Jalalabad. —Se acercó un poco más a mí y me miró con sus fríos e inquietantes ojos—. ¿Sabe a qué distancia está eso? A unos ciento cincuenta kilómetros. ¿Tiene usted alguna idea de lo que tardaremos con un ejército de catorce mil hombres, de los cuales apenas una cuarta parte está integrada por tropas de combate y el resto es un tremendo revoltijo de porteadores y sirvientes indios, por no hablar de las mujeres y los niños? Y tenga en cuenta que la marcha la efectuaremos a pie a través de la nieve, sobre el peor terreno que existe en este mundo y a temperatura de congelación. Dudo mucho que con un ejército de soldados de las Tierras Altas de Escocia lo pudiéramos hacer en menos de una semana. Con un poco de suerte, lo podríamos hacer en dos... si los afganos nos dejan en paz, la comida y las municiones nos alcanzan y Elphy no se pega otro tiro en la otra nalga.

Jamás había visto a Mackenzie tan furioso. Por regla general, era la mar de tranquilo, pero supongo que el hecho de ser un profesional responsable y de tener que trabajar con Elphy había acabado con su paciencia.

—Eso no se lo diría a nadie más que a usted o a George Broadfoot si estuviera aquí —añadió—, pero, si salimos de esta, será por pura suerte y por los esfuerzos de uno o dos de nosotros, como usted y yo. Ah, y también de Shelton. Es un tipo muy desabrido, pero un buen soldado y, si Elphy lo deja en paz, puede que nos lleve a Jalalabad. Bueno, pues ya le he dicho todo lo que pienso y dudo mucho que alguna vez pueda hacer un pronóstico más acertado. —Me miró con una de sus melancólicas sonrisas habituales—. ¡Y usted se preocupa por Parker!

Tras haber escuchado sus comentarios, ya solo me preocupaba por mí. Conocía a Mackenzie y sabía que no era un pájaro de mal agüero y que, si él creía que nuestras posibilidades eran muy pocas, significaba que efectivamente lo eran. Sabía por mi trabajo que en el despacho de Elphy las cosas no iban bien; los afganos nos dificultaban la tarea de reunir suministros y había señales de que los *ghazi* estaban abandonando Kabul a través de los pasos... Pottinger estaba seguro de que nos aguardarían al acecho e intentarían despedazarnos en los desfiladeros más difíciles como, por ejemplo, el Khoord-Kabul y el Jugdulluk. Pero yo trataba de tranquilizarme pensando que un ejército de catorce mil hombres forzosamente tenía que estar seguro, aunque algunos de los nuestros cayeran por el camino. Mac me lo había hecho ver todo bajo una perspectiva distinta, y ahora yo volvía a sentir una extraña flojera en las tripas y una sensación de náusea en la garganta. Procuraba convencerme de que a unos soldados como Shelton, Mackenzie y el sargento Hudson no les podrían parar los pies unos enjambres de afganos, pero todo era inútil. Burnes e Iqbal también eran buenos soldados, y eso no había sido suficiente para salvarlos; aún me parecía oír el terrible crujido de las navajas hundiéndose en el cuerpo de Burnes, y no podía apartar de mis pensamientos a McNaghten colgando muerto de un gancho ni los gritos de Trevor cuando los *ghazi* lo alcanzaron. Me entraban ganas de vomitar de solo recordarlo. Y media hora antes yo estaba urdiendo maquinaciones para poder darme un revolcón con la señora Parker en una tienda de campaña durante nuestro camino de regreso a Jalalabad. Eso me hizo recordar lo que les hacían las mujeres afganas a los prisioneros, y les aseguro que era algo que, solo de pensarlo, le ponía a uno los pelos de punta.

Me costó un gran esfuerzo poner al mal tiempo buena cara durante la última fiesta de lady Sale, dos noches antes de nuestra partida. Betty estaba presente, y la mirada que me dirigió me levantó un poco el ánimo; su amo y señor ya estaría en aquellos momentos a medio camino de Kandahar, por lo que acaricié la idea de pasarme por su bungaló aquella noche, pero, habiendo tantos criados en el acantonamiento, hubiera sido demasiado peligroso. Mejor esperar hasta que ya nos hubiéramos puesto en camino, pensé, cuando nadie podría distinguir una tienda de otra en medio de la oscuridad.

Lady Sale se pasó la velada como de costumbre, criticando a Elphy y comentando la ineptitud general de su Estado Mayor.

—Nunca hubo semejante partida de indecisos. Aquí lo único seguro es que nuestros jefes no pueden pasarse ni dos minutos sosteniendo la misma opinión. Al parecer, solo piensan en contradecirse los unos a los otros, precisamente ahora cuando lo que más se necesita es armonía y orden.

Lo dijo con una cierta satisfacción, sentada en la última silla que le quedaba mientras los criados arrojaban los muebles a la estufa para caldear un poco la estancia. Lo habían arrojado todo al fuego menos la cómoda, la cual serviría de combustible para preparar las comidas antes de la partida; estábamos sentados sobre las maletas y baúles amontonados junto a las paredes, o bien agachados en el suelo mientras la vieja arpía nos miraba desde lo alto de su ganchuda nariz con las manos protegidas por mitones y entrelazadas sobre el regazo. Lo más curioso era que nadie la consideraba un pájaro de mal agüero a pesar de sus incesantes quejas; estaba tan visiblemente segura de que *ella* llegaría a Jalalabad a pesar de los errores de Elphy que la gente se animaba con solo escucharla.

—El capitán Johnson me ha comunicado —dijo resollando— que hay comida y forraje para diez días como mucho, y que los afganos no tienen la menor intención de facilitarnos una escolta para cuando crucemos los pasos.

—Mejor —dijo Shelton—. Cuanto menos veamos a esa gente, más tranquilo estaré.

—¿De veras? Pero entonces, ¿quién nos defenderá de los malhechores y los bandidos que acechan en las colinas?

—Por Dios bendito, señora, ¿acaso nosotros no somos un ejército? —replicó Shelton—. Creo que estamos en condiciones de protegernos.

—Puede que usted lo espere, pero yo no estoy tan segura de que algunas de nuestras tropas nativas no aprovechen la primera oportunidad para desaparecer. Y entonces nos quedaremos sin amigos, sin comida y sin *leña*.

A continuación, lady Sale añadió tan contenta que, a su juicio, los afganos estaban firmemente decididos a destruir por completo nuestras fuerzas, apoderarse de nuestras mujeres y dejar vivo solo a un hombre, «a quien cortarán las piernas y las manos y después colgarán a la entrada del paso del Khyber para disuadir a los *feringhees* de cualquier intento de volver a penetrar en su país».

—Felicito efusivamente al afgano que se apodere de ella —masculló Shelton al salir—. A poco sentido común que tenga, la colgará a ella en el Khyber… Eso evitará con toda seguridad la entrada de los *feringhees*.

Me pasé el día siguiente comprobando que mis lanceros escogidos estuvieran en perfectas condiciones, que nuestras alforjas estuvieran llenas y que todos los hombres tuvieran suficientes cartuchos y pólvora para sus carabinas. Llegó la última noche y el caos de los preparativos de última hora en medio de la oscuridad, pues Shelton estaba empeñado en salir antes del amanecer para que pudiéramos atravesar el paso de Khoord-Kabul el primer día, lo cual significaba que deberíamos cubrir una distancia de veinticinco kilómetros.

Puede que en la historia de la guerra haya habido desastres mucho mayores que el de nuestra retirada de Kabul, pero lo más probable es que no sea así. Aún ahora, tras toda una vida de reflexión, me faltan palabras para describir la estupidez sobrehumana, la ineptitud monumental y la ceguera absoluta ante la razón de la que hicieron gala Elphy Bey y sus asesores. Si hubieran ustedes reunido a los más grandes genios militares de todos los tiempos, los hubieran colocado al mando de nuestro ejército y les hubieran pedido que lo destrozaran por completo y a la mayor rapidez posible, no habrían podido hacerlo —y hablo totalmente en serio— con la velocidad con que él lo hizo. Y eso que creyó estar cumpliendo con su deber. El más humilde barrendero de nuestro convoy hubiera sido un comandante mil veces mejor.

Hasta la tarde del día 5 de enero Shelton no fue informado de que la marcha se iniciaría por la mañana del día 6. Como consecuencia de ello, se tuvo que pasar toda la noche trabajando como un loco, cargando el enorme convoy de equipajes, reuniendo a las tropas del acantonamiento en su orden de marcha y dando órdenes acerca de la conducta y distribución de todas las fuerzas. Sobre el papel son unas cuantas palabras, pero yo recuerdo que era una noche oscura en que nevaba intensamente, los faroles de seguridad parpadeaban, las tropas caminaban invisibles en la oscuridad en medio de un constante murmullo de voces, de relinchos del gran rebaño de acémilas, del fragor de los carros; recuerdo las apresuradas idas y venidas de los mensajeros, las maletas y baúles amontonados en el exterior de las casas, los oficiales aturdidos que preguntaban dónde estaba el regimiento tal o cual, la llamada de las cornetas resonando en el aire nocturno, el ruido de pies que corrían, el llanto de los niños y, en la galería iluminada de su despacho, recuerdo a Shelton, con el rostro congestionado, tirándose constantemente del cuello del uniforme mientras sus ayudantes corrían de un lado para otro a su alrededor y él trataba de poner un poco de orden en aquel infierno.

Cuando el sol asomó por las colinas de Seeah Sung, pareció que lo había conseguido. El ejército de Afganistán estaba preparado para emprender la marcha —todo el mundo muerto de cansancio, naturalmente— a lo largo de toda la longitud del acantonamiento, con todas las cosas cargadas (excepto comida suficiente) y todas las tropas armadas (sin apenas pólvora ni municiones) y en formación mientras Shelton daba las últimas órdenes con la voz ronca y Elphy Bey terminaba pausadamente un desayuno a base de jamón con pimienta, tortilla y un poco de faisán. (Lo sé porque me invitó a desayunar con él en compañía de los restantes oficiales del Estado Mayor).

Mientras él terminaba de asearse, rodeado por los oficiales y los criados, y el ejército esperaba en medio de un frío glacial, yo cabalgué hasta la entrada del acantonamiento para ver qué ocurría en Kabul. La ciudad ya se había despertado y había gente en los tejados de las casas y en la zona comprendida entre el Bala Hissar y el río; querían presenciar la partida de los *feringhees,* pero, de momento, todo parecía muy tranquilo. Estaba nevando ligeramente y hacía un frío espantoso.

Sonaron los clarines del acantonamiento, se oyó la orden de «¡Adelante!» y, en medio de un estruendo de crujidos, gemidos, arrastramientos y rugidos, se inició finalmente la marcha.

En cabeza iba Mackenzie, seguido de sus *jezzailchis,* sus fieles y rudos tiradores. Como yo, llevaba una capa *poshteen,* un turbante y las pistolas al cinto, y parecía un auténtico jefe *afridi,* con sus largos bigotes y su séquito de temibles guerreros. Lo seguía el brigadier Anquetil con el 44.º, el único regimiento británico de infantería del ejército, muy elegante con sus chacós, sus chaquetas rojas y sus bandas blancas; los soldados parecían dispuestos a repeler todas las hordas de Afganistán y, al verlos, se me levantó el ánimo. Unos cuantos pífanos estaban interpretando nada menos que «*Yankee Doodle*»,* mientras los hombres marchaban con aire marcial.

* Composición de probable origen británico, muy popular entre los soldados norteamericanos durante la guerra de Independencia de los Estados Unidos. *(N de la T.)*

A continuación, un escuadrón de caballería sij escoltando los cañones, los zapadores y los minadores, y un pequeño grupo de mujeres y familias inglesas a lomos de camellos o jacas, los niños y las ancianas en *howdahs** sobre los camellos y las mujeres más jóvenes cabalgando a mujeriegas en jamugas. Lady Sale, que lucía un enorme turbante, ocupaba uno de los primeros lugares, cabalgando a mujeriegas en una pequeña jaca afgana.

—Le estaba diciendo a lady McNaghten que, a mi juicio, nosotras, las esposas, seríamos los mejores soldados —explicó de repente—. ¿Usted qué opina, señor Flashman?

—Yo aceptaría a Su Señoría encantado… —contesté mientras ella esbozaba una horrible sonrisita—, pero puede que entonces los caballos se pongan celosos —añadí mientras los lanceros soltaban una sonora carcajada.

Había unas treinta mujeres de raza blanca y varios niños, desde tiernos infantes hasta abuelas. Betty Parker me sonrió con intención y me saludó con la mano al pasar al trote por mi lado. «Ya verás esta noche —pensé yo—, en el camino de Jalalabad seguro que encontraremos un buen saco de dormir».

Después venía Shelton a lomos de su caballo de batalla, muerto de cansancio, pero soltando maldiciones como siempre, y los tres regimientos indios de infantería con sus negros rostros, sus chaquetas rojas y sus pantalones blancos, pisando descalzos la nieve. Y detrás de ellos, el rebaño —pues de eso se trataba— de las bestias de carga, mugiendo y rugiendo con sus bamboleantes bultos y sus chirriantes carros. Había centenares de camellos y el olor era tremendo; tanto ellos como los mulos y las jacas estaban transformando el camino del acantonamiento en un mar de chocolate líquido, a través del cual las hordas de criados con sus familias avanzaban hundidas hasta las rodillas entre gritos e imprecaciones. Había miles de hombres, mujeres y niños que, con sus pocas pertenencias a la espalda, caminaban sin seguir un orden determinado, aterrorizados por la idea del viaje de regreso a la India; no se había tomado ninguna disposición para su avituallamiento o su alojamiento durante la noche. Al pa-

* En las Indias Orientales, asiento, generalmente con barandilla y dosel, que se coloca sobre el lomo de los elefantes o los camellos. *(N. de la T.)*

recer, tendrían que recoger la comida que pudieran y dormir en los ventisqueros.

La gran muchedumbre, de un confuso color marrón, siguió adelante, seguida por la retaguardia de la infantería india y algunos soldados de caballería. La larga procesión se extendía por todo el llano hasta el río, formando una inmensa masa que avanzaba lentamente a través de la nieve en medio de un vapor que se elevaba en el aire como si fuera humo. Por último, el séquito de Elphy Bey, que avanzó al paso a lo largo de la columna para ocupar su lugar en el cuerpo principal de la expedición, al lado de Shelton. Sin embargo, Elphy no las tenía todas consigo y le oí comentar en voz alta con Grant si no sería mejor demorar un poco la partida.

Llegó incluso a enviar un mensajero para detener la vanguardia junto al río, pero Mackenzie desobedeció deliberadamente la orden y siguió adelante. Elphy se retorció las manos diciendo:

—¡No tiene que hacerlo! ¡Díganle a Mackenzie que se detenga, que yo se lo ordeno!

Pero, para entonces, Mac ya se encontraba en el puente y Elphy tuvo que darse por vencido y seguir adelante como todo el mundo.

En cuanto nosotros abandonamos el recinto, los afganos se enseñorearon de él. La muchedumbre que nos había estado observando y se había acercado poco a poco hasta una distancia prudencial irrumpió en el acantonamiento gritando, incendiando y saqueando lo que quedaba en las casas e incluso abriendo fuego contra nuestra retaguardia. Hubo algunas refriegas en la entrada, y algunos soldados indios fueron derribados de sus monturas y asesinados antes de que los demás consiguieran alejarse.

Ello sembró el pánico entre los porteadores y los criados, muchos de los cuales abandonaron sus cargas y echaron a correr como alma que lleva el diablo. La nieve que se amontonaba a ambos lados del camino quedó muy pronto punteada por numerosos bultos y sacos, y se calcula que por lo menos una cuarta parte de nuestros suministros se perdió de esta manera antes incluso de llegar al río.

Con el populacho pegado a los talones de la columna, cruzamos el río, pasamos por delante del Bala Hissar y enfilamos el camino de Jalalabad. Avanzábamos a paso de caracol, pero, aun así, algunos criados indios ya estaban empezando a desfallecer y se desplomaban entre gemidos sobre la nieve mientras los espectadores afganos más audaces se acercaban para burlarse de nosotros y arrojarnos piedras. Hubo algunos enfrentamientos y se efectuaron uno o dos disparos, pero, en general, los habitantes de Kabul parecían alegrarse simplemente de nuestra marcha… y, de momento, nosotros nos alegrábamos de irnos. Si hubiéramos imaginado lo que nos esperaba, habríamos dado media vuelta aunque todos los afganos se nos hubieran echado encima, pero entonces no lo sabíamos.

Siguiendo las instrucciones de Elphy, Mackenzie y yo, junto con nuestras tropas, patrullábamos constantemente a lo largo de los flancos de la columna para disuadir a los afganos de acercarse demasiado y evitar las deserciones. Algunos grupos de afganos avanzaban con nosotros a ambos lados del camino, pero a una considerable distancia, y nosotros los vigilábamos en todo momento. Uno de los grupos, encaramado en lo alto de una pequeña loma, me llamó particularmente la atención; decidí no acercarme demasiado a él hasta que oí que alguien me llamaba por mi nombre y, al mirar, vi que estaba encabezado nada menos que por el mismísimo Akbar Khan.

Mi primer impulso fue dar media vuelta y regresar a la columna, pero él se apartó un poco de sus acompañantes y volvió a llamarme, y entonces yo subí con mi jaca por la ladera y me detuve a una distancia equivalente al alcance del disparo de una pistola pequeña. Llevaba su coraza, su casco puntiagudo y su turbante verde, y sonreía de oreja a oreja.

—¿Qué demonios quiere? —le pregunté, haciendo señas al sargento Hudson de que se acercara.

—Desearle un buen viaje y que Dios lo acompañe, mi querido amigo —me contestó jovialmente—. Y darle también un pequeño consejo.

—Si es como el que les dio a Trevor y McNaghten, maldita la falta que me hace —repliqué.

—Dios es testigo de que no fue culpa mía —dijo—. Yo hubiera respetado su vida tal como respetaría la de todos ustedes, y desearía ser su amigo. Por este motivo, Flashman *huzoor,* lamento verlos marchar antes de que yo haya podido reunir la escolta que estaba preparando para su seguridad.

—Ya hemos tenido ocasión de ver cómo se las gastan sus escoltas —dije—. Nos las arreglaremos muy bien por nuestra cuenta.

Se acercó un poco más a mí, sacudiendo la cabeza.

—Usted no lo entiende. Yo y muchos de nosotros les deseamos lo mejor, pero, si se dirigen a Jalalabad antes de que yo tome las disposiciones necesarias para su protección durante la marcha, no seré culpable de nada en caso de que les ocurra algún percance.

Parecía hablar en serio y con toda sinceridad. Aún hoy no estoy seguro de si Akbar Khan era un bribón de tomo y lomo o un hombre fundamentalmente honrado, pero inmerso en toda una serie de circunstancias contra las cuales no podía luchar. Sin embargo, yo no podía fiarme de él después de lo ocurrido.

—¿Qué quiere que hagamos? —le pregunté—. ¿Sentarnos sobre la nieve y esperar a que usted reúna una escolta mientras nosotros nos morimos congelados? —Di media vuelta con mi jaca—. Si tiene alguna propuesta que hacernos, envíesela a Elfistan *sahib,* aunque dudo mucho que la acepte. De momento, los malditos habitantes de Kabul ya han empezado a disparar contra nuestra retaguardia; ¿le parece que esa es manera de cumplir su palabra?

Estaba a punto de alejarme cuando él espoleó su montura para acercarse un poco más.

—Flashman —me dijo, bajando la voz—, no sea tonto. A no ser que Elfistan *sahib* me permita ayudarlo, proporcionándole una escolta a cambio de rehenes, puede que ninguno de ustedes llegue a Jalalabad. Usted podría ser uno de los rehenes; le juro sobre la tumba de mi madre que estaría seguro. Si Elfistan *sahib* accede a esperar, todo se arreglará. Dígaselo y pídale que lo envíe a mí con la respuesta.

Hablaba tan en serio que estuve a punto de dejarme convencer. Ahora creo que lo que más le interesaba eran los rehenes, pero también es posible que no estuviera seguro de poder controlar a las tribus y temiera que estas provocaran una matanza en los desfiladeros. En caso de que eso ocurriera, lo más probable era que, al año siguiente, otro ejército británico penetrara en Afganistán y se abriera paso a tiros. En aquel momento, sin embargo, lo que más me preocupaba era el interés que Akbar estaba manifestando por mi persona.

—¿Y por qué iba usted a proteger mi vida? —le pregunté—. ¿Qué me debe?

—Hemos sido amigos —me contestó, esbozando su cautivadora sonrisa de siempre—. También le agradecí mucho los cumplidos que me hizo usted el otro día al salir del fuerte de Mohammed Khan.

—No tenía la menor intención de halagarlo —dije yo.

—Los insultos de un enemigo son un homenaje a los valientes —replicó entre risas—. Piense en lo que le he dicho, Flashman. Y dígaselo a Elfistan *sahib*.

Me saludó con la mano mientras subía de nuevo a lo alto de la colina. La última vez que vi a sus hombres, nos seguían a paso lento por la ladera de la loma con las puntas de sus lanzas brillando sobre la nevada pendiente.

Nos pasamos toda la tarde avanzando penosamente, y aún nos encontrábamos muy lejos de Khoord-Kabul cuando cayó la gélida noche. Los afganos seguían pegados a nuestros flancos, y cuando los hombres —y, por desgracia, también las mujeres y los niños— caían exhaustos al borde del camino, esperaban a que la columna se alejara y entonces se abalanzaban sobre ellos y los asesinaban sin contemplaciones. Los afganos se habían dado cuenta de que nuestros jefes no estaban en condiciones de repeler los ataques y nos mordían los talones, haciendo pequeñas incursiones contra el convoy de equipajes, apuñalando a los camelleros nativos y dispersándose entre las rocas solo cuando se acercaba nuestra caballería. La columna ya se estaba empezando a desordenar; el cuerpo principal de la expedición no se preocupaba en absoluto por los miles de criados nativos que estaban sufriendo los efectos del frío y la falta de alimento; cientos de ellos cayeron por el camino hasta el punto de que, a nuestra espalda, no solo dejamos una estela de bultos y equipajes, sino también de cadáveres. Y todo ello a una distancia de Kabul de solo veinte minutos al galope.

Yo había transmitido a Elphy el mensaje de Akbar nada más regresar a la columna, y Elphy se había puesto muy nervioso. Volvió a dudar, consultó con los miembros de su Estado Mayor y, al final, decidieron seguir adelante.

—Todo será para bien —dijo Elphy en tono quejumbroso—, pero, de momento, tendríamos que mantener buenas relaciones con el sirdar. Mañana por la mañana, Flashman, regresará usted a él y le transmitirá mis más cordiales saludos. Así es como hay que hacer las cosas.

El muy estúpido hijo de puta no parecía percatarse del caos que reinaba a su alrededor. Sus fuerzas ya estaban empezando a encogerse. Cuando acampábamos, lo único que hacían las tropas era tenderse en grupos sobre la nieve para darse calor mutuamente mientras los desventurados negros se quejaban y gimoteaban en la oscuridad. Teníamos algunas hogueras, pero no había cocinas de campaña ni tiendas para los hombres; ya habíamos perdido una buena parte del equipaje, el orden de la marcha era un tanto confuso, algunos regimientos disponían de comida y otros no, y todo el mundo estaba helado hasta el tuétano.

Los únicos que no estaban del todo mal eran las mujeres británicas y sus hijos. La arpía de lady Sale se había encargado de que los criados montaran pequeñas tiendas o cobertizos; cuando ya hacía un buen rato que había anochecido, aún se podía oír su estridente voz elevándose sobre los gemidos y las protestas generalizadas de los sirvientes. Mis soldados y yo nos habíamos situado al amparo de unas rocas, pero yo me había separado de ellos al anochecer para ayudar a levantar las tiendas de las damas y, en particular, para ver dónde estaba Betty. La vi bastante contenta a pesar del frío. Tras haberme cerciorado de que Elphy ya se había ido a dormir, regresé al pequeño grupo de carros, junto al cual se encontraban las mujeres. Todo estaba oscuro y había empezado a nevar, pero yo había marcado la pequeña tienda de Betty y la encontré sin ninguna dificultad.

Rasqué la lona y, cuando ella preguntó quién era, le pedí que mandara salir a la criada que estaba con ella para darle calor. Bajando la voz, le dije que quería hablar con ella.

La criada nativa salió inmediatamente y yo la ayudé a alejarse en la oscuridad con la punta de mi bota. Estaba demasiado emocionado para que me importaran los chismes que pudiera contar, y, por su parte, ella debía de estar, como el resto de los negros, demasiado asustada para preocuparse por otra cosa que no fuera su propio pellejo.

Entré a gatas bajo la pequeña tienda de lona que solo medía unos sesenta centímetros de altura y oí que Betty se movía en la oscuridad. Un montón de mantas cubría el suelo de la tienda y percibí su cuerpo debajo de ellas.

—¿Qué ocurre, señor Flashman? —me preguntó.

—Una simple visita amistosa —contesté—. Lamento no haberle podido enviar una tarjeta.

Soltó una risita en la oscuridad.

—Es usted un bromista —me dijo en un susurro—, y no está nada bien que haya venido de esta manera. Pero, dado que la situación es un tanto insólita, le agradezco su interés por mí.

—Perfecto —dije yo, y me deslicé bajo las mantas para estrecharla en mis brazos sin la menor dilación.

Todavía estaba medio vestida para protegerse del frío, pero el contacto con aquel joven cuerpo me encendió la sangre en las venas y, en un instante, me situé encima de ella y le cubrí la boca con la mía. Emitió un jadeo y un gemido y, antes de que pudiera darme cuenta de lo que ocurría, se empezó a agitar y me propinó una tanda de puñetazos mientras soltaba unos chillidos estridentes de ratón asustado.

—¡Cómo se atreve! —gritó—. ¡Pero cómo se atreve! ¡Salga de aquí! ¡Salga inmediatamente!

Dando golpes a ciegas en la oscuridad, me dio directamente en el ojo.

—Pero bueno —dije yo—, ¿qué es lo que pasa?

—¡Es usted un desvergonzado! —me dijo en un susurro, teniendo buen cuidado de bajar la voz—. ¡Bárbaro indecente! ¡Salga de mi tienda ahora mismo! Ahora mismo, ¿me ha oído?

Yo no entendía nada y así se lo dije.

—¿Qué es lo que he hecho? Yo solo quería ser amable. ¿A qué vienen todos estos malditos remilgos?

—¡Miserable! —replicó—. Es usted… es un…

—Vamos, no me venga ahora con esas —le dije—. Se encuentra usted en una situación muy apurada, desde luego. No puso tantos reparos cuando la pellizqué la otra noche.

—¿Que usted me pellizcó? —preguntó como si yo acabara de pronunciar una palabrota.

—Pues sí, señora, la pellizqué. Así.

Alargué la mano y, tras buscar rápidamente a tientas en la oscuridad, apresé uno de sus pechos. Para mi asombro, no pareció importarle.

—¡Ah, bueno! —dijo—. ¡Es usted una criatura perversa! Sabe muy bien que eso no es nada; todos los caballeros lo hacen en prueba de afecto. Pero es usted un bárbaro por haberse aprovechado de mi amistad para intentar… ¡Oh, me muero de vergüenza!

De no haberlo oído, no me lo hubiera podido creer. Bien sabe Dios que ha llovido mucho desde entonces y he aprendido muchas cosas acerca de los errores y deficiencias de la educación de las mujeres inglesas, pero aquello me parecía auténticamente increíble.

—Pues si está acostumbrada a que los caballeros le hagan eso en prueba de afecto —le dije—, significa que trata usted con unos caballeros muy raros.

—¡Es usted… un ser despreciable! —exclamó, indignada—. ¡Eso es algo equivalente a un simple apretón de manos!

—¡No me diga! —repliqué—. ¿Dónde demonios se educó usted?

Al oír mis palabras, hundió el rostro en las mantas y rompió a llorar.

—Señora Parker —le dije—, le ruego que me perdone. He cometido un error y lo lamento en el alma.

Cuanto antes saliera de la situación, mejor, pues igual ella empezaba a proclamar a grito pelado por todo el campamento que la estaban violando. Debo reconocer en su honor que, a pesar de su ignorancia y de sus sorprendentes y erróneas ideas, se mostró más enojada que asustada y tuvo buen cuidado de insultarme en voz baja. Tenía que pensar en su reputación, naturalmente.

—Ya me voy —dije, y empecé a gatear para salir—. Pero permítame decirle —añadí— que, en la buena sociedad, no es correcto que los caballeros pellizquen las tetas a las damas, por más que a usted le hayan contado lo contrario. Y tampoco es correcto que las damas se lo permitan; eso causa más bien una mala impresión, ¿sabe usted? Le pido disculpas otra vez. Buenas noches.

Soltó otro gritito ahogado y salí nuevamente a la nieve. En mi vida había oído cosa semejante, pero es que entonces no sabía hasta qué extremo podían ser ignorantes las mujeres y qué extrañas ideas les podían inculcar. Sea como fuere, estaba claro que me habían dejado con un palmo de narices. A juzgar por la situación, no tendría más remedio que refrenar mi entusiasmo hasta que regresáramos a la India, lo cual no fue precisamente un consuelo cuando me arrebujé bajo las mantas al lado de mis soldados, sintiendo que la temperatura descendía a cada minuto que pasaba.

Recordando ahora aquel incidente, supongo que debió de resultar bastante gracioso, pero en aquellos momentos, mientras temblaba de frío bajo las mantas y pensaba en todas las molestias que me había tomado para quitar de en medio al capitán Parker, sentí deseos de retorcer el hermoso cuello de la señora Betty.

Fue una noche espantosa en la que apenas pude dormir, pues, por si el frío no hubiera sido suficiente, los gemidos y lamentos de los negros habrían logrado despertar a los muertos. Por la mañana, muchos de aquellos pobres desgraciados habían muerto, pues solo llevaban encima unos pocos andrajos. Amaneció sobre una escena semejante a un infierno nevado; por todas partes se veían cadáveres morenos y rígidos diseminados por los ventisqueros mientras los vivos trataban de incorporarse envueltos en sus crujientes ropas congeladas. Vi a Mackenzie llorando sobre el diminuto cadáver de una niña nativa que acunaba en sus brazos.

—¿Qué vamos a hacer? —me preguntó al verme—. Esta gente se nos muere, y los que aún no han muerto van a ser asesinados por esos lobos de las colinas de allí abajo. Pero ¿qué podemos hacer nosotros?

—¿Qué podemos hacer, en efecto? —repliqué—. Déjelos; no podemos evitarlo.

Pensé que se preocupaba demasiado por una simple negra. Y eso que era un hombre más duro que un pedernal.

—Si por lo menos me la pudiera llevar —dijo, depositando el cuerpecillo sobre la nieve.

—No se los puede llevar a todos —le dije—. Vamos a desayunar un poco, hombre.

Le pareció un consejo sensato, y tuvimos la suerte de poder comer un poco de carne de carnero caliente en la tienda de Elphy.

212

Nos costó un trabajo enorme poner la columna en marcha; la mitad de los cipayos estaban tan congelados que apenas podían sostener los mosquetes, y la otra mitad había desertado durante la noche para regresar a Kabul. Tuvimos que azotarlos para que se pusieran en fila, lo cual sirvió para calentarlos un poco. En cambio, los criados no necesitaron semejante estímulo. Se amontonaron todos delante, temerosos de que los abandonáramos, y provocaron un desconcierto tremendo en la vanguardia de Anquetil. En aquel momento, una nube de *ghazi* a caballo surgió de repente de un *nullah* de la colina: se lanzaron sobre nosotros y atacaron todo lo que encontraban a su paso, tanto soldados como civiles, y se apoderaron de dos de los cañones de Anquetil sin que este pudiera impedirlo.

Sin embargo, Anquetil los persiguió con un puñado de soldados de caballería y entonces se produjo una violenta escaramuza; no pudo recuperar los cañones, pero los clavó mientras los del 44.º se quedaban parados sin hacer nada. Lady Sale los maldijo y los llamó cobardes y gandules —el mando lo hubiera tenido que ostentar la muy bruja en lugar de Elphy—, pero, en mi fuero interno, yo no le reproché al 44.º que no interviniera. Me encontraba hacia el fondo de la columna y no decidí acercarme al lugar de los hechos hasta que vi regresar a Anquetil. Entonces subí poquito a poco con mis lanceros (muy propio de mí, ¿verdad, Tom Hughes?). De todos modos, los cañones ya no nos iban a servir de nada.

Avanzamos penosamente unos dos o tres kilómetros, flanqueados por las tropas afganas que de vez en cuando bajaban de las colinas y se abalanzaban sobre la parte más débil de la columna, acuchillaban a la gente y nos robaban los suministros antes de volver a retirarse. Shelton ordenaba constantemente a todo el mundo que se mantuviera en su sitio y no saliera en su persecución, y aproveché aquella oportunidad para maldecirlo y preguntarle para qué estábamos los soldados sino para combatir contra nuestros enemigos cuando los teníamos delante.

—Calma, Flash —terció Lawrence, que en aquellos momentos estaba con Shelton—. De nada sirve perseguirlos y que nos acuchillen en la montaña; son demasiados.

—¡Lástima! —rugí, dando una palmada a mi sable—. ¿Entonces tenemos que esperar a que nos devoren cuando les venga en gana? ¡Mire, Lawrence, yo podría despejar esta colina con veinte franceses o veinte ancianitas!

—¡Bravo! —exclamó lady Sale, aplaudiendo—. ¿Lo han oído ustedes, caballeros?

Unos oficiales del Estado Mayor que se encontraban junto a la litera de Elphy en compañía de Shelton no parecieron recibir de muy buen grado las críticas de la vieja arpía. Shelton se picó y me ordenó permanecer en mi sitio y hacer lo que se me había mandado.

—A la orden, señor —dije, visiblemente molesto.

Elphy decidió intervenir.

—No, no, Flashman —me dijo—. El brigadier tiene razón. Tenemos que mantener el orden.

Y eso lo dijo en medio de una columna que era una masa impresionante de tropas, civiles y animales diseminados sin orden ni concierto y con todo el equipaje desperdigado por todas partes.

Mackenzie se me acercó y me dijo que mi grupo y sus *jezzailchis* deberían flanquear estrechamente la columna y repeler sin contemplaciones a los afganos cada vez que se acercaran, haciendo eso que los estadounidenses llaman «arrear el rebaño». Ya pueden ustedes figurarse lo que pensé al oírlo, pero me mostré totalmente de acuerdo con Mac, sobre todo cuando llegó el momento de elegir los lugares donde era más probable que se produjeran los ataques, pues, conociéndolos, me sería más fácil mantenerme bien apartado de ellos. En realidad, fue muy sencillo, pues los afganos solo se acercaban a los lugares donde nosotros no estábamos y esta vez no les interesaba matar a los soldados, sino acuchillar a los negros y saquear las bestias de carga.

Lo hicieron varias veces a lo largo de la mañana; bajaron inesperadamente, cortaron gargantas y se retiraron de nuevo a toda prisa. Mi actuación fue excelente; llamé a mis lanceros con voz de trueno y cabalgué a toda velocidad a lo largo de la columna, sobre todo cerca de la zona donde se encontraba el cuartel general. Solo una vez en que me encontraba cerca de la retaguardia me vi cara a cara con un *ghazi;* el muy estúpido debió de confundirme con un negro, pues, al verme con mi *poshteen* y mi turbante, se lanzó contra un grupo de criados que había por allí y degolló a una anciana y a un par de chiquillos. No lejos de aquel lugar se encontraba un destacamento de caballería de Shah y, por consiguiente, no convenía que me entretuviera demasiado; el *ghazi* iba a pie, de modo que solté un rugido y cargué contra él, confiando en que se retirara a toda prisa, muerto de miedo al ver a un jinete. Así lo hizo, en efecto, pero yo, como un imbécil, traté de pisotearlo con mi montura en la creencia de que no tendría la menor dificultad en hacerlo. Sin embargo, el muy bruto se revolvió y me atacó con su navaja del Khyber y, solo por la gracia de Dios, el golpe fue a dar en mi sable. Cuando ya me estaba alejando, di la vuelta justo a tiempo para ver cómo uno de mis lanceros cargaba contra él y lo traspasaba de lado a lado con su lanza. Aproveché para darle un buen pinchazo y subí al trote flanqueando la columna, con la cara muy seria y la punta de mi sable ostentosamente ensangrentada.

De todos modos, aquella experiencia fue una gran lección para mí y, a partir de aquel momento, procuré mantenerme bien alejado cada vez que los afganos bajaban de las colinas. El esfuerzo me destrozaba los nervios, pero era lo único que podía hacer para aparentar un valor que no tenía; a medida que transcurría la mañana, los bárbaros actuaban cada vez con más audacia y, por si los ataques no hubieran sido suficientes, los francotiradores no paraban de disparar.

Al final, Elphy se hartó y ordenó que nos detuviéramos, lo cual fue lo peor que hubiéramos podido hacer. Shelton soltó una maldición por lo bajo, golpeó el suelo con los pies y dijo que teníamos que seguir adelante; era nuestra única esperanza de cruzar el Khoord-Kabul antes del anochecer. Por su parte, Elphy insistía en la conveniencia de detenernos e intentar llegar a una especie de acuerdo con los jefes afganos para, de este modo, poner fin a la lenta sangría del ejército a manos de las tribus que nos hostigaban. Yo era partidario de que así se hiciera. Cuando Pottinger avistó a una enorme muchedumbre de afganos encabezados por Akbar en lo alto de la ladera, no tuvo ninguna dificultad para convencer a Elphy de que le enviara unos mensajeros.

Juro por Dios que lamenté con toda mi alma estar allí en aquellos momentos, pues, como era de esperar, los ojos de Elphy se posaron inmediatamente en mí. Como es natural, no pude hacer nada por impedirlo. Cuando me dijo que debería dirigirme al lugar donde se encontraba Akbar y preguntarle por qué razón no se estaba respetando el salvoconducto, tuve que escuchar la orden como si las entrañas no se me estuvieran desintegrando por dentro y decir con voz muy firme:

—Muy bien, señor.

La tarea no fue nada fácil, se lo aseguro, pues la idea de subir a la colina para reunirme con aquellos bribones me helaba hasta el tuétano. Y lo peor de todo fue que Pottinger dijo que debería ir solo, pues, de lo contrario, cabía la posibilidad de que los afganos confundieran el grupo con unas fuerzas atacantes.

Sentí deseos de pegarle a Pottinger una patada en el culo al verlo allí de pie, tan seguro de sí mismo y de su importancia como si fuera Jesucristo, con su preciosa barbita castaña y su bigotito, pero tuve que asentir con la cabeza como si ello fuera una simple parte de mis obligaciones cotidianas. A nuestro alrededor había un montón de gente, pues, como es natural, las mujeres y las familias inglesas procuraban permanecer lo más cerca posible de Elphy —para gran irritación de Shelton— y la mitad de los oficiales del cuerpo expedicionario principal se había acercado para ver qué ocurría. Vi a Betty Parker en el *howdah* de un camello, mirando a su alrededor con expresión perpleja y melindrosa hasta que sus ojos se cruzaron con los míos, y entonces apartó rápidamente la mirada.

Por tanto, puse al mal tiempo buena cara. Mientras daba la vuelta con mi jaca, le grité a «Gentleman Jim» Skinner:

—Si no regreso, Jim, ¿tendrá usted la bondad de arreglarle las cuentas a Akbar Khan de mi parte?

Después, espoleé mi montura y subí al galope por la ladera, pensando que, cuanto más rápido cabalgara, menos posibilidades habría de que me atacaran y que, cuanto más cerca estuviera de Akbar, más seguro estaría.

Mis suposiciones resultaron acertadas; nadie se me acercó, y los grupos de *ghazi* de la ladera se quedaron boquiabiertos a mi paso. Cuando ya estaba muy cerca del lugar donde Akbar, montado en su cabalgadura, permanecía al frente de sus huestes —debía de haber quinientos o seiscientos hombres por lo menos—, me animé un poco al ver que este me saludaba con la mano.

—Nos volvemos a ver, príncipe de los mensajeros —me dijo con voz cantarina—. ¿Qué noticias me trae de Elfistan *sahib*?

Me acerqué a él, sintiéndome más seguro ahora que ya había dejado atrás a los *ghazi* de la ladera. No creía que Akbar permitiera que me causaran ningún daño a poco que pudiera impedirlo.

—No traigo ninguna noticia —contesté—. Quiere saber si esa es la manera que tiene usted de cumplir su palabra, dejando que sus hombres saqueen nuestros bienes y asesinen a los nuestros.

—¿Acaso usted no se lo dijo? —replicó Akbar—. Él es el que no ha cumplido su palabra, abandonando Kabul antes de que yo le preparara una escolta. Pero aquí la tengo —añadió, señalando con un gesto de la mano a los hombres que se encontraban a su espalda—. Puede seguir adelante en paz y con toda tranquilidad.

En caso de que fuera cierto, era la mejor noticia que había oído en muchos meses. Cuando dirigí la vista hacia los hombres, tuve la sensación de haber recibido de golpe un puntapié en el estómago: inmediatamente detrás de él, esbozando su sonrisa lobuna y mirándome con furia asesina estaba mi antiguo enemigo, Gul Shah. El hecho de verlo allí fue algo así como recibir un jarro de agua fría en pleno rostro. Allí había por lo menos un afgano que no deseaba que yo me fuera en paz y tranquilidad.

Al ver la dirección de mi mirada, Akbar se echó a reír. Después acercó su caballo al mío para que nadie nos pudiera oír y me dijo:

—No le tenga ningún miedo a Gul Shah. Ya no comete errores como el que tan desafortunadas consecuencias estuvo a punto de tener para usted. Le aseguro, Flashman, que no tiene que preocuparse por él. Además, sus pequeñas serpientes están todas en Kabul.

—Se equivoca —dije yo—. Hay muchísimas sentadas a su derecha y a su izquierda.

Akbar echó la cabeza hacia atrás y rompió nuevamente a reír, dejando al descubierto la fulgurante blancura de sus dientes.

—Yo creía que los *ghilzai* eran amigos suyos —dijo.

—Algunos lo son. Pero no Gul Shah.

—Lástima —dijo Akbar—, porque ¿no sabe usted que ahora Gul es el *kan* de Mogala? ¿No? Resulta que el viejo murió…, como todos los viejos. Gul siempre ha estado muy unido a mí, tal como usted sabe, y, como recompensa por sus servicios, le he otorgado el señorío.

—¿Y qué ha sido de Ilderim? —pregunté.

—¿Quién es Ilderim? Un amigo de los británicos. Eso ya no está de moda, Flashman, por mucho que yo lo deplore, y necesito amigos... amigos fuertes como Gul Shah.

Aunque en realidad me daba igual, lamentaba el ascenso de Gul Shah y más aún verlo allí, mirándome tal como una serpiente mira una mosca.

—Pero no es fácil complacer a Gul, ¿sabe usted? —añadió Akbar—. Él y muchos otros estarían encantados de ver destruido su ejército, y eso es lo único que yo puedo hacer para contenerlos. Mi padre aún no es el rey de Afganistán y, por consiguiente, mi poder es muy limitado. Le puedo garantizar un salvoconducto para salir del país solo con ciertas condiciones, y mucho me temo que, cuanta más resistencia oponga Elfistan *sahib*, tanto más duras serán las condiciones que le exijan mis jefes.

—Si no recuerdo mal —dije—, usted ya había empeñado su palabra.

—¿Mi palabra? ¿Acaso mi palabra puede sanar una garganta cortada? Yo le digo lo que hay; espero que Elfistan *sahib* haga lo mismo. Puedo conseguir que llegue sano y salvo a Jalalabad si ahora mismo me entrega seis rehenes y me promete que Sale se retirará hacia Jalalabad antes de que su ejército llegue allí.

—Eso no se lo puede prometer —protesté yo—. Sale no está ahora bajo su mando; permanecerá en Jalalabad hasta que reciba una orden de retirada desde la India.

Akbar se encogió de hombros.

—Esas son las condiciones. Créame, mi querido amigo, Elfistan *sahib* las tiene que aceptar... ¡tiene que hacerlo! —dijo, golpeándome el hombro con el puño—. En cuanto a usted, Flashman, si sabe lo que le conviene, será uno de los seis rehenes. Estará más a salvo aquí conmigo que allá abajo. —Me miró con una sonrisa mientras refrenaba su jaca—. Y ahora vaya con Dios y vuelva pronto con una respuesta juiciosa.

Yo sabía muy bien que no se podía esperar semejante cosa de Elphy Bey, por lo que, cuando le transmití el mensaje de Akbar, este empezó a protestar y a ponerse nervioso, tal como solía hacer en tales casos. Tenía que pensarlo, dijo, y como el ejército estaba muy cansado, aquel día ya no proseguiríamos la marcha. Eran solo las dos de la tarde.

Shelton se puso hecho una furia y le dijo a Elphy que teníamos que seguir adelante. Una buena marcha nos permitiría cruzar el paso de Khoord-Kabul y, sobre todo, alejarnos de la nieve, pues al otro lado del paso la situación era distinta. Si pasáramos otra noche en medio de aquel frío glacial, el ejército perecería.

Se pasaron un rato discutiendo, pero, al final, Elphy se salió con la suya. Nos quedamos donde estábamos, miles de pobres desgraciados temblando de frío en un camino cubierto de nieve, con la mitad de los suministros ya perdidos y sin combustible. Algunos soldados llegaron al extremo de quemar sus mosquetes y sus equipos para poder calentar un poco sus ateridos miembros. Aquella noche los negros murieron como moscas, pues el mercurio alcanzó el grado de congelación, y los soldados solo consiguieron mantenerse vivos porque se acurrucaron en grandes grupos y se apretujaron los unos contra los otros como animales.

Yo tenía mis mantas y guardaba en las alforjas la suficiente cecina como para no pasar hambre. Los lanceros y yo nos pusimos a dormir formando un apretado anillo y cubiertos con nuestras capas, tal como hacen los afganos. Hudson se había encargado de que cada hombre dispusiera de una botella de ron y, gracias a ello, pudimos resistir el frío bastante bien.

Por la mañana estábamos enteramente cubiertos de nieve; cuando me levanté con los miembros entumecidos y vi el estado en que se encontraba el ejército, pensé: «De aquí no pasamos». Al principio, casi todos los hombres estaban demasiado entumecidos como para poder moverse, pero, al ver que los afganos se congregaban en las laderas bajo las primeras luces del alba, los criados que nos acompañaban se llenaron de espanto y echaron a correr despavoridos por el camino. Shelton consiguió que el grueso del ejército se levantara y los siguiera, y de este modo reanudamos la marcha como un gran animal herido sin cerebro ni corazón entre las infernales detonaciones de los disparos de los francotiradores, mientras las primeras bajas del día empezaban a separarse de nuestras filas y morían en los ventisqueros de ambos lados del camino.

A otros relatos de aquella terrible marcha que he tenido ocasión de leer —principalmente los de Mackenzie, Lawrence, y lady Sale—* podría añadir mis propios recuerdos, pero, en su conjunto, fue una pesadilla tan espantosa que aún ahora, más de sesenta años después, me estremezco solo de pensarlo. Hielo, sangre, gemidos, muerte y desesperación, gritos de hombres y mujeres moribundos, aullidos de los *ghazi* y de los *ghilzai*. Los afganos se acercaban a nosotros y atacaban, se alejaban, se acercaban de nuevo y volvían a atacar, especialmente a los criados, hasta que, al final, quedó un cuerpo moreno acuchillado a cada metro del camino. El único lugar seguro era el centro del grueso de las tropas de Shelton, donde los cipayos aún mantenían un poco el orden. Cuando reanudamos la marcha, le sugerí a Elphy la conveniencia de que yo y mis lanceros escoltáramos a las mujeres, cosa que él aceptó de inmediato. Fue una medida sabia por mi parte, pues los ataques a los flancos eran ahora tan frecuentes que la tarea que habíamos desempeñado en la víspera se estaba convirtiendo en una empresa altamente arriesgada. Los *jezzailchis* de Mackenzie fueron aniquilados mientras trataban de repeler los ataques.

En los parajes que rodeaban el Khoord-Kabul, las altas colinas se levantaban a ambos lados y la boca de aquel temible paso semejaba la puerta del infierno. Sus paredes eran tan impresionantes que el

---

* El relato de la retirada que nos ofrece Flashman coincide esencialmente con los de algunos contemporáneos suyos tales como Mackenzie, lady Sale y el teniente Eyre. Lo mismo cabe decir también de su versión de los asuntos de Afganistán en general. Su descripción del asesinato de Mc-Naghten, por ejemplo, es la más completa y personal de todas las que se conservan. Hay alguna que otra omisión y discrepancia —no menciona, por ejemplo, la participación de «Gentleman Jim» Skinner en la labor de enlace con Akbar Khan—, pero, en general, se puede considerar altamente fidedigna dentro de sus egocéntricos límites. Los lectores que deseen ampliar sus conocimientos sobre este asunto pueden consultar las obras autorizadas, entre las cuales cabe citar *History of the War in Afghanistan,* vol. II, de Kaye, *History of the British Army,* vol. XII, de Fortescue, y el relato admirablemente claro *Signal Catastrophe,* de Patrick Macrory.

fondo rocoso estaba sumido en una sempiterna penumbra; el lento avance del ejército, los aullidos de las bestias, los gritos, los gemidos y el rumor de los disparos resonaban en las escarpadas rocas. Los afganos se habían situado en los salientes y, al verlos, Anquetil mandó que la vanguardia se detuviera, pensando que el hecho de seguir adelante hubiera significado una muerte segura.

Hubo más reuniones y discusiones con Elphy hasta que vimos a Akbar y a los suyos en las rocas más próximas a la entrada del paso. Entonces me enviaron otra vez para que le comunicara que, al final, Elphy había atendido a razones: entregaríamos a los seis rehenes con la condición de que Akbar mandara retirarse a sus asesinos. Akbar se mostró de acuerdo, me dio una palmada en la espalda y me aseguró que, a partir de aquel momento, todo iría muy bien; yo tendría que ser uno de los rehenes, dijo, y ya vería lo bien que lo íbamos a pasar. Sin embargo, yo me debatía en la duda: cuanto más lejos estuviera de Gul Shah, mejor; por otro lado, ¿hasta qué punto estaría seguro si me quedaba en el ejército?

Al final, la decisión la tomaron por mí. Elphy eligió personalmente a Mackenzie, Lawrence y Pottinger para que se entregaran como rehenes a Akbar. Eran los mejores hombres que tenía, y supongo que debió de pensar que Akbar se sentiría más impresionado. Sea como fuere, si Akbar cumplía su palabra, no importaba quién permaneciera en el ejército, pues este no tendría que luchar para llegar a Jalalabad. Lawrence y Pottinger accedieron inmediatamente; Mac tardó un poco más en decidirse. Estaba un poco frío conmigo, supongo que porque mis lanceros no habían participado en los combates de aquel día y sus hombres habían sufrido considerables bajas. Pero no dijo nada, y cuando Elphy le expuso la situación, ni siquiera contestó, sino que se limitó a contemplar la nieve en silencio. Su aspecto era lamentable. Había perdido el turbante, su cabello estaba alborotado, tenía el *poshteen* salpicado de sangre y mostraba una herida reseca en el dorso de la mano.

Inmediatamente después extrajo el sable, clavó la punta en el suelo y se reunió con Lawrence y Pottinger sin decir ni una sola palabra. Mientras contemplaba cómo su alta figura se alejaba lentamente, experimenté un ligero estremecimiento; puede que en mi calidad de bribón redomado sepa identificar mejor que nadie a los hombres de valía, y Mac era uno de los mayores puntales de nuestro ejército. Y que conste que era un presumido insufrible y se daba unos aires tremendos, pero era el mejor soldado que jamás haya visto en mi vida, si mi palabra sirve de algo.

Akbar quería también a Shelton, pero este se negó en redondo a convertirse en rehén.

—Me fío tan poco de ese negro bastardo como de un perro mestizo —dijo—. Y, además, ¿quién cuidaría del ejército si yo me fuera?

—Yo seguiré ostentando el mando —le contestó Elphy, mirándolo con asombro.

—Ya —dijo Shelton—, a eso precisamente me refería.

Como es natural, el comentario dio lugar a otra disputa que terminó cuando Shelton dio media vuelta y se alejó hecho una furia mientras Elphy se quejaba entre gimoteos de la falta de disciplina. Después se dio la orden de reanudar la marcha y nos volvimos de cara hacia el Khoord-Kabul.

Al principio, todo fue bien y nadie nos molestó. Al parecer, Akbar había conseguido controlar a los suyos. De repente, los *jezzails* abrieron fuego desde los saledizos y los hombres empezaron a caer mientras el ejército avanzaba a ciegas sobre la nieve. Estaban disparando hacia el interior del paso, casi a quemarropa, mientras los negros chillaban y corrían, los soldados rompían filas desobedeciendo las órdenes de Shelton y todo el mundo echaba a correr o se lanzaba al galope a través de aquel desfiladero infernal. Fue una huida general de sálvese quien pueda, en cuyo transcurso vi cómo un afgano disparaba contra un camello que llevaba a dos mujeres blancas con dos niños y cómo el animal se tambaleaba sobre la nieve y arrojaba al suelo a los cuatro. Un oficial acudió en su socorro y se desplomó con una bala en el vientre mientras los guerreros afganos se acercaban en tropel. Un jinete *ghilzai* se apoderó de una niña de unos seis años, la sentó en el arzón de su silla y se alejó con ella mientras la criatura gritaba: «¡Mamá!, ¡mamá!». Los cipayos estaban arrojando al suelo sus mosquetes y echaban a correr como locos. Un oficial de la caballería de Shah que cabalgaba entre ellos los golpeó con la parte plana de la hoja de su espada, profiriendo gritos estentóreos. El equipaje era arrojado de cualquier manera, los hombres que conducían a los animales los estaban abandonando y nadie pensaba en otra cosa más que en cruzar el paso a la mayor velocidad posible para alejarse de aquel espantoso infierno.

Yo tampoco perdí demasiado el tiempo: incliné la cabeza sobre el cuello de mi jaca, clavé las espuelas en sus flancos y me lancé al galope, pidiéndole a Dios que no me alcanzara ninguna bala perdida. Las jacas afganas eran tan ágiles como los gatos, y la mía no tropezó ni una sola vez. No tenía la menor idea de dónde estaban mis lanceros, pero no me importaba; cada cual, fuera hombre o mujer, tenía que arreglárselas por su cuenta, por cuyo motivo no tuve demasiados reparos en atropellar a quienquiera que se cruzara en mi camino. Aquello parecía una auténtica carrera de obstáculos en medio del eco de los disparos y los gritos estremecedores de miles de voces; solo en una ocasión me detuve un instante al ver cómo el joven teniente Sturt era alcanzado por un disparo, caía de su silla sobre un ventisquero y allí se quedaba, pidiendo socorro a gritos, pero de nada hubiera servido detenerme. De nada le hubiera servido a Flashy, en cualquier caso, y eso era lo que en definitiva me importaba.

Ignoro cuánto tardamos en cruzar el paso, pero, cuando el camino empezó a ensancharse y la masa de fugitivos que corría delante de nosotros y a nuestro alrededor empezó a serenarse, refrené mi montura para calibrar la situación. La intensidad de los disparos había disminuido y la vanguardia de Anquetil estaba tratando de cubrir la huida de los que aún nos seguían. Poco después, una inmensa multitud integrada por militares y civiles salió del desfiladero y, en cuanto emergió a la luz del otro lado, se desplomó sobre la nieve, muerta de agotamiento.

Dicen que en el Khoord-Kabul murieron tres mil personas, casi todas ellas negras, y que allí perdimos todo el equipaje que nos quedaba. Cuando levantamos nuestro campamento al otro lado del límite oriental del paso, estaba cayendo una nevada impresionante y el orden brillaba por su ausencia; por la noche aún seguían llegando rezagados, y recuerdo en particular a una mujer que se había pasado todo el día caminando con su hijo en brazos. Lady Sale había sufrido una herida de bala en un brazo, y aún me parece verla cuando extendió la mano hacia el cirujano y cerró los ojos con fuerza mientras este le extraía la bala; la muy bruja era muy valiente y no emitió el más leve gemido. Un sargento trataba de calmar a su histérica esposa, la cual estaba empeñada en regresar para ir en busca de su hija perdida. El sargento lloraba mientras intentaba esquivar los puñetazos que ella estaba descargando contra su pecho.

—¡No, no, Jenny! —le repetía una y otra vez—. ¡La niña ha muerto! ¡Pídele a Jesús que cuide de ella!

Otro oficial, no recuerdo quién, estaba cegado por la nieve y no hacía más que caminar en círculos hasta que alguien se compadeció de él y se lo llevó. Un soldado británico, borracho como una cuba a lomos de una jaca afgana, entonaba a grito pelado una canción cuartelera; sabe Dios de dónde había sacado la bebida, pero, al parecer, debía de haber mucha, pues inmediatamente se desplomó sobre la nieve y allí se quedó, roncando como un bendito. A la mañana siguiente, lo encontramos muerto por congelación.

La noche volvió a convertirse en un infierno en el que no se oían más que gritos y lamentos. Solo nos quedaban unas pocas tiendas, en una de las cuales se apretujaban todas las mujeres y los niños ingleses. Recuerdo que me pasé toda la noche dando vueltas por el campamento, pues hacía demasiado frío para poder dormir y, además, estaba medio muerto de miedo. Había comprendido que la destrucción de nuestro ejército era irremediable y que yo sería destruido con él. El hecho de ser un rehén de Akbar no me serviría de nada, pues para entonces ya me había convencido de que, cuando Akbar hubiera terminado la matanza, mataría también a los prisioneros. Solo veía una posibilidad, y era la de permanecer en el ejército hasta que hubiéramos dejado atrás la nieve y largarme por mi cuenta por la noche. Si los afganos me veían, me lanzaría al galope.

Al día siguiente apenas avanzamos, en parte porque todas las fuerzas tenían tanto frío y estaban tan hambrientas que hubieran sido incapaces de llegar muy lejos, pero en parte también porque Akbar había enviado un mensajero al campamento, rogándonos que nos detuviéramos para que él pudiera enviarnos provisiones. Elphy lo creyó, a pesar de las protestas de Shelton, el cual estuvo a punto de caer de rodillas delante de él mientras le señalaba que, si pudiéramos seguir avanzando hasta dejar atrás la nieve, cabía la posibilidad de que consiguiéramos salvarnos. Sin embargo, Elphy no creía que pudiéramos llegar tan lejos.

—Nuestra única esperanza es la de que el sirdar se compadezca de nosotros y acuda en nuestro auxilio en el último momento —dijo—. Usted sabe muy bien, Shelton, que es un caballero y cumplirá su palabra.

Shelton se limitó a retirarse, asqueado y enfurecido. Como era de esperar, las provisiones jamás se recibieron, pero, a la mañana siguiente, se presentó otro mensajero de Akbar, insinuando que, puesto que nosotros estábamos decididos a seguir adelante, las esposas y las familias de los oficiales británicos deberían permanecer bajo su custodia. Aquella misma sugerencia que anteriormente se había hecho en Kabul y tanta indignación había provocado fue acogida ahora con entusiasmo por todos los hombres casados. Por mucho que se dijera y por mucho que Elphy diera por sentado que llegaríamos a Jalalabad, todo el mundo sabía que, en las penosas condiciones en que en aquellos momentos se encontraban, nuestras fuerzas estaban condenadas al fracaso. Muertos de frío y de hambre, agobiados todavía por la presencia de los criados, que nos seguían como si fueran unos oscuros esqueletos, negándose obstinadamente a morir y que a duras penas podían avanzar a causa de las mujeres y los niños, los hombres de nuestro ejército estaban contemplando la muerte cara a cara.

Por consiguiente, Elphy dio su conformidad y nosotros vimos cómo el pequeño convoy, con los últimos camellos que nos quedaban, emprendía la marcha sobre la nieve, seguido de los hombres casados que acompañaban a sus esposas. Recuerdo que Betty no llevaba sombrero y estaba muy guapa con el cabello iluminado por el sol matinal, y que lady Sale, con el brazo herido en cabestrillo, asomó la cabeza desde el *howdah* para reprender a un nativo que trotaba a su lado, llevando el resto de su equipaje en un fardo. Sin embargo, yo no compartía la satisfacción general que se respiraba en el campamento por el hecho de que ellos se hubieran ido. Procuraba alejarme al máximo de las situaciones de peligro permaneciendo al lado de Elphy, pero sabía que aquella seguridad no iba a durar demasiado.

Aún me quedaba bastante cecina en las alforjas y el sargento Hudson parecía contar con un almacén secreto de forraje para su caballo y para los de los lanceros supervivientes; creo que nos quedaba una media docena de hombres del grupo inicial, aunque no los conté. Sin embargo, aunque cabalgara al lado de la litera de Elphy con el pretexto de servirle de guardaespaldas, no me hacía ilusiones acerca de lo que inevitablemente tendría que ocurrir. Durante los dos días siguientes, la columna sufrió ataques sin cuartel. En quince kilómetros perdimos a los últimos criados que nos quedaban y, en el transcurso de una violenta refriega que oí a mis espaldas, pero que no quise ver, las últimas unidades cipayas fueron prácticamente liquidadas. A decir verdad, mis recuerdos de aquellos días son bastante confusos; estaba demasiado agotado y atemorizado para prestar atención a lo que ocurría a mi alrededor. Sin embargo, ciertas cosas se me quedaron grabadas en la mente, y son como las imágenes coloreadas de una linterna mágica que jamás podré olvidar.

Una de ellas, por ejemplo, es que Elphy mandó que todos los oficiales de las fuerzas formaran en la retaguardia para mostrar a nuestros perseguidores un «frente unido»,* tal como decía él. Y allí permanecimos media hora larga, plantados como unos espantapájaros mientras ellos se burlaban de nosotros desde lo lejos y abatían a tiros a uno o dos de los nuestros. Recuerdo a Grant, el ayudante general, cubriéndose el rostro con las manos mientras gritaba: «¡Me han dado! ¡Me han dado!», y a un joven oficial que tenía al lado —un chico con las rubias patillas cubiertas de escarcha— diciendo: «¡Oh, pobrecillo!».

Vi también a un muchacho afgano partiéndose de risa mientras acuchillaba una y otra vez a un cipayo herido; el muchacho no tendría más de diez años. También recuerdo la mirada empañada en los ojos de los caballos moribundos y un par de pies morenos que caminaban delante de mí, dejando unas huellas ensangrentadas sobre la nieve. Recuerdo el cetrino rostro de Elphy, sus trémulas mejillas, el sonido chirriante de la voz de Shelton y las miradas de los indios que todavía nos quedaban, de los soldados y de los criados. Pero lo que más recuerdo es el temor que me encogía el estómago y convertía

* El «frente unido» de oficiales tuvo lugar en Jugdulluk el 11 de enero de 1842.

mis piernas en gelatina mientras escuchaba los disparos que estallaban delante y detrás de mí, los gritos de los hombres heridos y los alaridos triunfales de los afganos.

Ahora sé que, cuando llegamos a Jugdulluk a los cinco días de haber abandonado Kabul, nuestro ejército de catorce mil hombres había quedado reducido a unos tres mil, de los cuales solo quinientos eran tropas de combate. El resto, aparte de los pocos rehenes que se encontraban en manos del enemigo, había muerto. Y fue allí donde recobré el juicio, en un granero de Jugdulluk, en el cual Elphy había establecido su cuartel general.

Fue como si despertara de un sueño mientras lo oía discutir con Shelton y algunos miembros de su plana mayor acerca de una propuesta de Akbar según la cual ellos dos acudirían a negociar con él bajo una bandera de paz. Sabe Dios lo que hubieran podido negociar, pero el caso es que Shelton se mostró absolutamente contrario; se quedó allí con las mejillas congestionadas y los pelos de los bigotes de punta, jurando que reanudaría la marcha hacia Jalalabad aunque tuviera que hacerlo solo. Sin embargo, Elphy era partidario de negociar. Se reuniría con Akbar, dijo, y Shelton debería acompañarlo; Anquetil se quedaría al mando del ejército.

«Muy bien —pensé yo con un cerebro más claro que el hielo—, aquí es donde Flashy emprenderá una acción independiente». Era evidente que aquellos dos jamás regresarían de su entrevista con Akbar. Este no dejaría escapar a unos rehenes tan valiosos. Y si yo también cayera en manos de Akbar, correría el inminente peligro de ser víctima de su secuaz Gul Shah. Por otra parte, si me quedara en el ejército, moriría irremisiblemente en él. La salida más lógica saltaba a la vista. Los dejé discutiendo y me retiré con sigilo para ir en busca del sargento Hudson.

Lo encontré almohazando su caballo, el cual estaba tan escuálido y maltrecho que más parecía un viejo jamelgo de Londres.

—Hudson —le dije—, usted y yo nos vamos.

Me miró sin pestañear.

—Sí, señor. ¿Adónde, señor?

—A la India —contesté—. Ni una palabra a nadie. Órdenes especiales del general Elphinstone.

—Muy bien, señor —dijo, y allí lo dejé, sabiendo que cuando volviera ya tendría nuestras monturas a punto, con las alforjas llenas a rebosar y todo preparado para la partida. Regresé al granero de Elphy y allí estaba él, disponiéndose a partir para su entrevista con Akbar. Iba de un lado para otro como siempre, preocupándose por cosas tan importantes como el paradero de su preciosa petaca de plata, que pensaba ofrecer como regalo al sirdar…, todo eso mientras el resto de su ejército agonizaba sobre la nieve de Jugdulluk.

—Flashman —me dijo mientras se arrebujaba en su capa y se cubría la cabeza con un gorro de lana—, lo dejo por muy breve tiempo, pero, en estas circunstancias tan desesperadas, no es prudente hacer previsiones a largo plazo. Confío en encontrarlo en buenas condiciones dentro de uno o dos días, muchacho. Que Dios lo bendiga.

«Y que Dios te maldiga a ti, viejo insensato; dentro de uno o dos días no me vas a encontrar, a no ser que cabalgues mucho más rápido de lo que yo creo que puedes cabalgar», pensé yo. Siguió quejándose de la pérdida de su petaca mientras iba de un lado para otro en compañía de su asistente. Shelton aún no estaba preparado, y las últimas palabras que le oí decir a Elphy fueron:

—Es una verdadera lástima.

Un epitafio perfecto para él. En aquellos momentos, yo estaba furioso en mi fuero interno por la apurada situación en la que yo creía que él me había metido. Ahora, en mis años de madurez, he cambiado de opinión. Mientras que entonces le hubiera pegado un tiro con gusto, ahora lo ahorcaría y lo descuartizaría sin piedad por ser un viejo cerdo inútil, egoísta y chapucero. Ningún destino hubiera podido ser suficientemente malo para él.

Hudson y yo esperamos a que cayera la noche; entonces montamos en nuestros caballos y nos alejamos en la oscuridad en dirección al este. Fue tan fácil que hasta me entraron ganas de reír. Nadie nos preguntó nada y, cuando unos diez minutos después nos tropezamos con un grupo de *ghilzai* en medio de la oscuridad, les di las buenas noches en pastún y nos dejaron en paz. No brillaba la luna, pero la luz era suficiente como para que pudiéramos avanzar a través de las rocas nevadas. Al cabo de dos horas, nos detuvimos a descansar al abrigo de un pequeño peñasco. Teníamos unas buenas mantas con que cubrirnos y, como no había nadie que roncara a nuestro alrededor, dormí el sueño más reparador que había dormido en una semana.

Cuando desperté, ya había amanecido por completo y el sargento Hudson había encendido una pequeña hoguera para preparar el café. Era la primera bebida caliente que tomaba en varios días; el sargento le había puesto incluso un poco de azúcar.

—¿Dónde demonios lo ha encontrado, Hudson? —le pregunté, pues, en el transcurso de los últimos días de marcha, solo habíamos comido un poco de carne salada de carnero y unas cuantas galletas.

—Lo birlé, señor —me contestó, más fresco que una lechuga.

No le hice más preguntas y me limité a seguir bebiendo, sentado muy a gusto sobre las mantas.

—Un momento —dije al cabo de un rato mientras él añadía un poco más de leña al fuego—. ¿Y si algún maldito *ghazi* viera esta hoguera? Nos caerían todos encima y estaríamos perdidos.

—Disculpe, señor —replicó—, pero esta leña apenas hace humo.

Y era cierto, tal como pude comprobar cuando le eché un vistazo.

Al cabo de un rato, me volvió a pedir disculpas y me preguntó si tenía intención de que reanudáramos enseguida el camino o si prefería que aquel día nos quedáramos descansando donde estábamos. Señaló que las jacas estaban agotadas a causa de la escasez de forraje, pero que, si descansaran un poco y al día siguiente les diéramos bien de comer, muy pronto podríamos dejar atrás la nieve y llegar a unos parajes en los que seguramente sería más fácil encontrar pastos. Yo estaba indeciso, pues pensaba que cuanta más distancia interpusiéramos entre nosotros y los bribones de Akbar —y en especial de Gul Shah—, tanto mejor. Por otra parte, al igual que las bestias, necesitábamos un buen descanso, y en aquel territorio tan escarpado no era probable que nos vieran, a no ser por pura casualidad. Acepté la sugerencia y, por primera vez, empecé a estudiar al sargento Hudson, pues, aparte de haber observado que era un hombre muy formal, apenas me había fijado en él. A fin de cuentas, ¿por qué razón tiene uno que fijarse en sus hombres? Debía de tener unos treinta años, supongo, y era de figura corpulenta, con un cabello rubio que tendía a caerle sobre un ojo hasta que se lo apartaba con un gesto de la mano, un rudo rostro cuadrado de trabajador, unos grandes ojos grises y una barbilla hendida, y sabía hacerlo todo con gran habilidad y diligencia. Por su acento, hubiera dicho que era de alguna localidad del oeste, pero hablaba con mucha propiedad y, aunque sabía mantenerse en su sitio, no era uno de esos soldados que tanto abundan, medio patanes y medio rufianes. Mientras lo observaba cuidar de la hoguera y cepillar a las jacas, me pareció que había acertado con él.

A la mañana siguiente nos levantamos y emprendimos la marcha antes del amanecer, en cuanto Hudson hubo dado a las bestias el último forraje que guardaba en sus alforjas, según me confesó, «por si acaso nos hiciera falta una buena jornada de galope». Sirviéndome del sol como guía, emprendimos la marcha hacia el sureste, lo cual significaba que el camino principal de Kabul a la India se encontraba aproximadamente a nuestra derecha; mi intención era seguir aquella línea hasta que llegáramos al río Soorkab. Una vez allí, lo vadearíamos y seguiríamos el curso de su margen sur hasta llegar a Jalalabad, situada a cien kilómetros de distancia. De este modo, nos mantendríamos bien apartados del camino y de las posibles bandas errantes de afganos.

No me preocupaba demasiado por la historia que íbamos a contar cuando llegáramos allí; sabía Dios la cantidad de gente que se había separado del cuerpo principal del ejército como Hudson y como yo; o cuántas personas aparecerían finalmente en Jalalabad. Dudaba mucho que el grueso de las fuerzas llegara hasta allí, lo cual daría a todo el mundo demasiado que pensar como para que alguien se preocupara por la desaparición de algún que otro rezagado como nosotros. En caso de apuro, podría decir que nos habíamos separado en medio de la confusión: no era probable que Hudson se fuera de la lengua a propósito de las presuntas órdenes que yo había recibido de Elphy..., y solo Dios sabía cuándo regresaría Elphy a la India, si es que regresaba.

Por consiguiente, me encontraba muy a gusto cuando cruzamos los pequeños desfiladeros nevados. Poco antes del mediodía vadeamos el Soorkab y nos lanzamos al galope, siguiendo su orilla sur. El terreno era muy pedregoso, pero en algunos tramos podíamos cabalgar muy rápidamente, por lo que pensé que, a aquel paso, muy pronto nos alejaríamos de la nieve y podríamos viajar por parajes más secos y tranquilos. Cabalgábamos a un ritmo frenético, pues el territorio estaba dominado por los *ghilzai,* y Mogala, el lugar desde el que Gul Shah ejercía su poder cuando estaba en casa, no quedaba muy lejos de allí. El recuerdo de aquella siniestra fortaleza con los crucifijos a la entrada arrojó una sombra de inquietud sobre mis pensamientos, pero justo en aquel momento el sargento Hudson acercó su jaca a la mía.

—Señor —me dijo—, creo que nos están siguiendo.

—¿Qué quiere usted decir? —pregunté, desagradablemente sorprendido—. ¿Quiénes son?

—No lo sé —contestó—, pero lo presiento, no sé si usted me comprende, señor. —Miró a su alrededor; estábamos en un tramo bastante llano, con el susurro de las aguas del río a nuestra izquierda y las quebradas colinas a nuestra derecha—. A lo mejor este camino no es tan solitario como pensábamos.

Yo llevaba el tiempo suficiente en las montañas como para saber que, cuando un soldado veterano presiente algo, generalmente no se equivoca; un oficial menos experto y nervioso hubiera podido quitar importancia a sus temores, pero yo me guardé mucho de hacerlo. Nos apartamos al instante del río y subimos por una angosta hondonada hacia las laderas de los montes; si hubiera afganos a nuestras espaldas, los dejaríamos pasar dando un gran rodeo para subir a las colinas. Con ello no nos apartaríamos de nuestra ruta a Jalalabad, sino que solo nos desviaríamos a una zona intermedia entre el Soorkab y el camino principal.

Ahora nuestro avance era lógicamente mucho más lento, pero, al cabo de más o menos una hora, Hudson tuvo la sensación de que ya nos habíamos librado de quienquiera que nos hubiera seguido. Aun así, procuramos mantenernos bien apartados del río hasta que no tuvimos más remedio que volver a detenernos: a lo lejos y a nuestra derecha, en medio de la quietud de la tarde, oímos el débil sonido de unos disparos. Era un sonido irregular, pero lo bastante prolongado como para permitirnos suponer la participación de unas fuerzas de tamaño considerable.

—¡Santo cielo! —exclamó Hudson—. ¡Es el ejército, señor!

Lo mismo estaba pensando yo. Cabía la posibilidad de que el ejército, o lo que quedaba de él, hubiera llegado hasta allí. Calculé que Gandamack debía de estar un poco más adelante y, sabiendo que el Soorkab serpea hacia el sur en aquella zona, no tuvimos más remedio que seguir cabalgando en dirección al lugar del que procedían los disparos, so pena de tropezarnos con nuestros misteriosos perseguidores en el río.

Por consiguiente, seguimos adelante a pesar de que los malditos disparos sonaban cada vez más cerca. Calculé que debíamos de estar a cosa de un kilómetro y medio de distancia, y cuando ya estaba a punto de llamar al sargento Hudson, que cabalgaba un poco más adelante, este volvió la cabeza y me hizo señas de que me acercara, presa de una gran excitación. Había llegado a un lugar en el que dos grandes rocas flanqueaban la entrada de un barranco que bajaba en una empinada pendiente en dirección al camino de Kabul; desde aquellas alturas se dominaba todo el panorama de abajo y, al mirar, vi algo que jamás olvidaré.

A nuestros pies, a cosa de un kilómetro y medio de distancia, había un pequeño agrupamiento de cabañas, de las cuales se escapaban unas nubes de humo. Pensé que debía de ser la aldea de Ganda-mack. Muy cerca de allí, en el lugar donde el camino volvía a girar hacia el norte, se veía una suave ladera constelada de rocas que subía hacia una cumbre plana que se levantaba unos cien metros más allá. Toda la ladera estaba cubierta de afganos, cuyos gritos se elevaban con toda claridad hasta nosotros a través del barranco. En la cumbre de la ladera había un grupo de hombres de tamaño similar al de una compañía; al principio, al ver sus *poshteens* azules, los tomé por afganos, pero después reparé en sus chacós y la trémula y emocionada voz del sargento Hudson confirmó mis suposiciones:

—¡Son los del 44.º! ¡Mírelos, señor! ¡Son los pobres desgraciados del 44.º!

Se encontraban en una especie de plaza escarpada, hombro con hombro en lo alto de la colina. Vi el brillo de las bayonetas mientras apuntaban hacia abajo y una descarga cerrada estallaba hacia el otro lado del valle. Los afganos arreciaron en sus gritos, retrocedieron y volvieron a recuperar sus posiciones mientras intentaban abrirse paso hasta la cumbre, dando tajos con sus temibles navajas del Khy-ber. Otra descarga los obligó a retroceder mientras una de las figuras de la cumbre blandía la espada en señal de desafío. Pensé que parecía un soldado de juguete y, de pronto, observé una cosa muy rara: me pareció ver que llevaba un largo chaleco de color rojo, blanco y azul debajo del *poshteen.*

Debí de comentarle algo a Hudson, pues este gritó:

—¡Dios mío, es la bandera! ¡Malditos bastardos negros, dales fuerte, 44.º! ¡Mándalos al fuego del infierno!

—¡Cállese, insensato! —le grité, sabiendo muy bien que no hubiera tenido que preocuparme, pues nos encontrábamos demasiado lejos como para que nos pudieran oír.

Pero Hudson se calló y se conformó con soltar maldiciones por lo bajo, musitando palabras de aliento a los hombres atrapados en la cumbre de la colina.

Pues estaban atrapados. Las figuras envueltas en túnicas grises y negras volvieron a subir por la ladera desde todas direcciones. Se produjo otra descarga desde arriba y, al final, la oleada de afganos se les echó encima. Subió y retrocedió como una marea hacia la cumbre en medio del brillo de las navajas y las bayonetas, y después volvió a bajar muy despacio soltando un fuerte y prolongado grito de triunfo. En la cumbre de la colina no quedaba ni una sola figura de pie. Del hombre que lucía la bandera anudada alrededor de la cintura no se veía ni rastro. Solo quedaba un amasijo confuso de vagas sombras diseminadas entre las rocas y una bruma formada por el humo de la pólvora que, poco a poco, se fue disipando en el gélido aire de la cumbre.

Comprendí entonces que acababa de ser testigo del final del ejército de Afganistán. Cualquiera hubiera imaginado que el 44.º era lo último que nos quedaba, pues era el único regimiento británico de nuestras fuerzas, pero, aunque no lo hubiera sabido, lo habría adivinado. A eso había quedado reducido en solo una semana el espléndido ejército de más de catorce mil hombres de Elphy Bey. Puede que hubiera algunos prisioneros, pero no habría supervivientes, pensé. Pero me equivoqué: un hombre, el doctor Brydon, consiguió abrirse paso y comunicó la noticia a Jalalabad, aunque yo entonces no podía saberlo.

Hay un cuadro de la escena de Gandamack* que tuve ocasión de ver hace unos años y que se parece muchísimo a lo que yo recuerdo. Es muy bonito y despierta sentimientos marciales en los muchos asnos amantes de la gloria que lo contemplan. Mi único pensamiento cuando lo vi fue: «¡Pero qué tontos son ustedes!», y así lo dije en voz alta entre las miradas de reproche de los presentes. Pero es que yo estuve allí, ¿comprenden?, temblando de horror mientras contemplaba aquel desastre, a diferencia de los buenos londinenses que dejan su Imperio en manos de los palurdos y los presidiarios; son lo bastante buenos como para que los acuchillen en todos los Gandamacks a los que suelen conducirlos los necios como Elphy y McNaghten, sin que ello suponga una gran pérdida para nadie.

El sargento Hudson contemplaba la escena sin poder evitar que las lágrimas rodaran por sus mejillas. Creo que, de haber tenido ocasión de hacerlo, hubiera bajado al galope para reunirse con ellos.

* De hecho, los afganos tomaron algunos prisioneros en Gandamack, entre ellos, el capitán Souter, del 44.º Regimiento y uno de los dos hombres que se envolvieron el cuerpo con la bandera del batallón (el otro murió). El cuadro al que se refiere Flashman es obra de W. B. Wollen, de la Artillería Real, y se colgó en la Royal Academy en 1898.

—¡Bastardos! ¡Negros bastardos de mierda! —se limitó a chillar hasta que le ordené severamente dar media vuelta, y entonces reanudamos a toda velocidad nuestro camino, dejando que las rocas cerraran aquel horrible espectáculo a nuestras espaldas.

Estaba trastornado por lo que habíamos visto, y el afán por alejarnos todo lo que pudiéramos de Gandamack fue lo que aquel día me impulsó a galopar a un ritmo peligroso. Los cascos de nuestras monturas volaban sobre los pedregosos caminos, y las jacas bajaban por las laderas con tan vertiginosa rapidez que se me hiela la sangre en las venas cuando lo recuerdo. Solo la oscuridad nos obligó a detenernos, y a la mañana siguiente ya habíamos recorrido un buen trecho del camino; atrás había quedado la nieve, y el calor del sol me elevó nuevamente el ánimo.

Estaba clarísimo que éramos los únicos supervivientes del ejército de Afganistán que todavía se desplazaban ordenadamente hacia el este. La idea me resultaba placentera en extremo. ¿Por qué no tendría que ser sincero? Ahora que el ejército había sido aniquilado, no era probable que nos tropezáramos con tribus hostiles más al este del lugar donde se había producido su destrucción definitiva. Por consiguiente, estábamos a salvo, y el hecho de salir ileso de un desastre resulta mucho más satisfactorio que salir ileso de algo que no lo es en absoluto. Cierto que era una lástima lo que les había ocurrido a los demás, pero ¿acaso no hubieran experimentado ellos la misma satisfacción en mi lugar? Grande es el placer que uno siente cuando se libra de una catástrofe; miente como un bellaco quien diga lo contrario. ¿No han visto ustedes la cara que pone el portador de una mala noticia y no han oído las frases hipócritas que se pronuncian junto al pórtico de la iglesia después de un funeral?

Eso pensé yo alegrándome en mi fuero interno, y puede que ello me indujera a ser un poco imprudente. En cualquier caso, los moralistas dirían que fue un castigo por mis malos pensamientos, pues lo que interrumpió mis reflexiones mientras cabalgábamos a lomos de nuestras jacas fue el súbito descubrimiento, en el otro extremo del cañón de un *jezzai,* del rostro de uno de los más horribles e impresionantes *badmashes afridi* que jamás hubiera visto en mi vida. Surgió de repente de las rocas como un genio, acompañado de una docena de bribones como él que inmediatamente se abalanzaron sobre nosotros, tomaron las bridas de nuestras monturas y nos sujetaron por el brazo derecho sin darnos tiempo tan siquiera a abrir la boca.

—¡*Khabadar, sahib!* —dijo el gigantesco *jezzailchi,* esbozando una sonrisa que le iluminó todo el siniestro semblante, como si hubiera hecho falta advertirme de que tuviera cuidado—. Haga el favor de desmontar —añadió mientras sus compañeros me bajaban de la silla y me sujetaban con fuerza.

—¿Pero eso qué es? —exclamé, tratando de aparentar una valentía que no tenía—. Somos amigos y nos dirigimos a Jalalabad. ¿Qué quieren de nosotros?

—Los británicos son amigos de todo el mundo —dijo el tipo sonriendo— y todos se dirigen a Jalalabad... o se dirigían. —Sus compañeros se partieron de risa al oír sus palabras—. Tendrán que venir con nosotros.

Hizo un gesto con la cabeza a los que me sujetaban y, en un abrir y cerrar de ojos, estos me ataron las muñecas con una cuerda que posteriormente anudaron alrededor de uno de los estribos.

No hubiera podido oponer la menor resistencia, ni siquiera en el caso de no haber perdido los pocos ánimos que me quedaban. Por un instante, había abrigado la esperanza de que fueran unos simples bandidos de las colinas que, a lo mejor, nos robarían y nos permitirían proseguir nuestro camino, pero, por lo visto, pretendían retenernos como prisioneros. ¿A cambio de un rescate? Era lo mejor que podía esperar. Jugué una carta desesperada.

—Soy Flashman *huzoor* —dije—, el amigo de Akbar Khan sirdar. ¡Y este le arrancará el corazón y las entrañas a cualquiera que cause daño a Lanza Ensangrentada!

—¡Que Alá nos proteja! —contestó el *jezzailchi,* haciendo gala de un sentido del humor tan especial como el de todos los malditos individuos de su especie—. Sujétalo bien, Raisul, de lo contrario, te ensartará con su pequeña lanza tal como hizo con los *ghilzai* en Mogala. —Montó de un salto en mi jaca y me miró sonriendo desde arriba—. Usted puede combatir, Lanza Ensangrentada. ¿Puede también caminar?

Se lanzó al trote en mi jaca y me obligó a correr a su lado mientras me gritaba obscenas palabras de aliento. Hudson había sido objeto del mismo trato, y ahora ambos no teníamos más remedio que correr a trompicones entre las burlas de nuestros andrajosos conquistadores.

Todo aquello era demasiado; haber llegado tan lejos tras haber soportado tantas penalidades, haber escapado tan a menudo del peligro y haber estado tan cerca de la salvación para que ahora nos ocurriera aquel percance. Lloré y solté maldiciones, le dediqué a mi captor los peores epítetos que se me ocurrieron en pastún, urdu, inglés y persa, le supliqué que nos dejara en libertad a cambio de la promesa de una gran retribución, lo amenacé con la venganza de Akbar Khan, le imploré que nos llevara ante la presencia del sirdar, forcejeé como un niño enfurecido en un intento de librarme de las ataduras…, pero él se limitó a soltar unas carcajadas tan sonoras que a punto estuvo de caerse de la silla.

—¡Repítalo! —gritó—. ¿Cuántos *lakhs* de rupias ha dicho? *Y'allah,* tendré la vida resuelta. ¿Qué es eso? ¿Desnarigado retoño bastardo de un mono leproso y una puerca indecente? ¡Menuda descripción! Anótala, Raisul, hermano mío, pues yo no tengo cabeza para la educación y quiero recordarlo. Siga, Flashman *huzoor,* ¡tenga la bondad de compartir conmigo las riquezas de su espíritu!

Así se burló de mí, pero no aminoró el paso, de tal forma que muy pronto ya no tuve fuerzas para soltar más maldiciones ni suplicar ni hacer otra cosa que no fuera seguir adelante a trompicones. Me ardían las muñecas de dolor y un nudo de temor me encogía el estómago. No sabía adónde nos dirigíamos, e incluso cuando cayó la oscuridad los muy brutos siguieron adelante sin detenerse hasta que Hudson y yo nos desplomamos en el suelo de puro agotamiento. Entonces nos permitieron descansar unas cuantas horas, pero, al amanecer, nos obligaron a levantarnos y nos pasamos todo el infernal y sofocante día caminando y tropezando sin cesar, descansando tan solo cuando estábamos demasiado agotados para seguir. Después nos obligaban a levantarnos y a reanudar la marcha, atados a los estribos.

Nos detuvimos por última vez poco antes del anochecer, en uno de esos fuertes de piedra que puntean la mitad de las laderas de Afganistán. Vi una entrada con una vieja verja que se mecía en sus goznes oxidados y, al otro lado, un patio con suelo de tierra. No nos permitieron entrar, sino que cortaron las cuerdas que nos sujetaban y nos empujaron a través de una estrecha puerta que se abría en el muro de la garita. Unos peldaños bajaban a una especie de sótano del que se escapaba un insoportable hedor. Nos dieron un empujón y caímos sobre un suelo de paja sucia y cualquiera sabe qué otras porquerías. La puerta se cerró ruidosamente a nuestras espaldas y allí nos quedamos, tan cansados que ni siquiera nos podíamos mover.

Supongo que debimos de permanecer muchas horas tendidos allí, entre gemidos de dolor y agotamiento, antes de que ellos regresaran con un cuenco con comida y un *chatti* de agua. Nos moríamos de hambre y nos lanzamos a comer como cerdos mientras el gigantesco *jezzailchi* nos miraba, haciendo comentarios jocosos. No le hice el menor caso. Poco después se retiró. A través de un alto ventanuco del muro penetraba suficiente luz como para que pudiéramos ver lo que había a nuestro alrededor y echar un vistazo al sótano o la mazmorra en la cual nos habían encerrado.

He estado en una variada serie de cárceles de muy variada clase a lo largo de toda mi vida, desde México (donde son realmente abominables) hasta Australia, América, Rusia y nuestra querida y vieja Inglaterra, y jamás he visto ninguna que fuera buena. Aquel pequeño agujero afgano no estaba del todo mal en su conjunto, pero en aquellos momentos me pareció horrible. Tenía unas paredes desnudas y bastante altas, un techo que se perdía en las sombras y, en el centro del sucio suelo, dos anchas losas de piedra semejantes a unas plataformas cuyo aspecto me pareció más bien sospechoso, pues, colgando del techo por encima de ellas, había un revoltijo de herrumbrosas cadenas cuya contemplación me provocó un escalofrío en la espalda. Acudieron a mi mente las imágenes de unas negras figuras encapuchadas y pensé en la Inquisición y en las cámaras de tortura, que tanta gracia me hacían cuando leía ciertos libros prohibidos en la escuela. Pero una cosa es leerlo y otra muy distinta vivirlo.

Le dije a Hudson lo que pensaba de aquella gente, pero él se limitó a mascullar algo y a soltar un escupitajo, aunque enseguida me pidió perdón. Le dije que no fuera tan tonto, que nos encontrábamos en una situación muy apurada y que más le valía dejar de comportarse como si estuviéramos en la Guardia Montada. Jamás he visto a nadie que haya mantenido las formas en cualquier circunstancia tal como hacía él, cosa que allí me parecía algo totalmente ridículo. Sin embargo, Hudson tardó un poco en acostumbrarse a conversar con un superior y, al principio, me escuchaba en silencio, asentía con la cabeza y decía «sí, señor» y «muy bien, señor», hasta que al fin perdí la paciencia y solté una maldición, porque me moría de miedo y le hacía pagar las consecuencias a él. No sabía por qué razón nos retenían, pero pensaba que seguramente pedirían un rescate. Cabía la posibilidad de que Akbar Khan se enterara de nuestra apurada situación; por lo menos, eso era lo que yo esperaba..., pero en lo más hondo de mi mente temía también que nuestra situación llegara a oídos de Gul Shah. Como es natural, Hudson no comprendía por qué razón me horrorizaba tanto semejante posibilidad hasta que le conté toda la historia de Narriman y de cómo Akbar me había rescatado de las serpientes de Gul en Kabul. ¡Santo cielo, la de cosas que le conté! Pero si les digo que llevábamos una semana juntos en un sótano sin saber qué había al otro lado de la puerta, dominados por una terrible inquietud y sin tener ni idea del destino que nos esperaba, comprenderán ustedes mi necesidad de tener un público que me escuchara. Es lo que les ocurre siempre a los cobardes; cuanto más miedo tienen, más hablan. No sé qué debí de contarle a Hudson en aquella mazmorra. Claro que no le conté la historia como la he contado aquí. El incidente de la Lanza Ensangrentada, por ejemplo, se lo conté de manera que yo saliera bien parado. Pero, por lo menos, lo convencí de que teníamos motivos más que sobrados para temer que Gul Shah descubriera que nos encontrábamos en manos afganas.

No sé muy bien cómo se lo tomó. En general, se limitó a escucharme con los ojos clavados en la pared, pero, de vez en cuando, me miraba a la cara como si estuviera sopesando lo que yo le decía. Al principio apenas me di cuenta, tal como uno apenas se da cuenta de que un vulgar soldado lo está mirando, pero, al cabo de un rato, empecé a sentirme un poco incómodo y le dije en tono francamente desabrido que tuviera la bondad de no hacerlo. Si se moría de miedo a causa de la situación en la que nos encontrábamos, lo disimulaba muy bien, y reconozco que hubo una o dos ocasiones en las que tuve que admirarlo muy a mi pesar; no se quejaba, se mostraba muy cortés en el trato y me pedía con todo respeto que le tradujera lo que decían los guardias *afridi* cuando nos llevaban la comida, pues él no hablaba ni el pastún ni el indostaní.

Lo que decían era más bien poco, y nosotros no podíamos saber hasta qué punto era verdad. El gigantesco *jezzailchi* era el más hablador, pero, por regla general, se limitaba a comentar cómo habían acuchillado a los británicos durante la marcha de Kabul, sin dejar ni uno solo vivo, y a decir que muy pronto no quedaría ningún *feringhee* en Afganistán. Akbar Khan estaba avanzando hacia Jalalabad, nos dijo, y pasaría por la espada a toda la guarnición. Después bajaría a través del paso del Khyber y nos expulsaría de la India con una gran yihad que establecería la verdadera fe desde Peshawar hasta el mar. Y cosas por el estilo, bobadas y tonterías, le dije a Hudson, pero este me miró con aire pensativo y, al cabo de un rato, dijo que no sabía cuánto tiempo podría resistir Sale en Jalalabad en caso de que lo sitiaran en serio.

Me sorprendí de que un simple soldado manifestara su opinión acerca de los asuntos de un general.

—¿Qué sabe usted de eso? —le repliqué.

—No demasiado, señor —me contestó—. Pero, con el debido respeto al general Elphinstone, me alegro muchísimo de que en Jalalabad esté el general Sale y no él.

—Eso parece, en efecto —dije—. ¿Y cuál es su opinión acerca del general Elphinstone si es que se puede saber?

—Prefiero no expresarla, señor —me contestó, mirándome fijamente con sus grandes ojos grises—. Él no estaba con el 44.º en Gandamack, ¿verdad, señor? Y muchos de los oficiales tampoco. ¿Dónde estaban, señor?

—¿Y cómo quiere que yo lo sepa? ¿Y a usted qué le importa?

Bajó la vista un instante.

—Pido perdón por haberlo preguntado —contestó al final—. No me importa en absoluto, señor.

—Así lo espero —dije yo—. De todos modos, no importa lo que usted piense de Elphy Bey; tenga por seguro que el general Sale le dará a Akbar su merecido como se atreva a asomar la nariz por Jalalabad. Ojalá yo pudiera estar allí, lejos de este agujero infernal y de los pestilentes *afridi*. Tanto si piensan pedir un rescate como si no, le aseguro que no tienen buenas intenciones con respecto a nosotros.

En aquel momento, no di demasiada importancia a las preguntas de Hudson sobre Gandamack y Elphy; de habérsela dado, no solo me hubieran hecho gracia, sino que también me hubieran indignado, pues para mí eran algo así como un idioma extranjero. Ahora, en cambio, lo comprendo, a pesar de que la mitad de nuestros generales modernos sigue sin comprenderlo. Y siguen pensando que sus hombres son ejemplares de otra especie… Afortunadamente, muchos de ellos lo son, aunque no en el sentido que creen los generales.

Bueno, pues tras pasarnos otra semana en aquella celda infernal, Hudson y yo estábamos terriblemente sucios y con una barba tremenda, pues no nos habían dado nada para lavarnos ni afeitarnos. Mis temores disminuyeron un poco, tal como suele ocurrir cuando no pasa nada, pero era muy aburrido no tener otra cosa que hacer como no fuera hablar con Hudson, habida cuenta de que nuestros únicos intereses en común eran los caballos. Al parecer, al sargento ni siquiera le interesaban las mujeres. De vez en cuando comentábamos la posibilidad de escapar, sabiendo muy bien que tal cosa estaba completamente excluida, pues la única salida era la puerta, la cual se encontraba situada en lo alto de un angosto tramo de escalones y, cuando uno de los *afridi* nos traía la comida, siempre había otro arriba, apuntándonos con un trabuco enorme. Yo no tenía ninguna prisa especial en correr el riesgo de que me soltara una descarga, por lo que, cuando Hudson me propuso que pegáramos una carrerilla y nos abalanzáramos sobre él, le ordené severamente que desechara aquella idea. ¿Adónde hubiéramos ido, de todos modos? Ni siquiera sabíamos en qué lugar nos encontrábamos; solo sabíamos que no podíamos estar muy lejos del camino de Kabul. Pero no merecía la pena arriesgarnos, dije yo. De haber sabido lo que nos esperaba, no solo me hubiera enfrentado a aquel trabuco, sino a cien más, pero, por desgracia, no lo sabía. Dios bendito, jamás lo podré olvidar. Jamás en la vida.

A última hora de la tarde, cuando ambos estábamos medio dormidos sobre la paja del suelo, oímos el rumor de los cascos de unos caballos en la entrada y un murmullo de voces acercándose a la puerta de la celda. Hudson se levantó de un salto y yo me incorporé sobre un codo, con el corazón en un puño, preguntándome quién sería. A lo mejor era un mensajero con la noticia del rescate, pues pensaba que los *afridi* debían estar intentando ese tipo de artimaña. Se oyó el chirrido de los goznes, la puerta se abrió de golpe y un hombre de elevada estatura apareció en lo alto de los peldaños. Al principio no le pude ver la cara, pero enseguida entró un *afridi* con una antorcha encendida, la introdujo en una grieta de la pared y entonces su luz cayó de lleno sobre el rostro del visitante. Hubiera preferido que fuera el del demonio en persona, pues no podía creer que fuera el del personaje que yo había visto en mis pesadillas: nada menos que el rostro de Gul Shah.

Clavó los ojos en mí, lanzó un grito de entusiasmo y empezó a batir palmas. Yo chillé horrorizado y retrocedí hacia la pared.

—¡Flashman! —dijo mientras bajaba los peldaños como si fuera un gato gigantesco y me miraba enfurecido con una siniestra sonrisa en los labios—. Cuán grande es la bondad divina. Cuando me comunicaron la noticia, no podía creerlo, pero ahora veo que es verdad. Me enteré por pura casualidad de que había sido usted apresado —añadió respirando hondo, sin quitarme los ojos de encima.

Me había quedado sin habla. Aquel hombre me había dejado mudo de terror. Cuando volvió a reírse, noté que se me erizaban los pelos de la nuca.

—Y aquí no tenemos a ningún Akbar Khan que pueda venir a molestarnos —añadió. Hizo una indicación a los *afridi* y señaló a Hudson—. Llevaos a este arriba y vigiladlo. —Mientras dos de ellos se acercaban inmediatamente a Hudson y lo arrastraban a la fuerza por los peldaños, Gul Shah bajó a la celda y golpeó con su látigo las cadenas que colgaban del techo, haciéndolas resonar—. Colocadlo… aquí —añadió señalándome—. Tenemos muchas cosas de que hablar.

Mientras se me echaban encima, lancé un grito y forcejeé todo lo que pude, pero ellos me levantaron los brazos por encima de la cabeza y me colocaron unas esposas alrededor de las muñecas; me quedé estirado como un conejo en el tenderete de un vendedor. Acto seguido, Gul les mandó retirarse y se situó delante de mí, mirándome con expresión burlona mientras se daba unos golpecitos en la bota con el látigo.

—El lobo solo se acerca una vez a la trampa —dijo al final—. Pero usted se ha acercado dos. Juro por Dios que esta vez no se me escapará. Me engañó una vez en Kabul por puro milagro y mató a mi enano con malas artes. Pero esta vez no podrá conmigo, Flashman. Y me alegro..., ¡no sabe lo que me alegro de que las cosas hayan ocurrido de esta manera, pues esta vez tendré todo el tiempo que quiera para hacer con usted lo que se me antoje, perro asqueroso!

El sobresalto me soltó la lengua, pues inmediatamente grité:

—¡No lo haga, por el amor de Dios! ¿Qué es lo que he hecho? ¿Acaso no pagué mi culpa con sus malditas serpientes?

—¿Que la pagó, dice? —replicó en tono burlón—. Ni siquiera ha empezado a pagar. ¿Quiere saber cómo lo pagará, Flashman?

Como no quería saberlo, no contesté, y entonces él se volvió y gritó algo hacia la puerta. Esta se abrió y apareció alguien, oculto en las sombras.

—La última vez sentí mucho tener que desprenderme de usted con tantas prisas —dijo Gul Shah—. Me parece recordar haberle manifestado, en aquella ocasión, mi deseo de que la mujer a la que usted mancilló participara en su despedida de este mundo, ¿no es cierto? Por suerte, yo estaba en Mogala cuando me enteré de la noticia de su captura y, por consiguiente, he podido reparar aquella omisión. Baja —añadió, dirigiéndose a la figura que aguardaba en lo alto de los peldaños, y entonces Narriman avanzó muy despacio hacia la luz.

Comprendí que era ella, a pesar de que iba envuelta de pies a cabeza con una capa y llevaba la parte inferior de la cara cubierta con un fino velo; recordaba la furia con que me habían mirado aquellos ojos de serpiente la noche en que la forcé en Mogala. Ahora me estaban mirando y me parecían más aterradores si cabe que las amenazas de Gul. Bajó en silencio los peldaños y se situó a su lado.

—¿No quiere saludar a la señora? —me dijo Gul—. Ya lo hará, no se preocupe. Aunque solo sea una bailarina y una suripanta, ¡es la esposa de un príncipe de los *ghilzai!* —añadió, escupiéndome las palabras a la cara.

—¿La esposa? —grazné—. No lo sabía... Le suplico que me crea, señor, no lo sabía. Si yo...

—Entonces no lo era —dijo Gul, interrumpiéndome—. Lo es ahora... Sí, a pesar de haber sido ultrajada por una bestia como usted. Es mi esposa, a pesar de todo. Solo nos resta lavar la deshonra.

—Dios mío, le suplico que me escuche —dije—. Le juro que no quería causarle el menor daño... ¿Cómo podía saber que usted la apreciaba tanto? ¡No quería causarle ningún daño, se lo juro! Haré cualquier cosa que usted quiera, le pagaré cualquier cosa que me pida...

Gul esbozó una sonrisa perversa y asintió con la cabeza mientras los ojos de basilisco de la mujer me miraban fijamente.

—Por supuesto que pagará. Habrá oído hablar, sin duda, de la delicada habilidad con la cual las mujeres afganas suelen cobrar las deudas, ¿verdad? Por la cara que pone, ya veo que sí. Narriman está deseando poner a prueba su habilidad. Recuerda con toda claridad una noche de Mogala; recuerda con toda claridad el arrogante trato que usted le dispensó... —Se inclinó hacia delante hasta casi rozarme el rostro con el suyo—. Y, para no olvidarlo, quiere quitarle a usted ciertas cosas, muy despacito y con mucho cuidado, para guardarlas como recuerdo. ¿No le parece justo? Usted se complació en su dolor; ahora ella se complacerá en el suyo. Tardará mucho más y será un trabajo infinitamente más artístico... con un toque femenino. —Soltó una carcajada—. Eso para empezar.

No podía creerlo. Me parecía imposible, indignante y espantoso; el solo hecho de imaginarlo me volvía loco.

—¡No puede hacer eso! —chillé—. ¡No, no, no, no puede! ¡Por favor, por favor, no permita que me toque! ¡Fue una equivocación! ¡Yo no lo sabía y no quería hacerle daño!

Grité y supliqué mientras él se reía de contento y se burlaba de mí, y ella me miraba fijamente a la cara sin mover ni un solo músculo.

—Esto va a ser mucho mejor de lo que yo esperaba —dijo Gul—. A lo mejor, después lo mandamos desollar o quizá asar sobre unas brasas. O podemos arrancarle los ojos y después cortarle los dedos de las manos y los pies y obligarlo a cumplir tareas de esclavo en Mogala. Sí, eso será lo mejor, pues rezará cada día pidiendo la muerte, pero no la tendrá. ¿Le parece un precio demasiado alto por su noche de placer en Mogala, Flashman?

No podía creerlo, y cerré los ojos como si no quisiera ver aquel horror mientras le suplicaba con voz entrecortada que me perdonara. Me escuchó sonriendo y después se volvió hacia la mujer y le dijo:

—Primero el negocio y después el placer. Vamos a dejarle pensar en la gozosa reunión que próximamente tendrá contigo, paloma mía… Vamos a dejar que espere… ¿Cuánto tiempo? Creo que es mejor que lo vaya pensando. De momento, hay una cuestión más importante. —Se volvió hacia mí—. El hecho de que usted me diga lo que yo quiero saber no reducirá para nada sus padecimientos, pero creo que me lo dirá de todos modos. Desde que su cobarde y patético ejército fue aniquilado en los pasos, el ejército del sirdar ha proseguido su avance hacia Jalalabad. Pero no tenemos noticias de Nott y sus tropas en Kandahar. Dicen que han recibido órdenes… ¿de marchar sobre Kabul? ¿O quizá sobre Jalalabad? Exigimos saberlo. ¿Y bien?

Tardé un momento en apartar de mi mente las imágenes infernales que Gul había puesto en ella y en comprender su pregunta.

—No lo sé —contesté—. Juro por Dios que no lo sé.

—Embustero —dijo Gul Shah—. Usted era el ayudante de Elfistan; tiene que saberlo.

—¡Pues no lo sé! ¡Le juro que no! —grité—. No puedo decirle lo que no sé, ¿no cree?

—Estoy seguro de que sí puede —dijo, y tras indicarle por señas a Narriman que se apartara, se quitó el *poshteen* y se quedó con la camisa y los holgados pantalones estilo pijama, el casquete en la cabeza y el látigo en una mano. Alargó el brazo y me arrancó la camisa de la espalda.

Lancé un grito cuando levantó el látigo y pegué un brinco cuando me golpeó. En mi vida jamás había sufrido tanto; el látigo parecía una navaja afilada. Gul soltó una carcajada y me azotó una y otra vez. Tuve la sensación de que unas barras de hierro al rojo vivo se hundían en mis hombros; la cabeza me daba vueltas mientras trataba de apartarme, pero las cadenas me mantenían inmovilizado y el látigo me golpeaba los puntos vitales.

—¡Ya basta! —recuerdo haber gritado una y otra vez—. ¡Ya basta!

Gul retrocedió sonriendo, pero lo único que pude hacer fue abrir la boca y murmurar que no sabía nada. Gul volvió a levantar el látigo y, sintiéndolo mucho, no pude soportarlo.

—¡No! —grité—. ¡Yo no! El sargento Hudson, el que estaba conmigo…, ¡estoy seguro de que él lo sabe! ¡Me dijo que lo sabía!

Fue lo único que se me ocurrió para conseguir que cesaran aquellos infernales azotes.

—¿Lo sabe el *havildar,* pero no el oficial? —preguntó Gul—. No, Flashman, eso no ocurre ni siquiera en el ejército británico. Creo que miente usted como un bellaco.

Y el malvado volvió a la carga hasta que debí desmayarme de dolor, pues, cuando recuperé el conocimiento y me noté la espalda tan ardiente como un horno encendido, él estaba recogiendo su capa del suelo.

—Me ha convencido —dijo, mirándome con desprecio—. Un cobarde como usted me hubiera dicho todo lo que sabía nada más recibir el primer golpe. No es usted valiente, Flashman. Pero muy pronto lo será todavía menos.

Hizo una seña a Narriman y esta lo siguió por los peldaños. Al llegar a la puerta, se detuvo para volver a burlarse de mí.

—Piense en lo que le he prometido —me dijo—. Espero que no enloquezca demasiado pronto en cuanto empecemos.

La puerta se cerró de golpe y empecé a sollozar y a vomitar, colgado de las cadenas. Sin embargo, el dolor de la espalda no era nada comparado con el terror que me atenazaba la mente. Era imposible, me repetía una y otra vez, no pueden hacerlo… Pero sabía muy bien que sí podían. Por alguna horrible razón que aún hoy no puedo definir, acudieron a mi mente las torturas que yo había infligido a otras personas… Bueno, unas torturas más bien ridículas e insignificantes como, por ejemplo, gastarles bromas de mal gusto a los fámulos en la escuela. Farfullé en voz alta que me arrepentía de haberlos atormentado, recé suplicando salvación y recordé lo que el viejo Arnold había dicho una vez en un sermón: «Invoca a Nuestro Señor Jesucristo y te salvarás».

Dios mío, ¡cuánto llegué a invocarlo! Mugí como un ternero, pero no obtuve nada a cambio, ni siquiera un eco. Sin embargo, ahora lo volvería a hacer si me encontrara de nuevo en la misma situación, a pesar de que no creo en Dios y jamás he creído en Él. Gimoteé como un niño, suplicándole a Jesucristo que me salvara, jurando enmendarme e invocando sin cesar al buen Jesús manso y humilde de corazón. La oración es una cosa extraordinaria. Aunque nadie te responde, por lo menos te impide pensar.

De repente, me di cuenta de que alguien entraba en la celda. Cerré los ojos y me puse a gritar de terror, pero nadie me tocó y, cuando los abrí, vi a Hudson encadenado a mi lado con los brazos en el aire, mirándome horrorizado.

—Por Dios, señor —me dijo—, pero ¿qué le han hecho esos demonios?

—¡Me están torturando a muerte! —contesté—. ¡Oh, señor y salvador nuestro!

Debí de pasarme un buen rato hablando, pues, cuando me detuve, Hudson también estaba rezando en voz baja el padrenuestro, creo. Aquella noche fuimos los presos más piadosos de Afganistán.

Dormir estaba excluido; aunque no hubiera tenido la mente llena de los horrores que me esperaban, no habría podido descansar con los brazos atados por encima de la cabeza. Cada vez que me aflojaba, las esposas oxidadas se me clavaban cruelmente en las muñecas y tenía que volver a estirar las piernas doloridas de tanto permanecer de pie. Me dolía la espalda y no paraba de gemir. Hudson hacía todo lo posible por animarme, diciéndome lo que siempre suele decirse, que no todo estaba perdido todavía y que procurara levantar la cabeza, cosa que, por lo visto, eleva el espíritu en los momentos difíciles…, pero a mí jamás me lo ha elevado. Solo podía pensar en la mirada de odio de aquella mujer, en la cruel sonrisa de Gul a su espalda, en el cuchillo que me rasgaría la piel y después me cortaría… Oh, Dios mío, no podía resistirlo, me volvería loco. Así lo dije en voz alta, y entonces Hudson me contestó:

—Vamos, señor, aún no estamos muertos.

—¡Será idiota! —le grité—. ¿Y usted qué sabe, zoquete? ¡A usted no le van a cortar la maldita polla! ¡Le aseguro que antes me tengo que morir! ¡Tengo que morirme primero!

—Aún no lo han hecho, señor —me replicó—. Y no lo harán. Mientras estaba allí arriba, he visto que la mitad de los *afridi* se iban… para reunirse con los demás en Jalalabad, supongo…, y solo deben de quedar unos seis, aparte de su amigo y la mujer. No puedo…

No lo escuché. Estaba demasiado aterrorizado como para pensar en otra cosa que no fuera lo que me iban a hacer… ¿Cuándo? Pasó la noche y, aparte de la visita que nos hizo un *jezzailchi* para darnos un poco de agua y comida al mediodía del día siguiente, nadie se acercó a nosotros. Nos dejaron colgando de las cadenas como unos cerdos desventurados. Yo me notaba las piernas unas veces ardientes y otras entumecidas. De vez en cuando oía que Hudson murmuraba algo para sus adentros, como si estuviera tramando algo, pero no le hacía ni caso; de pronto, cuando ya estaba empezando a oscurecer, lo oí gemir de dolor y exclamar:

—¡Listo, gracias a Dios!

Me volví a mirarlo y el corazón me dio un vuelco en el pecho. Se encontraba de pie con solo el brazo izquierdo inmovilizado por la esposa; el derecho, ensangrentado hasta el codo, le colgaba a lo largo del costado.

Sacudió enérgicamente la cabeza mientras lo miraba en silencio. Movió un momento la mano y el brazo derecho, y después levantó el brazo hacia la otra esposa; las piezas que sujetaban las muñecas estaban unidas por una barra, pero el cierre de las esposas era un simple perno. Lo manipuló un instante y se abrió. Ya era libre.

Se acercó a mí y ladeó la cabeza hacia la puerta.

—Si lo suelto, señor, ¿podrá sostenerse en pie?

No lo sabía, pero asentí con la cabeza y, a los dos minutos, ya estaba sentado en el suelo, gimiendo a causa del dolor que sentía en los hombros y las piernas por haber permanecido inmovilizado tanto tiempo en la misma posición. Me masajeé las articulaciones y maldijo en voz baja al ver las ronchas que me había dejado el látigo de Gul Shah.

—Cochino bastardo negro —murmuró—. Mire, señor, tenemos que procurar que no nos pillen desprevenidos. Cuando vengan, tenemos que estar de pie con las esposas alrededor de las muñecas para que parezca que aún estamos esposados.

—¿Y después qué?

—Pensarán que no podemos movernos y podremos pillarlos desprevenidos, señor.

—Para lo que nos va a servir —repliqué—. Dice usted que quedan unos seis, aparte de Gul Shah.

—No vendrán todos. Por el amor de Dios, señor, es nuestra única esperanza.

No creía que lo fuera y así se lo dije. Hudson contestó que bueno, pero que, de todos modos, sería mejor que ser mutilado por la puta afgana, «con perdón, señor», y no pude por menos que estar de acuerdo con él. Aun así, pensé que lo más que conseguiríamos en el mejor de los casos sería que nos mataran por lo que habíamos hecho.

—Bueno —dijo él—, pero, en tal caso, venderemos caras nuestras vidas. Moriremos como unos ingleses y no como unos perros.

—¿Y qué diferencia hay entre morir como un inglés y morir como un maldito esquimal? —dije yo.

Hudson me miró en silencio y siguió masajeándome los brazos. No tardé en poder levantarme y moverme con toda normalidad, pero procuramos no apartarnos demasiado de las cadenas e hicimos bien. De repente, se oyó un rumor de pisadas junto a la puerta, y apenas habíamos tenido tiempo de ocupar nuestras posiciones con las manos en las esposas cuando la puerta se abrió de par en par.

—Déjelo todo de mi cuenta, señor —dijo Hudson en voz baja, colocando las manos en sus esposas mientras yo hacía lo mismo e inclinaba la cabeza, mirando hacia la puerta por el rabillo del ojo.

Eran tres y, al verlos, se me encogió el corazón de angustia. Primero entró Gul Shah y después lo hizo el corpulento *jezzailchi* con una antorcha encendida, seguido de la esbelta figura de Narriman. Todos mis terrores se enseñorearon de nuevo de mi mente mientras ellos bajaban los peldaños.

—Ha llegado la hora, Flashman —dijo Gul Shah, acercando su despectivo rostro al mío—. Despierta, perro, y prepárate para tu última escena de amor —añadió riéndose mientras me abofeteaba con fuerza la mejilla. Me tambaleé, pero no me solté de las cadenas. Hudson no movió ni un solo músculo.

—Bueno, preciosa mía —le dijo Gul a Narriman—, aquí lo tienes y es todo tuyo.

Narriman se adelantó y se situó a su lado mientras el gigantesco *jezzailchi,* tras haber colocado la antorcha en su sitio, se acercaba a ella, sonriendo como un sátiro. El *jezzailchi* se encontraba a cosa de un metro de Hudson, pero sus ojos estaban clavados en mí.

Narriman se había quitado el velo que le cubría la cara, pero llevaba un turbante y una capa, y su rostro parecía de piedra. Sonrió mostrando los dientes como una tigresa. Le dijo algo a Gul Shah y alargó la mano hacia la daga que este llevaba en el cinto.

El temor me tenía paralizado, de lo contrario, hubiera soltado las cadenas y habría echado a correr como un insensato. Gul acercó la mano al puño de la daga y, poco a poco para que yo lo viera, empezó a desenvainar la hoja.

Hudson atacó. Su mano derecha descendió como un relámpago hacia el cinto del gigantesco *jezzailchi,* hubo un destello de acero, un jadeo entrecortado y un grito desgarrador mientras Hudson hundía la daga hasta la empuñadura en el vientre del hombre. Mientras el individuo se desplomaba en el suelo, Hudson trató de abalanzarse sobre Gul Shah, pero tropezó con Narriman y cayeron al suelo. Gul pegó un salto hacia atrás acercando la mano a su sable, y entonces solté mis cadenas y me aparté. Gul soltó una maldición y trató de pincharme, pero estaba tan furioso que la espada fue a dar en las cadenas; justo en aquel momento, Hudson se levantó y, tras acercarse al *jezzailchi* moribundo, desenvainó el sable que este llevaba al cinto y echó a correr hacia los peldaños de la puerta. Por un instante, pensé que me abandonaba, pero lo que hizo al llegar a la puerta fue cerrarla y correr el pestillo interior; después se volvió con el sable en la mano mientras Gul, que había pegado un brinco para perseguirlo, se detenía al pie de los peldaños. Por un momento, los cuatro nos quedamos petrificados. Después Gul gritó:

—¡Mahmud! ¡Shadman! *¡Idderao juldi!*

—¡Cuidado con la mujer! —me advirtió Hudson. Vi a Narriman tratando de recoger la daga ensangrentada que él había soltado.

Se encontraba todavía a gatas en el suelo cuando le pegué un puntapié en el centro del cuerpo que la dejó sin resuello y la arrojó contra
la pared. Por el rabillo del ojo vi a Hudson bajando los peldaños
con el sable en la mano mientras yo me abalanzaba sobre Narriman,
le golpeaba la cabeza cuando ya estaba a punto de levantarse y la
sujetaba con fuerza por las muñecas. Mientras las hojas de acero
entrechocaban a mi espalda y se oía el eco de los golpes contra la
puerta desde el exterior, le coloqué los brazos a la espalda y se los
retorcí con todas mis fuerzas.

—¡Perra indecente! —rugí retorciéndole los brazos mientras ella
gritaba y se desplomaba en el suelo sin poder moverse. Sin soltarla,
apoyé la rodilla en su espalda y miré a mi alrededor en busca de
Hudson.

Él y Gul se hallaban enzarzados en un fiero combate en el centro
de la celda. Menos mal que enseñan a manejar bien la espada en la
caballería,* incluso a los lanceros, pues Gul era más ágil que una
pantera y tanto la punta como el filo de su sable giraban en todas
direcciones mientras soltaba reniegos y amenazas y ordenaba a gritos
a sus secuaces que derribaran la puerta. Pero esta era demasiado sólida para ellos. Hudson luchaba tan fríamente como si estuviera en el
gimnasio, esquivando todos los golpes y acometidas, revolviéndose
y abalanzándose sobre Gul y obligándolo a retroceder para salvar el
pellejo. Me quedé donde estaba, pues no me atrevía a soltar a aquella
gata infernal ni por un instante, temiendo que Gul aprovechara la
oportunidad para atacarme.

De repente, Gul se abalanzó sobre Hudson dando tajos a derecha e izquierda, y el lancero empezó a perder terreno; era lo que
esperaba Gul, el cual se acercó de un salto a los peldaños, tratando
de llegar a la puerta. Sin embargo, Hudson lo persiguió de inmedia-

* Aquí la exageración de Flashman se puede disculpar. Es posible que el
sargento Hudson fuera un excelente espadachín, pero ello no era frecuente
en la caballería británica; Fortescue, en su pasaje sobre la Carga de la Brigada Pesada en Balaclava, se refiere a la costumbre de los soldados de utilizar
los sables a modo de cachiporra. Y era frecuente que un hombre utilizara la
empuñadura de su sable a modo de llave inglesa, en lugar de utilizarlo para
cortar y dar tajos.

to y lo obligó a volverse para evitar que lo traspasara por la espalda. Gul esquivó el golpe, pero resbaló en los peldaños y ambos cayeron. Por un instante, quedaron trabados sobre los escalones. Gul se levantó como una pelota de goma, blandiendo el sable para atravesar a Hudson, el cual aún no había conseguido incorporarse; el sable descendió y golpeó la piedra, despidiendo chispas. La fuerza de la estocada hizo que Gul perdiera el equilibrio y se quedara por un instante inclinado sobre Hudson; antes de que pudiera recuperarse, vi una punta reluciente asomando por el centro de su espalda; soltó un horrible grito entrecortado, trató de incorporarse echando la cabeza hacia atrás y bajó rodando por los peldaños hasta el suelo de la celda. Allí se retorció un momento con la boca abierta y los ojos rebosantes de odio; después se quedó inmóvil.

Hudson se levantó con el sable ensangrentado hasta el puño y yo lancé un grito de triunfo.

—¡Bravo, Hudson! ¡Bravo, *shabash!*

Él echó un vistazo a Gul, soltó el sable y, para mi asombro, empezó a arrastrar al muerto desde el centro a la parte más oscura de la celda. Lo dejó tendido bocarriba y se me acercó corriendo.

—¡Átela fuerte, señor! —me dijo.

Até los brazos de Narriman con el cinturón del *jezzailchi* y Hudson la amordazó. Mientras la dejábamos tendida sobre la paja, el sargento añadió:

—Solo tenemos una oportunidad, señor. Tome el sable, el limpio, y monte guardia junto al muerto. Acerque la punta a su garganta y, cuando yo abra la puerta, dígales que matará a su jefe si no hacen lo que les mandamos. Con tan poca luz, no verán que es un cadáver, y la mujer no puede hablar. Vamos, señor, dese prisa.

No había tiempo para discusiones. La puerta estaba crujiendo bajo los golpes de los *afridi*. Me acerqué corriendo a Gul, recogí el sable por el camino y me situé a horcajadas encima de él, con la punta sobre su pecho. Hudson miró a su alrededor, subió los peldaños, descorrió el pestillo y saltó al suelo de la celda. Se abrió la puerta y aparecieron los alegres chicos de la aldea.

—¡Quietos ahí! —rugí yo—. ¡Un paso más y mando a Gul Shah a hacer las paces con Shaitan! ¡Atrás, hijos de lechuzas y cerdos!

Los cinco o seis bárbaros hirsutos se detuvieron de golpe en lo alto de los peldaños. Al ver a Gul aparentemente derrotado a mis pies, uno de ellos soltó un reniego y otro lanzó un gemido.

—¡Ni un solo centímetro más! —grité—. ¡De lo contrario, lo mato!

Se quedaron donde estaban, boquiabiertos de asombro, pero la verdad es que yo no tenía ni la menor idea de lo que iba a hacer a continuación. Hudson habló en tono apremiante.

—Unos caballos, señor. Estamos junto a la entrada. Dígales que lleven dos... mejor dicho, tres jacas a la puerta y que después se retiren todos al otro lado del patio.

Les rugí la orden, muriéndome de miedo de que no la cumplieran, pero la cumplieron. Supongo que mi aspecto, desnudo de cintura para arriba, mugriento, con barba y con el rostro tan enfurecido como el de un loco, debía parecer el de alguien desesperado hasta el extremo de ser capaz de cualquier cosa. Estaba dominado por el miedo y no por la furia, pero ellos no lo sabían. Discutieron acaloradamente entre sí y después se retiraron. Los oí gritar y soltar maldiciones en la oscuridad, y después llegó a mis oídos un rumor que fue para mí como la más dulce de las músicas: el rumor de los cascos de las jacas.

—Dígales que se queden fuera y bien apartados, señor —añadió Hudson; yo di la orden con voz de trueno.

Después Hudson se acercó corriendo a Narriman, la levantó en brazos haciendo un esfuerzo y la colocó de pie sobre los peldaños.

—Camina, maldita sea tu estampa —le dijo y, tomando su propio sable, la empujó hacia arriba, apoyándole la punta en la espalda. Desapareció al otro lado de la puerta, hubo una pausa y después lo oí gritar:

—¡Suba enseguida, señor, y cierre la puerta!

Jamás en mi vida había obedecido más gustosamente una orden. Dejé a Gul Shah mirando con ojos ciegos al techo, subí a toda prisa los peldaños y cerré la puerta a mi espalda. Solo cuando miré hacia el patio y vi a Hudson montado en una jaca, a Narriman atada en la otra y al pequeño grupo de afganos al otro lado del patio, acariciando sus navajas y murmurando por lo bajo... solo entonces me di cuenta de que nos habíamos dejado a nuestro rehén. Pero Hudson estaba allí para sacarme las castañas del fuego, como de costumbre.

—Dígales que destriparé a la chica y repartiré sus entrañas por todo el patio como muevan un solo dedo. ¡Pregúnteles qué dirá su amo... y qué castigo les impondrá después! —me dijo, apoyando la punta de su espada sobre el cuerpo de Narriman.

Fue suficiente para que no se movieran, y ni siquiera hizo falta que yo les repitiera la amenaza mientras montaba en la otra jaca. La puerta se abría ante nosotros. Hudson tomó la brida de la montura de Narriman, espoleamos a las bestias y, en medio del repiqueteo de los cascos, salimos bajo la luz de la luna y nos alejamos por el camino que serpeaba desde la pequeña loma del fuerte hacia el llano.

Cuando llegamos abajo, volví la vista hacia atrás. Hudson cabalgaba a mi espalda, pero tenía dificultades para mantener a Narriman sobre la silla de la tercera jaca. La siniestra silueta del fuerte se recortaba contra el cielo, pero no había la menor señal de que nadie nos persiguiera.

Cuando se situó a mi lado, Hudson me dijo:

—Me parece que allí abajo encontraremos el camino de Kabul, señor. Lo cruzamos a la ida. ¿Cree que podemos arriesgarnos, señor?

Estaba tan alterado y temblaba tanto de alivio y emoción que todo me daba igual. Lo mejor hubiera sido no acercarnos al camino, naturalmente, pero yo era partidario de cualquier cosa que nos permitiera alejarnos de aquel maldito sótano, por lo que asentí con la cabeza y seguimos adelante. Con un poco de suerte, no nos tropezaríamos con nadie por el camino y, en cualquier caso, solo allí podríamos orientarnos.

No tardamos en encontrarlo. Las estrellas nos señalaron el camino del este. Nos encontrábamos a, por lo menos, cinco kilómetros del fuerte y pensamos que, en caso de que hubieran salido en nuestra persecución, los *afridi* nos habrían perdido. Hudson me preguntó qué haríamos con Narriman.

Entonces recobré el juicio y, al pensar en todo lo que ella había estado a punto de hacerme, me enfurecí tanto que sentí deseos de descuartizarla.

—Démela a mí —contesté, aflojando las riendas y apoyando la mano en la empuñadura del sable.

Sujetándola con una mano, Hudson la empujó hacia abajo y ella resbaló al suelo, donde cayó de rodillas con las manos atadas a la espalda y la mordaza en la boca, mirando enfurecida a su alrededor. Mientras yo me acercaba con mi jaca, Hudson se interpuso súbitamente en mi camino.

—Un momento, señor —me dijo—. ¿Qué va usted a hacer?

—Voy a cortar a esta perra en pedazos —contesté—. Para quitarla de en medio.

—Espere, señor —dijo—. No puede hacer eso.

—¿Cómo que no, maldita sea?

—Mientras yo esté aquí, no, señor —contestó en tono pausado.

Al principio, no pude dar crédito a mis oídos.

—No se puede, señor —me dijo—. Es una mujer. No está usted en su sano juicio, señor, después de los azotes que le han dado y todo lo demás. La dejaremos en paz, señor; le cortaremos las ataduras y la dejaremos libre.

Me puse furioso, empecé a insultarlo y le dije que era un perro rebelde, pero él se quedó allí sentado, sacudiendo la cabeza sin moverse. Al final tuve que darme por vencido —se me ocurrió pensar que lo que Hudson le había hecho a Gul Shah me lo podría hacer a mí sin ninguna dificultad— y entonces él desmontó y le desató las manos a la chica. Narriman hizo ademán de darle un puñetazo, pero él le puso la zancadilla y volvió a montar en su cabalgadura.

—Disculpe, señora —le dijo—, pero no se merece otra cosa, ¿comprende?

Se quedó allí tendida, jadeando y mirándonos con odio reconcentrado como una auténtica fiera infernal. Era muy guapa, y lamenté no disponer de tiempo para dispensarle el mismo trato que la primera vez. Pero el hecho de entretenernos hubiera sido una locura; por consiguiente, me conformé con soltarle unos cuantos azotes con mi larga brida y tuve la satisfacción de arrearle un doloroso latigazo en la espalda que la obligó a echar a correr hacia las rocas. Después giramos al este y bajamos por el camino en dirección a la India.

Hacía un frío espantoso y yo iba medio desnudo, pero había un *poshteen* sobre la silla y me lo puse. Hudson tenía otro y también se cubrió la túnica y los pantalones con él. Parecíamos un par de auténticos *bashi-bazouks,* de no haber sido por el cabello y la barba rubios de Hudson.

Acampamos antes del anochecer en una pequeña hondonada, pero no por mucho tiempo, pues, cuando amaneció, me di cuenta de que estábamos en la campiña justo al oeste de la localidad de Fatehabad, la cual se encuentra a unos treinta kilómetros de Jalalabad. No me sentiría a salvo hasta que tuviéramos a nuestro alrededor los muros de la ciudad, por lo que decidimos seguir cabalgando y solo nos apartábamos del camino cuando unas nubes de polvo por delante de nosotros nos indicaban la presencia de otros viajeros.

Nos pasamos el día rodeando Fatehabad a través de las colinas y por la noche nos detuvimos a descansar, pues estábamos muertos de agotamiento. A la mañana siguiente, reanudamos la marcha sin acercarnos al camino, pues cada vez que mirábamos desde arriba, veíamos muchos afganos, todos viajando hacia el este. Ahora había más tráfico en las colinas, pero nadie se fijaba en un par de viajeros, pues Hudson se había cubierto el cabello rubio con un pañuelo y yo siempre había tenido toda la pinta de un *badmash* del Khyber. Sin embargo, cuanto más nos acercábamos a Jalalabad, tanto más crecía mi inquietud, pues, a juzgar por lo que habíamos visto en el camino y por los campamentos que punteaban las hondonadas, sabía que estábamos siguiendo la ruta de un ejército. Eran las huestes de Akbar marchando sobre Jalalabad. De pronto, oímos a lo lejos un matraqueo de disparos de mosquete y comprendimos que ya se había iniciado el asedio.

Menuda situación; solo en Jalalabad podríamos estar seguros, pero un ejército afgano se interponía entre nosotros y la ciudad. Después de todas las penalidades sufridas, estaba desesperado; por un instante, pensé en la posibilidad de no pasar por Jalalabad y dirigirnos a la India, pero eso hubiera significado tener que atravesar el Khyber y, dado que Hudson se parecía tanto a un afgano como un cerdo de Berkshire, jamás lo hubiéramos conseguido. Maldije mi suerte por haber elegido a un compañero de cabello rubio y tez clara de Somerset, pero ¿cómo hubiera podido yo prever lo que ocurriría después? No podíamos hacer nada como no fuera seguir adelante y ver qué posibilidades teníamos de llegar a Jalalabad y evitar ser descubiertos.

Nuestra situación era muy apurada, pues muy pronto llegamos a unos campamentos, llenos de afganos por todas partes, en los que Hudson estuvo a punto de morir asfixiado en el interior del lienzo que le envolvía toda la cabeza a modo de turbante. En determinada ocasión, un grupo de pastunes nos saludó y yo les contesté con el corazón en un puño. Al ver que mostraban un especial interés por nosotros, me pegué un susto mayúsculo y lo único que se me ocurrió fue ponerme a cantar aquella antigua canción pastuna que dice:

Hay una chica al otro lado del río
con unas nalgas de melocotón,
pero, ay de mí, que no sé nadar.

Ellos se echaron a reír y nos dejaron en paz, pero yo di gracias a Dios de que se encontraran a unos veinte metros de distancia, pues, de lo contrario, quizá se hubieran dado cuenta de que yo no era tan afgano como parecía de lejos.

Pensé que no tardarían en descubrirnos. Estaba seguro de que, en cuestión de un minuto, alguien se daría cuenta a pesar de nuestros disfraces, pero, de repente, el terreno empezó a descender y enseguida llegamos a lo alto de una pendiente, en cuyo fondo, aproximadamente a unos cuatro kilómetros de distancia, se encontraba Jalalabad, con el río Kabul a su espalda.

Fue una escena memorable. En la alargada loma, a ambos lados del lugar que nosotros ocupábamos, las rocas estaban llenas de afganos que cantaban o permanecían agachados alrededor de sus hogueras; en el llano los había a miles, agrupados por todas partes menos en las inmediaciones de Jalalabad, donde habían formado una media luna enorme de cara a la ciudad. Vimos tropas de caballería que iban de un lado para otro y varios cañones y carros entre los sitiadores. En la parte anterior de la media luna se veían pequeños destellos de fuego y se oían las detonaciones de los disparos de mosquete, y más adelante, casi rozando las defensas, había varios *sangars* pequeños, detrás de los cuales permanecían agachadas unas figuras envueltas en ropajes blancos. Estaba claro que aquello era un asedio en toda regla. Mientras contemplaba las inmensas huestes que se interponían entre nosotros y la seguridad, sentí que el corazón se me encogía en el pecho: jamás podríamos atravesar aquella barrera.

Y que conste que el asedio no parecía preocupar demasiado a los de Jalalabad. Los disparos se intensificaron y vimos cómo un enjambre de figuras huía despavorido delante de los terraplenes. Jalalabad no es muy grande y no tenía murallas propiamente dichas, pero los zapadores habían levantado unas defensas magníficas delante de la ciudad. Al ver lo ocurrido, los afganos que nos flanqueaban desde las alturas lanzaron un grito estentóreo de burla, como para dar a entender que ellos lo hubieran hecho mejor que los hombres que habían emprendido la retirada. A juzgar por las figuras que yacían delante de los terraplenes, los sitiadores habían recibido una considerable paliza.

«Para lo que nos va a servir», pensé yo mientras Hudson acercaba su jaca a la mía y me decía:

—Por aquí podremos entrar, señor.

Seguí la dirección de su mirada y vi abajo a nuestra izquierda, aproximadamente a unos dos kilómetros de la ciudad, un pequeño fuerte en lo alto de un cerro con la bandera británica ondeando en la entrada. En sus murallas se encendían de vez en cuando los destellos de unos disparos de mosquete. Algunos afganos habían reparado en el fuerte, pero no demasiados; las avanzadas de los afganos en la llanura lo habían aislado de las fortificaciones principales, pero nadie le prestaba demasiada atención. Vimos que una pequeña nube de jinetes afganos descendía hacia él, pero retrocedió ante los disparos que se estaban efectuando desde las murallas.

—Si bajamos muy despacio hacia el lugar desde donde esos negros están disparando —dijo Hudson—, podríamos pegar una carrerilla, señor.

«Y que nos derriben a balazos de las sillas, no, gracias», pensé yo. Nada más hacerme Hudson la sugerencia, alguien nos llamó desde las rocas de nuestra izquierda, por lo que, sin una palabra más, nos lanzamos al galope por la pendiente. La voz nos llamó a gritos, pero nosotros seguimos adelante, llegamos abajo y cabalgamos entre los afganos que permanecían agachados entre las rocas, vigilando el pequeño fuerte. Mientras los jinetes atacantes daban media vuelta entre gritos y maldiciones, uno de los tiradores nos llamó cuando pasamos por su lado, pero no nos detuvimos. Ahora solo nos quedaba la última línea de tiradores; más allá estaba el pequeño fuerte, a cosa de un kilómetro de distancia en lo alto del pequeño cerro, con su bandera ondeando al viento.

—Ahora, señor —dijo Hudson.

Clavamos las espuelas en los flancos de las jacas y nos lanzamos a un furioso galope más allá de los últimos *sangars*. Los afganos nos miraban lanzando gritos de asombro, pues no comprendían qué demonios estábamos haciendo, pero nosotros inclinamos la cabeza hacia delante y proseguimos nuestro avance hacia la puerta del fuerte. Oí a nuestra espalda otros gritos y el rumor de los cascos de unos caballos. De pronto, las balas empezaron a silbar a nuestro alrededor... procedentes del fuerte, maldita sea. «¡Oh, Dios mío —pensé—, nos han tomado por afganos y ahora no podemos detenernos porque nos persiguen los jinetes!».

Hudson arrojó al suelo su *poshteen* e, incorporándose sobre los estribos, empezó a gritar. Al ver su chaqueta y sus calzones azules de lancero, los afganos que nos perseguían se pusieron a aullar, pero, afortunadamente, los disparos del fuerte habían cesado y ahora se trataba de una simple carrera entre los afganos y nosotros. Nuestras jacas estaban al borde del agotamiento, pero nosotros las lanzamos a un endiablado galope. Mientras nos acercábamos a las murallas, vi que se abría la puerta. Solté un grito de emoción y seguí cabalgando mientras Hudson me pisaba los talones. En cuanto cruzamos la puerta, caí desde la silla a los brazos de un hombre con unos mostachos enormes de color jengibre y unos galones de sargento en el brazo.

—¡Maldita sea! —rugió—. ¿Quién demonios es usted?

—El teniente Flashman —contesté—, del ejército del general Elphinstone.

Su boca se abrió como la de un bacalao.

—¿Dónde está su comandante?

—¡Me deja usted de piedra! —replicó—. Si aquí hay algún comandante, ese soy yo. Sargento Wells, de los Granaderos de Bombay, señor. Nosotros creíamos que todos ustedes habían muerto...

Tardamos algún tiempo en convencerlo y en averiguar lo que estaba ocurriendo. Mientras sus cipayos disparaban desde el parapeto de arriba contra los decepcionados afganos, nos acompañó a la pequeña torre, nos invitó a sentarnos en un banco, nos ofreció unas tortitas con un poco de agua —era lo único que tenían— y nos contó que los afganos llevaban tres días asediando Jalalabad con unos contingentes de fuerzas cada vez más numerosos y que, de momento, su pequeño destacamento había quedado aislado en aquel apartado fuerte.

—Sería un lugar estupendo para armar los cañones si pudieran sacarnos de aquí, ¿comprende, señor? —dijo—. Por eso el capitán Little..., el que está en la torre de allí atrás con la cabeza traspasada por una bala, señor..., dijo que teníamos que resistir al precio que fuera. «Hasta el último hombre, sargento», dijo, y después murió. Eso fue anoche, señor. Nos han estado atacando con ganas, señor, y no han parado en ningún momento. No sé si podremos resistir mucho tiempo, señor, porque se nos está acabando el agua y anoche llegaron casi hasta la muralla.

—Pero ¿no los pueden relevar desde Jalalabad, por el amor de Dios? —dije yo.

—Supongo que deben de tener muchas cosas que hacer, señor —contestó, sacudiendo la cabeza—. Ellos tampoco podrán resistir mucho tiempo allí; el viejo Bob Sale... el general Sale, quiero decir..., no está muy preocupado. Pero hacer una salida para relevarnos ya sería otra cosa.

—¡Oh, Dios mío —dije yo—, hemos escapado del fuego para ir a parar a las brasas!

Me miró fijamente, pero me dio igual. Era el cuento de nunca acabar; parecía que un genio del mal me estuviera persiguiendo por todo Afganistán con la aviesa intención de aniquilarme. ¡Haber llegado hasta tan lejos una vez más para sucumbir cuando ya tenía la salvación al alcance de la mano! Vi un jergón de paja en un rincón de la torre y me acerqué a él para tenderme. Me ardía la espalda y estaba medio muerto de cansancio, atrapado en aquel fuerte infernal. Solté una maldición y rompí a llorar con el rostro sobre la paja sin que me importara lo que pudieran pensar de mí.

Oí que Hudson y el sargento hablaban en voz baja y que este decía:

—¡Me parece que es un tipo un poco raro!

Después debieron de salir al exterior, pues ya no los oí más. Permanecí tendido sobre el camastro y debí de quedarme dormido de puro agotamiento, pues cuando volví a abrir los ojos, la estancia estaba a oscuras. Oí hablar a los cipayos en el exterior, pero no salí; tomé un trago del cuenco que había sobre la mesa, volví a tenderme y dormí hasta la mañana siguiente.

Algunos de ustedes levantarán las manos horrorizados ante el hecho de que un oficial de la reina pudiera comportarse de semejante manera y, por si fuera poco, en presencia de sus soldados. A lo cual yo podría contestar diciendo que no pretendo, tal como ya he dicho antes, ser otra cosa más que un cobarde y un bribón, y que nunca he hecho teatro cuando me ha parecido que no merecía la pena. Y en aquellos momentos, no merecía la pena. Puede que delirara un poco a causa de los sobresaltos sufridos —convendrán ustedes conmigo en que Afganistán no había sido precisamente una alegre excursión campestre para mí—, pero, mientras permanecía acostado en el jergón de aquella torre, escuchando los disparos ocasionales del exterior y los gritos de los sitiadores, dejé de preocuparme por las apariencias. «Que piensen lo que les dé la gana; seguramente nos harán pedazos a todos, ¿y qué más le dan las buenas opiniones a un cadáver?».

Sin embargo, al sargento Hudson le seguían importando las apariencias. Fue él quien me despertó después de aquella primera noche. Estaba ojeroso y sucio cuando se inclinó sobre mí con la chaqueta hecha jirones y el desgreñado cabello sobre los ojos.

—¿Cómo está, señor? —me preguntó.

—Fatal —contesté—. Me arde la espalda y me temo que no le voy a servir de mucho durante algún tiempo, Hudson.

—Vamos a ver, señor —me dijo—. Permítame que le eche un vistazo a la espalda.

Me di la vuelta con un gruñido y él me examinó.

—No está muy mal —dijo—. La piel tiene algunos arañazos, pero no hay heridas infectadas. Lo demás son simples ronchas. —

Guardó silencio un instante—. El caso es, señor, que necesitamos todos los mosquetes que podamos reunir. Los *sangars* están más cerca esta mañana y los negros son cada vez más numerosos. Parece que vamos a tener una auténtica batalla, señor.

—Lo siento muchísimo, Hudson —repliqué con un hilillo de voz—. Lo haría si pudiera, bien lo sabe usted. Pero, aunque no tenga la espalda muy mal, apenas puedo hacer nada. Creo que debo de tener algo roto por dentro.

Se incorporó y me miró fijamente.

—Sí, señor —dijo—, creo que sí.

Después dio media vuelta y se retiró.

Sentí que me ruborizaba de vergüenza al comprender lo que Hudson había querido decir; por un instante, estuve casi a punto de levantarme del jergón y echar a correr tras él. Pero no lo hice, pues justo en aquel momento se oyó un repentino grito en los parapetos, los mosquetes empezaron a disparar y el sargento Wells se desgañitó dando órdenes; pero lo que más se oía eran los espantosos gritos de los *ghazi*, y entonces comprendí que estos ya habían alcanzado el muro. Fue demasiado para mí; permanecí tendido sobre la paja temblando de miedo mientras fuera proseguían los combates. Todo aquello estaba durando una eternidad y, de un momento a otro, esperaba oír en el patio los gritos de guerra y el rumor de los pies de los afganos y ver aparecer a aquellos barbados y horribles bárbaros en la puerta de la estancia con sus navajas del Khyber. Le pedí a Dios que acabaran conmigo rápidamente.

Tal como digo, puede que en aquellos momentos me encontrara bajo los efectos de un sobresalto o que incluso tuviera un poco de fiebre, pero lo dudo; más bien creo que me volví loco de puro miedo. En cualquier caso, no tengo una idea muy precisa de lo que duró aquel combate ni de cuándo terminó y empezó el siguiente ataque, o ni siquiera de cuántos días y noches transcurrieron. No recuerdo haber comido ni bebido, aunque supongo que debí de hacerlo, y tampoco recuerdo las exigencias de la naturaleza. Por cierto que el miedo no ejerce ese efecto en mí; no me lo hago encima, aunque reconozco que en una o dos ocasiones he estado casi a punto. En Balaclava, por ejemplo, cuando cabalgaba con la Brigada Ligera...

¿Saben ustedes que George Paget se pasó todo el rato fumando un cigarro hasta llegar a los cañones? Bueno, pues mis intestinos no pararon de moverse ni un momento hasta que llegamos a los cañones, pero dentro no había más que viento, pues llevaba varios días sin comer.

Sin embargo, en aquel fuerte en el que me encontraba al límite de mis fuerzas, perdí el sentido del tiempo; el *delirium panicus* me tenía atrapado en sus garras. Sé que Hudson me fue a ver, y sé que me habló, pero no recuerdo lo que me dijo, exceptuando algunas frases aisladas. Recuerdo que me comunicó la muerte de Wells y que yo le contesté:

—Qué mala suerte, por Dios, ¿ha sufrido heridas graves?

Por lo demás, mis momentos de vigilia fueron mucho menos nítidos que mis sueños, muy claros, por cierto. Me encontraba de nuevo en la celda con Gul Shah y Narriman, con Gul burlándose de mí; de pronto se convertía en Bernier y me apuntaba con su pistola, y después se transformaba en Elphy Bey y me decía: «Tendremos que quitarle lo más esencial, Flashman, me temo que no habrá más remedio. Le enviaré una nota a sir William».

Y los ojos de Narriman cada vez más grandes hasta que yo los veía en el rostro de Elspeth… Elspeth, muy bella y sonriente, desvaneciéndose poco a poco hasta convertirse en Arnold, el cual me amenazaba con soltarme una tanda de azotes por no haber hecho la traducción. «Desventurado joven, me lavo las manos con respecto a usted; hoy mismo tendrá que abandonar mi nido de serpientes y enanos». Entonces alargó el brazo y apoyó la mano en mi hombro. Lancé un grito y traté de soltarme, y entonces me di cuenta de que estaba tratando de apartar los dedos de Hudson de mi hombro, mientras él permanecía arrodillado junto a mi camastro.

—Señor —me dijo—, tiene que levantarse.

—¿Qué hora es? —pregunté—. ¿Y qué es lo que quiere? Déjeme en paz, haga el favor, déjeme en paz…, estoy enfermo, maldita sea.

—No puede ser, señor. Ya no puede quedarse aquí por más tiempo. Tiene que levantarse y salir conmigo.

Le contesté que se fuera al infierno y, de repente, él se inclinó hacia delante y me asió por los hombros.

—¡Levántese! —me ordenó en tono perentorio, y entonces observé que su rostro estaba más ojeroso y macilento de lo que yo jamás lo hubiera visto, y que su expresión era tan fiera como la de un animal salvaje—. ¡Levántese! ¡Es usted un oficial de la reina, maldita sea, y como tal se tendrá que comportar! ¡No está usted enfermo, señor Melindroso Flashman, es simplemente un cobarde! ¡Esa es toda su enfermedad! ¡Pero se va usted a levantar y *parecerá* un hombre, aunque no lo sea! —gritó, haciendo ademán de levantarme a la fuerza del jergón.

Le pegué un puñetazo, lo llamé perro rebelde y le dije que lo mandaría azotar en el ejército por su insolencia, pero él acercó el rostro al mío y me dijo con voz sibilante:

—¡No, no lo hará! Ni ahora ni nunca. Porque usted y yo no vamos a regresar a ningún sitio donde haya tambores ni flagelaciones ni nada por el estilo, ¿comprende? Estamos atrapados aquí y aquí moriremos, ¡porque no podemos salir! Estamos perdidos, mi teniente. ¡Esta guarnición está acabada! ¡No nos queda nada que hacer más que morir!

—Maldita sea su estampa, pues entonces, ¿qué quiere usted de mí? ¡Váyase a morir a su manera y déjeme morir a la mía! —grité, tratando de apartarlo.

—De eso ni hablar, señor. No será tan fácil. Soy el único que queda para luchar en este fuerte, además de un puñado de cipayos exhaustos... y usted.

—¡Pues luche usted todo lo que quiera! —le grité—. ¡Usted que es tan cochinamente valiente! ¡Usted que es un maldito soldado de cuerpo entero! ¡Pues mire por dónde, yo no lo soy! Tengo miedo, maldita sea, y ya no puedo luchar... ¡Me importa un bledo que los afganos tomen el fuerte, Jalalabad y toda la India! —dije mientras las lágrimas rodaban por mis mejillas—. ¡Y ahora váyase al infierno y déjeme en paz!

Permaneció arrodillado, mirándome fijamente mientras se apartaba un mechón de cabello de los ojos.

—Ya lo sé —dijo—. Lo medio adiviné en cuanto salimos de Kabul y estuve casi seguro en aquella celda por su forma de comportarse. Pero lo estuve el doble cuando usted quiso matar a aquella pobre afgana… Los *hombres* no hacen eso. Sin embargo, no se lo podía decir. Usted es un oficial y un caballero, tal como suele decirse. Pero ahora ya no importa, ¿verdad, señor? Los dos vamos a morir y, por consiguiente, puedo decir lo que pienso.

—Pues espero que se divierta —le dije—. De esta manera, va a matar a un montón de afganos.

—Es posible, señor —replicó—. Pero necesito su ayuda. Y vaya si me ayudará, pues pienso quedarme aquí todo el tiempo que haga falta.

—Es usted un pobre tonto —le dije—. ¿De qué le va a servir si ellos lo matan al final?

—Me servirá para que esos negros no armen sus cañones en esta colina. No podrán tomar Jalalabad mientras nosotros *resistamos*… Y, a cada hora que pase, aumentarán las posibilidades del general Sale. Y eso es lo que voy a hacer, señor.

Hay muchos así, desde luego. Yo los he conocido a cientos. Si les das la oportunidad de cumplir lo que ellos llaman su deber, si les permites entrever una esperanza de martirio…, ellos mismos se abrirán paso hacia la cruz y pedirán a gritos que venga el hombre que los tiene que clavar con los clavos y el martillo.

—Le deseo lo mejor —dije—. No se lo pienso impedir.

—Sí me lo impediría, señor, si yo se lo permitiera. Lo necesito… Aquí fuera hay veinte cipayos que combatirán mejor si los anima un oficial. Ellos no saben lo que es usted… de momento. —Se levantó—. Sea como fuere, no voy a discutir, señor. Tendrá usted que levantarse… ahora mismo. De lo contrario, lo sacaré a rastras y lo haré pedazos con el sable, trocito a trocito. —La expresión de su rostro era tremenda. Sus ojos grises, hundidos en las cuencas, me miraban con un brillo siniestro. Comprendí que hablaba en serio—. Por consiguiente, levántese, señor, haga el favor.

Me levanté, por supuesto. Me encontraba muy bien físicamente; mi dolencia se limitaba a la moral. Salí con él al patio, en el que unos seis cadáveres de cipayos yacían en fila cubiertos con mantas cerca de la entrada. Los vivos que estaban en el parapeto volvieron la cabeza cuando Hudson y yo subimos por la desvencijada escalera. Vi sus cansados y oscuros rostros bajo los chacós, y sus huesudos y oscuros pies asomando ridículamente bajo las chaquetas rojas y los calzones blancos.

El tejado de la torre no debía de medir más de tres metros cuadrados y superaba ligeramente en altura a las murallas que la rodeaban, cuya longitud no debía de superar los veinte metros. Aquello no era un fuerte, sino más bien un castillo de juguete. Desde el tejado de la torre se podía ver Jalalabad a cosa de un kilómetro y medio de distancia, inalterada a primera vista, pero con las líneas afganas cada vez más cerca. En nuestro frente, las líneas estaban efectivamente más cerca, por lo que Hudson me llevó a toda prisa a un lugar protegido, antes de que los afganos nos disparasen la primera bala.

Mientras contemplábamos aquella enorme multitud de jinetes y montañeses a pie, reunidos justo fuera del alcance de nuestros mosquetes, Hudson me señaló un par de cañones que los afganos habían emplazado en su flanco derecho. Llevaban allí desde el amanecer, me explicó, y pensaba que empezarían a disparar en cuanto hubieran reunido la pólvora y los proyectiles. Nos estábamos preguntando en qué momento empezarían a disparar —más bien se lo estaba preguntando Hudson, pues yo ni siquiera le dirigía la palabra— cuando se oyó un gran rugido de los jinetes y estos se lanzaron al galope en dirección al fuerte. Hudson me empujó hacia los peldaños de la escalera y me hizo cruzar el patio y subir al parapeto; alguien depositó un mosquete en mis manos y contemplé a través de una aspillera a la muchedumbre que se estaba acercando a nosotros. Vi que el terreno que había delante de las murallas estaba sembrado de cadáveres y que estos se amontonaban sin el menor orden ni concierto delante de la puerta, como el pescado en el tenderete de un pescadero.

El espectáculo era repugnante, sin duda, pero no tanto como el de aquellos demonios que se estaban acercando al fuerte. Calculé que debían de ser unos cuarenta, seguidos por los soldados de infantería, que corrían y gritaban, blandiendo sus navajas. Hudson ordenó a gritos que cesaran los disparos, y los cipayos se comportaron como si ya hubieran pasado antes por aquella situación..., tal como efectivamente habían pasado. Cuando los atacantes se encontraban a unos cincuenta metros de distancia y yo pensé que no manifestaban un excesivo entusiasmo por la empresa, Hudson rugió:

—¡Fuego!

Sonó una descarga y cayeron unos cuatro; eso fue una señal de que la puntería era buena. Los afganos se desconcertaron un poco, pero siguieron adelante. Los cipayos tomaron sus mosquetes de repuesto y miraron a Hudson.

—¡Fuego! —ordenó de nuevo el sargento, y cayeron otros seis, lo cual indujo a los demás a retirarse.

—¡Allá van! —gritó Hudson—. ¡Rápido, vuelvan a cargar! ¡Si tuvieran el valor de cargar como Dios manda contra el fuerte, nos podrían derribar como si fuéramos bolos!

A mí también se me había ocurrido pensarlo. Había centenares de afganos al fondo, y en el fuerte éramos apenas veinte; con una carga decidida, se hubieran podido aproximar a las murallas y, una vez dentro, nos habrían devorado en cuestión de cinco minutos. Sin embargo, comprendí que aquel habría sido su comportamiento desde el principio: unas cargas desganadas que habían sido repelidas y solo una o dos que habían conseguido llegar hasta las murallas. Habían sufrido bajas considerables, y creo que nuestro pequeño fuerte no les interesaba demasiado y hubieran preferido participar con sus compañeros en el ataque a Jalalabad, pues era allí donde estaba el botín. Muy listos.

A pesar de todo, la situación no podía prolongarse demasiado, lo tenía claro. A pesar de que nuestras bajas no habían sido demasiadas, los cipayos estaban agotados; solo nos quedaba un poco de harina como único alimento y apenas un cuenco de agua por hombre en un gran tonel que había junto a la entrada; Hudson lo vigilaba como un halcón.

Aquel día hubo tres cargas más, o quizá cuatro, pero ninguna tuvo más éxito que la primera. Nosotros disparamos y ellos se retiraron, y yo volví a sentir que la cabeza me daba vueltas. Me apoyé contra la pared junto a mi aspillera y me cubrí con un *poshteen* para protegerme un poco del calor infernal; las moscas volaban incesantemente a mi alrededor y el cipayo que tenía a mi derecha no paraba de gemir. Por la noche la situación no mejoró; el frío era tan intenso que no podía por menos que sollozar de dolor. Una espléndida luna lo bañaba todo con su plateada luz, pero cuando se puso, la oscuridad no fue suficiente como para permitir que los afganos se acercaran subrepticiamente a nosotros, gracias a Dios. Hubo unas cuantas alarmas y unos cuantos gritos, pero eso fue todo. Al amanecer, los francotiradores empezaron a disparar. Nosotros permanecimos agachados bajo el parapeto mientras las balas arrancaban fragmentos de piedra de la torre situada a nuestras espaldas.

Debí de quedarme dormido, pues me despertó un estruendo impresionante y una explosión atronadora; de pronto, nos vimos envueltos en una gran nube de polvo y, cuando esta se disipó, vi que una esquina de la torre había desaparecido y que en el patio había un montón de escombros.

—¡El cañón! —gritó Hudson—. ¡Están utilizando el cañón!

Al otro lado del llano vimos uno de sus grandes cañones dirigido hacia el fuerte y rodeado por un numeroso grupo de afganos. Tardaron cinco minutos en volver a cargarlo. El fuerte se estremeció como si lo hubiera sacudido un terremoto, y la bala abrió un enorme boquete en la muralla junto a la entrada. Los cipayos empezaron a gimotear y Hudson les rugió que resistieran; hubo otra terrible explosión y después otra; el aire estaba lleno de polvo y fragmentos de piedra. A mi lado, una parte del parapeto desapareció y el cipayo que se encontraba detrás se precipitó con ella al vacío. Corrí hacia la escalera, resbalé y caí sobre los escombros. Me debí de golpear la cabeza con algo, pues, de repente, me encontré de pie sin saber dónde estaba, de cara a una muralla destrozada, más allá de la cual se extendía una explanada desierta por la que unas figuras corrían hacia mí.

Se encontraban muy lejos, y tardé un momento en darme cuenta de que eran afganos; estaban cargando contra las ruinas del fuerte. De pronto, oí el disparo de un mosquete y allí, junto a la muralla derruida, vi a Hudson con la cara cubierta de sangre reseca, manipulando una baqueta sin dejar de soltar maldiciones por lo bajo. Al verme, me gritó:

—¡Vamos! ¡Vamos! ¡Écheme una mano, hombre!

Me acerqué a él con unos pies que me pesaban una tonelada cada uno; una figura con chaqueta roja se estaba moviendo a la sombra de la muralla junto a la puerta; era uno de los cipayos. Curiosamente, la muralla había sido derribada a ambos lados, pero la puerta aún se mantenía en pie, con la bandera ondeando arriba en lo alto del mástil y las cuerdas colgando. Mientras los gritos de los *ghazi* sonaban cada vez más cercanos, se me ocurrió una idea; me acerqué a trompicones a la puerta y agarré las cuerdas.

—Cáete —dije, tirando de las cuerdas—. ¡Cáete y haz que se detengan!

Volví a tirar de las cuerdas y entonces se oyó otro estruendo impresionante, la doble hoja de la puerta se abrió como si una gigantesca mano la hubiera empujado hacia dentro y el arco superior se hundió junto con la bandera; una asfixiante nube de polvo se elevó en el aire y yo me abrí paso entre ella, extendiendo los brazos para tomar la bandera que ahora tenía al alcance de la mano.

Sabía con toda claridad lo que quería hacer. Levantaría la bandera y me rendiría a los afganos, y entonces nos dejarían en paz. Hudson, en medio de aquel fragor infernal, debió de comprender en cierto modo lo que yo me proponía, pues vi que también se acercaba a rastras hacia la bandera. O a lo mejor quería salvarla, no lo sé. El caso es que no lo consiguió; otra bala rasa se estrelló contra el montón de escombros que había delante de mí, y la sucia figura vestida de azul fue engullida de repente como un muñeco de trapo por una densa nube de polvo y cascotes. Avancé tambaleándome sobre los escombros y caí de rodillas; la bandera estaba al alcance de mi mano, así que la tomé y la sostuve en alto. Desde algún lugar sonó otra descarga de mosquetería y pensé: «Bueno, esto es el final, y no es ni la mitad de malo de lo que yo pensaba, aunque lo es bastante, desde luego, y yo no me quiero morir todavía, Dios mío».

Se oyó un fragor como el de una cascada de agua y me empezaron a llover cosas encima; sentí un dolor horrible en la pierna derecha y oí el estridente grito de un *ghazi* casi en el oído. Yo estaba tendido boca abajo, agarrando la bandera y musitando:

—Toma este maldito trasto, no lo quiero para nada. Tómalo, por favor, me rindo.

La mosquetería volvió a disparar, el ensordecedor ruido se intensificó y después ya no oí ni vi nada.

A veces, en la vida, hay ciertos despertares tan dichosos que uno desearía que perduraran para siempre. Con harta frecuencia se despierta uno perplejo y entonces recuerda alguna mala noticia con la que se acostó en la víspera, pero, de vez en cuando, uno abre los ojos con la certeza de que todo va bien y que se encuentra a salvo en el lugar adecuado, y lo único que puede hacer es permanecer tendido con los ojos suavemente cerrados, disfrutando de ese momento delicioso.

Comprendí que todo iba bien cuando noté el roce de las sábanas bajo la barbilla y una suave almohada bajo la cabeza. No sabía dónde me encontraba, pero estaba en una cama británica y el suave susurro que percibía por encima de mí era el de un abanico *punkah.** Incluso cuando me moví y experimenté un dolor punzante en la pierna derecha no me asusté, pues comprendí inmediatamente que solo la tenía rota y que, en su extremo, aún había un pie que se podía menear.

No me importaba de qué forma había llegado hasta allí. Estaba claro que en el último minuto me habían rescatado del fuerte, malherido pero entero, y me habían conducido a lugar seguro. Desde lejos oía los distantes disparos de la mosquetería, pero allí disfrutaba de paz y me sorprendía de mi buena suerte, me deleitaba en mi situación y estaba tan a gusto que ni siquiera me molesté en abrir los ojos.

Cuando al fin lo hice, me encontré en una agradable estancia de paredes encaladas en la que los rayos del sol penetraban en oblicuo a través de los listones de unas persianas de madera, y un *wallah*† dormitaba apoyado contra la pared, tirando automáticamente de la

---

* Uso anglo-indio, abanico colgante de gran tamaño, hecho con hojas de palmera y accionado con una cuerda. (*N. de la T.*)
† Uso anglo-indio, criado. (*N. de la T.*)

cuerda del enorme abanico. Al volver la cabeza, descubrí que la tenía cubierta de vendas y noté un dolor palpitante en la nuca, pero ni siquiera eso me desanimó. Me había salvado de los afganos que me perseguían, de los enemigos implacables, de las mujeres bestiales y de los comandantes imbéciles... Estaba muy a gusto en la cama, y cualquiera que esperara algo más de Flashy... ¡podía esperar sentado! Traté de moverme, otra vez la pierna me dolió y solté una maldición, y entonces el *wallah* que se encargaba de mover el abanico se levantó de un salto y salió de la estancia, anunciando a gritos que me había despertado. Se oyeron unos murmullos y enseguida apareció un hombrecito calvo y con gafas vestido con una larga bata de lona, seguido por dos o tres sirvientes indios.

—¡Finalmente se ha despertado! —me dijo—. Vaya, vaya, cuánto me alegro. No se mueva, señor. Quieto, quieto. Se ha roto una pierna por aquí y una cabeza por allá, pero ahora vamos a ver si conseguimos que hagan las paces entre sí, ¿de acuerdo? —Me miró sonriendo, me tomó el pulso, me examinó la lengua, me dijo que se llamaba Bucket, arrugó la nariz y señaló que estaba bastante bien dentro de lo que cabía—. Fractura de fémur, señor..., el hueso del muslo; grave; pero sin complicaciones. Dentro de unos cuantos meses, volverá a saltar como si tal cosa. Pero ahora todavía no... Lo pasó muy mal, ¿verdad? Tiene unos cortes muy profundos en la espalda..., pero eso no importa ahora, ya nos lo contará más tarde. Y ahora, Abdul —añadió—, ve a decirle al comandante Havelock que el paciente ya está despierto, *juldi jao*. Le ruego que no se mueva, señor. ¿Cómo?... Sí, un poco de bebida. ¿Mejor? No mueva la cabeza, eso es... De momento, lo único que puede hacer es permanecer tendido y procurar no moverse.

Siguió parloteando, pero no le presté la menor atención. Curiosamente, la contemplación de la chaqueta azul bajo la bata de lona me hizo recordar a Hudson... ¿Qué habría sido de él? Mi último recuerdo era el del instante en que lo había visto alcanzado por el disparo y probablemente muerto. Pero ¿de veras habría muerto? Por mi bien, mejor sería que sí, pues el recuerdo de nuestras últimas relaciones perduraba muy claro en mi mente y, de pronto, se me ocurrió pensar que si Hudson viviera y hablara, yo estaría perdido.

Podría jurar que yo era un cobarde si quisiera..., pero ¿se atrevería a hacerlo? ¿Y lo creerían? No lo podría demostrar, pero, si tuviera fama de hombre formal —y seguro que la tenía—, puede que le hicieran caso. Lo cual significaría mi ruina y mi deshonra, y aunque tales cosas me importaban un pimiento cuando la muerte nos rondaba a mí y a todos los que estábamos en aquel fuerte, ahora que estaba de nuevo a salvo, me importaban muchísimo.

«Dios mío —me dije—, que esté muerto; los cipayos, si alguno ha sobrevivido, no saben nada y, aunque supieran, no hablarían ni nadie los creería. Pero Hudson... ¡*tiene* que estar muerto!».

Unos pensamientos muy caritativos, dirán ustedes. Pues sí, el mundo es muy duro, y aunque los hijos de puta como Hudson tienen su utilidad, no cabe duda de que a veces también resultan muy molestos. Deseaba su muerte con más vehemencia de lo que jamás hubiera deseado cualquier otra cosa.

La incertidumbre se me debía de leer en la cara, pues el pequeño médico empezó a musitar palabras de consuelo; inmediatamente se abrió la puerta y entró Sale, con su afable, mofletudo y estúpido rostro tan colorado como la chaqueta que llevaba, seguido de un individuo alto de rostro severo y con pinta de predicador; otros se quedaron mirando desde la puerta cuando Sale se acercó y se sentó en una silla al lado de la cama. Después se inclinó hacia delante para tomarme la mano en la suya mientras me miraba con cara de vaca lechera.

—¡Muchacho mío! —dijo casi en un susurro—. ¡Mi valiente muchacho!

«Vaya, eso no está nada mal», pensé. Pero tenía que averiguarlo, y cuanto antes, mejor.

—Señor... —dije y, para mi asombro, la voz me salió como un graznido trémulo, de tanto tiempo como llevaba sin usarla, supongo—, señor, ¿cómo está el sargento Hudson?

Sale soltó un gruñido como si alguien acabara de propinarle un puntapié, inclinó la cabeza y después miró al médico y al sepulturero que lo acompañaba. Ambos me miraron con expresión solemne.

—Sus primeras palabras —dijo el pequeño médico, sacando un pañuelo para sonarse ruidosamente la nariz.

Negó con tristeza y volvió a mirarme.

—Muchacho mío —dijo—, lamento tener que comunicarle que su compañero, el sargento Hudson, ha muerto. No sobrevivió al último asalto contra el fuerte de Piper. —Hizo una pausa y me miró compasivamente antes de añadir—: Murió… como un verdadero soldado.

—Nicanor cayó con la armadura puesta —terció el sepulturero, levantando los ojos hacia el techo—. Murió en el cumplimiento del máximo deber y dio sobradas muestras de su valor.

—Gracias a Dios —dije yo—. Quiero decir, que Dios se apiade de él… y le conceda el eterno descanso.

Por suerte, mi voz sonaba tan débil que solo pudieron oír un murmullo. Puse semblante abatido y Sale me comprimió la mano.

—Creo que ya sé lo que su camaradería debió de significar para usted. Suponemos que debieron ustedes de salir juntos de las ruinas del ejército del general Elphinstone, y ya nos imaginamos las penalidades que debieron de sufrir los dos juntos… Oh, muchacho mío, bien claras están escritas en su cuerpo. Hubiera deseado comunicarle la noticia más adelante, cuando ya hubiera usted recuperado un poco las fuerzas…

Hizo un gesto para frotarse el ojo.

—No, señor —dije, levantando un poco más la voz—, yo quería saberlo ahora.

—No esperaba menos de usted —dijo Sale, comprimiéndome de nuevo la mano—. ¿Qué puedo decirle, muchacho mío? Es el destino del soldado. Debemos consolarnos con la idea de que nosotros nos sacrificaríamos gustosamente por nuestros compañeros tal como ellos lo hacen por nosotros. Y no los olvidamos.

—*Non omnis moriar** —dijo el sepulturero—. Tales hombres nunca mueren del todo.

—Amén —dijo el pequeño doctor entre lloriqueos.

Lo único que les faltaba era un órgano y un coro de iglesia.

—Pero no debemos molestarlo tan pronto —dijo Sale—. Necesita descansar —añadió levantándose—. Pero piense que todas sus

---

* En latín, «no moriré del todo», verso de una oda del poeta latino Horacio. *(N de la T.)*

cuitas ya han terminado y que ha cumplido usted con su deber como pocos hombres lo han cumplido. O hubieran podido cumplirlo. Entretanto, permítame que le diga lo que había venido a decirle: que me alegro con todo mi corazón de verlo tan recuperado, pues su salvación es lo mejor que nos ha ocurrido en todo este oscuro catálogo de desastres. Que Dios lo bendiga, muchacho. Vamos, caballeros.

Salió con paso decidido, seguido por los demás; el sepulturero hizo una solemne reverencia y el pequeño médico inclinó la cabeza e hizo señas a los criados negros para que salieran delante de él. Y no solo me quedé aliviado, sino también asombrado de lo que Sale me había dicho. Una cosa son los cumplidos cotidianos de tipos como Elphy Bey, pero aquel hombre era nada menos que Sale, el famoso Bob el Luchador, de legendaria valentía. Y *él* había dicho que mi salvación había sido «lo mejor» y que yo había cumplido con mi deber como pocos lo hubieran podido hacer... Se había referido a mí como si yo fuera un héroe digno de ser reverenciado con aquella sorprendente y respetuosa veneración con que, por algún motivo incomprensible, mi siglo solía admirar a sus ídolos. Nos trataban (puedo decir «nos») como si fuéramos viejos jarrones chinos: demasiado delicados como para manejarnos igual que al resto.

Bueno, pues en cuanto desperté, me di cuenta de que estaba a salvo y que me tenían aprecio, pero la visita de Sale me hizo comprender que había algo más de lo que yo imaginaba. Sin embargo, no descubrí lo que era hasta el día siguiente, cuando Sale regresó en compañía del sepulturero... que, por cierto, era el comandante Havelock, una polilla bíblica de la peor especie que ahora se ha convertido en un personaje muy famoso.[*] El viejo Bob, que estaba de humor inmejorable, me comunicó la última noticia, que era la de que Jalalabad estaba resistiendo estupendamente bien el asedio y unas fuerzas de relevo ya estaban en camino al mando de Pollock, aunque, de todos modos, no importaba, pues nosotros ya les habíamos cogido el tranquillo a los afganos y probablemente efectuaríamos una salida y romperíamos el asedio cuando nos diera la gana.

* Comandante Henry Havelock. Posteriormente célebre como el héroe de Lucknow, el «severo soldado cromwelliano» se convirtió en una de las grandes figuras del Imperio indio.

Havelock puso una cierta cara de asco al oír sus palabras, y yo deduje de ello que no debía de tener demasiada buena opinión de Sale —nadie la tenía, aparte de la admiración que despertaba su valor— y no estaba demasiado seguro de sus aptitudes para romper asedios.

—Y eso —añadió Bob con entusiasmo—, eso se lo debemos a usted. Sí, y al gallardo grupo de hombres que defendió ese fuerte contra un ejército. Usted es testigo, Havelock, ¿acaso no le comenté en aquel momento que nunca hubo una hazaña más grande? Puede que no beneficie a todo el mundo, por supuesto; la catástrofe de Afganistán suscitará una reacción unánime de horror en Inglaterra, pero, por lo menos, hemos redimido algo. Estamos resistiendo en Jalalabad y expulsaremos a esa chusma de Akbar de nuestras puertas... Sí, y después regresaremos a Kabul antes de que termine este año. Y cuando lo hagamos... —añadió, volviéndose para mirarme—, será gracias a que un puñado de cipayos bajo el mando de un caballero inglés desafió en solitario a un gran ejército hasta el duro y amargo final.

Se había dejado arrastrar tanto por su propia elocuencia que tuvo que retirarse a un rincón a tomar un trago mientras Havelock me miraba, asintiendo con solemnidad.

—Su proeza tuvo todas las trazas del heroísmo —dijo—, y bien sabe el cielo que de eso ha habido muy poco últimamente. En casa se hablará mucho de esta hazaña.

Debo decir que raras veces me desconcierto (exceptuando el caso en que me enfrento con un peligro físico, claro está), pero aquello me dejó sin habla. ¿Heroísmo? Bueno, pues si eso era lo que creían, allá ellos; yo no pensaba contradecirlos. Además, se me ocurrió pensar que si lo hiciera y fuera lo bastante idiota como para revelarles la verdad tal como ahora la escribo, habrían creído simplemente que me había vuelto loco a causa de las heridas. Solo Dios sabía qué valerosa opción pensaban que yo había llevado a cabo, pero ya tendría ocasión de averiguarlo a su debido tiempo. Solo veía que todas las apariencias estaban de mi parte... ¿Qué más necesitaba? De noche, todos los gatos son pardos; es un principio al que me he atenido a lo largo de toda la vida y da muy buen resultado si uno sabe aprovecharlo.

Lo que estaba claro era que nada tenía que destruir el hermoso sueño de Sale; hubiera sido una crueldad para con el pobre viejo. Por consiguiente, puse manos a la obra de inmediato.

—Cumplimos con nuestro deber, señor —dije con modestia mientras Havelock asentía de nuevo y el viejo Bob se acercaba otra vez a la cama.

—Y yo he cumplido con el mío —dijo Sale mientras rebuscaba en su bolsillo— incluyendo un informe sobre su acción en mi último despacho a lord Ellenborough, que ahora ejerce el mando en Deli. Se lo leeré —añadió— porque habla con mucha más claridad de lo que yo podría hacer con mis palabras y le permitirá ver de qué manera otros juzgaron su conducta. —Carraspeó y empezó—. Bueno, vamos a ver... Las fuerzas afganas... exigen mi rendición... ah, sí... intensos combates con participación de Dennie... ah, ya lo tengo. «Había enviado una numerosa guardia al mando del capitán Little al fuerte de Piper, situado en lo alto de un cerro a escasa distancia de la ciudad, donde temía que el enemigo pudiera emplazar sus cañones. Cuando comenzó el asedio, el fuerte de Piper quedó totalmente aislado de nosotros y recibió todo el impacto del asalto enemigo. No puedo explicar con detalle cómo resistió, pues solo han sobrevivido cinco de los hombres de su guarnición, cuatro de los cuales son cipayos, mientras que el otro es un oficial inglés que todavía no ha recuperado el conocimiento a causa de sus heridas, aunque espero que lo recupere muy pronto. Ignoro cómo llegó hasta el fuerte, pues no pertenecía a la guarnición inicial, sino al Estado Mayor del general Elphinstone. Se apellida Flashman y es probable que él y el doctor Brydon sean los únicos supervivientes del ejército que tan cruelmente fue destruido en Jugdulluk y Gandamack. Supongo que debió de escapar de la matanza final y llegó al fuerte de Piper después de que se iniciara el asedio». Corríjame, muchacho, si me equivoco —me dijo, levantando la vista—, pero considero justo que usted sepa lo que le he dicho a Su Excelencia.

—Es usted muy amable, señor —repliqué humildemente.

«Demasiado si lo supiera», pensé.

—«El asedio prosiguió muy despacio en nuestro frente, tal como ya he informado a Vuestra Excelencia —dijo Sale, reanudando la lectura—, pero la violencia de los ataques contra el fuerte de Piper no cesó en ningún momento. El capitán Little murió junto con su sargento, pero la guarnición siguió luchando sin descanso. El teniente Flashman, según lo que he podido saber a través de uno de los cipayos, se encontraba en unas condiciones más propias de un hospital que de un campo de batalla, pues era evidente que había sido apresado por los afganos, los cuales lo habían azotado bárbaramente hasta el extremo de que no podía tenerse en pie y se veía obligado a permanecer tendido en un jergón de la torre. Su compañero, el sargento Hudson, participó con valentía en la defensa hasta que el teniente Flashman, a pesar de sus heridas, decidió incorporarse a la acción.

»Se resistieron varios asaltos y el enemigo fue valerosamente rechazado. Para los que estábamos en Jalalabad, semejante obstáculo al avance del sirdar fue una ayuda de valor inestimable. Y es muy probable que fuera decisiva».

«Bueno, Hudson —pensé yo—, eso es lo que usted quería y lo consiguió, por más que no le sirviera de nada». Entretanto, Sale hizo una pausa, se secó una lágrima del ojo y reanudó la lectura, haciendo un esfuerzo para que no le temblara la voz. Sospecho que lo estaba pasando en grande.

—«Sin embargo, en aquellos momentos no podíamos acudir en auxilio del fuerte de Piper, por lo que el enemigo adelantó el emplazamiento de los cañones y abrió varias brechas en las murallas. Para entonces, yo había decidido efectuar una salida e intentar hacer todo lo que pudiéramos por nuestros compañeros, por lo que el coronel Dennie avanzó para prestarles ayuda. En un violento combate sobre las mismísimas ruinas del fuerte (pues este había sido casi totalmente destruido por los cañones), los afganos sufrieron una derrota total y nosotros pudimos apoderarnos de la posición y retirar a los supervivientes de la guarnición que con tanta fidelidad y arrojo habían resistido».

Temí que aquel viejo insensato rompiera a llorar, pero consiguió sobreponerse y prosiguió la lectura:

—«Con inmenso dolor debo señalar que, de ellos, solo quedaban cinco. El valiente Hudson había muerto y, al principio, pensamos que ningún europeo había sobrevivido. Pero después encontraron al teniente Flashman, herido y sin conocimiento junto a las ruinas de la entrada, donde había ocupado su posición final en defensa no solo del fuerte, sino también del honor de su país. Pues, en aquella apurada y peligrosa situación, lo encontraron mirando de frente al enemigo, estrechando fuertemente la bandera contra su cuerpo malherido y desafiándolo hasta la muerte».

«Aleluya y buenas noches, dulce príncipe —me dije a mí mismo—, lástima que no tuviera una espada rota y un cerco de enemigos muertos a mi alrededor». Pero me había precipitado.

—«Los cadáveres de sus enemigos yacían delante de él —añadió el viejo Bob—. Al principio, lo dieron por muerto, pero, para nuestra gran alegría, descubrieron que la llama de su vida todavía no se había apagado. No creo que jamás haya habido una hazaña más noble que la suya, y desearía que nuestros compatriotas británicos hubieran podido presenciarla y, de este modo, supieran con cuán generosa entrega se protege su honor en los confines más alejados de la Tierra. ¡Fue una hazaña *heroica* y espero que el nombre del teniente Flashman sea recordado en todos los hogares de Inglaterra! Por muchas cosas que se puedan decir acerca de los desastres que nos han ocurrido en estas tierras, su valor es testimonio de que el espíritu de nuestros jóvenes retoños no es menos ardiente que el de sus predecesores, los cuales, en palabras de Pitt, salvaron Europa con su ejemplo».

«Bueno, pues si así es cómo ganamos la batalla de Waterloo, demos gracias a Dios de que los franceses no lo saben, de lo contrario, se nos volverían a echar encima en un santiamén», pensé yo. ¿Habría escuchado alguien alguna vez semejante patraña? Y que conste que la idea me encantaba y me llenaba de júbilo. ¡Esa era la fama! Yo no sabía entonces que la noticia de lo ocurrido en Kabul y Gandamack haría estremecer a Inglaterra y que nuestros orgullosos e indignados compatriotas se agarrarían a cualquier clavo ardiente que les permitiera sanar el orgullo nacional herido y repetir la antigua y absurda mentira de que un inglés vale por cien extranjeros. Pero, aun así, imaginaba el efecto que el informe de Sale ejercería en el nuevo gobernador general y, a través de este, en el Gobierno y en el país, sobre todo cuando lo compararan con las noticias que ya estarían a punto de llegar a Inglaterra acerca de las humillantes carnicerías sufridas por Elphy y McNaghten.

Lo único que yo tendría que hacer sería comportarme con viril modestia y esperar las coronas de laurel.

Sale se había guardado la copia de la carta en el bolsillo y me estaba mirando con los ojos húmedos a causa de la emoción. Havelock estaba muy serio, y adiviné que, a su juicio, Sale se estaba pasando un poco de la raya, pero él no podía decirlo. (Más tarde descubrí que la defensa del fuerte de Piper no había sido tan importante para Jalalabad como Bob el Luchador imaginaba; fueron más bien sus dudas las que lo indujeron a retrasar el ataque contra Akbar y, de hecho, hubiera podido acudir en nuestro auxilio mucho antes).

Todo dependía de mí; por consiguiente, miré a Sale a los ojos, de hombre a hombre.

—Nos ha hecho un gran honor, señor —le dije—. Le doy las gracias. Por lo que respecta a la guarnición, las alabanzas son enteramente merecidas; en cuanto a mí, hace usted que mis actos parezcan... la hazaña de san Jorge con el dragón, si se me permite decirlo. Me limité... a combatir con los demás, señor, eso fue todo.

Hasta Havelock no pudo por menos que sonreír al oír mis humildes palabras. Rebosante de orgullo, Sale replicó que la empresa había sido extraordinaria y que ya corría de boca en boca por toda la guarnición. Después se serenó un poco y me pidió que le contara cómo había llegado al fuerte de Piper y de qué forma Hudson y yo nos habíamos separado del ejército. Elphy se encontraba todavía en poder de Akbar, junto con Shelton, Mackenzie y los oficiales casados y sus mujeres, pero ellos creían que los demás habían sido aniquilados por entero, excepto Brydon, el cual había llegado al galope en solitario, con un sable roto colgando del cinto. Bajo la atenta mirada de Havelock, contesté con la mayor brevedad y sinceridad que pude. Durante los combates en Jugdulluk, nos separamos del ejército, expliqué, conseguimos escapar por los pelos de la persecución de los *ghazi* a través de las hondonadas y tratamos de reunirnos con el ejército en Gandamack, pero llegamos justo a tiempo para ser testigos de la carnicería. Describí la escena con toda precisión mientras el viejo Bob soltaba gruñidos y maldiciones, y Havelock fruncía el ceño como si fuera un ídolo de piedra, y después les conté de qué forma los *afridi* nos habían capturado y hecho prisioneros. Estos me azotaron para que les facilitara información sobre las fuerzas de Kandahar y otras cuestiones, pero, gracias a Dios, no les revelé nada («¡Bravo!», gritó el viejo Bob) y logré soltarme las esposas aquella misma noche. Después liberé a Hudson y juntos nos abrimos paso entre nuestros captores y emprendimos la huida.

No dije nada de Narriman —cuantas menos cosas dijera, mejor—, pero terminé con el relato de cómo conseguimos esquivar al ejército afgano y lanzarnos después al galope hasta llegar al fuerte.

Allí di por finalizada mi historia, mientras el viejo Bob volvía a ensalzar mi valor y mi coraje. Sin embargo, lo que más me tranquilizó fue el hecho de que Havelock, sin decir ni una sola palabra, estrechara mi mano derecha entre las suyas. Puedo decir que lo conté todo muy bien, con naturalidad, pero sin excesiva modestia; como un simple soldado que informara a sus superiores. Esta modalidad de fanfarronería exige un tiento muy especial: uno tiene que ser sencillo, pero no en demasía, y tiene que sonreír en muy raras ocasiones. La clave consiste en dejar que adivinen más de lo que uno dice y en mostrarse turbado e incómodo cuando a uno lo felicitan.

Como era de esperar, difundieron la historia por todas partes y, en los días sucesivos, creo que no hubo ni un solo oficial de la guarnición que no acudiera a estrecharme la mano y a felicitarme por haber conseguido salvarme. George Broadfoot fue uno de los primeros, con su bigote pelirrojo y sus gafas; me dijo, con una radiante sonrisa en los labios, que era un tipo extraordinario..., y eso me lo dijo nada menos que Broadfoot, a quien los afganos consideraban el más valiente entre los valientes. Les aseguro que el hecho de que hombres como él, Mayne y Bob el Luchador me dedicaran tan encendidos elogios fue una gran satisfacción para mí y no me hizo sentir el menor remordimiento. ¿Por qué lo hubiera tenido que sentir? Yo no les había pedido sus opiniones favorables; me había limitado a no contradecirlos. ¿Quién lo hubiera hecho en mi lugar?

Fueron unas semanas auténticamente espléndidas. Mientras yo descansaba y me cuidaba la pierna, el asedio de Jalalabad fue perdiendo fuerza poco a poco hasta que, al final, Sale hizo otra salida que puso en fuga a todo el ejército afgano. Unos días después llegó Pollock con las fuerzas de relevo desde Peshawar, y la banda de la guarnición las recibió entre vítores y aclamaciones. Estuve presente, como es natural; me sacaron a la galería y, de este modo, pude presenciar la entrada triunfal de Pollock. Aquella noche, Sale lo acompañó a mi habitación y contó una vez más mis proezas, para mi gran turbación. Pollock aseguró que era algo impresionante y juró vengarme cuando marchara sobre Kabul; Sale lo acompañaría para despejar los pasos, arreglarle las cuentas a Akbar si fuera posible y liberar a los prisioneros —entre los cuales figuraba lady Sale— en caso de que todavía estuvieran con vida.

—Usted se quedará aquí disfrutando de un merecido descanso mientras se le cura la pierna —me dijo Bob el Luchador.

A lo cual consideré apropiado responder con un enfurecido frunce del entrecejo y un murmullo.

—Preferiría acompañarlos —dije—. Maldita sea esta pierna del demonio.

—Un momento —dijo Sale riéndose—, tendríamos que llevarlo en una litera. ¿Acaso no se ha hartado todavía de Afganistán?

—No mientras Akbar Khan siga pisando esta tierra —contesté—. Quisiera tomar estas tablillas y obligarlo a comérselas.

Ambos se rieron al oír mis palabras, y Broadfoot, que también estaba allí, exclamó:

—Ya vuelve a ser un viejo caballo de batalla, nuestro Flashy. Quiere presenciar una muerte, ¿no es cierto, buen mozo? Pierda cuidado y deje a Akbar de nuestra cuenta; además, dudo mucho de que lo que encontremos en Kabul sea lo suficientemente animado para su gusto.

Mientras se retiraban, oí que Broadfoot le comentaba a Pollock mi arrojo en el combate.

—Cuando combatíamos en los pasos, siempre era Flashman quien nos transmitía los mensajes al galope: lo veías volar sobre los *sangars* como un *ghazi* enloquecido mientras los enemigos lo perseguían rugiendo de rabia. Pero él les hacía tan poco caso como a un enjambre de moscas.

En eso convirtió él la vergonzosa ocasión en que yo, perseguido por el enemigo, entré galopando como un desesperado en su campamento. Habrán comprobado ustedes sin duda que, cuando un hombre se ha ganado una fama, buena o mala, la gente siempre se complace en aderezarla con detalles que la acrecientan; no había en todo Afganistán ni un solo hombre que no me conociera y no recordara haberme visto protagonizar una acción desesperada, pero el pobre Broadfoot era, con toda sinceridad, exactamente igual que los demás.

Al final, Pollock y Sale no consiguieron apresar a Akbar, pero liberaron a los prisioneros que este mantenía en su poder y la llegada del ejército a Kabul pacificó el país. No era probable que se produjeran graves represalias; nos habían mordido una vez y no nos apetecía repetir la experiencia. Sin embargo, el único prisionero al que no liberaron fue al viejo Elphy Bey, el cual había muerto durante su cautiverio, presa del desánimo y la desesperación. Su muerte fue lamentada universalmente, pero no participé en el duelo. No cabe duda de que era un viejo amable y simpático, pero era un auténtico desastre como comandante. Él más que nadie fue el asesino del ejército de Afganistán y, cuando pienso en las pocas probabilidades que yo tenía de sobrevivir en medio de aquel caos, no puedo por menos que decir que el responsable de mi salvación no fue precisamente Elphy.

Sin embargo, mientras se producían todos esos acontecimientos; mientras los afganos regresaban presurosos a sus colinas y Sale, Pollock y Nott izaban la bandera y volaban el bazar de Kabul en represalia por la rebelión; mientras la noticia del catálogo de desastres llegaba a una horrorizada Inglaterra; mientras el anciano duque de Wellington maldecía la locura de Auckland por haber enviado un ejército a ocupar «rocas, arenas, desiertos, hielo y nieve»; mientras todos los ciudadanos y Palmerston* pedían venganza y el primer ministro contestaba que no pensaba declarar otra guerra para difundir el estudio de las teorías de Adam Smith entre los pastunes… mientras todo eso sucedía, yo estaba disfrutando de un triunfal viaje de

* Henry John Temple, vizconde de Palmerston, estadista británico, dos veces primer ministro (1784-1865). *(N. de la T.)*

regreso a la India. Con la pierna todavía entablillada, me estaban trasladando al sur como el máximo héroe del momento o, por lo menos, como el más útil de los pocos héroes que había por aquel entonces.

Está claro que la Administración de Deli me consideraba algo así como un regalo del cielo. Tal como Greville dijo más tarde a propósito de la guerra de Afganistán, no había muchos motivos para las celebraciones, pero, en Deli, Ellenborough era lo bastante listo como para comprender que la mejor manera de aplicar un poco de brillo a todos aquellos horribles desastres consistía en realizar los pocos aspectos más honrosos que pudiera haber en ellos, y yo era el que tenía más a mano.

Por consiguiente, mientras emitía órdenes del día acerca de la «ilustre guarnición» que había resistido en Jalalabad bajo el mando del noble Sale, aún le quedó tiempo para proclamar a los cuatro vientos las hazañas del «valeroso Flashman», y toda la India siguió su ejemplo. Mientras todos brindaban a mi salud, podían fingir que lo de Gandamack no había ocurrido.

Saboreé las primeras mieles de mi triunfo cuando, al salir de Jalalabad en una litera, para bajar posteriormente por el Khyber en un convoy, toda la guarnición se congregó a mi alrededor para vitorearme. Al llegar a Peshawar, el viejo bribón italiano de Avitabile me recibió con una guardia de honor, me besó en ambas mejillas y me emborrachó como una cuba para celebrar mi regreso. Fue una noche memorable por un detalle: pude acostarme con una mujer por primera vez en varios meses, pues Avitabile tenía consigo a un par de afganas muy divertidas y juntos nos comportamos como unas fieras. Debo decir que no resulta nada fácil manejar a una mujer cuando uno tiene la pierna rota, pero, cuando hay buena voluntad, siempre se encuentra la manera y, a pesar de que Avitabile por poco se muere de risa al contemplar el espectáculo de mis esfuerzos para conectar con la moza, al final conseguí culminar satisfactoriamente la empresa.

A partir de allí, durante todo el camino ocurrió lo mismo. En todas las ciudades y campamentos me recibían con guirnaldas, felicitaciones, vítores, aclamaciones y sonrisas hasta que, al final, estuve casi a punto de creerme que *era* un héroe de verdad. Los hombres me estrechaban la mano emocionados y las mujeres me besaban y lloriqueaban; en los comedores de oficiales, los coroneles hacían brindar a sus hombres por mi salud; los hombres de la Compañía me daban palmadas en la espalda; un subalterno irlandés y su joven esposa me hicieron padrino de su hijo recién nacido, el cual inició su andadura por la vida con el impresionante nombre de Flashman O'Toole, y las damas de la Liga Eclesiástica de Lahore me regalaron un pañuelo de seda rojo, blanco y azul con un rollo de pergamino que decía: «Firme». En Ludhiana, un clérigo predicó un sermón impresionante basado en el texto bíblico que dice: «No hay amor más grande que el de aquel que da la vida por sus amigos», reconociendo de manera indirecta que yo no había dado de hecho la mía, pero no por falta de voluntad, aunque había estado a punto de hacerlo. La esencia de su sermón era que la próxima vez tendría mejor suerte y, entre tanto, venga a lanzar hosannas y hurras por Flashy, y ahora vamos a cantar todos «Quién descubre el verdadero valor».

Sin embargo, todo eso no fue nada comparado con lo que ocurrió en Deli, donde una banda me recibió con los acordes de «Ya viene el héroe triunfador» y el mismísimo Ellenborough me ayudó a bajar de la litera y a subir los peldaños. Una inmensa multitud me recibió lanzando vítores enfervorizados, y después hubo una guardia de honor, un discurso pronunciado por un individuo orondo enfundado en una chaqueta roja y, más tarde, una cena de gala, en cuyo transcurso Ellenborough pronunció una sentida alocución de más de una hora. Una idiotez insoportable acerca de las Termópilas y la Armada Invencible y el valor que yo había demostrado abrazando la bandera contra mi pecho ensangrentado mientras contemplaba con sereno y noble semblante a las huestes bárbaras ávidas de sangre, como un cristiano en presencia de Apolión, el apocalíptico ángel del abismo, o Roldán en Roncesvalles, no recuerdo cuál de ellos, pero creo que los dos. Era un orador tan tremebundo y tan amante de las citas de Shakespeare y los clásicos que no tuve demasiadas dificultades en sentirme un imbécil mucho antes de que él terminara de hablar. No obstante, resistí como un valiente, contemplando la larga mesa de blanco mantel, alrededor de la cual todos los máximos representantes de la alta sociedad de Deli me miraban boquiabiertos de asombro y se tragaban todas las memeces de Ellenborough. Tuve la delicadeza de no emborracharme en público y, gracias a que puse una cara muy seria y a que me pasé el rato frunciendo el entrecejo, conseguí mostrar un semblante noble. Oí que las mujeres hacían comentarios en voz baja detrás de sus abanicos, vi que me miraban a hurtadillas y comprendí que debían de preguntarse qué tal sería en la cama, mientras sus maridos golpeaban la mesa con las palmas de las manos y gritaban «¡bravo!» cada vez que Ellenborough decía alguna imbecilidad de especial magnitud.

Al final, el muy estúpido empezó a entonar «Es un muchacho excelente», y entonces todo el mundo se levantó y se desgañitó cantando mientras yo permanecía sentado con la cara más colorada que un tomate y hacía todo lo posible por reprimir la risa, preguntándome qué habría dicho Hudson si hubiera podido verme. Fue una lástima, desde luego, pero lo cierto es que jamás se hubiera armado tanto alboroto por un simple sargento y, aunque se hubiera armado, este no habría podido representar el papel con la propiedad con que yo lo hice, insistiendo en levantarme a pesar de mi cojera y permitiendo que Ellenborough me dijera que, si tanto me empeñaba en levantarme, tendría que hacerlo apoyándome en su hombro, de lo cual él se enorgullecería toda la vida.

Al oírlo, los presentes prorrumpieron en ensordecedoras aclamaciones, y yo, mientras el rostro congestionado del gobernador me arrojaba vaharadas de clarete a la cara, dije que todo aquello me parecía demasiado para alguien que era tan solo un simple caballero inglés («amén —exclamó Ellenborough en respuesta a mis palabras—, y jamás título tan honroso se había llevado con más orgullo») y me había limitado a cumplir ni más ni menos que con mi deber, tal como correspondía a un soldado, y aunque no creía que tuviera el menor mérito (gritos de «¡no!, ¡no!»)... Bueno, si ellos decían que sí, el honor no me correspondía a mí, sino al país que me había visto nacer y a la vieja escuela donde había sido educado por mis maestros como cristiano. (Nunca comprenderé qué me indujo a decir semejante bobada, como no fuera el simple placer de mentir, pero la reacción fue verdaderamente antológica). Y, a pesar de lo amables que eran todos conmigo, no debíamos olvidar a aquellos que habían llevado la bandera y todavía la estaban llevando («¡bravo!, ¡bravo!»), y derrotarían a los afganos y los obligarían a regresar al lugar de donde habían venido, demostrando con ello lo que todo el mundo ya sabía, es decir, que los ingleses jamás serían esclavos (aplausos atronadores). Y bueno, lo que yo había hecho no había sido demasiado, pero me había esforzado al máximo y esperaba seguir esforzándome siempre. (Más vítores, pero menos entusiastas que los anteriores, me pareció, por cuyo motivo decidí abreviar). Por consiguiente, que Dios los bendijera a todos y que brindaran conmigo a la salud de nuestros esforzados camaradas que todavía se encontraban en el campo de batalla.

—Su sencilla honradez, no menos que su viril aspecto y sus nobles sentimientos, le han granjeado la admiración y el aprecio de cuantos lo han escuchado —me dijo más tarde Ellenborough—. Yo le rindo homenaje, Flashman. Y además —añadió—, tengo intención de que Inglaterra también se lo rinda. Cuando el general Robert Sale regrese de su victoriosa campaña, será enviado a Inglaterra, donde no me cabe la menor duda de que se le dispensarán todos los honores que corresponden a un héroe.[*] —Se pasaba casi todo el rato hablando de esta manera, como un pésimo actor,[†] cosa que solía hacer mucha gente hace sesenta años—. Es justo, por tanto, que un digno heraldo lo preceda y comparta su gloria. Me estoy refiriendo a usted, por supuesto. De momento, usted ya ha cumplido su misión aquí, y muy noblemente, por cierto. Lo enviaré a Calcuta con toda la rapidez que permita su actual invalidez y allí embarcará de inmediato rumbo a Inglaterra.

[*] Sale fue efectivamente aclamado como una celebridad, pero regresó a la India y murió en Mudki en 1845, combatiendo contra los sijes. La audaz carrera de Shelton terminó cuando este cayó de su montura durante un desfile en Dublín y falleció. Tanto Lawrence como Mackenzie alcanzaron el grado de general.

[†] Flashman vio a Ellenborough en sus peores facetas. Arrogante, histriónico y muy dado a los arrebatos retóricos, el gobernador general llegó a rozar la extravagancia en su afán de honrar a los «héroes de Afganistán» y fue ampliamente ridiculizado por este motivo. Pero, en general, fue un administrador enérgico y competente.

Me lo quedé mirando fijamente sin poder creerlo. Ni siquiera se me había ocurrido pensarlo. Abandonar aquel país infernal —pues, tal como ya he dicho antes, aunque ahora creo que la India fue benévola conmigo hasta decir basta, en aquellos momentos la sola idea de dejarla me llenaba de un júbilo inenarrable—, volver a ver Inglaterra, mi casa, Londres, los clubes, los comedores de oficiales y a la gente civilizada; ser festejado tal como me habían asegurado que me festejarían; regresar triunfalmente, sabedor de que mi partida había estado envuelta en la ignominia; sentirme a salvo y lejos del alcance de aquellos negros salvajes, del calor, la mugre, la enfermedad y el peligro; volver a ver a las mujeres blancas, dormir tranquilo por las noches, devorar la suavidad de Elspeth; pasear por el parque y que me señalaran como el héroe del fuerte de Piper, y volver de nuevo a la vida... Todo aquello era algo así como despertar de una pesadilla. De solo pensarlo, me puse a temblar.

—Tenemos que presentar otros informes sobre el estado de los asuntos de Afganistán —añadió Ellenborough—, y no se me ocurre ningún mensajero más idóneo.

—Bien, señor, estoy a sus órdenes —dije yo—. Si usted se empeña, iré.

La travesía de vuelta a casa duró cuatro meses, exactamente igual que la de ida, pero debo confesar que esta vez no me importó. Entonces iba al exilio, mientras que ahora regresaba a casa como un héroe. Si hubiera tenido alguna duda al respecto, el viaje las habría disipado. El capitán, los oficiales y los pasajeros se mostraron muy amables conmigo y me trataron como si fuera el mismísimo duque de Wellington. Cuando descubrieron que yo era amante del jolgorio, el vino y la conversación, congeniamos enseguida, pues, al parecer, jamás se cansaban de oírme contar las historias de mis enfrentamientos con los afganos —varones y hembras— y muchas noches nos emborrachábamos juntos. Uno o dos tipos de edad más madura me miraban con cierto recelo e incluso uno de ellos llegó a insinuar que hablaba demasiado, pero a mí no me importó y así se lo dije. Eran un par de vejestorios amargados o de civiles celosos.

Ahora, con la distancia de los años, me sorprende que la defensa de Jalalabad causara tanto revuelo, pues, en realidad, no fue nada del otro jueves. Pero efectivamente lo causó y, como, de entre todos los que habían desempeñado un destacado papel en dicha defensa, yo fui el primero que abandonó la India, la mayor parte de la admiración me correspondió enteramente a mí. Así fue en el barco y así sería también en Inglaterra.

Durante la travesía, la pierna rota se me curó casi por completo, pero como a bordo, dejando aparte las borracheras con los chicos, no había demasiada actividad ni mujeres con que entretenerme, disponía de mucho tiempo para pensar en mis asuntos. Todo ello, combinado con la ausencia de mujeres, hizo que mis pensamientos giraran sin cesar en torno a Elspeth; la idea de regresar a casa junto a una esposa me resultaba extremadamente placentera y, cada vez que soñaba con ella, experimentaba una extraña sensación en lo más hondo de mis entrañas. Tampoco era todo lujuria, una novena parte todo lo más; Al fin y al cabo, ella no sería la única mujer de Inglaterra... Pero, aun así, cuando evocaba la imagen de aquel plácido y hermoso rostro y del rubio cabello que lo enmarcaba, se me hacía un nudo en la garganta y experimentaba un temblor en las manos que nada tenía que ver con lo que los clérigos llaman el apetito carnal. Era la sensación que había experimentado aquella primera vez en que tanto la alarmé a orillas del Clyde: una especie de anhelo de su presencia, del sonido de su voz y de la soñadora estupidez de sus ojos azules. Me pregunté si me estaría enamorando de ella, y llegué a la conclusión de que sí y de que no me importaba en modo alguno..., lo cual era una señal inequívoca.

Por consiguiente, durante la larga travesía me mantuve en ese estado de ensoñación permanente, y cuando fondeamos en Londres en medio del bosque de barcos que llenaba su puerto, me sentía dominado por una extraña mezcla de sentimientos románticos y lujuriosos a la vez. Me dirigí a toda prisa a la casa de mi padre, emocionado por la idea de sorprenderla —pues, como es natural, ella no tenía conocimiento de mi regreso—, y aporreé la puerta con la aldaba con tal fuerza que los viandantes se volvieron a mirar a aquel individuo alto y moreno que tanta prisa tenía.

Como de costumbre, abrió la puerta el viejo Oswald y se quedó tan boquiabierto como una oveja cuando entré en la casa gritando. El vestíbulo desierto me resultaba extraño y familiar a la vez, tal como siempre ocurre después de una ausencia prolongada.

—¡Elspeth! —grité—. ¡Hola! ¡Elspeth! ¡Ya estoy en casa!

Oswald se había acercado a mí y me estaba diciendo que mi padre había salido. Le di una palmada en la espalda y tiré de las guías del bigote.

—Mejor para él —dije—. Espero que esta noche lo tengan que llevar a casa en brazos. ¿Dónde está la señora? ¡Elspeth! ¡Ya estoy aquí!

Él me miró sonriendo con una mezcla de asombro y complacencia, y entonces oí que se abría una puerta a mi espalda, me volví y me encontré nada menos que a Judy. Me desconcerté un poco; no esperaba verla allí.

289

—Hola —le dije sin demasiado entusiasmo, a pesar de que estaba tan guapa como siempre—. ¿Es que el jefe aún no se ha buscado otra puta?

Judy estaba a punto de contestar cuando se oyó una pisada en la escalera y, al levantar la vista, vi a Elspeth, mirándome desde arriba. Dios mío, menudo espectáculo: cabello rubio como el maíz, rojos labios entreabiertos, grandes ojos azules, pecho agitado por su afanosa respiración... Debía de llevar algún vestido, pero no recuerdo cuál. Parecía una ninfa sorprendida. De repente, el viejo sátiro de Flashy subió los peldaños de dos en dos y la estrechó en sus brazos diciendo:

—¡Ya estoy en casa! ¡Estoy en casa! ¡Elspeth, estoy en casa!

—Oh, Harry —exclamó ella, rodeándome el cuello con los brazos mientras me cubría los labios con los suyos.

Si en aquel momento la Brigada de Guardias hubiera entrado en el vestíbulo para ordenarme que me dirigiera a la Torre, no habría obedecido. La tomé audazmente en brazos y, sin decir ni una sola palabra, la llevé al dormitorio y me acosté con ella sin más. Fue algo extraordinario, pues yo estaba medio embriagado de emoción y anhelo. Cuando todo terminó, permanecí tendido, escuchando sus incesantes preguntas, estrechándola en mis brazos, besándole todos los centímetros del cuerpo y respondiendo sabe Dios qué idioteces. No puedo precisar cuánto rato permanecimos allí, pero fue una larga y dorada tarde que solo terminó cuando la doncella llamó a la puerta para decir que mi padre había vuelto a casa y quería verme.

Tuvimos que vestirnos y arreglarnos, riéndonos como niños traviesos, y cuando ya había terminado de vestirse, la doncella volvió a llamar para decir que mi padre se estaba impacientando. Para demostrar que a los héroes nadie les daba órdenes, volví a estrechar a mi amada entre mis brazos y, a pesar de sus amortiguados gritos de protesta, me acosté de nuevo con ella, prescindiendo de la ceremonia de desnudarnos. Solo *entonces* bajamos.

Debería haber sido una velada espléndida, en cuyo transcurso la familia le hubiera dado la bienvenida al pródigo Aquiles, pero no lo fue. Mi padre había envejecido mucho en dos años; su rostro estaba más congestionado, había echado barriga y tenía las sienes plateadas.

Se mostró bastante amable conmigo, me llamó joven sinvergüenza y me dijo que estaba muy orgulloso de mí: en la ciudad no se hablaba de otra cosa más que de los acontecimientos de la India y de los elogiosos comentarios de Ellenborough acerca de mí, de Sale y de Havelock. Sin embargo, su alegría duró muy poco; durante la cena bebió más de la cuenta y, al final, se sumió en un profundo silencio. Comprendí que algo ocurría, aunque no presté demasiada atención.

Judy cenó con nosotros y deduje que se había convertido en un miembro más de la familia, lo cual era una mala noticia. Me importaba tan poco como dos años atrás después de nuestra pelea, y así se lo hice saber con toda claridad. Me parecía un poco raro que mi padre tuviera en casa a su querida junto con mi mujer y que las tratara a las dos con la misma igualdad, por cuyo motivo decidí hablar con él a la primera ocasión que tuviera. Sin embargo, Judy también se comportaba con mucha frialdad y cortesía, de lo cual deduje que estaba dispuesta a mantener la paz, siempre y cuando yo también lo hiciera.

Y no es que ni mi padre ni ella me importaran demasiado. Estaba enteramente volcado en Elspeth y me deleitaba en su manera soñadora de oírme hablar. Había olvidado lo tonta que era, pero todo tenía sus compensaciones. Escuchaba con los ojos abiertos de par en par los relatos de mis aventuras, y no creo que los otros dos tuvieran ocasión de decir una sola palabra a lo largo de toda la cena. Gozaba de su sencilla y deslumbrante sonrisa y deseaba convencerla de lo maravilloso que era su marido. Más tarde, cuando nos fuimos a la cama, la convencí todavía más.

Pero fue entonces cuando noté algo raro en su comportamiento. Se quedó dormida mientras yo permanecía tendido a su lado, escuchando su respiración y sintiéndome en cierto modo insatisfecho…, lo cual era un poco extraño, dadas las circunstancias. Después, la pequeña duda se insinuó de nuevo en mi mente; traté de rechazarla, pero volvió.

Yo tenía mucha experiencia con las mujeres, tal como ustedes saben, y creo que podía juzgar su comportamiento en la cama tan bien como el que más, y me parecía, por más que tratara de apartar aquel pensamiento de mi mente, que Elspeth no era la misma de antes.

He dicho a menudo que solo cobraba vida cuando luchaba cuerpo a cuerpo con un hombre…, y no puedo negar que se había mostrado más que dispuesta a lo largo de las primeras horas de mi estancia en casa, pero no había advertido en ella la arrebatadora pasión que yo recordaba. Son cosas muy delicadas y muy difíciles de explicar… Cierto que estuvo muy combativa y que después me pareció que estaba satisfecha, pero la vi un poco indiferente en cierto modo. De haberse tratado de Fetnab o de Josette, creo que no me hubiera dado cuenta, pues era algo que formaba parte de su trabajo y de su juego. Sin embargo, en Elspeth adiviné un sentimiento distinto, el cual me hizo comprender que algo extraño ocurría. Fue solo una sombra que, cuando desperté a la mañana siguiente, ya había olvidado.

Y, de no haberla olvidado, los acontecimientos matutinos la hubieran borrado de mi mente. Bajé bastante tarde y acorralé a mi padre en su estudio antes de que se largara a su club. Lo encontré sentado con los pies en el sofá, preparándose para los rigores de la jornada con una copa de *brandy*, y me pareció que no estaba de muy buen humor, pero, aun así, fui directamente al grano y le dije lo que pensaba acerca de la presencia de Judy en la casa.

—Las cosas han cambiado —le dije—, y ahora ya no la podemos tener en casa.

Habrán comprendido ustedes que, después de haberme pasado dos años entre los afganos, mi actitud con respecto a la disciplina paterna había cambiado; ya no me acobardaba tan fácilmente como antes.

—Ah, ya —replicó—, ¿y en qué sentido han cambiado?

—Te darás cuenta de que ahora me conocen en toda la ciudad —le contesté—. Por lo de la India y demás. Ahora todo el mundo estará pendiente de nosotros y la gente hablará. Y no quiero que esto ocurra, sobre todo por Elspeth.

—A Elspeth le gusta —dijo mi padre.

—¿Ah, sí? Bueno, pero eso no importa. No se trata de que a Elspeth le guste o no le guste, sino de lo que le gusta a la ciudad. Y nosotros no le vamos a gustar si tenemos a esta… putita en casa.

—Vaya, qué finos nos hemos vuelto —dijo mi padre en tono burlón, y se tomó un buen trago de coñac. Adiviné por la arrebolada expresión de su rostro que estaba a punto de perder los estribos, y me extrañó que todavía no los hubiera perdido—. No sabía que en la India la gente fuera tan delicada —añadió—. Más bien imaginaba lo contrario.

—Mira, papá, eso no puede ser y tú lo sabes muy bien. Envíala a Leicestershire si quieres, o ponle una *maison* aparte..., pero aquí no se puede quedar.

Me miró un buen rato en silencio.

—Vaya por Dios, a lo mejor me he equivocado contigo desde el principio. Sé que eres un vago, pero nunca pensé que tuvieras madera de valiente..., a pesar de todas esas historias que se cuentan de la India. A lo mejor la tienes o a lo mejor es simple insolencia. En cualquier caso, te equivocas de medio a medio, muchacho. Tal como ya te he dicho, a Elspeth le gusta..., y si ella no quiere que se vaya, se quedará.

—Pero por el amor de Dios, papá, ¿qué importa lo que a Elspeth le guste? Ella hará lo que yo diga.

—Lo dudo mucho —dijo mi padre.

—¿Y eso qué quiere decir?

Mi padre posó la copa, se secó los labios y me dijo:

—Creo que no te va a gustar, Harry, pero es lo que hay. El que paga manda. Y resulta que Elspeth y su maldita familia se han tirado todo el año pasado pagando. Espera un momento. Déjame terminar. Sé que tendrás muchas cosas que decir, pero espera.

Me lo quedé mirando en silencio, sin comprender.

—Estamos arruinados, Harry. Ni yo mismo sé cómo ha ocurrido, pero es la verdad. Supongo que me he pasado la vida corriendo demasiado de acá para allá sin darme cuenta de cómo se me iba el dinero... Para qué sirven los abogados, ¿eh? Tuve unos cuantos reveses en las carreras de caballos, nunca vigilé los gastos de esta casa ni los de la de Leicestershire, jamás quise ahorrar... Pero lo que de verdad me hundió fueron las malditas acciones de los ferrocarriles. Muchos están ganando fortunas con ellas..., con las buenas. Pero yo elegí las malas. Hace un año estaba completamente arruinado, los judíos me tenían cogido por el cuello y yo tenía que venderlo todo. Preferí no escribirte... ¿De qué hubiera servido? Esta casa no es mía, y la de Leicestershire tampoco; es de Elspeth..., o lo será cuando el viejo Morrison la palme. Así reviente y que Dios lo maldiga, nunca será demasiado pronto.

Se levantó del sofá, empezó a pasear arriba y abajo y, al final, se detuvo delante de la chimenea.

—*Él* se hizo cargo de todo por su hija. ¡Hubieras tenido que verlo! ¡Qué hipocresía más descarada, en mi vida he visto cosa igual, ni siquiera en todos los años que llevo en el Parlamento! ¡Tuvo la desfachatez de plantarse en el vestíbulo de mi propia casa y decirme que era un castigo divino para él, por haber permitido que su hija se casara con alguien de inferior condición! ¡De inferior condición, lo oyes! ¡Y yo tuve que aguantarlo y reprimir las ganas que tenía de derribar al suelo de un puñetazo al muy cerdo asqueroso! ¿Qué podía hacer? Yo era el pariente pobre. Y lo sigo siendo. Él sigue pagando las facturas… a través de esta bobalicona con quien te casaste. ¡Le deja hacer lo que quiere y eso es lo que hay!

—Pero si le ha concedido una asignación…

—¡No le ha concedido nada! Ella pide y él le da. Menudo sería yo en su lugar… Pero a lo mejor cree que merece la pena. Se le cae la baba por ella, y tengo que reconocer que la chica no es nada tacaña. Pero es la que paga, Harry, hijo mío, y será mejor que no lo olvides. Eres un mantenido, ¿comprendes?; por consiguiente, ni tú ni yo podemos decidir quién entra y quién sale y, puesto que tu queridísima Elspeth tiene unos puntos de vista asombrosamente liberales…, ¡la señorita Judy se quedará y tú tendrás que aguantarte!

Al principio, lo escuché estupefacto, pero, tal vez porque tenía un sentido más práctico que él o quizá porque mi concepto de la dignidad, heredado de mi aristocrática madre, era superior al suyo, yo veía las cosas de otra manera. Mientras él se volvía a llenar la copa de *brandy*, le pregunté:

—¿Cuánto dinero le da?

—¿Cómo? Ya te lo he dicho, le da lo que quiere. Por lo visto, el viejo bastardo está bien forrado. Pero tú de eso no podrás tocar nada, te lo aseguro.

—Me da igual —repliqué—. Mientras haya dinero, me importa un bledo quién dé la orden.

Me miró boquiabierto de asombro.

—Pero bueno —me dijo con voz entrecortada—, ¿es que no tienes orgullo?

—Tanto como tú —contesté fríamente—. Tú sigues en la casa, ¿no?

Se le puso la acostumbrada cara de alguien que está a punto de sufrir un ataque, por lo que decidí retirarme antes de que me lanzara una botella y subí al piso de arriba para pensar. La noticia no era buena, claro, pero no me cabía la menor duda de que podría llegar a un entendimiento con Elspeth, que era en definitiva lo único que importaba. Pero lo cierto era que yo no tenía tanto orgullo como mi padre; al fin y al cabo, no sería como tener que sacarle los cuartos al viejo Morrison. Está claro que hubiera tenido que disgustarme ante la idea de no poder heredar la fortuna de mi padre —lo que había sido su fortuna—, pero, cuando el viejo Morrison dejara de incordiar al mundo, yo tendría la parte de la herencia que le correspondiera a Elspeth, lo cual era muy probable que lo compensara con creces.

Entretanto, aproveché la primera oportunidad que se me ofreció para plantearle la cuestión a Elspeth, y tuve la satisfacción de comprobar que la muy tonta estaba de acuerdo, lo cual me pareció altamente satisfactorio.

—Todo lo que yo tengo es tuyo, amor mío —me dijo, mirándome como si se estuviera derritiendo por dentro—. Basta con que me lo pidas… Cualquier cosa que tú quieras.

—Muchas gracias —dije—, pero eso podría resultar un poco engorroso en ciertas ocasiones. Estaba pensando que si hubiera, por ejemplo, un pago regular, te ahorrarías un montón de molestias inútiles.

—Me temo que mi padre no lo permitiría. En eso ha dejado las cosas muy claras, ¿comprendes?

Lo comprendía perfectamente. Traté de convencerla, pero no hubo manera. Por muy tontita que fuera, siempre hacía lo que le decía su papá, y el viejo tacaño no era tan necio como para dejar un hueco a través del cual la familia Flashman pudiera introducirse y aligerarle la bolsa. El hombre prudente es el que mejor conoce a su yerno. Por consiguiente, tendría que pedir dinero cada vez que lo necesitara…, lo cual era mucho mejor que no tener dinero en absoluto. Cuando le hice la primera petición, Elspeth estuvo muy dispuesta a darme cincuenta guineas. Lo tenían todo arreglado con un abogado de Johnson's Court que le entregaba cualquier cantidad que ella pidiera, dentro de unos límites razonables.

No obstante, dejando aparte esos asuntos mezquinos, hubo un montón de cosas que me mantuvieron ocupado durante aquellos primeros días en casa. Nadie de la Guardia Montada sabía exactamente qué hacer conmigo, por lo que me pasaba el día yendo de un club a otro, y allí me sorprendía de que, de pronto, hubiera tanta gente que me conocía. Me saludaban en el parque o me estrechaban la mano por la calle, y en casa no paraba de recibir visitas. Muchos amigos de mi padre que llevaban años sin verlo acudían para conocerme a mí y saludarlo a él. Nos inundaban de invitaciones; en la mesa del vestíbulo se amontonaban tantas cartas de felicitación que hasta caían al suelo. En la prensa se hablaba del «regreso del primero de los héroes de Cabool y Jelulabad», y la nueva revista cómica *Punch* había publicado una historieta ilustrada en su serie titulada «Pencillings»* en la que una figura vagamente parecida a mí blandía una enorme cimitarra como un bandido de una pieza teatral infantil mientras unas fieras hordas de negros (que, más que afganos, parecían esquimales) trataban en vano de arrebatarme la bandera británica. Debajo había una leyenda que decía: «Una espada Flash(eante)», lo cual les dará a ustedes cierta idea del humor habitual de dicha publicación.

Sin embargo, a Elspeth le encantó y compró una docena de ejemplares. Le entusiasmaba ser el centro de tantas atenciones, pues la esposa de un héroe suele ser objeto de tantos agasajos como él, sobre todo si es guapa. Hubo una noche en el teatro en que el director insistió en sacarnos de nuestras localidades y conducirnos a un palco. El público, puesto en pie, nos saludó con vítores y una ensordecedora salva de aplausos. Elspeth, radiante de felicidad, empezó a soltar grititos de alegría y a juntar las manos sin dar la menor muestra de turbación, mientras yo saludaba benignamente con la mano a la multitud.

* *Punch* empezó a publicar en 1841; los «Pencillings» eran las historietas ilustradas de su primera plana.

—¡Oh, Harry —exclamó Elspeth, emocionada—, qué feliz soy! Pero si eres *famoso,* Harry, y yo...

Dejó la frase sin terminar, pero yo sé que estaba pensando que ella también lo era. En aquel momento la quise más que nunca por pensar tal cosa.

Durante la primera semana, hubo tantas fiestas que ni siquiera las pude contar, y en todas ellas fuimos la principal atracción. Todas tenían un cierto sabor militar, pues, gracias a las noticias de Afganistán y de China —donde tampoco lo estábamos haciendo del todo mal—,* el ejército estaba más de moda que nunca. Los oficiales más veteranos y las mamás me hacían objeto de todas sus atenciones, lo cual permitía que los oficiales más jóvenes se dedicaran a cortejar a Elspeth, cosa que a ella le encantaba y a mí me complacía; no solo no estaba celoso, sino que más bien me satisfacía verlos apretujarse a su alrededor, como moscas en torno a una jarra de confitura que podían mirar, pero no saborear. Muchos de ellos la conocían, pues yo había averiguado que, durante mi permanencia en la India, algunos la habían acompañado en sus paseos a pie por el parque o en sus paseos a caballo por el Row..., cosa muy natural, tratándose de la esposa de un militar. Aun así, yo mantenía los ojos abiertos y traté a más de uno con frialdad cuando se acercaba demasiado a ella. Había uno en particular, un joven capitán del Real Regimiento de Caballería llamado Watney, que la visitaba a menudo en casa y la acompañaba en sus paseos a caballo dos veces a la semana; era un tipo alto, de labios exquisitamente curvados y lánguida mirada soñadora que se habría hecho el amo de la casa si yo no le hubiera parado los pies.

—Puedo cuidar muy bien de la señora Flashman, muchas gracias —le dije.

—No me cabe la menor duda —replicó—. Pensaba que, a lo mejor, la dejaría usted media hora abandonada más o menos.

—Ni un solo minuto —dije.

—Vamos —me dijo en tono condescendiente—, eso es muy egoísta de su parte. Estoy seguro de que la señora Flashman no estaría de acuerdo.

* La guerra del Opio en China terminó con un tratado en el que se estipulaba la cesión de Hong Kong a Gran Bretaña.

—Pues yo estoy seguro de que sí.

—¿Quiere que hagamos la prueba? —me preguntó con una sonrisa irritante.

Sentí deseos de soltarle un manotazo, pero reprimí el impulso.

—Váyase al infierno, maldito bribón —le contesté, dejándolo allí de pie en el vestíbulo.

Me fui directamente a la habitación de Elspeth, le conté lo ocurrido y le dije que no volviera a ver a Watney.

—¿Cuál de ellos es? —me preguntó, admirando su preciosa melena en el espejo.

—Un tipo con cara de caballo y voz burlona.

—Hay muchos así —dijo—. No los puedo distinguir. Harry, cariño, ¿crees que los bucles me sentarán bien?

Tal como ustedes pueden imaginar, la respuesta me satisfizo y enseguida olvidé el incidente. Lo recuerdo ahora porque fue el día en que todo ocurrió de golpe. Hay días así: termina un capítulo de tu vida y empieza otro, y nada vuelve a ser igual a partir de ese momento.

Tenía que ir a ver a mi tío Bindley en la Guardia Montada y le dije a Elspeth que no regresaría a casa hasta la tarde, en que teníamos que ir a tomar el té a casa de no sé quién. Sin embargo, en cuanto llegué a la Guardia Montada, mi tío me metió directamente en un coche y me llevó a ver nada menos que al duque de Wellington. Yo siempre lo había visto de lejos, por lo que, cuando mi tío entró en su despacho, me puse bastante nervioso esperando en la antesala mientras oía el murmullo de sus voces al otro lado de la puerta. De pronto, esta se abrió y apareció el duque; tenía ya el cabello blanco y estaba bastante arrugado por aquel entonces, pero su maldita nariz aguileña no le hubiera permitido pasar inadvertido en ningún lugar, y sus penetrantes ojos de lince lo traspasaban a uno cual si fueran puñales.

—Ah, aquí está el joven —dijo, estrechando mi mano. A pesar de sus años, caminaba con tanta agilidad como un jinete y estaba muy elegante con su chaqueta de color gris—. La ciudad no habla más que de usted —añadió, mirándome a los ojos—. Tal como debe ser. Fue una acción muy valerosa…, prácticamente lo único bueno de todo aquel asunto, digan lo que digan Ellenborough y Palmerston.

«Hudson —pensé—, ahora me tendría usted que ver; a no ser que se abrieran los cielos, no se hubiera podido añadir nada más».

El duque me hizo unas cuantas preguntas muy atinadas sobre Akbar Khan y los afganos en general, y sobre el comportamiento de las tropas durante la retirada, a las cuales contesté lo mejor que pude. Me escuchó con la cabeza echada hacia atrás, después la inclinó, murmuró un «mmmm» y se apresuró a decir:

—Es una pena que lo hayan llevado todo tan mal. Pero la culpa la tienen siempre esos malditos políticos; no hay forma de convencerlos. Si yo hubiera tenido conmigo en España a alguien como McNaghten, Bindley, apuesto a que aún estaría en Lisboa. ¿Y qué se hará con el señor Flashman? ¿Ha hablado usted con Hardinge?

Bindley contestó que me tendrían que buscar un regimiento y el duque asintió con la cabeza.

—Sí, es un hombre muy indicado para un regimiento. Estuvo usted en el Undécimo de los Húsares si no recuerdo mal, ¿verdad? Bueno, mejor que no regrese *allí* —añadió, mirándome con intención—. Su Señoría sigue estando tan desfavorablemente dispuesto hacia los oficiales indios como antes, pero peor para él. Muchas veces he estado a punto de decirle que yo también soy un oficial indio, pero lo más probable es que me hubiera hecho un desaire. Bueno, señor Flashman, esta tarde tengo que acompañarlo a ver a Su Majestad, lo cual significa que tiene usted que estar aquí a la una.

Dicho lo cual, dio media vuelta para regresar a su despacho, intercambió unas palabras con Bindley y cerró la puerta.

Bueno, ya se pueden ustedes figurar mi deslumbramiento; haber estado charlando con el duque, saber que me iban a presentar a la reina... Tuve la sensación de estar caminando sobre las nubes. Regresé a casa como en un sueño, imaginándome cómo recibiría Elspeth la noticia; eso haría que su maldito padre se diera cuenta de quién era su yerno, y raro sería que yo no pudiera sacarle algo como consecuencia de ello, siempre y cuando supiera jugar bien mis cartas.

Subí corriendo al piso de arriba, pero no estaba en su habitación; la llamé y, al final, apareció Oswald y me dijo que había salido.

—¿Adónde?

—Pues no lo sé exactamente, señor —me contestó, mirándome con expresión malhumorada.

—¿Con la señorita Judy?

—No, señor —me contestó—, no con la señorita Judy. La señorita Judy está abajo, señor.

Noté algo raro en su forma de hablar, pero no pude sacarle nada más. Bajé y encontré a Judy jugando con un gatito en el salón de la mañana.

—¿Dónde está mi mujer? —le pregunté.

—Ha salido con el capitán Watney —me contestó en tono glacial—. A montar. Ven aquí, gatito bonito. Por el parque, supongo.

Por un instante, no lo comprendí.

—Te equivocas —dije—. Hace un par de horas lo eché de aquí.

—Pues han salido a montar hace media hora. Eso significa que habrá vuelto.

—¿Qué demonios quieres decir?

—Quiero decir que han salido juntos. ¿Qué otra cosa pensabas?

—Maldita sea —exclamé, enfurecido—. Le dije que no lo volviera a ver.

Siguió acariciando al gatito con una leve sonrisa en los labios.

—Eso significa que no te ha entendido —dijo—. De lo contrario, no hubiera salido, ¿no crees?

Me la quedé mirando mientras un frío estremecimiento me revolvía las entrañas.

—¿Qué estás insinuando, maldita sea tu estampa? —pregunté.

—Nada en absoluto. Todo son figuraciones tuyas. ¿Sabes una cosa?, creo que estás celoso.

—¿Yo celoso? ¿Y por qué tendría que estar celoso?

—Tú sabrás.

La miré con rabia mal contenida, debatiéndome entre la cólera y el temor a lo que aparentemente me estaba dando a entender.

—Bueno, vamos a ver si lo comprendo —dije—. Quiero saber qué demonios pretendes insinuar. Si tienes algo que decir acerca de mi mujer, te aconsejo que tengas mucho cuidado…

En aquel momento, mi padre, maldita fuera su estampa, entró tambaleándose en el vestíbulo y empezó a llamar a Judy. Esta se levantó y pasó por mi lado con el gatito en brazos. Al llegar a la puerta se detuvo, me miró con una sonrisa torcida de desprecio y me dijo:

—¿Qué hacías tú en la India? ¿Leías? ¿Cantabas himnos? ¿O ibas de vez en cuando a pasear a caballo por el parque?

Dicho lo cual, salió dando un portazo y me dejó hecho trizas mientras unos pensamientos horribles surgían de pronto en mi mente. Las sospechas no crecen poco a poco; brotan de golpe y se van desarrollando a medida que pasa el tiempo, y si uno tiene una mente sucia como yo, es más fácil que se le ocurran pensamientos sucios, por lo cual, mientras me decía que Judy era una puta embustera que pretendía asustarme con sus insinuaciones y que Elspeth hubiera sido incapaz del menor engaño, me la imaginé retozando desnuda en la cama con los brazos alrededor del cuello de Watney. ¡Dios mío, no era posible! Elspeth era una tonta inocente y totalmente honrada que ni siquiera conocía el significado de la palabra «fornicación» cuando nos conocimos... Pero *eso* no le había impedido correr a los arbustos conmigo a la primera invitación que le hice. Aun así, ¡era algo impensable! Era mi mujer, la chica más amable y decente que cabría imaginar; no se parecía para nada a un cerdo como yo; no se *podía* parecer.

Me estaba torturando con todas aquellas festivas reflexiones cuando, de repente, el sentido común acudió en mi auxilio. Dios mío, lo único que había hecho era salir a pasear a caballo con Watney... Ni siquiera sabía quién era cuando aquella mañana yo le había dicho que no saliera con él. Y era la muchacha más atolondrada que pudiera haber en este mundo y, además, no tenía madera de pelandusca. Demasiado dulce, cariñosa y sumisa... Jamás se hubiera atrevido a hacer semejante cosa. La sola idea de lo que yo hubiera podido hacer la habría aterrorizado... ¿Qué iba a hacer? ¿Repudiarla? ¿Divorciarme de ella? ¿Echarla de casa? ¡No podía, Dios mío! Me faltaban medios. ¡Mi padre tenía razón!

Por un instante, me quedé pasmado. Si Elspeth fuera la amante de Watney o de cualquier otro, yo no hubiera podido hacer nada. Hubiera podido cortarla en pedazos, por supuesto, pero, y después, ¿qué? ¿Echarme a la calle? No hubiera podido permanecer en el ejército y ni siquiera en la ciudad sin un medio de vida...

Pero bueno, que se fuera todo al infierno. Todo aquello no eran más que unos disparates que la morena querida de mi padre me había metido deliberadamente en la cabeza para ponerme celoso. Era su manera de vengarse de mí por la paliza que yo le había dado tres años atrás. Eso era. No tenía el menor motivo para pensar mal de Elspeth; todo en ella negaba las acusaciones de Judy…, y por Dios que le haría pagar a la muy puta todas sus insinuaciones y sus desprecios. Ya encontraría la manera, vaya si la encontraría, y entonces que Dios se apiadara de ella.

Tras haber encauzado mis pensamientos por caminos más favorables, recordé la noticia que quería comunicarle a Elspeth al llegar a casa… Bueno, pues tendría que esperar a que yo regresara de palacio. Le estaría bien empleado por haber salido con Watney, maldita fuera su estampa. Entretanto, me pasé una hora buscando mis mejores galas, arreglándome el cabello, que, por cierto, me había crecido mucho y me confería un aspecto muy romántico, y maldiciendo a Oswald mientras este me anudaba el corbatín. Hubiera preferido ir de uniforme, pero no tenía ningún medio decente a mi nombre, pues había vestido constantemente de paisano desde mi regreso. Estaba tan emocionado que ni siquiera me molesté en almorzar. Me vestí de punta en blanco y salí corriendo para reunirme con Su Narizota.

Había una berlina en la puerta cuando llegué, y solo tuve que aguardar dos minutos antes de que él apareciera vestido con gran elegancia, pegándoles una bronca a un secretario y un criado que lo seguían visiblemente nerviosos.

—Lo más probable es que no haya ni un maldito calentador de cama en toda la casa —rugió—. Y es necesario que todo esté impecable y en orden. Y hay que averiguar si Su Majestad se lleva su propia ropa de cama cuando viaja. Supongo que sí, pero no vayan haciendo preguntas indiscretas por ahí. Pregúntenselo a Arbuthnot; él lo sabrá. Tengan por seguro que, al final, siempre habrá algún fallo, pero eso no se puede evitar. Ah, Flashman —dijo, y me revisó de arriba abajo como si fuera un sargento instructor—. Vamos allá.

Cuando salió, un pequeño grupo de personas, entre las cuales había varios pilluelos, empezó a lanzar vítores y se oyeron algunas voces que decían:

—¡Este es el Flash! ¡Viva!

Se referían a mí. Nuestra salida se demoró un poco, pues, tras haber subido a la berlina, el cochero tuvo ciertas dificultades con las riendas y, entretanto, los mirones eran cada vez más numerosos.

—Maldita sea, Johnson —dijo el duque a punto de perder los estribos—, dese prisa, de lo contrario, aquí se reunirá todo Londres.

La gente nos vitoreó una vez más y nosotros nos pusimos en marcha bajo el cálido sol otoñal mientras los pilluelos nos seguían corriendo y gritando, y los viandantes se descubrían en las aceras para saludar el paso del ilustre duque.

—Si yo supiera cómo se transmiten las noticias, sería un hombre más prudente —me dijo—. ¿Se imagina? Apostaría cualquier cosa a que, en estos momentos, en Dover ya saben que lo estoy acompañando a usted a la presencia de Su Majestad. No ha tenido usted jamás ningún trato con la realeza, ¿verdad?

—Solo en Afganistán, milord —contesté.

El duque soltó una risita.

—Probablemente allí no son tan ceremoniosos como nosotros —dijo—. Es una pesadez insoportable. Permítame darle un consejo, señor: no se convierta jamás en mariscal de campo y comandante supremo. Es algo que está muy bien, pero significa que su soberano lo honrará alojándose en su residencia, y usted no tendrá en toda la casa una sola cama digna de tal personaje. Estoy más preocupado por el acondicionamiento de Walmer, señor Flashman, de lo que estuve por las obras de Torres Vedras.[*]

—Si tiene usted tanto éxito esta vez como el que tuvo entonces, milord —repliqué, dándole coba—, no habrá el menor motivo de inquietud.

—¡Ya! —dijo, y me miró severamente. Hizo una pausa de uno o dos minutos y después me preguntó si estaba nervioso—. No hay razón para que lo esté —añadió—. Su Majestad es extremadamente

---

[*] La referencia del duque a la inminente visita de la reina al castillo de Walmer permite establecer con notable precisión la presencia de Flashman en el palacio de Buckingham. Wellington escribió a sir Robert Peel el 26 de octubre de 1842, asegurándole que Walmer estaba a la disposición de la reina, la cual lo visitó al mes siguiente.

amable, aunque nunca es tan fácil como era con sus antecesores, claro. El rey Guillermo era un hombre muy sencillo y hacía que la gente se sintiera a gusto a su lado. Ahora todo es más rígido y ceremonioso, pero, si permanece a mi lado y mantiene la boca cerrada, saldrá airoso del trance.

Me atreví a decir que hubiera preferido mil veces cargar contra una banda de *ghazi*, que pasar por la prueba de acudir a palacio, lo cual era una estupidez, por supuesto, pero me pareció lo más apropiado.

—No diga disparates —replicó secamente el duque—. Eso no se puede ni pensar. Pero sé lo que siente porque yo también he experimentado esta sensación. Lo importante es que no se le note, tal como nunca me cansaré de decirles a los jóvenes. Y ahora hábleme de los *ghazi* que, según tengo entendido, son los mejores soldados que tienen en Afganistán.

Estaba en mi propio terreno y no me fue nada difícil hablarle de los *ghazi*, los *ghilzai*, los durrani y los pastunes. El duque me escuchó con mucha atención hasta que, de pronto, me di cuenta de que estábamos cruzando la verja de palacio y la guardia presentaba armas, un lacayo se acercaba corriendo para abrir la portezuela y colocar la escalerilla, y los oficiales daban taconazos y adoptaban posición de firmes mientras un enjambre de personas rodeaba el vehículo.

—Vamos —me dijo el duque, y me condujo hacia una puertecita.

Conservo el vago recuerdo de unas escaleras y unos lacayos vestidos con librea, unos largos pasillos alfombrados, unas grandes arañas de cristal y unos funcionarios silenciosos que nos escoltaban..., pero mi principal recuerdo corresponde al de la frágil figura vestida de gris que me precedía con paso firme mientras la gente se apartaba a su paso. Llegamos a una impresionante puerta de doble hoja flanqueada por dos lacayos con peluca, delante de la cual un tipo bajito y muy grueso vestido con un frac de color negro se inclinó ante nosotros y se acercó presuroso a mí para dar un pequeño tirón al cuello de mi camisa y alisarme la solapa de la chaqueta.

—Pido disculpas —gorjeó—. Un cepillo.

Chasqueó los dedos y de inmediato apareció el objeto solicitado, con el cual me cepilló hábilmente la chaqueta mientras miraba de soslayo al duque.

—Aparte este maldito trasto —le dijo el duque— y deje de zangolotear. Ya sabemos cómo tenemos que vestirnos sin su ayuda.

El gordito lo miró con cara de reproche y se apartó a un lado, haciendo una seña a los lacayos. Estos abrieron la puerta y, mientras el corazón me latía desbocado contra las costillas, oí que una poderosa y sonora voz anunciaba:

—Su Excelencia el duque de Wellington. El señor Flashman.

Era un espacioso salón soberbiamente amueblado, con una alfombra que se extendía entre unas paredes cubiertas de espejos y una enorme araña de cristal en el techo. Al fondo había unas cuantas personas: dos hombres de pie junto a una chimenea, una joven sentada en un sofá, una mujer de más edad de pie detrás del sofá y creo que otro hombre y dos mujeres a su lado. Avanzamos hacia ellos, el duque un poco más adelantado que yo. Al final, este se detuvo delante del sofá e hizo una reverencia.

—Majestad —dijo—, tengo el honor de presentaros al señor Flashman.

Solo entonces comprendí quién era la chica. Estamos acostumbrados a imaginárnosla como una reina anciana, pero entonces no era más que una niña más bien regordeta y agraciada de cuello para abajo. Tenía unos ojos grandes y un poco saltones, y unos dientes ligeramente salidos, pero sonrió con amabilidad mientras musitaba una respuesta. Para entonces, yo ya había doblado el espinazo, claro está.

Cuando enderecé de nuevo la espalda, la reina me estaba mirando y Wellington le estaba refiriendo brevemente la historia de Kabul y Jalalabad; «la distinguida defensa» y «el destacado comportamiento del señor Flashman» son las únicas frases que me han quedado grabadas en la memoria. Cuando terminó, la reina inclinó la cabeza hacia él y me dijo:

—Es usted el *primero* que vemos de todos los que tan valerosamente sirvieron en Afganistán, señor Flashman. Es *realmente* una gran alegría verlo de vuelta sano y salvo. Hemos oído los más *brillantes* informes acerca de su gallardía y nos es muy *grato* poder manifestarle nuestra gratitud y admiración por tan *esforzado* y leal servicio.

Supongo que no hubiera podido expresarlo mejor de lo que lo hizo, a pesar de que lo recitó como un loro. Me limité a emitir un sonido gutural y volví a inclinar la cabeza. La reina hablaba con un fuerte y extraño acento y, de vez en cuando, subrayaba algunas palabras y asentía con la cabeza.

—¿Está usted *completamente* recuperado de sus heridas? —me preguntó.

—Sí, Majestad, muchas gracias —contesté.

—Está usted muy moreno —dijo uno de los hombres, cuyo fuerte acento alemán me llamó la atención de inmediato. Lo había visto por el rabillo del ojo, apoyado contra la repisa de la chimenea con las piernas cruzadas. «O sea que este es el príncipe Alberto, menudo bigotazo lleva», pensé.

—Debe de estar tan moreno como un afgano —añadió el egregio personaje mientras los demás se reían cortésmente.

Le dije que más de una vez me habían tomado por tal, y entonces abrió los ojos como platos, me preguntó si hablaba el idioma y me pidió que dijera algo. Solté las primeras palabras que me vinieron a la mente: *Hamare ghali ana, achha din,* que es lo que les dicen las prostitutas a los viandantes y significa 'buenos días, ven a nuestra calle'. Aunque el príncipe parecía muy interesado, vi que el hombre que lo acompañaba tensaba los músculos y me miraba con dureza.

—¿Y eso *qué significa*, señor Flashman? —preguntó la reina.

—Es un saludo indio, señora —se apresuró a contestar el duque.

Se me revolvieron las tripas al recordar que el duque había servido en la India.

—Ah, claro —dijo la reina—, es que esta es una reunión *muy india*, pues aquí tenemos también al señor Macaulay.

Aunque aquel nombre no significaba nada para mí en aquellos momentos, observé que el susodicho mantenía los labios fuertemente apretados y me seguía mirando con expresión severa. Más tarde averigüé que había pasado varios años en el gobierno de allí, lo cual significaba que mi imprudente frase tampoco le había pasado inadvertida.

—El señor Macaulay nos ha estado leyendo sus nuevos poemas[*] —añadió la reina—. Son *muy* bellos y conmovedores. Creo que su

[*] Los *Cantos populares de la antigua Roma* de Macaulay fueron publicados por primera vez el 28 de octubre de 1842.

306

Horacio le debe de haber servido de modelo, señor Flashman, pues usted sabe que este personaje desafió grandes peligros en la defensa de Roma. Es una balada *espléndida* y muy inspirada. ¿Conoce la historia, señor duque?

El duque contestó afirmativamente, situándose con ello un peldaño por encima de mí, y añadió que no la creía; como respuesta, la reina lanzó una exclamación y le preguntó por qué.

—Tres hombres no pueden impedir el avance de un ejército, señora —contestó el duque—. Tito Livio no era un soldado, de lo contrario no hubiera podido afirmar semejante cosa.

—Vamos —terció Macaulay—. Ocupaban un puente muy estrecho y no los pudieron desalojar.

—¿Lo ve usted, señor duque? —dijo la reina—. ¿Cómo los hubieran podido vencer?

—Con arcos y flechas, señora —contestó el duque—. Con hondas. De este modo los hubieran abatido. Y es lo que yo hubiera hecho.

A lo cual la reina replicó que los toscanos eran más caballerosos que él y el duque convino con ella en que muy probablemente así era.

—Lo cual explica tal vez por qué razón hoy en día no existe ningún imperio toscano, sino un vasto Imperio británico —terció el príncipe en tono pausado.

Después se inclinó hacia la reina y le murmuró algo. Ella asintió levemente con la cabeza, se levantó —era muy bajita— y me indicó por señas que me acercara. Me acerqué muy sorprendido mientras el duque se situaba a mi lado y el príncipe me estudiaba, ladeando la cabeza. La dama que se encontraba de pie detrás del sofá se adelantó y le entregó algo a la reina, la cual levantó la vista para mirarme desde una distancia inferior a los treinta centímetros.

—Nuestros valientes soldados de Afganistán recibirán *cuatro* medallas del gobernador general —dijo—. Las lucirá usted a su debido tiempo, pero también recibirán una medalla de su *reina* y justo es que usted la luzca primero que nadie.

Era tan menuda que tuvo que ponerse de puntillas para prendérmela en la chaqueta. Después me miró sonriendo y yo me emocioné tanto que no supe qué decir. Al ver mi reacción, la reina me miró, conmovida.

—Es usted un caballero muy valiente —me dijo—. Que Dios lo bendiga.

«Oh, Dios mío —pensé—, si lo supieras, romántica mujercita; mira que calificarme de Horacio moderno». (Decidí estudiar más tarde los *Cantos populares* de Macaulay, y la verdad es que la reina no anduvo del todo desencaminada; solo que el tipo a quien yo me parecía era un tal Falso Sexto, un hombre mucho más de mi gusto). Sin embargo, algo tenía que decir, por lo que farfullé un comentario a propósito del servicio a Su Majestad.

—Más bien el servicio a Inglaterra —contestó ella, mirándome con vehemencia.

—Es lo mismo —dije yo, rebosante de inspiración, y entonces la reina bajó la vista con expresión pensativa mientras el duque emitía una especie de gruñido.

Hubo una pausa y después la reina me preguntó si estaba casado. Le contesté que sí, pero que mi esposa y yo habíamos estado dos años separados.

—Una cruel separación —dijo la reina con el mismo tono de voz con que hubiera podido decir «qué mermelada de fresa tan exquisita».

Sin embargo, estaba segura, añadió, de que nuestra reunión habría sido mucho más dulce, precisamente a causa de nuestra separación.

—Sé muy bien lo que significa ser la *abnegada* esposa del más amable de los maridos —añadió, mirando a Alberto, el cual la miró a su vez con noble y afectuosa expresión.

«Dios mío —pensé yo—, vaya luna de miel habrán tenido esos dos».

Después, el duque intervino discretamente para despedirse y comprendí que me estaba haciendo una indicación. Ambos nos inclinamos en reverencia y retrocedimos hacia la puerta mientras la regordeta reina se sentaba de nuevo en el sofá. Una vez en el pasillo, el duque se abrió paso entre un grupo de servidores.

—Bueno —me dijo—, le ha sido concedida una medalla que nadie más recibirá. Se graban muy pocas, ¿sabe? Y cuando Ellenborough anunció que pensaba conceder cuatro, a Su Majestad no le hizo ninguna gracia. Por consiguiente, su medalla se tendrá que dejar de grabar.*

El duque tuvo razón. La medalla, con su cinta verde y rosa (sospecho que Alberto eligió los colores), no le fue concedida a nadie más. Me la pongo en las ceremonias junto con mi Cruz Victoria, mi Medalla de Honor Americana (por la cual la República me paga amablemente diez dólares al mes), mi Orden de la Pureza y la Verdad de San Serafino (merecida con creces) y toda la variada quincallería que sirve para que un pícaro y un cobarde pase por un heroico veterano.

Superamos el saludo de un enjambre de guardias y las reverencias de los funcionarios y los lacayos que nos acompañaron al coche, pero, al principio, no hubo manera de cruzar la verja a causa de la multitud que se agolpaba en el exterior y no paraba de vitorearme.

—¡Aquí está Flashy! ¡Viva Flashy Harry! ¡Hip, hip, hurra!

La gente me aclamaba pegada a la verja, saludaba con la mano, arrojaba los sombreros al aire, empujaba a los centinelas y se arremolinaba junto a la entrada. Al final, consiguieron abrir la verja y la berlina avanzó muy despacio a través de una apretada masa de rostros sonrientes, aclamaciones y ondear de pañuelos.

—Descúbrase, hombre —me dijo el duque, y yo así lo hice mientras arreciaban los vítores y la gente empujaba los costados del vehículo y alargaba los brazos para estrecharme la mano, golpeando los cristales y armando un barullo espantoso.

—¡Le han concedido una medalla! —rugió alguien—. ¡Dios salve a la reina!

El eco se repitió y, por un momento, pensé que iban a volcar el coche. Mientras sonreía y saludaba con la mano, ¿a que no saben en qué estaba yo pensando? ¡Aquello era la auténtica gloria! Allí estaba yo, el héroe de la guerra de Afganistán con la medalla de la reina prendida en la chaqueta y sentado junto al soldado más ilustre del mundo mientras el pueblo de la ciudad más grande del mundo me

* La medalla de la reina. La irritación de Su Majestad por la decisión de lord Ellenborough de entregar medallas resulta evidente en la carta que le escribió a Peel el 29 de noviembre de 1842.

aclamaba sin cesar… ¡Nada menos que a mí! El duque puso cara de palo y le dijo secamente al cochero:

—Johnson, ¿es que no puede sacarnos de este maldito atolladero?

¿En qué estaba pensando? ¿En el azar que me había llevado a la India? ¿En Elphy Bey? ¿En el horror de los desfiladeros durante nuestra retirada de Afganistán, en mi salvación por los pelos en Mogala cuando murió Iqbal? ¿En la pesadilla del fuerte de Piper o en aquel horrible enano en el nido de las serpientes? ¿En Sekundar Burnes? ¿Tal vez en Bernier? ¿O en las mujeres… Josette, Narriman, Fetnab y las demás? ¿En Elspeth? ¿En la reina?

En ninguna de estas cosas. Es curioso, pero, mientras el coche se abría paso lentamente y bajábamos por el Mall y el clamor se iba disipando a nuestra espalda, me pareció oír la voz de Arnold diciéndome: «Hay mucha bondad en usted, Flashman», e imaginé que en aquel momento este se sentiría justificado y predicaría un sermón en la capilla sobre el tema del «valor» y fingiría alegrarse de la regeneración del pródigo, sabiendo en lo más hondo de su hipócrita corazón que yo seguía siendo un sinvergüenza.* Sin embargo, ni él ni nadie se hubieran atrevido a decirlo. El mito de la llamada valentía, que está hecho mitad de miedo y mitad de locura (en mi caso, *solo* de miedo), resulta beneficioso para todo el mundo; en Inglaterra, uno no puede ser un héroe y una mala persona. Existe prácticamente una ley que lo prohíbe. Wellington estaba comentando en tono malhumorado la creciente insolencia de la multitud, pero interrumpió sus observaciones para decirme que me dejaría en la Guardia Montada. Al llegar allí, mientras yo bajaba del vehículo y le agradecía su amabilidad, me miró con la cara muy seria y me dijo:

—Le deseo lo mejor, Flashman. Llegará muy lejos, y que conste que no lo considero un segundo Marlborough, pero parece valiente y está claro que ha tenido muchísima suerte. Con la primera de sus cualidades, es posible que obtenga fácilmente el mando de uno o dos ejércitos y los conduzca a los dos a la ruina, pero, con la suerte que tiene, es muy probable que consiga salvarlos de la destrucción.

---

* El doctor Thomas Arnold, padre de Matthew Arnold y director de la Escuela de Rugby, había muerto el 12 de junio de 1842 a la edad de cuarenta y siete años.

En cualquier caso, ha tenido un buen comienzo y hoy ha recibido el máximo honor que cabe imaginar, y que no es otro que la prueba palpable del favor de su soberana. Quede usted con Dios.

Nos estrechamos la mano, el duque se alejó en su coche y jamás volví a tener ocasión de hablar con él. Años más tarde, sin embargo, comentándole el episodio al general norteamericano Robert Lee, este me dijo que Wellington había tenido razón: yo había recibido, en efecto, el máximo honor al que un soldado pudiera aspirar. Pero dicho honor no había sido la medalla; a juicio de Lee, había sido la mano de Wellington.

Permítaseme señalar que ninguna de las dos cosas tenía el menor valor intrínseco.

Como era de esperar, en la Guardia Montada, y más tarde en el club, fui objeto de admiración general y, al final, regresé a casa rebosante de entusiasmo. Había estado lloviendo a cántaros, pero ya había escampado y subí los peldaños bajo los rayos del sol. Oswald me comunicó que Elspeth estaba en el piso de arriba. «¡Estupendo! —pensé—, ahora veremos cuando se entere de dónde he estado y a quién he visto. Puede que ahora esté *un poco* más pendiente de su amo y señor y preste menos atención a los niñatos de la Guardia». Subí con una sonrisa en los labios, pues los acontecimientos de aquella tarde habían hecho que mis celos de la mañana me parecieran una tontería, fruto de las intrigas de aquella pequeña bruja de Judy.

Entré en el dormitorio, cubriéndome la medalla con la mano izquierda para darle una sorpresa. La encontré sentada delante del espejo, como de costumbre, mientras la doncella la peinaba.

—¡Harry! —exclamó—, pero ¿dónde te habías metido? ¿Has olvidado que tenemos que ir a tomar el té a casa de lady Chalmers a las cuatro y media?

—Que se vayan al infierno lady Chalmers y todos los Chalmers —contesté—. Que esperen.

—Pero ¿cómo puedes decir eso? —me preguntó, mirándome con una sonrisa a través del espejo—. ¿Y de dónde vienes tan peripuesto?

—Pues de visitar a unos amigos. Un matrimonio joven, Bert y Vicky. No creo que los conozcas.

—¡Bert y Vicky! —Si Elspeth había adquirido algún defecto en mi ausencia, era el de haberse convertido en una esnob insoportable…, cosa bastante frecuente entre la gente de su clase—. ¿Pero quiénes son esos?

Me situé a su espalda, contemplando su imagen reflejada en el espejo, y dejé al descubierto la medalla. Sus ojos se posaron en ella y se abrieron muchísimo. Después volvió la cabeza y dijo:

—¡Harry! Pero…

—Vengo de palacio. He estado allí con el duque de Wellington. He recibido esto de manos de la reina… Después nos hemos pasado un buen rato charlando sobre poesía y…

—¡La reina! —chilló Elspeth—. ¡El duque! ¡El palacio!

Se levantó de un salto, empezó a batir palmas, me arrojó los brazos al cuello mientras la doncella se reía por lo bajo e iba de un lado para otro para disimular, y entonces yo la estreché en mis brazos entre risas y la besé. A partir de aquel momento, no hubo manera de hacerla callar. Me inundó de preguntas mirándome con un brillo especial en los ojos, y quiso saber quiénes habían estado presentes en la ceremonia, qué habían dicho, cómo iba vestida la reina, qué me había dicho y qué le había contestado yo, y un sinfín de preguntas más. Finalmente, la empujé a una silla, mandé retirarse a la doncella, me senté en la cama y le recité toda la historia desde el principio hasta el final.

Elspeth permaneció sentada, mirándome con asombro, conteniendo la respiración y lanzando de vez en cuando un grito de emoción. Cuando le dije que la reina había preguntado por ella, emitió un jadeo y se miró al espejo, supongo que para comprobar que no tuviera ninguna tiznadura en la nariz. Después me pidió que se lo volviera a contar todo y así lo hice, pero no sin antes haberle quitado el vestido y haberla colocado encima de mí sobre la cama, lo cual significa que toda la emocionante historia se volvió a contar entre jadeos y suspiros de placer. Confieso que perdí varias veces el hilo de la narración.

Aun así, ella no salía de su asombro, y me siguió haciendo preguntas hasta que le señalé que ya eran más de las cuatro y, ¿qué diría lady Chalmers? Soltó una risita y dijo que mejor sería que nos arregláramos, aunque no cesó de parlotear mientras se vestía y yo me alisaba perezosamente el traje.

—¡Oh, qué maravilla! —repetía una y otra vez—. ¡La reina! ¡El duque! ¡Oh, Harry!

—Pues sí —dije yo—, ¿y tú dónde estuviste? Paseando toda la tarde a caballo por el Row con uno de tus admiradores, seguro.

—Es un pelmazo que no veas —me dijo entre risas—. No sabe hablar de otra cosa más que de sus caballos. ¡Nos hemos pasado toda la tarde paseando a caballo por el parque y hemos estado dos *horas* seguidas hablando de lo mismo!

—¿De veras? Pues te habrás quedado empapada.

En aquel momento, Elspeth estaba rebuscando entre sus vestidos del armario y no me oyó. Alargué distraídamente el brazo hacia la chaqueta de montar color verde botella que había al pie de la cama, la toqué y el corazón se me quedó petrificado de repente. La chaqueta estaba completamente seca. Me volví para echar un vistazo a las botas que ella había dejado junto a una silla; brillaban como un espejo y no había en ellas la menor señal ni salpicadura.

Sentí que me mareaba mientras el corazón me martilleaba en el pecho y ella seguía charlando como si tal cosa. Había estado lloviendo desde que yo me había despedido de Wellington en la Guardia Montada hasta que había abandonado el club una hora más tarde para regresar a casa. No era posible que hubiera estado paseando a caballo por el parque bajo aquel aguacero. En tal caso, ¿dónde demonios habían estado ella y Watney, y qué...?

Sentí que la cólera y el rencor me subían por la garganta, pero me contuve, pensando que, a lo mejor, me equivocaba. Mientras ella se empolvaba la cara con una pata de conejo delante del espejo sin prestarme atención, le pregunté como el que no quiere la cosa:

—¿Y por dónde habéis estado paseando?

—Pues por el parque, ya te lo he dicho. Dando vueltas por allí.

«Bueno, eso sí que es una mentira», pensé, y, sin embargo, no podía creerlo. Parecía tan ingenua y sincera, tan tonta y atolondrada mientras comentaba con emoción la hora tan maravillosa que yo había pasado en palacio; y, además, hacía apenas diez minutos que me había acostado con ella y me había dejado... Sí, me había dejado.

De pronto, me vino a la mente el recuerdo de mi primera noche en casa... Recordé que me había parecido menos ardiente que antes. Puede que no me hubiera equivocado; puede que efectivamente se hubiera mostrado menos apasionada. Lo cual habría sido comprensible si, en mi ausencia, ella hubiera encontrado a alguien que fuera más de su gusto en la cama. Dios mío, como fuera verdad, sería capaz de...

Mientras permanecía sentado temblando como una hoja, aparté la cabeza para que ella no me viera a través del espejo. Entonces, ¿era cierto lo que me había insinuado la muy puta de Judy? ¿Me habría estado poniendo los cuernos con Watney... y cualquiera sabía con cuántos más? Me hervía la sangre de vergüenza y de rabia solo de pensarlo. ¡Pero no podía ser verdad! No, Elspeth no se hubiera atrevido. Sin embargo, no podía olvidar la sonrisa burlona de Judy mientras contemplaba aquellas botas que parecían guiñarme pícaramente el ojo... ¡No habían estado en el parque aquella tarde, maldita sea!

Cuando regresó la doncella para terminar de peinar a Elspeth, intenté cerrar los oídos a los femeninos y estridentes gorjeos de su conversación y procuré serenarme. A lo mejor estaba equivocado... Oh, Dios mío, con cuánta ansia lo deseaba. No solo por el extraño anhelo que sentía por Elspeth, sino también por mi... bueno, pues por mi honor, si ustedes quieren verlo así. En realidad, me importaba un bledo eso que el mundo llama el honor, pero la idea de que otro hombre u otros hombres retozaran con mi mujer, la cual hubiera tenido que ser absolutamente incapaz de imaginar tan siquiera la existencia de un amante más heroico y magistral que el gran Flashman —el héroe cuyo nombre corría de boca en boca, por el amor de Dios—, ¡esa idea!...

El orgullo es un sentimiento infernal; sin él no existen los celos ni la ambición. Y yo estaba orgulloso de mi imagen... en la cama y en el cuartel. Y allí estaba yo, el león del momento, con la medalla que acababan de concederme y con el apretón de manos del duque y la mirada de la reina todavía tan recientes..., reconcomiéndome por dentro por culpa de una rubia potranca que no tenía dos dedos de frente. Y debía morderme la lengua y no decir ni una sola palabra por temor a lo que pudiera ocurrir en caso de que hiciera alguna alusión a mis sospechas... Tanto si estas eran fundadas como si no, se armaría la de Dios, y yo no podía permitirme aquel lujo.

—Bueno, ¿qué tal estoy? —me preguntó, y se situó delante de mí con su vestido y su sombrerito—. ¡Pero qué pálido estás, Harry! ¡Ya lo sé, son las emociones del día! ¡Pobrecito mío! —exclamó, y tomó mi cabeza entre sus manos para darme un beso. «No —pensé, contemplando aquellos preciosos ojitos azules—, no puedo creerlo». Ya, pero ¿qué decir de aquellas preciosas botitas negras?—. Ahora vamos a casa de lady Chalmers —añadió—. La sorpresa que se va a llevar cuando se lo contemos. Supongo que habrá muchos invitados. Me sentiré muy orgullosa, Harry..., ¡pero que muy orgullosa! Deja que te arregle el corbatín; dame un cepillo, Susan... Te sienta de maravilla esta chaqueta. Tienes que ir siempre a este sastre... Por cierto, ¿cómo me dijiste que se llamaba? Listo. ¡Oh, Harry, qué guapo estás! ¡Mírate al espejo!

Me miré y, al verme tan tremendamente apuesto y verla a ella tan radiante de felicidad a mi lado, luché con todas mis fuerzas contra la desdicha y la rabia. No, no podía ser verdad...

—Susan, mira que eres boba, no has colgado mi chaqueta. Cuélgala ahora mismo antes de que se arrugue.

Pero yo sabía que era verdad. O creía saberlo. Que se fueran al diablo las consecuencias, no pensaba consentir que una tonta de capirote me hiciera semejante faena.

—Elspeth —dije, y me volví para mirarla.

—Cuélgala con cuidado cuando la hayas cepillado. Eso es. ¿Decías algo, mi amor?

—Elspeth...

—Oh, Harry, pero qué guapísimo estás, Dios mío. Me parece que no estaré muy tranquila cuando vea a todas esas elegantes señoras de Londres mirándote con ojos tiernos.

Hizo un mohín gracioso y me rozó los labios con el dedo.

—Elspeth, yo...

—Ah, por poco se me olvida... Será mejor que lleves algo de dinero por si acaso. Susan, tráeme el bolso. Por si surgiera alguna necesidad, ¿comprendes? Veinte guineas, cariño.

—Muchísimas gracias —dije yo.

Qué demonios, hay que sacar el mayor provecho que se pueda de las situaciones; más vale pájaro en mano que ciento volando. Solo se vive una vez.

—¿Te parece que veinte serán suficiente?

—Pongamos mejor cuarenta.

(Aquí termina bruscamente el primer paquete
de Los diarios de Flashman).

Glosario

badmash	bribón.
feringhee	europeo, posible corrupción de «Frankish» o «English».
ghazi	fanático.
havildar	sargento.
hubshi	negro (literalmente, 'cabeza lanuda').
huzoor	dueño, amo, en el sentido de «señor» (equivalente pastún de *sahib).*
idderao	ven aquí.
jao	lárgate, vete.
jawan	soldado.
jezzail	rifle largo de los afganos.
juldi	rápido, date prisa.
khabadar	ten cuidado.
maidan	llano, terreno de ejercicios.
munshi	profesor, generalmente de idioma.
puggaree	lienzo de turbante.
rissaldar	oficial nativo al mando de las tropas de caballería.
sangar	pequeño parapeto de piedra parecido a un puesto de tiro al urogallo.
shabash	bravo.
sowar	soldado de caballería.

Ático de los Libros le agradece la atención
dedicada a *Flashman,* de George MacDonald Fraser.
Esperamos que haya disfrutado de la lectura
y le invitamos a visitarnos
en www.aticodeloslibros.com,
donde encontrará más información
sobre nuestras publicaciones.

Si lo desea, puede también seguirnos
a través de Facebook, Twitter o Instagram y suscribirse
a nuestro boletín utilizando su teléfono móvil
para leer los siguientes códigos QR: